Süddeutsche Zeitung Bibliothek – München erlesen | **Herbert Achternbusch** – Die Olympiasiegerin • **Alfred Andersch** – Der Vater eines Mörders • **Friedrich Ani** – Süden und der Straßenbahntrinker • **Ernst Augustin** – Die Schule der Nackten • **Max Bronski** – München Blues • **Lena Christ** – Die Rumplhanni • **Lion Feuchtwanger** – Erfolg • **Oskar Maria Graf** – Wir sind Gefangene. Ein Bekenntnis • **Ödön von Horváth** – Der ewige Spießer • **Wolfgang Koeppen** – Tauben im Gras • **Annette Kolb** – Die Schaukel • **Walter Kolbenhoff** – Schellingstr. 48. Erfahrungen mit Deutschland • **Thomas Mann** – München leuchtete • **Andreas Neumeister** – Salz im Blut • **Gräfin Franziska zu Reventlow** – Herrn Dames Aufzeichnungen • **Josef Ruederer** – Das Erwachen • **Andrea Maria Schenkel** – Kalteis* • **Siegfried Sommer** – Und keiner weint mir nach • **Ludwig Thoma** – Münchnerinnen • **Uwe Timm** – Heißer Sommer • **Karl Valentin** – Die Jugendstreiche des Knaben Karl

Ausgewählt von der Feuilletonredaktion der Süddeutschen Zeitung | 2008

Süddeutsche Zeitung Bibliothek
München erlesen

* exklusiv für Bezieher der Gesamtedition, in dieser Ausgabe nicht als Einzelband erhältlich

Josef Ruederer

Das Erwachen

Josef Ruederer

Das Erwachen

Ein Münchner Roman
bis zum Jahre 1848

Süddeutsche Zeitung Bibliothek

Bibliografische Information der Deutschen Nationalbibliothek
Die Deutsche Nationalbibliothek verzeichnet diese Publikation in der Deutschen Nationalbibliografie.
Detaillierte bibliografische Daten sind im Internet über http://dnb.d-nb.de abrufbar.

Dieser Roman wurde erstmals 1916 im Verlag der Süddeutschen Monatshefe veröffentlicht.

Titelfoto: Andreas Strauss/Getty Images
Autorenfoto: Städtische Galerie im Lenbachhaus, München
Klappentext: Dr. Harald Eggebrecht
Gestaltung: Eberhard Wolf
Grafik: Dennis Schmidt
Projektleitung: Dirk Rumberg
Produktmanagement: Sabine Sternagel
Satz: vmi, Manfred Zech
Herstellung: Hermann Weixler, Herbert Schiffers
Druck und Bindearbeiten: CPI – Ebner & Spiegel, Ulm
Printed in Germany
ISBN 978-3-86615-640-1

Josef Ruederer wollte in einem Roman von vier Bänden das Leben seiner Vaterstadt – Geschichte und Menschen – durch den Lauf des neunzehnten Jahrhunderts bis auf die Gegenwart schildern.

Der Tod hat die Ausführung vereitelt.

Ich übergebe den ersten Band, den einzigen, den er zur Vollendung führte, als Fragment der Öffentlichkeit.

München, April 1916

Elisabeth Ruederer.

Seinen Kindern
Margarethe und Herbert

Inhalt

Erstes Kapitel

Peppi

Das erste, was der Luegecker Peppi in diesem Dasein mit erwachenden Sinnen bemerkte, war ein Holzbrett und zwei Wassereimer. Das Brett mochte so etwa zwanzig Fuß hoch sein und befand sich eingerammt in die Mauer eines engen, düsteren Hofes. Glatt gefegt, wie es war, spiegelte es in das Halbdunkel hinein, gleich dem Holz einer Kegelbahn, auf dem man aufwerfen muß, will man nicht wegen eines Sandhasen zur Ordnung gerufen werden. Die Eimer aber bestanden aus Kupfer, aus solidem, rotem Kupfer, wie es zu jenen Zeiten in der Küche der Hausfrau prangte und den Stolz der Familie bildete. Diese Wirklichkeiten vermochte der kleine Peppi natürlich nicht zu unterscheiden, denn er war damals erst so etwa drei Jahre alt. Was ihm in die Augen sprang und ihn durch die immer wiederkehrende, gleichmäßige Bewegung fesselte, war einzig das abwechselnde Auf- und Niedergehen der beiden Eimer an diesem Brett. Das kam immer zu gewissen Stunden des Tages, des Morgens, des Mittags, des Abends. An einem derben Seile wurden sie hochgezogen und wanderten dann, am offenen Fenster angekommen, von starken, bloßen Armen gepackt, direkt in die Küche. Dort war in einer Ecke dicht neben dem Ausguß die Kurbel angebracht, die die Kübel zur Höhe beförderte. Wenn nun der Junge auch deren Zweck nicht erfassen konnte, dann sollte ihm der auf besondere Art frühzeitig erklärt werden.

Eines Tages nämlich, während er mit allen Kräften den Handgriff des Rades zurückzustemmen suchte, bekam er einen fürchterlichen Schlag auf den Schädel. Später erzählte man ihm, indem man auf eine Narbe seiner Stirne wies, mit gerungenen Händen, daß damals gerade ein gefüllter Eimer am Stricke hing, so daß also nur Gottes unendliche Gnade ein furchtbares Unglück verhinderte. Und weil dabei immer gefragt wurde, ob sich der Missetäter das wohl eingeprägt habe, mußte er jedesmal mit dem Kopfe nicken. Nötig wäre das nicht gewesen, denn der Schlag war eigentlich ein genügender Denkzettel. Der Peppi besann sich noch sehr wohl der blitzartigen Betäubung, er hörte noch deutlich das gellende Geschrei, das ringsum von Verwandten und dienstbaren Geistern angestimmt wurde. Ferner besann er sich, daß er von der Stirne herunter den Mund voll warmer Flüssigkeit bekam, die ihn fast zu ersticken drohte. Das sei Blut gewesen, erklärte man ihm später und schlug wieder die Hände zusammen. Die das aber tat, war eine junge, stattliche Frau mit sanften, schönen Augen, an die sich der Peppi immer gern anschmiegte, und die sich im Laufe der Jahre als seine Mutter vorstellte. Oder, wie man damals sagen mußte, als seine Mama.

An Schrecken, Plötzlichkeiten und Ekstasen sollte sich der junge Erdenbürger in diesem Hause überhaupt zu gewöhnen haben. Die Eimer und der Aufzug taten ihm nichts mehr, denn man sperrte die Küche seit jenem Tage sorgfältig ab und schrie Zeter und Mordio, wenn der Peppi eines unbeobachteten Augenblicks daran vorbeiging. Auch holte man ihn regelmäßig vom Fenster weg, wenn er gar zu eifrig auf die gefüllten Kübel guckte, die man nun mal zum Hauswesen brauchte, da es noch keine Steigleitungen gab. Dagegen sah sich der Junge eines Tages ganz deutlich in einer Landschaft, auf einer grünen Wiese, die rings von hohen Bäumen umsäumt war. Ein Pferd, ein weißes Pferd trabte darauf mit tänzelnden Bewegungen herum. Und auf dessen Sattel wurde er plötzlich am Kragen von einem Manne gehoben, der ihn dann hübsch zurechtsetzte und anmutige Bogen beschrieb. Das gefiel dem Buben so sehr, daß er in die Hände klatschte und fortwährend holdrio schrie. Plötzlich aber geriet alles in sausende Bewegung, der Schimmel, die Bäume, die Wiese, der Reiter. So ging es dahin eine gute Weile. Der Peppi gewahrte den Himmel unter sich, die Wiese über sich, er sah die Bäume herumhopsen wie den Hampelmann, den er zu Hause gelassen hatte.

Endlich merkte er, daß er schnell auf die Erde gesetzt wurde, aber ganz sanft und geschickt, so daß er sich gar nicht überschlug, sondern mit zappelnden Beinen das Weitere abwartete. Von der Ferne her aber tönte wieder dasselbe Geschrei wie damals, als die Kurbel auf ihn herniedersauste. Der Peppi begriff auch diesmal nicht, was eigentlich los war, und bekam erst später die gewünschte Erklärung.

Die ganze Familie mit Vettern und Basen hatte zu Wagen und zu Pferd einen jener Ausflüge gemacht, die in Massen erfolgen und so das häusliche Glück zu mehren bestimmt sind. Da kam einer von ihnen, der sich vor den Damen auf seinem Schimmel in stolzer Haltung und enganschließenden Strupfenhosen präsentierte, auf den artigen Einfall, den Buben zu sich in den Sattel zu heben. Aber die zierliche Kavalkade konnte nicht durchgeführt werden, weil das Tier scheute. Wie der Reiter es endlich einfing, darüber vermochte der Peppi keine Auskunft zu geben, wohl aber merkte er so nach und nach an verschiedenen Zeichen, daß der verwegene Mann, der an jenem Sonntag-Nachmittag seine Künste in Freiheit vorführte, kein anderer war, als derselbe stramme Herr mit dem französischen Knebelbart, mit der goldenen Brille, der sich im Laufe der Jahre dem Buben mit nicht mißzuverstehender Gebärde immer deutlicher als seinen Vater vorstellte. Oder, wie man damals sagte, als seinen Papa.

Waren die Eltern nun so langsam in den Gesichtskreis getreten, dann sollten die Großeltern an die Reihe kommen. Die prägten sich streng getrennt ein, denn sie kamen niemals zusammen. Das heißt: die Ehepaare, wie sie angetraut waren, erschienen, wie es damals Sitte war, nur als unzerreißbares Ganzes, nur zu zweien, niemals aber kamen die Eltern des Vaters und die der Mutter gemeinsam ins Haus. Als der Peppi einmal fragte, warum sie das so hielten, wurde ihm sehr heftig bedeutet, daß ihn das gar nichts anginge. So ein fünfjähriger Bub brauche überhaupt nichts zu fragen, sondern habe geduldig zu warten, bis er angeredet werde. Die verschiedenen Großpapas und Großmamas erschienen ganz wie sie wollten, ohne sich von so einem Fratzen die mindesten Vorschriften machen zu lassen. Das taten sie denn auch, und zwar

der Großpapa Luegecker jedesmal im langen, dunklen Gehrock, mit seinem vollen, silberweißen Haare und dem grauschwarzen Schnurrbärtchen, seine nicht viel größere Frau mit den klugen, durchbohrenden Augen in grauseidener Mantille. Zur Großmama hatte der Enkel kein rechtes Zutrauen, denn sie war wortkarg und fuhr einmal seine Mutter an, was er sich gut merkte. Doch galt ihm der Großpapa Luegecker nicht weniger wie alles. Viele Reden brachte er zwar auch nicht heraus, aber er fuhr mit seinem glattrasierten Kinn unter brummigem Lachen gar oft die Backen des Kindes auf und nieder, indem er seinen Namen rief. Außerdem setzte er sich eines Tages durch eine besondere Tat in die Gunst des Enkels. Er schlug nämlich nach kurzem Wortwechsel seinem Sohne vor dem Peppi eine herunter, eine regelrechte, feste Maulschelle, so wie sie der Peppi noch eine Stunde zuvor von seinem Vater erhalten hatte. Freilich, der so Behandelte geriet darüber ganz außer sich, so daß der Peppi meinte, jetzt ginge es dem Großvater ganz sicher an den Kragen. Doch da irrte er sich, denn Wut und Schicksal wandten sich lediglich gegen den ungebetenen, kleinen Zeugen, der gleich wieder eine abbekam. Jetzt schrie der gerade so wie der Vater, und da der Großvater, durch diese Handlungsweise aufs neue gereizt, auch seinen Senf dazu gab, gab es ein erschütterndes Trio. Das machte dem Buben einen starken Eindruck, denn er merkte von heute an, daß es noch höhere Gewalten gab als die alltäglichen, die tyrannisch im Hause regierten.
Da war der Vater der Mutter, Herr Sebastian Gaigl, aus anderem Holze geschnitzt, redselig und weich. Wenn ihn der Peppi zu Gesicht bekam, stellte sich zugleich das Bild eines großen Bierfasses ein. Nicht etwa, weil der schwere, behäbige Mann beinahe den Umfang eines solchen aufwies; diesen frechen Vergleich hätte der Junge wohl schwerlich erfaßt oder gar gewagt, wohl aber, weil solche Fässer gar viele im Hofe des Hauses herumstanden, wo der Großvater wohnte. Dorthin wurde der Enkel einmal geführt und durfte von der Galerie des oberen Stockwerkes aus zusehen, wie ein baumlanger Mensch durch ein großes Loch in so ein Ungeheuer hineinschlüpfte. Das machte dem Buben einen so schreck-

lichen Eindruck, daß er zum allgemeinen Erstaunen laut zu toben begann, bis der Mann seinen Kopf wieder eilig herausstreckte. Der ganzen Verwandtschaft aber bereitete das so viel Vergnügen, daß man bei späteren Besuchen das lustige Spiel jedesmal wiederholte. Der Brauknecht mußte aufs neue im Fasse verschwinden, und je stärker der Junge schrie, um so lauter lachten die Anwesenden.

Die Folge war, daß der Enkel nicht mehr in das Haus wollte, schon deshalb nicht, weil ihm dort die Großmutter noch weniger zusagte wie die Mutter des Vaters. Die machte nämlich, wenn sie ihn sah, immer das Zeichen des Kreuzes über seine Stirne, den Mund wie die Brust, indem sie ihn dabei mit Wasser bespritzte. Dasselbe tat die Mama, wenn der Bub erwachte oder zu Bette ging. Aber sie machte es ganz anders, viel langsamer, viel freundlicher, vor allem nicht mit so spitzen Nägeln und unheimlichen Augen. Auch führte sie ihn dabei gern in ein schönes, hohes Haus mit ragendem Turme, das nur ein paar Schritte vom eigenen entfernt lag, in ein Haus, wo es glitzerte und flimmerte von Gold und von Silber. Dort wohne der Himmelvater, so sagte die Mutter, mit all seinen Engeln und Heiligen. Dabei zwang sie den Buben sanft auf die Knie, indem sie sich neben ihn postierte.

Wie gebannt weilte der Peppi vor dem Unbegreiflichen. Die Unterweisungen wurden in flüsterndem Ton gegeben; es schrie überhaupt niemand in dem Gotteshause, sondern alles schlich auf Zehen, bald nach rückwärts, bald nach vorne, wo vor dem großen Aufbau, der ein mächtiges Bild barg, prachtvoll gekleidete Männer unter sanften Musikklängen feierliche Bewegungen beschrieben. Daneben gingen Buben einher, die gar nicht viel größer waren wie der Peppi selber. Die knieten nieder, dann standen sie wieder auf, dann trugen sie ein großes, dickes Buch abwechselnd von der einen Seite zur anderen, oder sie schwangen eine Glocke. Mit verhaltenem Atem verfolgte das der Kleine. Am meisten fielen ihm die Rauchwolken auf, die aus einem hin und her geschwungenen, silbernen Gefäße zur Höhe stiegen. Plötzlich aber fuhr er mit jähem Rufe, der halb aus Staunen, halb aus Lachen hervorkam, empor und wies die Mutter gegen den Altar. Der Prie-

ster hatte sich, mit dem Rücken gegen den Zuschauer, tief herniedergebeugt und blieb so einige Augenblicke in dieser Stellung. Der Bub aber, der ihn bediente, hob zum Entsetzen des Peppi ohne jedes Schamgefühl das Meßgewand so hoch, daß Gefahr bestand, man könnte das Hinterteil sehen. Ob denn das sein dürfe?
Man kann sich denken, mit welchem Entsetzen die Mutter die Wirkung der heiligen Handlung auf den Buben entgegennahm. Sie wurde rot, als ob sie die Masern hätte, und legte in aller Eile die Hände ihres Kindes zum Beten zusammen. Der Peppi aber kam nicht darüber weg, schon deshalb, weil der Priester so halb als Mann, halb als Frau gekleidet, den Gefahren einer Entblößung erst recht ausgesetzt schien. Er fragte immer weiter, bis ihn die Mutter ganz entrüstet aus der Kirche zog. Dort, vor der Türe, hielt sie ihm dann eine tüchtige Strafpredigt. Was ihm denn einfiele? Ob er sich kein bissel schäme? Und wie er, den man so ängstlich vor allem Bösen behüte, auf so verworfene Gedanken geriete?
Der Peppi, so in die Enge getrieben, wußte erst nicht recht, was er antworten sollte. Nach und nach aber legte er, soweit er das vermochte, seine Gedanken zusammen und stammelte heraus, was er wußte. Gerade gegenüber dem Hause der Eltern wohnte der Herr Apotheker, der einen Mohren in goldenem Schilde führte und ein Töchterchen sein eigen nannte. Diese Leute kamen öfter herüber, ja, die Kleine, die etwa zwei Jahre älter war als der Peppi, durfte manchmal an Sonntag-Nachmittagen mit ihm spielen. Sie war ein wildes, übermütiges Ding, das allerlei Tollheiten ausführte und den jungen Kameraden dreimal in die Tasche steckte, bevor er sich einmal dagegen zur Wehr setzen konnte. So warf sie ihn denn, als sie an einem hohen Kirchenfeste besonders gut aufgelegt war, gegen einen Spiegelschrank im Schlafzimmer ihrer Eltern. Dieses Glas war so leicht, der Schädel des Peppi aber so dick, daß bei dem gewagten Unternehmen ein Sprung herauskam, der die große Scheibe in zwei wohlgemessene Hälften teilte. Erst wollte die Attentäterin alles wegleugnen, als aber der Peppi unter lautem Heulen auf eine kleine Schramme zu weisen vermochte, die am Hinterkopfe blutete, erschien sie genü-

gend überführt. So begann denn ein regelrechtes Strafgericht. Das vollzog der Mohrenapotheker in eigener Person so kräftig, daß der Peppi an die hohe Genugtuung erinnert wurde, die ihm die Maulschelle des Großvaters bereitete. Die Tini, so hieß das Mädel, wurde nämlich über das Knie gelegt, die Röcke wurden hochgehoben und durch Vermittlung des spanischen Röhrls sausten zehn wohlgezählte Hiebe auf die weißen Höschen herunter.

Daß es dem geistlichen Herrn gerade so gehen könnte, habe er gefürchtet, als der Ministrant das Meßgewand hob. Die Mutter sah den Schluchzenden an und schien ihm Glauben zu schenken. Sie flüsterte zwar, daß der Mohrenapotheker in Gegenwart eines unwissenden Kindes auch etwas Gescheiteres hätte tun können, dann aber wischte sie die Tränen des Buben ab und meinte, er dürfe in der Kirche nie und nimmer seine Gedanken auf so abscheuliche Dinge lenken, da ihm sonst nicht erlaubt würde, zum lieben Gott zu gehen, oder – sie besann sich hastig, weil sie das doch nicht recht mit ihrem Gewissen in Einklang zu bringen vermochte – der Himmelvater käme wenigstens nie mehr zu ihm.

Diese Drohung nahm sich der Peppi gar sehr zu Herzen, denn er hatte eine gar hohe Meinung vom lieben Gott. Nur sah er in ihm mehr einen famosen, alten Herrn wie den Großvater Luegecker, als den Richter über Gut und Böse. So ließ er die Augen denn weiter in der Kirche spazierengehen, ja, es kam ihm nicht darauf an, sie auch draußen in der Welt auf Dinge zu heften, die ihn doch gar nichts angingen.

Vom Schlafzimmer der Eltern führte eine finstere Wendeltreppe in einen unheimlichen Raum hinab. Dort wohnte der Teufel, der Höllenfürst, der Pech und Schwefel verbreite. So meinte wenigstens in Stunden, wo sie ihn erheitern sollte, die alte Kinderfrau, die Karoline oder Kalini, wie sie ausgesprochen wurde. Und sie fügte, um das Bild noch etwas eindrucksvoller zu gestalten, mit weit aufgerissenen Augen ein schauerliches Huhuhu bei, als hätte sie ihn schon einmal persönlich gesehen. Der Peppi mied daher in seinen ersten Jahren die verrufene Treppe gar ängstlich. Als er aber nach und nach entdeckte, daß von da unten, wie vom Hofe herauf, aus Petro-

leumbehältern, Kaffeesäcken und Anguillottifäßchen immer lockendere Düfte stiegen, besonders wenn frische Ladungen kamen, da meinte er, der Gottseibeiuns stehe eigentlich in keinem so üblen Geruch, als daß man's nicht mal ruhig riskieren könnte, vom ersten Stockwerk in den geheimen Abgrund hinabzuklettern. Stieg doch auch der Vater jeden Morgen und Abend gleich ein paarmal hinunter, ohne daß ihm deshalb die Augen mit dem höllischen Schürhakl ausgestoßen oder die Beine mit einer glühenden Säge abgetrennt wurden. Deshalb hob er eines Tages recht vorsichtig den Deckel hoch, der die Treppe zudeckte, und kletterte hinab. Dort bot sich ihm ein viel traulicheres Bild als in der von der Kalini geschilderten Hölle. Zur linken Hand sah man durch eine Glastüre in das Bureau, einen grün gestrichenen Raum mit bücherüberdeckten Pulten, zur rechten öffnete sich das Reich, dem des Buben Sehnsucht seit jenen Tagen galt, da er zum erstenmal auf der Straße daran vorbeigeführt wurde. Ein mächtiger Verkaufstisch, in den zwischen kühn gewundenen Girlanden ein Merkur mit beflügeltem Stab und ebensolchem Hütchen geschnitzt war. Darüber in gleicher Länge eine geringelte Schlange, von deren Mitte dicht unter der mit starkem Glase überdeckten Uhr eine breite Petroleumlampe sich herabsenkte. Doch diese Herrlichkeiten hätten den Buben nicht zu fesseln vermocht. Was ihn mit dem geweckten Geruchsinn an die richtige Stelle führte, das waren die zahllosen Fächer an den Wänden des Ladens mit gedörrten Trauben, Pflaumen und Feigen. Da griff er, während er zwischen den Angestellten und Kunden herumwanderte, ohne Zaudern recht tief hinein, je öfter er seinen Besuch abstattete. Ja, einmal nahm er sogar eine Handvoll neuer, silberner Kreuzer aus einer Holzschüssel mit. Er merkte wohl, daß das nichts zum Essen war, aber die Dinge funkelten so wunderschön, und das gefiel ihm.
Zu seinem grenzenlosen Erstaunen ging desselben Abends, als er zu Bette gebracht wurde und die klirrenden Silberlinge samt noch ungenossenen Naturprodukten aus der Tasche fielen, wieder jenes Geschrei im Hause los, das dem Buben seit dem Schlag auf den Schädel recht wohl bekannt war. Nur tönte es diesmal noch wilder und aufgeregter, ja, es hagelte

förmlich auf den Schwerverbrecher hernieder. Ihm wurde noch in derselben Stunde nachdrücklich klar gemacht, daß es auf dieser Erde einen ausgesprochenen Unterschied zwischen Mein und Dein gebe, der kein blindes Draufgehen gestatte. Als dieses Kapitel zu Ende gelesen war, kam ein Privatissimum über das Geld durch den Papa. Das sei das ABC des Lebens, das bedeute Besitz; deshalb müßte man erst lernen, es zu verdienen, ehe man so liederlich damit umspringe, ja, ehe man es stehle. Er wolle nicht schwarz malen, weil das nicht seine Art sei, aber wenn es so weitergehe, dann wären Zuchthaus und Schafott das Ende. Was das für Dinge seien, wisse der Bub natürlich noch nicht, würde es aber bei solchem Lebenswandel bald erkennen: beim Ersten käme man in schimpflicher Weise um die Freiheit, beim Zweiten in noch fatalerer um den Kopf. Ob der Peppi zum Beispiel noch nie was gehört habe von dem bekannten Raubmörder, der vor ein paar Jahren in der Oberpfalz geköpft wurde? Der sei auch der Sohn anständiger Leute gewesen, schließlich aber so tief gefallen, daß man ihn hinrichten mußte. Denn Naschen sei der Anfang, dann käme das Lügen, dann das Stehlen und dann ... Der Peppi wußte die Reihenfolge, in der es so fortging, nicht länger mehr einzuhalten, denn er fiel schließlich vor lauter Heulen und Abspannung um und schlief ganz erschöpft ein.
In viel milderem Sinne äußerte sich der Lehrer, als der ganz verschüchterte Sträfling kurze Zeit darauf zum erstenmal die Schule besuchte. Man hatte den guten Herrn im strengsten Vertrauen auf die Veranlagung des Buben aufmerksam gemacht, damit er ihr peinlich nachgehe und neue Katastrophen verhindere. Mit lotrechtem Senkblei tat das der schon etwas bejahrte Bakelschwinger nun freilich nicht. Er ließ vielmehr den lieben Gott einen guten Mann sein, der gar nichts besitze, ja, von Zibeben, gedörrten Zwetschgen und silbernen Kreuzern nicht die leiseste Ahnung habe. Dabei sang er viel und schnupfte noch mehr, indem er nach genommener Prise fest auf den Deckel einer hölzernen Dose schlug. Dann stellte er sich lange Zeit ans Fenster und trommelte pfeifend mit den Fingern gegen die Scheiben.

Sehnsüchtig sah ihm der Peppi nach. Denn dort stieg über niedere, ziegelrote Dächer pfeilgerade der Turm des Gotteshauses empor, in das ihn die Mutter regelmäßig führte. Ein unförmiges Zifferblatt mit funkelnden Zeigern glotzte auf die Schulbänke herein. Und diese unaufhaltsamen Schrittmesser, die gleichmäßig auf und nieder gingen wie die Eimer in dem väterlichen Hofe, verfolgte der Peppi mit eifrigem Studieren. Ja, es stellte das so ziemlich die einzige Tätigkeit dar, die er in der Schule entfaltete. Dabei stopfte er abwechselnd den rechten wie den linken Zeigefinger in das entsprechende Nasenloch, indem er gleichzeitig aus alter, lieber Gewohnheit ein bißchen am Daumen lutschte. Steuerte dann der große Zeiger mit dem Kopfe nach oben auf die Mitte los, dann wußte er, daß bald wieder eine Stunde vorbei oder Schluß sein werde, was der alte Hausmeister der Schule durch ein gellendes Zeichen gleichfalls verkündete. Läutete es aber vom Turme des Gotteshauses, das die Peterskirche genannt wurde, dann horchte er gespannt auf, denn diese Glocken tönten des Nachts in sein Bett herein, wenn in der Stadt Feuer gemeldet wurde. Das trieb ihn jedesmal ins Schlafzimmer der Eltern, ja, er soll dabei oft ganz in Schweiß gebadet gewesen sein und entsetzlich geschrien haben. Manchmal, wenn er zum Schlafen gebracht wurde, sagte er es sogar im voraus, daß sie heute nacht da droben wieder anschlagen würden. Und trotzdem ihn die Mutter zu beschwichtigen suchte, wollte er dann gar keine Ruhe finden. Am friedlichen Morgen aber, wenn er dann wieder in seiner Schule saß, hatte er nur den einen Gedanken, da drüben auch einmal ziehen zu dürfen an den Stricken, um Alarm zu schlagen oder Gebet zu läuten.

Daß die Ergebnisse des Schulbesuches dieser höchst phantasievollen Unaufmerksamkeit entsprechen mußten, ist klar. Trotzdem erhielt der Peppi von dem gutmütigen Lehrer ein Fleißbillett über das andere. Auch schöne Nullen wurden ihm in die Zensuren geschrieben, die damals die beste Note bedeuteten. So blieb auch in der Familie die Anerkennung nicht aus. Freilich, die kam nur einmal im Jahre und beschränkte sich in der Hauptsache auf das Christkindl. Das Christkindl hingegen beschränkte sich gewöhnlich auf ein Paar neue Handschuhe, ein kleines Spielzeug oder eine Schiefertafel mit Griffeln, so daß den Höhepunkt des ganzen Jahres eigentlich die Apfelsine bildete, die die Tante Therese regelmäßig zum 19. März, also am Josephitag, unter großer Feierlichkeit überbrachte. Die würdige Dame war die Schwester der Großmutter des Peppi, ein Familienmöbel aus der guten alten Zeit, von der der Großvater Luegecker einmal in des Peppi Gegenwart höchst bissig behauptete, sie hebe sich mit ihrem aristokratischen Gebaren vorteilhaft ab von den Bierbrauerphysiognomien der anderen Familie. Allerdings gravitierte sie nach höheren Regionen als in das Braugewerbe; sie hatte in hohe Beamtenkreise geheiratet und wurde durchweg die Frau Geheimsekretär genannt. Als solche begrüßte man sie auch jedesmal mit gebührendem Respekt. Man dankte es ihr, daß sie ihre Vergangenheit nicht völlig verleugnete, man wies ihr auf dem Biedermeiersofa den gebührenden Ehrenplatz an, dem Peppi aber wurde eingeschärft, er solle ihr beileibe nur die Hand küssen, den Mund aber erst dann, wenn sich die hohe Frau selbst zu so außerordentlicher Gunstbezeugung herabließe. Wollte er sich gar unterstehen, nach der Apfelsine zu greifen, die doch eigentlich sein Eigentum war, dann bekam er sofort eins auf die Hand. Denn diese duftende Frucht des Südens, die zu jenen Zeiten eine Gabe von hohem Werte bedeutete, durfte erst dann verzehrt werden, wenn sie völlig verhutzelt und ungenießbar erschien, gewöhnlich zu Ostern oder zu Pfingsten. Zunächst wanderte sie unter Beobachtung gebührender Vorsichtsmaßregeln sowie unter Segenswünschen für die gütige Spenderin in die Glasetagere des roten Salons, dicht neben den Brautkranz der Mutter des Peppi, dicht neben ein mit Kieselsteinen gefülltes, silbernes Skandalinstrument mit elfenbeinernem Griff, das der Säugling von derselben Tante in der Wiege erhalten hatte, das er aber ebensowenig berühren durfte wie die anderen Kostbarkeiten, die der Schrank noch barg.

Und deren gab es wahrlich eine Menge. Schön geschliffene Gläser, Messer und Gabeln, Teller und Schüsseln, Kaffeetassen und Salzbehälter. Busennadeln und Krawattenhalter. Am hellsten leuchtete ein großer Opal, von dem geheimnisvolle Kunde ging. Die Mutter verriet nämlich dem Peppi, der gehöre zu einer goldenen Dose. Wo diese augenblicklich sich aufhalte, wisse man nicht; sie sei eben verschwunden. Für heute genüge es, daß dieser Familienstolz ihrem Großvater, der gleichfalls Sebastian Gaigl hieß, von keinem Geringeren geschenkt wurde als vom König in eigener Person. Der kam nämlich mit seiner hohen Gemahlin, den Prinzessinnen und dem ganzen Gefolge bei einem großen, landwirtschaftlichen Feste alljährlich auf den Bierkeller draußen bei der Theresienwiese und nahm dort das Mittagsmahl ein.

Die Mutter erzählte das nicht ohne eine gewisse Gehobenheit, mit jenen Absätzen und Pausen, die so einen Bericht noch viel feierlicher machen. Auch fügte sie manches bei von der unnahbaren Würde solch hoher Herrschaften, ihrer huldvollen Herablassung und Gnade, so daß der Peppi zum erstenmal einen Begriff bekam vom Dasein jener Majestät, die die Menschen regiert. Freilich steckte er den König nicht in jene beengenden Uniformen, in denen sich der gewaltige Mann bei der Parade bewegte, sondern er zog ihm in Gedanken Purpur und Hermelin an und setzte ihm die Krone aufs Haupt, wie er's in Märchenbüchern gesehen hatte. Den Wunderstein aber beschloß er, bei Gelegenheit an sich zu nehmen, um ihn den Kameraden in der Schule zu zeigen. Wie er darauf verfiel, das wußte er, als er später mal gefragt wurde, selbst nicht recht anzugeben. Erst merkte er wohl, daß er Gewissensbisse empfand, und überlegte noch. Die Kreuzer hatte er gestohlen, ohne zu ahnen, was er tat: diesmal sagte er sich im voraus, daß es ein Unrecht war, was er vorhatte, eine jener Schandtaten, für die man wieder viele Stunden in der Peterskirche zu knien hatte oder entsprechende Prügel bekam. Aber die Sucht, einen Gegenstand zu berühren, den ein Monarch in der Hand gehalten hatte, gewann die Oberhand. So umschlich er den Schrank, er suchte einen passenden Augenblick, wo die Türe offen stand. Da das aber nie glückte, verstieg sich seine, durch die Erzählung gesteigerte Erfindungskraft zur ersten Lüge des Lebens.

Die nahm er auf sich, so ruhig und sicher, als ob er das Vaterunser heruntersage, ja, er brauchte gar keine lange Überlegung dazu. Er behauptete nämlich, während der Lehrer mit dem Stabe an der Wandkarte die Grenzen des Vaterlandes abmaß, der König dieses unermeßlichen Reiches habe ihm eine goldene Dose mit einem märchenhaften Stein eigenhändig auf der Straße geschenkt. Die Dose zeige er nicht her, nein, die verwahre er irgendwo ganz im geheimen. Den Stein aber könne jeder bei ihm zu Hause sehen, der ihn sehen wolle. Freilich fiel er damit bös herein, denn der Lehrer fragte, was da geflüstert werde, und als die Mitschüler alles verrieten, lachte er dem dummen Aufschneider so laut ins Gesicht, daß die ganze Schule ein gröhlendes Geheul anstimmte. Doch der an den Pranger Gestellte zog keine Witzigung aus dieser Niederlage, im Gegenteil, er verbiß sich förmlich in das Recht zu sagen, was ihm einfiel, mochte es nun wahr sein oder nicht. Mit dem König drang er nicht durch, nun gut, dann mußte es etwas anderes sein, womit er aufdrehen konnte.

Und da verfiel er auf etwas, womit wohl noch keiner sich gebrüstet hatte, weil bei dieser Lüge nicht das mindeste herausschaute. Seit er in die Schule ging, drang er beständig in seine Mutter, warum er denn gar keine Geschwister habe, wo die Kameraden doch gleich so und so viele aufzählen könnten. Natürlich vermochte die junge Frau keine Antwort zu geben, die den Peppi irgendwie befriedigte. Sie meinte, der Storch sei eben ein Tier, das man nicht so bestellen könne wie den braven Hund, der täglich die Milch vor das Haus fahre. Eines Tages aber erklärte sie plötzlich sehr aufgeregt, der Peppi werde nie einen Bruder erhalten, das solle er sich merken. Ganz verdutzt fuhr der Kleine zusammen. Er hatte die sanfte Mutter noch nie so gesehen, am letzten zu dieser Stunde, wo sie das herausstieß, unter dem angezündeten Christbaum. Dort war es nämlich kurz vorher zu einer schweren Szene zwischen den Eltern gekommen, zu einem Auftritt, der losbrach wie ein Gewitter im Sommer. Was sie redeten, verstand der Bub nicht; es waren nur abgerissene Sätze und Andeutungen. Auch nahm der Vater gleich darauf seinen Hut, um von dannen zu rennen, die Mutter aber löschte die Lichter des Baumes aus. Da taumelte der Junge zu Bett wie damals, wo er den Schlag von dem Eimer empfing. Er wußte nicht, um

was es ihm mehr leid war, um die elend verregnete Bescherung oder um den endgültig verweigerten Bruder, er tappte nur die Wand entlang, als hätte er alle Sehkraft verloren. Da er aber am andern Tage bei Tische zu seinem Erstaunen die Eltern plötzlich wieder ganz vergnügt fand, ja, scherzend und lachend wie sonst, legte er sich gleich zwei Brüder bei, deren Vorhandensein er zwischen Rechtschreiben und Religionsunterricht fanatisch verfocht. Da der Bruder eines bürgerlichen Schuljungen nie eine so hervorstechende Persönlichkeit sein kann wie ein König, durfte diese Lüge eine Zeitlang ungestraft ihre Runde machen, ja, es glückte dem Peppi sogar, einen Kameraden, der ihn besuchte und teilnahmsvoll nach den Angehörigen fragte, mit der Angabe zu täuschen, die beiden seien augenblicklich so krank, daß sie zu Bette lägen.
Trotzdem ging er bei Leuten, von denen er glaubte, sie könnten nicht so leicht auf die Spur kommen, daneben ganz im geheimen noch manchesmal mit der Dose hausieren. Er brachte sie zwar auch da nicht an den Mann, aber er gefiel sich selbst in dieser Welt des Scheins und fühlte sich noch wohler darin, als vor seinen Augen ganz unvermutet der Vorhang über eine neue gelüftet wurde. Unter den Klängen eines verstimmten Klaviers, in einer mäßig geheizten Bretterbude ging die buntbemalte Leinwand zur Höhe. Dann aber kamen Zauberer, Hexen, Krokodile herbei, zu denen sich bald zwei neue Gestalten, an fast unsichtbaren Drähten gezogen und in köstliche Gewänder gekleidet, gesellten. Sie trugen die gleichen Farben wie der seltene Leckerbissen, den man nur an ganz besonderen Festtagen aus der nahen Konditorei holte, wie Erdbeer- und Zitronengefrorenes, und hießen gleich dem Titel des Stückes Prinz Rosenrot und Prinzessin Lilienweiß. Nur daß sie außer den so getönten Kleidern goldene und silberne Spangen trugen, samt Barett und Diadem.
Wie sich die beiden durch alle Gefahren, durch Wasser und Feuer, durch brüllende Bestien schlugen, wie sie schließlich dann selige Hochzeit hielten, umgeben von nickenden Schranzen, bekränzt von Blumen sowie gesegnet von einer gütigen Fee, das machte dem Peppi gewaltigen Eindruck. Den unvergeßlichsten aber bot ihm auf einmal ein dickes Männ-

lein mit kupferroter Nase, gelben Hosen, grüner Weste und roter Jacke. »Der Kasperl!« schrien die Zuschauer ganz beseligt; Väter, Mütter, Kinder und Tanten wiesen auf den beweglichen Kerl. Und den Peppi riß es auf und nieder, als der Bursche mit dem grünen Hütel und der hochstehenden Feder nun plötzlich den Fabelwesen da oben sowie Fürsten und Professoren mit größter Respektlosigkeit einen Bauchtritt nach dem andern gab. Er lachte darüber in einem fort, er lachte zu Hause, in der Schule, auf der Straße, bis diese fortgesetzte Heiterkeit mit einem Schlage vor einem Ereignis verstummte, das ihn grausam ernüchtern sollte.

Es starb die Großmutter seines Vaters, das Urahnl der ganzen Familie, eine steinalte Frau von mehr wie neunzig Jahren, die in einem Spital am Fuße der Frauenkirche ein Zimmer bewohnte. Zu ihr war der Peppi regelmäßig dreimal im Jahre von seinem Vater persönlich gebracht worden, am Vorabend ihres Namenstages, am Vorabend des seinen und zu Silvester. Diese umständliche Gratulationsmaschine wäre auch ganz sicher am Geburtstage der alten Dame in Bewegung gesetzt worden, aber die Kirchenbücher ihrer Heimatsgemeinde konnten infolge der unregelmäßigen Führung um die Mitte des achtzehnten Jahrhunderts kein präzises Datum ausweisen. Bei diesen Besuchen hatte sich der Bub jedesmal vor den eiskalten Küssen der alten Dame, die ihn immer einen Schnurrbart fühlen ließen, ein bißchen gefürchtet. Auch verstand er sie kaum, wenn sie ihn mit ihrer fadenscheinigen Stimme etwas fragte. Sollte sie ihn aber verstehen, dann mußte er jedesmal schreien wie der Großvater Luegecker, der seine Mutter nur mit Hütehoh! oder ähnlichen ermunternden Zurufen anzubrüllen pflegte. So etwa, als ob er Pferde in Bewegung setzte.

Heute freilich brauchte sich keiner mehr anzustrengen. Sie lag stumm in dem einfachen Sarge, mit einem ganz verschwindenden Vogelgesichtchen, das eine weiße Haube umrahmte, mit Kinderhändchen, in die ein wächsernes Kruzifix gepreßt war, in langem, schwarzseidenem Gewand. Rechts und links davon standen zwischen einfachen Blumen zwei brennende Wachskerzen in Messingleuchtern sowie zwei alte Frauenzimmer, von denen das eine in leierndem Tone betete, während das andere so ein bißchen das Taschentuch vor den Augen in Bewegung setzte. Der Vater machte in strammer, aufrechter Haltung, die er stets wahrte, zuerst das Zeichen des Kreuzes. Dann neigte er sich zu dem Peppi herab und meinte, der brauche nicht gar so gleichgültig dazustehen, sondern solle entweder beten oder wenigstens eine gewisse Ergriffenheit zeigen. Hilflos sah sich der Kleine um, und da er in diesem Augenblick kein Vaterunser über die Lippen brachte, auch keinerlei Rührung empfand, sondern nur lähmende Furcht vor diesem ungewohnten Anblick, vor dieser Leiche und ihrer seltsamen Umgebung, zog er sein Taschentuch, hielt es vor das Gesicht und markierte trockenen Auges gehorsam so lautes Schluchzen, daß der Vater wieder meinte, derartig brauche man sich erst recht nicht aufzuführen.

Dem Peppi aber war's gar nicht zum Heulen. Er empfand es wohl, daß man in solcher Stunde nur der Dahingegangenen zu gedenken hatte, und schämte sich bitterlich, daß ihm im selben Augenblick nichts anderes durch das Gehirn zog als der Kasperl samt dem Marionettentheater. Lachen konnte er freilich nicht, aber ebensowenig vermochte er diese unpassende Erscheinung energisch zu scheuchen. So mußte er sich ihr denn widerwillig hingeben, indem ihm bald darauf die goldene Dose, der König und die beiden Brüder in den Sinn kamen. Die närrische Gesellschaft umgaukelte ihn auch, als er die alte Frau zur offenen Grube geleitete, sie folgte ihm, als er dem Gottesdienst in der Peterskirche beiwohnte, und sie stürmte erst recht auf ihn ein, als ihm der Vater etwa sechs Wochen später eröffnete, er dürfe nächste Woche mit ihm, der Mutter und den Großeltern Luegecker weit, weit über Land fahren, so weit, wie er noch nie in seinem Leben gekommen sei, um draußen in einem Dorfe im Dachauer Moos der Hochzeit vom Vetter Alois und der Base Kathi beizuwohnen.

Von diesen Verwandten hatte der Peppi noch niemals gehört. Sie waren ihm auch heute sehr gleichgültig, doch freute ihn die Aussicht, schon wieder das Fest einer Hochzeit, bestrahlt vom magischem Lichte des Marionettentheaters, sehen zu dürfen. Deshalb schlief er fast die ganze Nacht nicht und war

froh, als man ihn an dem finsteren Wintermorgen endlich aus dem Bette holte, um ihn dann, von oben bis unten in einen großen Schal gehüllt, einer eiskalten Kutsche zu überliefern, in der die Großeltern bereits Platz genommen hatten.
Freilich bedeutete das einen Anfang, der ein bißchen ernüchtern konnte, aber der Peppi tröstete sich im stillen damit, daß das große Ende noch kommen werde. Deshalb hielt er, eingeklemmt zwischen den vier Sitzen, tapfer aus, als das Fuhrwerk in der tiefen Dunkelheit gemessenen Trabes endlos dahinrollte. Die Spannung trieb ihn hoch, sie verscheuchte die Müdigkeit und ließ ihn mit aller Erwartung fortwährend durch die kleinen Fenster schauen. Lange, lange kam nichts; es blieb so stockdunkel im Freien wie in der Kutsche. Nur das eine merkte der kleine Reisende, daß es schon längst keine Häuser mehr in der Runde gab. Dann fuhr man wieder an einigen entlang, und der Vater nannte den Namen der Ortschaft. Er war der einzige, der sprach, nur war es fast immer ein Schimpfen auf die scheußliche Kutschiererei, was er hervorbrachte. Der Großvater hatte sich tief zurückgelehnt und schnarchte, daß es klang wie die Winden, die die Eimer in die Küche zogen, wenn sie schlecht geschmiert waren. Endlich richtete er sich im ersten Morgengrauen empor und gähnte, als wollte er alle im Wagen auffressen. Dann wies er auf ein großes Haus auf einer Anhöhe, das aus schneelosem Dunkel mit breiten Quadern herauswuchs. »Dachau!« brummte er; dann lehnte er sich wieder zurück. Denn man war noch immer nicht am Ziele.
Eine gute Weile ging es so fort, während der Morgen stärker heraufkam. Verregnete Wiesen, kahle Bäume traten hervor, worüber ein immer stärker wachsendes Licht flammte. »Siehst du den Petersturm?« fragte plötzlich die Großmutter. Der Peppi riß die geröteten Augen auf, so weit er nur konnte. Doch entdeckte er nichts. Er sah ein weitgestrecktes, ungeheueres Land, er sah darüber die Sonne emporsteigen, er sah die Quadern des Dachauer Schlosses rötlich beleuchtet und starrte wortlos vor sich hin, als die glühende Kugel, die er noch niemals so frei, so uneingeschränkt beobachtet hatte, jetzt höher und höher wuchs.

Der Verwandtschaft genügte das aber noch nicht. Man meinte, er müsse tiefer gehen, viel tiefer. Dabei hob man ihn an das Fenster und wies ungeduldig mit den Fingern nach einer Richtung. Jetzt sah der Peppi ganz fern am Horizont eine lange schwarze Linie auftauchen von Dächern, Türmen und Giebeln. Ganz unscheinbar, ganz niedrig wuchs sie aus dem Erdboden hervor. Das sei München, meinte der Vater, aber er war auch damit nicht zufrieden. Der Peppi sollte nun einmal den Petersturm herausfinden, zu dessen Füßen er geboren war. Als das nicht glückte, ärgerte er sich über so viel Schwerfälligkeit und meinte, er könnte nur wiederholen, was er schon oft gesagt habe, der Bub sei halt dumm. Da geriet der Großvater in Harnisch, auch die Frauen sprachen dagegen, so daß die schönste Schimpferei im Wagen begann, bis der Peppi, der bis jetzt immer aus reiner Lust am Phantasieren gelogen hatte, plötzlich merkte, daß diese lobenswerte Tätigkeit auch eine praktische Seite haben konnte. Von diesem Gesichtspunkte aus sagte er plötzlich, er sehe jetzt den Turm ganz deutlich. »Da ... da ... da ... da ...!« Er rief das sehr lebhaft, indem er nach einer beliebigen Richtung wies. Seine Reisegefährten aber führten sich auf, als würden sie plötzlich von einem Alp erlöst, der Jahre auf ihnen gelastet hatte. Sie begrüßten die wiedererwachende Klugheit des Buben mit einem lauten Freudenschrei, sie küßten ihn, als ob er ein großes Examen bestanden hätte, sie klopften ihn ab, bis kurze Zeit darauf die Türe des Wagens geöffnet wurde und die Insassen sich bocksteif ins Freie wanden.

War somit die ganze Fahrt schon höchst sonderbar gewesen, der Eintritt in die jetzt sich darbietende neue Welt sollte den Buben noch mehr verblüffen. Gleich beim Aussteigen fuhr ihm der ungewohnte Geruch von Kühen, Ochsen und Pferden in die Nase, wie er ihn nur einmal bei dem verwegenen Ritte des Papas auf freiem Felde empfunden hatte. Und wie die Tiere, die Häuser, so rochen die sonderbaren, die plump gekleideten Menschen, die in derbledernen Kanonenstiefeln einhertappten, silberne Knöpfe an den Westen trugen und ihm jetzt der Reihe nach kreuzweis die Hand gaben. Ein langer, seltsamer Zug! Erst wälzte er sich zur Kirche, einem klei-

nen, elenden Gebäude, in dem es nach Tabak und Stiefelwichse roch, dann ging er ins Wirtshaus, in einen großen, mit Papierblumen geschmückten Saal. Dort spielte eine Musikbande auf einem Podium eine abgehackte Melodie nach der andern, dann hielt ein närrisch gekleideter Kerl, der fast dem Kasperl ein bißchen ähnlich sah, unter allgemeinem Gelächter eine Rede, wobei er einen buntbebänderten Stab schwang. Und zu alledem wurde gegessen, immer wieder gegessen.
Ein übler Dunst von gebratenem und gesottenem Fleisch machte sich geltend. Der wuchs im Bunde mit dem stärker zunehmenden, blauen Zigarrenrauch zu einer solchen Wolke, daß dem Peppi fast übel wurde. Es tanzten nicht nur die Paare vor seinen Augen, sondern die Decke und der Lüster mit den Talglichtern, ja, er vermochte kaum mehr von einem Ende des Saales zum andern zu blinzeln. Sein Befremden, seine Ernüchterung waren grenzenlos, aber er hoffte, während er so eingekeilt zwischen Landleuten, Kellnerinnen und Verwandten saß, immer noch auf den Prinzen Rosenrot und die Prinzessin Lilienweiß. Wo sie nur blieben, fragte er die Mutter. Die drehte sich erstaunt zu ihm. Nun ja, das Brautpaar, forschte er weiter. Ein schallendes Gelächter belohnte diese neue, unfaßbare Dummheit. Da war also wirklich einer, der schon fünf Stunden mitfeierte, ohne zu wissen, wo Hochzeiter und Hochzeiterin saßen. Eilig führte man ihn zu einem untersetzten Bauern in braunem Rock mit dem Rosmarinzweig. Das sei der Ehemann, und die neben ihm in dem schwarzseidenen Gewand und dem Kranz auf dem Kopfe, das sei die junge Frau. Übrigens müsse der Peppi das doch wissen, denn der Vetter Alois sei doch der gewesen, der den Wagenschlag aufgerissen und ihm zuerst die Hand gegeben habe.
Der so Zurechtgewiesene hörte auf nichts mehr. Er sah mit offenem Munde bald auf den einen des häßlichen Paares, bald auf die andere. Plötzlich aber fing er fürchterlich zu heulen an, ja, er mußte sich obendrein regelrecht übergeben. Mitten in den Saal hinein, mitten unter die Tanzenden, daß es nur so niederpatschte auf den glattgefegten Boden. Die Mutter schrie auf, die ganze Verwandtschaft stürzte herbei, und die Großmutter meinte, sie kenne das schon, das komme

von dem vielen Schweinernen. Überhaupt sei es ein Blödsinn gewesen, den Buben mitzunehmen. Der Peppi erwiderte nichts mehr, sondern fiel sofort in einen tiefen Schlaf. Als er auf einen Augenblick erwachte, glaubte er sich wieder bei schwarzer Nacht im eiskalten Wagen zu finden. Doch das ging schnell vorbei.

Am nächsten Tag, als er, vom Schulbesuch befreit, noch zu Mittag still im Bette lag, kam er langsam wieder zu sich. Und nun bedachte er, während er auf das gemalte Medaillon der Decke starrte, während er ab und zu die dargebotene Medizin schluckte oder vorsichtig ins Nebenzimmer schielte, wo der Stein der geheimnisvollen Dose hinter Spiegelglas prangte, den grellen Unterschied zwischen Märchen und krachledernen Hosen, dessen betrübende Wirkung sein ganzes Leben ausfüllen sollte.

Zweites Kapitel

Großvater und Großmutter

Es waren gerade so etwa die dreißig Jahre vor jener Partie in das Dachauer Moos, da lenkte vom selben Orte weg, wo die denkwürdige Hochzeit begangen wurde, der Großvater Luegecker an einem frischen Maientag einen Einspänner in eigener Person nach München zu. Er trug eine lange, dunkelblaue Hose, eine graue, mit grünen Aufschlägen und Hornknöpfen benähte Joppe, sowie einen breitkrempigen Filzhut und sah ernst vor sich hin. Mit der rechten Hand hob er in gewissen Abständen ein bißchen die Zügel hoch, indem er sie gleich darauf wieder zum Rücken des Pferdes herabfallen ließ, mit der Linken griff er ab und zu wie prüfend an den Leib, um den eine lederne Geldkatze unter der Joppe gebunden war.

Neben ihm saß seine Frau, deren schlicht gescheiteltes Haar von einer hohen Pelzmütze bedeckt war, in violettem Kattunkleid, einen großen Korb auf den Knien. Den ließ sie keinen Augenblick aus den Händen, sondern drückte ihn, wenn der langsam dahinstolpernde Wagen einen Ruck machte, noch ängstlicher an die Brust, indem sie sich fast gleichzeitig mit mißtrauischen Blicken nach der langgestreckten Rückseite des Wagens drehte. Auf der wuchsen umfangreiche Holzkisten sowie eine große Handtasche, durch feste Stricke zusammengezogen, zur Höhe, als bildeten sie für das dahinziehende Paar auf dem unscheinbaren Kälberwagen die Lehne von Thronsesseln.

So ging es fort ein paar Stunden, ohne daß die beiden ein Wort wechselten. Die Stille des Morgens wurde einzig vom Singen der Vögel unterbrochen, auch mischte sich das Rollen des ungefederten Wagens sowie das Wiehern der Pferde dazwischen. Es ging nämlich nicht nur das eine, das vorn an der Deichsel zog, mit; hinter dem Wägelchen rannte noch ein zweites, dessen leinerner Halfter durch einen Lederriemen am Hinterteil des Wagens befestigt war. Dieses Tier, das eine Braune war und auch so genannt wurde, wollte der Luegekker drinnen in der Stadt an den Meistbietenden losschlagen, nachdem ihm die Dachauer Bauern zu lumpige Preise geboten hatten. Er selber kam mit dem Schimmel vollkommen aus in dem neuen Betriebe, der ihm jetzt vorschwebte, ja, er glaubte unter Umständen fürs erste sogar, ohne Roß hausen zu können. Das Fleisch mochte der Knecht von der Bank holen, das Bier hatte der Brauer vorzufahren, und kostspielige Ausflüge gab es zunächst nicht.

Doch dies alles konnte man in Seelenruhe abwarten. Die Hauptsache blieb, daß das Geschäft ging. Dafür wollten sie beide auch Sorge tragen, er, der was vom Bier verstand, seine Frau, die gut kochen konnte. Die Wirtschaft zur Schießstatt lag freilich ein bißchen entlegen, aber sie hatte ihr Stammpublikum, gebildet aus angesehenen Bürgern, ja, aus Adeligen. Außerdem galt das Bier, das er dort einführen wollte, als das beste der Stadt, es war kein gefärbtes Wasser wie das vom Singlspieler oder von der Lunglmayerin, es stammte vom Gaiglbräu, der sich augenblicklich des ersten Rufes erfreute. Die Gäste würden also ihre Haxen da hinaus schon so nach und nach in Bewegung setzen.

Das alles und noch viel Beweiskräftigeres hatte er seiner Frau nicht einmal, sondern zwanzigfach auseinandergesetzt, ehe er den folgenschweren Entschluß faßte, dem Dorfe auf immer den Rücken zu kehren. Leicht war es ihm ja selbst nicht geworden, das Anwesen zu veräußern, worauf seine Vorfahren, wie die Kirchenbücher auswiesen, über zweihundert Jahre das Feld bestellten. Einer nach dem andern war dort der Reihe nach geboren worden und gestorben, einer nach dem andern hatte, wenn er der Älteste war, den Namen Joseph getragen. Aber bei allem Respekt vor solch ehrwürdiger Überlieferung mußte man sich als sparsamer Hausvater das eine sagen, daß man da draußen nicht richtig mehr wirtschaften konnte. Ja, wenn man ein Großbauer gewesen wäre, wie die Knallprotzen in Niederbayern drunten, die die Hufe ihrer Rösser an Festtagen mit Champagner wuschen, oder gleich vierspännig zum Oktoberfest kutschierten, dann konnte man lachen. Konnte auch mit so hundert bis zweihundert Stück Vieh und tausend Tagwerk Wald was verdienen, aber das verdammte Kleingütlergefrett trug nichts mehr, es kostete nur. Auch lernte der Bub nichts in der elenden Schule, sondern wurde halt ebenso stumpfsinnig wieder ein Bauer wie seine Vorfahren. Und das sollte er nicht, denn er war gescheit; da gab's keinen Zweifel. Brachte es der Vater zu was, dann bliebe es wohl schwerlich bei der Wirtschaft vor den Toren, da man die Arme schon weiter ausstrecken würde. Denn in der Stadt drin war Leben, war Zukunft; es rührte sich was, es blieb nicht immer alles auf demselben Fleck. Auch hatte man's nicht nötig, wie auf dem Lande, so einer verlumpten Adelsfamilie da oben auf dem verkrachten Schloß den Polanti zu machen.

Überhaupt diese Gutsherrschaft! Joseph Luegecker stieß unwillkürlich mit seinem Fuße gegen das Spritzleder, als ihm dieses welsche Gesindel jetzt in den Sinn kam. Seitdem sie im Jahre 1806 aufzogen, wo sie das verarmte Geschlecht der Grafen Treufels hinauskauften, sei das Unglück über die ganze Gegend gekommen. Da regierte keine Rechtschaffenheit mehr, da war nur Schwindel Trumpf, ja, er beklagte es heute noch, daß sein seliger Vater dem französischen Vicomte nicht alles vor die Füße warf, als der mit dem Napoleon in München und bald darauf im Dachauer Moos Einzug hielt. In der Stadt drinnen sei zwar heute noch ein ganzer Sack von den Windhunden; dort aber konnte man ihnen wenigstens aus dem Wege gehen, man brauchte sie nicht.

Die Biegung, die der Luegecker von der Hauptstraße weg machen mußte, um auf einem ausgefahrenen Vizinaldamm eine ihm gelegene Abkürzung zu erzielen, gab ihm erwünschte Anregung, diese ganze Litanei ein letztesmal aufzusagen. Nur mit dem einen Unterschied, daß er diesmal, wie er meinte, den Gaul von hinten nach vorn aufzäumte. Er sah nämlich auf der neuen Linie das von den bayerischen

Kurfürsten in französischem Stil erbaute Lustschloß Nymphenburg samt dem weit gedehnten Park vor sich liegen. Um diese ganze Anlage kutschierte er mit seinem Zeugl herum, bis er die mächtige Fontäne mit dem Kanal und der zu beiden Seiten sich erstreckenden Auffahrtsallee vor sich hatte. Dort ging es dann auf tadelloser Straße unter weitverzweigten Linden wieder schneller dahin. Die Stadt lag jetzt frei und deutlich vor ihm, während zur Rechten die Alpenkette sich ausdehnte. Noch tief verschneit lagen die gezackten Höhenzüge, aber sie waren mit so viel Sonne und leuchtendem Blau übergossen, daß man es förmlich merkte, wie es da oben immer stärker zusammenschmolz, um Matten und Almen freizugeben.

Freilich, für den Luegecker leuchtete diese Pracht, die über üppig grünende Wiesen hinauswuchs, vergebens. Er sah nicht einmal empor zu den ausschlagenden Bäumen über seinem Kopfe, er sah nur die Franzosen, er schüttelte den Kopf über die Maitressen, die sie den Kurfürsten alljährlich zugeschleppt hatten, und dann tauchte in solcher Ideenverbindung plötzlich noch etwas auf vor ihm wie eine böse Vision. Ein kleiner, dicker Mann mit glattrasiertem, käsgelbem Gesichte und hereingekämmten Haaren. Durchbohrende Augen hatte er, dieser Mann, die rechte Hand barg er im grünen, mit Rot ausgeschlagenem Waffenrock, die Linke hielt er am Degen, dicht neben den enganliegenden, weißen Lederhosen. Das alles stellte ein Bild dar, was wohlverpackt mit der übrigen Habe da hinten auf dem Wagen ruhte.

Aber was bedeutete dieses Geschmier gegen die Schilderung, die dem Luegecker seine Mutter von diesem ungeheuren Menschen an stillen Abendstunden noch heute zum besten gab! Sie selber hatte den Napoleon vor der Michelskirche in eigener Person gesehen, als er seinen Stiefsohn, den Vizekönig von Italien, mit der Tochter des bayerischen Königs vermählte. Ungeheuere Tage sollen das gewesen sein. Und die Münchner fürchteten sich nicht einmal vor dem Despoten; im Gegenteil, sie schrien Vivat! wo sie ihn sahen, sie warfen sich vor den Wagen, ja, sie hätten es am liebsten gehabt, wenn er als kostbares Schaustück auf immer bei ihnen geblieben wäre.

Selbst die Mutter tat heute noch ganz verrückt, wenn sie von ihm anfing. Wie großartig er daherkam, wie er mit den Sporen klirrte, und wie er dann auf einmal doch gelacht habe, so ganz gewöhnlich von unten herauf, wie ein Bauer vom Dachauer Moos, als er die für ihn in Sonntagstracht gesteckten Mädeln vom Lande erblickte. Unter diesen sei sie selber gestanden, obwohl sie eigentlich nicht dazu gehörte. Denn sie war nicht bei Dachau, sie war in Landshut geboren, als Tochter eines bayerischen Korporals, der an der Seite des großen Kaisers bei Jena und Auerstedt mitfocht, eines derben Kriegsmannes mit dreißigjähriger Dienstzeit, der sich nicht wenig auf diese Ehre einbildete. Von jenem Stolz war so manches auf die, ob ihres Wissens allgemein bestaunte Tochter übergegangen, die den Sohn bei jeder Gelegenheit erinnerte, daß er gerade einen Tag nach dem Brande von Moskau auf die Welt gekommen sei, also nach jenem Unglück, das den ersten Anstoß zur Vertreibung des furchtbaren Mannes gab.
Therese Luegecker hörte diese Reden ihres Mannes auch heute mit derselben Geduld an wie sonst. Sie hatte die lobenswerte Gewohnheit, ihn immer ganz ausreden zu lassen. Erst, wenn er einige Minuten schwieg oder die letzten zehn Worte drei- bis viermal nacheinander wiederholte, hielt sie ihre Zeit zum Einsetzen für gekommen. Doch auch da ging sie nur ganz langsam vor, mit reifer Überlegung. Erst fertigte sie die Schwiegermutter ab, indem sie meinte, die habe sich immer zu viel darauf zugute getan, daß sie besserer Herkunft sei und einen studierten Bruder ihr eigen nenne, den hochgebietenden Herrn Landrichter in Dachau. Das letztere könne man ihr schließlich nachsehen, unfaßlich sei aber diese ewige Renommage mit der Franzosengaudi, vor allem mit dem Napoleon. Der habe sich gewiß den Teufel um das Korporalsmädel gekümmert, schon deshalb, weil er viel zu hochgestellt war. Ja, seine Soldaten, die ließen sich eher zum Volk herab, die waren nicht so arrogant; das wisse man zur Genüge, in München sowohl wie auf dem Lande. Erzähle man doch heute noch im ganzen Dorfe von dem wunderschönen Offizier, der der Schwiegermutter seine Reverenzen gemacht habe. Einige der Dorfältesten hätten auch einwandfrei festgestellt, daß der

Joseph Luegecker dem französischen Windbeutel verflucht ähnlich sehe. Und sie glaube das auch. Warum habe er nicht dieselbe Kartoffelnase wie seine Vorfahren und die übrigen Bauern im Dorf? Woher kämen denn seine auffallend kleinen Hände, die keine Feldarbeit vertragen konnten? Und vor allem, woher kämen seine überspannten, seine abenteuerlichen Ideen?

Sie kenne ihn gut, sie wisse wohl, daß er morgen fallen lasse, was er heute wie verrückt beginne. Wie war es denn bei der Übernahme des Verwalterpostens? Da sei er erst darauf aus gewesen wie der Teufel auf die arme Seele, und jetzt räsoniere er auf die Herrschaft. Nun gut, die Sache da mit der Wirtschaft sei nun mal abgeschlossen; es sei nichts mehr dagegen zu machen. Auch scheine sie ihr ja nicht gerade schlecht, schon deshalb nicht, weil man sich draußen auf dem Lande in letzter Zeit wirklich zu hart tat. Das eine aber sage sie ihm: diesmal dürfe er nicht wieder davonlaufen, um alles liegen und stehen zu lassen. Gehe man einmal nach der Stadt, dann bleibe man auch da. So einfach wie das Kappenwechseln sei diese Geschichte nicht. Drum, wenn er nicht aushielte, dann mochte er gehen, wohin er wollte. Sie kralle sich fest, sie bliebe auf dem Posten mit ihrem Buben, mochte sie auch zugrunde gehen.

Das alles brachte sie in so bestimmter, unwiderleglicher Art hervor, daß der Luegecker kein Wort dagegen riskierte. Nicht einmal auf die Anspielungen, die seine Mutter und seine römische Nase betrafen, ging er ein. In früheren Tagen, wenn sie von diesem Thema anfing, war er immer sehr grob geworden; einmal hatte er sogar einen schönen Empirespiegel von der Wand gerissen und nach ihr geworfen. Als sie aber in ihrer nachdrücklichen Art regelmäßig alles wiederholte, indem sie ihm dabei mit ihren klugen, grauen Augen fast bis in den Magen hinuntersah, zuckte er bloß die Achseln. Was sollte er auch erwidern? Seiner Herkunft war kein Mensch auf dieser Welt sicher, am letzten in der grauslichen Zeit vor dreißig Jahren. Da war eine allgemeine Völkerwanderung, ein Hin- und Herum, wobei sich niemand mehr auskannte. Was Wunder also, wenn seine Mutter sich auch mal verschaut hätte? Er trug es ihr jedenfalls nicht nach, wenn ihm auch ein Franzos, wie er offen sagen mußte, als Vater höchst ausgefallen vorgekommen wäre. Denn er hatte nun mal für diese Lügenschüppel, für diese Schwindler und Süßholzraspler nicht das mindeste übrig. Da er es aber im Augenblick für besser fand, hierüber keine Meditationen anzustellen, trieb er ganz einfach sein Pferd an und war froh, als sich ihm bald darauf durch die immer näher rückende Stadt Gelegenheit bot, die Unterhaltung in neue Bahnen zu lenken.

»Gelt, zwanzig Jahr bist nicht mehr da gewesen?« fragte er die Frau. Sie nickte stumm. Ein einziges Mal in ihrem Leben hatte sie die Stadt betreten, bei der Fronleichnamsprozession, zu der die Mutter sie mitnahm, damit sie den Herrn Erzbischof samt der Monstranz und dem ganzen Hofe bestaunen konnte. Seit jenem Tage war sie über die Felder des Heimatdorfes nur hinausgekommen, wenn sie in Dachau allmonatlich auf den Markt ging. Darauf meinte der Luegecker wieder, sie würde große Augen machen, denn das sei eine andere Welt geworden. Damit sie sich aber drinnen ein bißchen zurechtfinde, wolle er eigens einen Umweg nehmen und Schritt fahren.

Er sagte das gerade am Ende der großen Lindenallee, als die ersten Häuser der Stadt dicht vor ihnen lagen. Zur Linken tauchte die Erzgießerei auf, dann kam ein Brauhaus, zur Rechten lagen vereinzelte Villen und Privathäuser, darunter schöne, stattliche Behausungen in Empire und Barock, von weiten, schattigen Gärten umgeben. So ging es in pfeilgerader Richtung die Briennerstraße hinab auf eine große Wiese zu, aus deren üppig wuchernden Grashalmen und Brennesselstauden plötzlich zwei funkelnagelneue Bauwerke mit mächtigen Säulen und ragenden Giebeln in blendender Reine zum Himmel strebten.

Und an dieser großartigen Stelle, die damals noch frei gegen Westen lag, hielt Joseph Luegecker jetzt endgültigen Einzug in München. Er empfand selbst etwas von der Bedeutung des Augenblickes; deshalb drehte er sich nach rückwärts, ob alles noch da wäre, Kisten, Taschen, samt dem nachtrabenden Pferd. Dann rief er hü! und rollte an der griechischen Pracht vorbei. Der ehemalige Dachauer Bauer nickte teils befriedigt, teils erstaunt, wie einer, der, obwohl er den Führer macht, nicht recht weiß, was er erklären soll. So etwa wie die kleinen Lazzaroni, die sich einem im Süden als Ciceroni anbieten und erst dann finden, daß alles sehr schön sei, wenn es der Fremde sagt. Mit jedem Schritte vollzog sich so in ihm der Übergang zum werdenden Städter. In Gedanken zog er schon den Kittel aus, indem er den langen Rock dafür eintauschte. Dann stieß er seine schweigsame Ehehälfte an, die so gar nicht auf das Neue eingehen wollte, sondern den Korb auf dem Schoße gleichmäßig festhielt. »Ha?« fragte er, indem er mit der Hand einen Kreis auf die umliegende Pracht beschrieb. Und als die Frau wieder stumm blieb, meinte er, die Dinge da hätten alle ganz extrige, ausländische Namen, die er wohl schon öfter gehört habe, doch leider nicht behalten könne.

Da meinte die Frau endlich, er behalte überhaupt so schwer was im Gedächtnis. Sie habe ihm vorgestern noch ausdrücklich gesagt, er solle doch ja das Mutterschwein dem Schusterbauern anbieten, der fünf Gulden mehr dafür geben wollte wie der Gmeinwieser. Natürlich habe er's wieder vergessen. Das brachte den Luegecker etwas aus seiner künstlerischen Sammlung, so daß er für ein paar Augenblicke gar keine Worte fand.

Als sie aber bald darauf um einen schön angelegten Platz fuhren, um ein mit Blumen bebautes Rondell, aus dessen Mitte in stolzer Höhe ein bronzener Obelisk zum Himmel ragte, fand er sich wieder. Es wies die Frau auf diese neue Sehenswürdigkeit, indem er gleichzeitig meinte, das mit der Sau habe seine besondere Bewandtnis. Es sei ihm nicht eingefallen, so eine wichtige Sache zu verschwitzen, nur sei der Unterhändler Faist gerade des Weges gekommen, um die letzten Formalitäten zu erledigen. Und da habe er sich halt doch gesagt, daß der Verkauf des Anwesens noch wichtiger sei als der von dem Mutterschwein.

»Natürlich,« brummte die Frau, »wer hat's wieder machen müssen? Ich hab's wieder machen müssen!« Dem Luegecker gingen die Augen fast über. »Ja, hat der Schusterbauer die Sau gekriegt?« fragte er ganz verdutzt. »Meinst du, ich laß fünf Gulden aus?« gab sie spitzig zurück. Jetzt lachte der Mann ganz überglücklich, indem er sie mit der linken Faust ein paarmal fest auf den Rücken schlug. »Bist halt eine, sag's ja, du bist eine.« Und er erklärte wieder die Schönheiten der Stadt wie ein Fremdenführer.

»Da wohnt der König!« sagte er bedeutungsvoll, als sie die Briennerstraße mit den vielen Privatpalais langsam durchquert hatten und über den Odeonsplatz, an der Theatinerkirche vorbei, der Residenz zustrebten. Es war ein gewaltiger Palast mit vorspringendem Mittelbau und ragenden Säulen, der da gegen Norden die altehrwürdige Residenz der Kurfürsten wie ein trotziges Bollwerk flankierte. Fast noch mehr tat das der im Florentiner Stil gehaltene Südbau mit den kolossalen Spiegelfenstern. Die blitzten, daß es nur so eine Art hatte, und schienen fast so hoch wie das Häuschen, das sie im Dachauer Moos bewohnten.

Die Frau aber schüttelte den Kopf. »Kosten muß das was!« meinte sie. »Sakrisch viel«, nickte der Luegecker. Und er fügte bei, es träfe nicht nur die Zivilliste, auch das Land ginge es an. Da, zum Beispiel, den Prachtbau – er wies auf das neue Hoftheater – den hätten nach dem großen Brande die Bürger aus ihrer Tasche bezahlt. Die würden überhaupt gehörig geschröpft und müßten blechen, daß ihnen die Augen übergingen. »Hast dein Geld noch?« fragte die Frau. Mit jäher Bewegung fuhr der Luegecker nach der verborgenen Katze. »Natürlich«, sagte er sichtlich erleichtert. Man schien aber auf der anderen Seite des Wagens die Antwort durchaus nicht so selbstverständlich zu finden, denn man forschte weiter. »Und die Abmeldung? Die Legitimation?«

Jetzt durchfuhr es den Luegecker von oben bis unten. Herrgott, seine Frau kannte ihn wirklich. Die Papiere hatte er beim Onkel Landrichter in Dachau, dem Bruder seiner Mutter, liegen lassen, als ob's abgebrauchte Zündhölzeln wären. Freilich war das zu begreifen, denn jeder Gang den Schloßberg hinauf kostete ihn die allergrößte Überwindung. Schon die weiten Gänge, die hohen Türen flößten unwillkürlich

Respekt und Atembeklemmung ein. Wurde man endlich vorgelassen, dann stand man noch lange nicht dem Gestrengen gegenüber, der Zivil- und Justizverwaltung in einer Person vereinte, sondern einem grantigen Schreibergesellen mit frechen Manieren. Nun hieß es warten und allen Blödsinn anhören, den der Substitut in hochnäsigem Tone an den Petenten hinredete; dann endlich durfte an die Türe eines Gemaches geklopft werden, ganz schüchtern und bescheiden, damit es ja nicht vordringlich aussehe.

Da drinnen richtete sich dann hinter einem Pulte ein hagerer Mann auf mit einer braunen Perücke, der sich fortwährend die Augen wischte und alle fünf Minuten die Brillen vertauschte, eine geräucherte mit einer durchsichtigen, die durchsichtige mit der geräucherten. Dieser glattrasierte, wächserne Totenschädel gehörte dem Herrn Onkel, der zugleich der Herr Landrichter war und wenig Spaß verstand. Er konnte Stockprügel bereits verordnen, wenn einer der Bauernburschen zu laut mit der Geißel knallte, ja, er durfte durch denselben Büttel, der die Fünfundzwanzig im Hofe unten auf einer eigens konstruierten Bank niedersausen ließ, jeden Bauern und Bürger vor dem Bilde des Königs, das dort an der Wand in schreienden Farben hing, zur Abbitte begangener Verbrechen auf die Knie zwingen.

»Herr Onkel ...«, begann der Luegecker, als er die Papiere anmeldete. Die Gegenrede war weniger familiär, trotzdem sie sich auf dem traulichen Du bewegte. Es wurde dem Petenten energisch bedeutet, daß hier keinerlei verwandtschaftliche Rücksichten in Betracht kämen. Dann folgte eine Moralpauke über den geplanten Fortzug aus der Gegend. Das sei so eine neumodische Sache, eine alberne Nachäfferei. Aber man wisse ja, schnöde Gewinnsucht sei das einzige, was heute noch regiere; Solidität gebe es keine mehr. Allerdings, der Luegecker könne machen, was er wolle, man hätte auch in Bayern leider nun mal die Freizügigkeit gestattet und müsse ihm die Papiere verabfolgen, aber zu bezahlen hätte er die vorgeschriebenen Sporteln, und zu warten hätte er auch. Von heute auf morgen ginge das nicht, denn hier sei keine Nudelbäckerei.

Dieser letzten Versicherung hätte es wohl kaum bedurft, denn daß in diesen ungemütlichen, hohen Räumen, wo es nur nach Aktenstaub roch, nicht jene wohlschmeckenden Leckereien bereitet wurden, die als gekneteter Teig auf die umgebogene Kniescheibe gepreßt wurden, um dann, wie der Volksmund sagte, als »Ausgezogene« in Welt und Magen zu wandern, das merkte der Luegecker auch ohne den Zuspruch des Herrn Onkels. Unter dem freien Himmel der Großstadt gediehen diese Kostbarkeiten so gut, wie sie nirgends gerieten, und gerade jetzt, während er sich ärgerte, daß er die Hauptsache vertrödelt hatte, ohne die er sich gar nicht niederlassen konnte, stieg ihm der Duft von Nudeln auf einmal in die von der Gattin als römisch bezeichnete Nase. Wie eine Erlösung wirkte das auf ihn, denn er fühlte selbst, jetzt kam der bessere Teil der Fahrt. Bis da war die Kutschiererei, unausgesetzt von dem »Ja mein!« und »I' sag's ja.« seiner Ehehälfte überschüttet, am Barockbau des Törringschen Palais vorbei, die Dienerstraße hinabgegangen, schön langsam Schritt für Schritt, da es wie mit einem Schlage nicht mehr rascher voranging. Fuhrwerk auf Fuhrwerk stemmte sich nämlich entgegen, bis sie endlich auf dem Hauptplatze der Stadt, der Schlagader Münchens, ankamen.

Dort strömte heute um so stärker alles Leben zusammen, weil Samstag, also Schrannentag war. Ein im ersten Augenblicke unübersehbares Gewimmel, über das die verschiedenen Häuser herausragten. Gleich zur linken Hand, wo sich der etwas unregelmäßige Platz zu einer Verengung, dem Eiermarkte, zusammenschob und auf einem Hause das Bild des Riesen Onuphrius zeigte, lag das unförmige, alte Rathaus, ein breitgeformter, plumper Kasten mit drei hohen Fenstern in der Front und dem angrenzenden Türmchen. In voller Breite gegenüber, zu ebener Erde eines bunt bemalten Hauses winkte, von Ketten und Schilderhäuschen abgeschlossen, die Hauptwache, zur rechten Hand prangte das Regierungsgebäude des Isarkreises, ein etwas aus dem behäbigen Rahmen fallender, nicht übler Renaissancebau mit dem Fischbrunnen davor, und in der Mitte des Ganzen thronte auf einer roten Marmorsäule, neu vergoldet, die gekrönte Jungfrau Maria mit dem Kinde.

Was dem Platz aber erst die letzte Eigenart verlieh, das waren die nach italienischer Art erbauten Lauben, die sogenannten „Finsteren Bögen“, die rings in die stattlichen, mit Erkertürmchen verzierten Häuser des schönen Gevierts gebrochen waren. Aus ihnen stiegen, neben dem schon angedeuteten Schleimhautkitzel der Nudeln, die nicht minder verheißungsvollen Gerüche von Käse, frischer Leinwand und Sauerkraut in angenehmer Abwechslung zum Himmel empor, zu jenem Maienhimmel, von dessen wolkenloser Höhe der Petersturm sowie die beiden mächtigen Kuppeln Unserer Lieben Frau mit ehrwürdigen Gesichtern auf das Treiben herabblickten.

Dieses war ein äußerst reges, ja, es schwirrte, summte und wogte nur so hin und her. Bauern, Melber, Bäcker, Brauer, mit Wagen, Pferden und Säcken, so dicht ineinandergefahren, so Hand an Hand, so Brust an Brust, so Mund an Mund, in regstem, fortwährendem Handeln, daß der Luegecker nur an der äußersten Ecke grad mit Müh’ und Not noch vorbeisteuern konnte. Dicht gegenüber dem Rathaus tat er das, wo er sich bei einer altrenommierten Tabakfirma in Eile für zwei Kreuzer Brasil erstand.

»Siehst, da paßt’s mir schon besser«, meinte die Frau, die so lange die Zügel hielt. »Das überspannte Zeug da droben, das mag ich nicht.« Sie sah auch auf einmal viel freundlicher drein, sie deutete auf die feilgehaltenen Getreidesorten und ließ sich von einer Verkäuferin ein Stück Käs in den Wagen reichen, das sie, immer den Korb auf dem Schoß, mit gutem Appetit verzehrte. Der Mann aber, der den kurzen Aufenthalt benützte, sich eine Geselchte in den Mund zu stecken, schrie plötzlich im dicksten Kauen, so laut es nur ging. »Jessas, da geht ja der Faist.«

Richtig, es war der Unterhändler, der den Verkauf des Anwesens nach vieler Mühe zustande gebracht hatte, ein kleiner, dicker Vierziger mit einem Strohhut und bös strapaziertem Nankinganzug. Quecksilber in seiner ganzen Bewegung, immer auf dem Sprung hinzuhorchen und gegebenenfalls zu vermitteln, zeigte er, wo er bei den Bauern aus und ein ging, mit Vorliebe seinen Taufschein vor. Der bestätigte ihm nämlich, daß er am dritten Tage nach seiner Geburt in der Dreifaltigkeitskirche in München dieses Sakramentes teilhaftig geworden war und den Namen Ferdinand erhalten hatte. Das wirkte bei manchem Abschluß fördernd und beruhigte die Seele ängstlicher, christlicher Gemüter; nur bei Frau Luegecker verschlug es in keiner Weise. Sie meinte, er solle den Wisch nur ruhig wieder in die Tasche stecken, denn sie sei bereit, ihm auf seine schwarzen Haare und geschlitzten Augen, auf die Plattfüße und die ungeheuren Ohren, vor allem aber auf seine kniffige Geschäftspraxis schlagend zu beweisen, daß er halt nach Jerusalem gehöre, dessen Abzeichen kein Weihwasser der Welt hinwegwaschen könne. Christ sei mal Christ, und wer's nicht habe, der könne es auch nicht nachwachsen lassen. Daß der Faist diese Liebenswürdigkeiten in keiner Weise krummnahm, bewies er durch die überaus herzliche Art, womit er die beiden Landleute begrüßte. »Herr Luegekker! Frau Luegecker, ein Glück, daß ich Sie treffe.« Damit sprang er ohne viele Umstände auf den Sitz und zwängte sich neben die beiden.

Durch die Kaufingerstraße ging es so fort, während der Faist die nötigen Erklärungen über seine Zudringlichkeit gab. Er sei eben draußen gewesen in der Schießstatt und habe alles schön herrichten lassen, damit nichts fehle beim Einzug. Jetzt sei geputzt, gelüftet, daß es nur so eine Freude sei, auf den üblen Gestank hinauf, den der Vorgänger hinterlassen habe. Eigentlich gehe ihn das ja gar nichts an, aber er sei nun mal nicht so wie seine Herren Geschäftsbrüder, die auf und davon liefen, wenn beim Notar protokolliert war; nein, er kümmere sich um seine Leute, wie sich der Luegecker bald überzeugen werde. Denn außer der frisch renovierten Schießstatt habe er noch eine große, große Überraschung für ihn in petto. Was das wäre? Das könnte er erst an Ort und Stelle demonstrieren, hier nicht. Denn hier liefen nur Krämer und Dreiquartlprivatiere herum, dies Projekt aber sei eine Sache für Leute mit den größten Gesichtspunkten, eben für den Herrn Luegecker. Madame zweifle? Dann möge sie sich mit ihm und ihrem Gatten allmählich umsehen, sie möge Erkundigungen einziehen wo immer sie wolle, am besten gleich im Ministerium selber. Das sei freilich stark ultramontan, aber so sehe nun mal heute die Mode aus. Außerdem bedeute das eine Gewissenssache, die niemand was angehe. Die Leute da drinnen wahrten doch alle den Blick für diese Zeit, und die sei nun mal groß, trotz ihrer Bigotterie, wie der Ludwig I., der sie aus dem Boden gestampft habe.

Bei der Nennung dieses Namens verstummten alle die verächtlichen Zwischenrufe, mit denen der Luegecker die lange Rede des Unterhändlers begleitete. Sogar die Frau, die nur mit größtem Widerstreben zugehört hatte, sagte nichts mehr. Erstens, weil der Faist mittendrin gegenüber der Michelskirche behend vom Wagen in ein kleines Geschäft sprang, um dort ein rosaseidenes, mit bunten Blumen besätes Tuch zu kaufen, das er ihr jetzt mit galanter Bewegung als Geschenk überreichte, zweitens, weil sie das Bild des Königs im Zimmer des Herrn Onkels vor sich sah, jenes furchtbare Bild, das jede Beleidigung auf das schwerste geahndet hätte. Doch sei es zu ihrer Ehre gesagt, daß es nicht die praktischen Gründe allein waren, die den Ausschlag gaben.

Der König Ludwig verstand sich auch sonst besser in Respekt zu setzen und eine stärkere Gänsehaut auf dem Rücken zu erzeugen wie sein vor fünfzehn Jahren verstorbener gutmütiger Vater, den man ob seiner bürgermäßigen Manieren und ob seiner Leutseligkeit schlechthin den Maxl nannte. Kam er dahergerannt durch die Straßen, so schnell, daß die Adjutanten kaum folgen konnten, dann wich alles ehrerbietig aus vor dem mageren Manne, der den Kopf bald nach rechts, bald nach links schleuderte sowie Schultern und Arme in fortwährender Bewegung hielt. Jeden, der ihn grüßte, sah er durchbohrend an; vergaß aber einer diese schuldige Ehrenbezeugung, dann brachte er's, war er mal bei übler Laune, ruhig fertig, ihm ohne viele Umstände den Filz herunterzuhauen. Eine Unruhe, die sich, im Gegensatz zu der Bierseligkeit des selig entschlafenen Vorgängers, auch im öffentlichen Leben wie in der Politik geltend machte. Überall wurden Baugerüste errichtet, überall wurde gepinselt, ja, jetzt sollte sogar, wie der Faist beifügte, das Szepter über das Meer ausgestreckt werden. Ob der Herr Luegecker, die Madame, in Dachau draußen wohl schon was gehört hätten vom fernen

Griechenland? Dort sitze seit mehreren Jahren des Königs Sohn als Herrscher; zahllose Bayern wanderten aus, um in Athen, zu Füßen der Akropolis, eine neue Welt aufzubauen und bayerischen Handel dahin zu tragen. Wenn das nicht großartig sei, dann wisse er nicht, was man großartig nennen könne, ihm jedenfalls flösse so viel Aktivität die größte Hochachtung ein.

Der Luegecker sah einen Augenblick von der Michelskirche in gerader Richtung am Jesuitenkloster vorbei, das mit seinem ernst erhabenen Baustil weit in die Neuhauserstraße hineinsprang. Nicht künstlerische Erhebung war es, die den Betrachter dorthin zwang, sondern mehr eine Verlegenheitspause sowie der Überschlag der ganzen Fahrt, die in diese Richtung ging. Dann drehte er sich wieder zum Faist zurück. Ob das, was er da gesagt habe, etwa gar sein Geheimnis wäre, das er eigens reserviert habe? Wenn er ihn und seine Frau vielleicht zu Griechen machen wolle, dann bedanke er sich für so einen Schwindel; er bleibe im Lande und nähre sich redlich. Auch die Frau bekreuzigte sich bei der Aussicht, in der Nationaltracht mit dem rotsamtenen Häubchen und wallenden Pumphosen der Hellastöchter herumzusteigen, indem sie den Faist einen Bazi nannte. Der wollte eine Verteidigungsrede beginnen, um sich schnell von solchem Verdachte zu reinigen, er sagte ausdrücklich, er wolle sein Wort halten, und was dergleichen Redensarten mehr.

Aber der Luegecker meinte höchst kategorisch, er solle das Maul halten, indem er seine Ehehälfte den großen Bau des Stadtgerichtes entlang, die weite Gasse auf ein neues Kloster hinabwies. Das sei das Hollandeum, der Sitz der Benediktiner, und da hinein käme der Bub, wenn er ihn am Sonntag von Dachau abhole. Da drinnen könne er dann studieren, Jurist werden, um einmal später dem Vater vernünftigere Ratschläge zu geben wie der Wurschtlkramer, der Unterhändler. Dann drehte er sich nach der anderen Seite und wies auf zwei stattliche, bürgerliche Häuser gegenüber der Michelskirche. »Der Pschorr, der Gaiglbräu.« Und zwar sagte er das in einem Tone, in den sich Bewunderung wie Neid mischten. Denn ein so gottsmiserables Bier die zwei

Protzen oft zusammensotten, so viel Wasser sie hineinpantschten, sie hatten's doch im Leben zu was gebracht. Auf solide Weise, ohne nach Griechenland zu gehen. Davon kam er, wie überhaupt im Leben, wenn er mal von etwas angefangen hatte, nicht mehr weg. Er hänselte und stichelte den Unterhändler in einem fort, während er mit dem Fuhrwerk auf das Karlstor lossteuerte, um von da an großen, freiliegenden Gärten vorbei, die Schützenstraße hinaus, direkt auf die Schießstatt zu streben.

Von dem Häuserrondell an gerechnet, das dieses Tor in ansehnlichem Halbbogen umsäumte, bedeutete der Weg dahin bei dem trägen Tempo des Wagens höchstens die fünf Minuten. Doch sie genügten, den Luegeckers einen Überblick über ihr künftiges Heim und dessen Umgebung zu gewähren. Der zusammengepferchte Komplex der Stadt lockerte sich nämlich hier außen mit einem Schlage; auch ohne Wälle und Zugbrücken war es vor dem Tore zu jener Zeit noch wie vor einer Festung, unter deren Schutz erst so nach und nach menschliche Ansiedlungen erstehen. Neue Straßenanlagen waren freilich schon abgesteckt, auch schielte bereits die erste protestantische Kirche über den breiten Platz. Aber hinter ihr sowie hinaus gegen die Theresienwiese zogen sich nur wenige Häuserstöcke durch die Gevierte. Ja, man sah von den großen Gärten, die sich in der Richtung der Schießstatt gegen Westen dehnten, zwischen einzelnen Bauten der Bayerstraße völlig frei hinaus bis zur Sendlinger Kirche.

Von dort sowie von der Anhöhe, die sich gegen Pasing zog, grüßten mächtige Bierkeller mit ihren Mauern wie hinausgeschobene Schanzen; in gerader Linie aber, dicht neben der alten Wirtschaft vom Sterngarten, lag, von Kastanien umwachsen, in einer Mulde ganz versteckt der Platz, wo die Hauptschützengesellschaft der Haupt- und Residenzstadt jeden Mittwoch und Samstag zu löblichem Tun zusammenkam. Es war ein schöner, behäbiger Bau, nicht unähnlich dem des Kadettenkorps, das nicht weit davon neben dem Sterngarten sich gegen den Karlsplatz hinstreckte. Dicht davor, neben Bänken und Tischen, die Sonntagsausflüglern als Ruhepunkt dienten, thronte ein hoher, mit Holz verschlagener Pumpbrunnen, und zwischen den hohen Fenstern des ersten Stockwerks befanden sich in regelmäßigen Abständen lustige Freskomalereien: ein paar »Oberlandler« in der alten Tracht, mit den langen Röcken und den hohen Hüten, Tölzer und Lenggrieser, die ob ihrer Schießkunst damals gerühmt wurden. Im ragenden Frontgesimse sah man den Tell mit der Armbrust und dem Knaben.

An dieser Stätte litt es den Faist nicht mehr länger. Nur ächzend hatte er das abgezwungene Stillschweigen ertragen; jetzt mußte er das Bild fertigmalen, das er in der ersten Eile nur andeutungsweise zu skizzieren vermochte. Er half der Frau von ihrem Sitze herunter, dann band er die Stricke los und lud die Kisten ab. Während er aber alles ins Haus trug, begann er den Luegecker in eine Unterhaltung zu ziehen. Für was er ihn denn eigentlich ansehe? »Meinetwegen für einen Schweinehund, ja, sogar für einen Juden; das alles kann ich tragen, nie und nimmer aber lasse ich einen Dummkopf auf mir sitzen! Athen für die Großkaufleute, München für die kleinen. Daß diese dabei auch große werden können, will ich Ihnen, mein Lieber, auf dieser Stelle beweisen. Da, drehen Sie sich um zur Stadt, schauen Sie zurück auf den Sterngarten und auf die umliegenden Wiesen. Wissen Sie, wem die gehören? Den Gankoffens, einer uralten Münchner Familie. Sehr berühmte Leute, wie man behauptet, hochangesehen, hochfein, aber geschäftlich jedenfalls völlig versimpelt wie die Mehrzahl aller Hiesigen. Vor allem, wie es scheint, ohne jede Ahnung, daß auf diesem Grund und Boden eine Million zu verdienen ist und zehn andere dazu. Das glauben Sie nicht? Sie sind wirklich so kurzsichtig, so beschränkt wie die andern? Herr Luegecker, das ist gar nicht möglich. Darum, wenn ich Ihnen für einen Rat gut bin, dann nehmen Sie die achttausend Gulden Erspartes, die Sie liegen haben, samt dem bißchen elterlichen Vermögen, kaufen Sie mit mir die zwei Plätze da vor der Schießstatt und fragen Sie hinterher nach zwanzig Jahren den Bürgermeister, was die ganze Stadt München samt ihm selber koste. Immer noch schwankend? Na, da muß ich's Ihnen verraten, das große, große Geheimnis, da muß ich Ihnen sagen, warum Sie ins Ministerium hineingehen sollen, aber halten Sie sich fest, damit Sie nicht umfallen vor freudigem Schreck. Oder noch besser, gehen Sie mit mir um die Schießstatt herum, damit ich's Ihnen gleich vor Augen führen kann. Was man selbst sieht, braucht man nicht erst lang erklärt zu bekommen.«

Er nahm ihn bei der Hand, der Luegecker griff an das Zaumzeug des Schimmels, der Schimmel setzte den Wagen in Bewegung, während die Frau mit dem zweiten Pferde hinterher marschierte. Als sie aber um das Gebäude herum waren, wies der Faist über die Kugelfänge hinaus zu den Bierkellern. Dort sah man am Horizont eine leichte, weiße Rauchwolke zur Höhe steigen. »Was ist das?« fragte er mit triumphierendem Gesichte. Der Luegecker war verlegen wie jeder, mit dem man so Fangball spielt, ohne daß man ihm sagt, was eigentlich dabei herauskommen soll. »Weiß nicht!« brummte er. »Wahrscheinlich wird's dem Hackerbräu sein Rauchfang sein.«

»Falsch geraten!« grinste der Faist. »Es ist die kolossale Sache, die jetzt die ganze Welt überzieht, die Eisenbahn! Die erstreckt sich schon von Nürnberg nach Fürth, jetzt geht sie seit einem Jahre von München nach Lochhausen, bald aber auch nach Augsburg hinüber, und dann überall hin, wo Leute reisen, wo sie Güter befördern wollen. Drum bleibt es auch nicht bei der elenden Einsteighalle, die man kurzsichtigerweise dreißig Minuten vor der Stadt angelegt hat. Der Bahnhof wird nächstens weiter hereingerückt werden. Und wissen Sie, wo er hinkommt, mein lieber Herr Luegecker? Direkt auf die Schießstatt.«

Wenn der Unterhändler, der sich mit jedem Satze immer mehr hineinsteigerte, geglaubt hatte, durch diesen letzten Trumpf eine niederschmetternde Wirkung zu erzielen, dann sollte er sich getäuscht sehen. Joseph Luegecker hielt allerdings beim Ausspannen seines Schimmels einige Augenblicke ein, indem er den gewandten Redner mit offenem Munde anstarrte. Plötzlich aber platzte er mit puffendem Laut los, wie eine dickgefüllte Schweinsblase, in die mit einem Knicker hineingestochen wird. Ja, er drehte sich, immer den Zügel in der Hand, direkt auf dem Absatz herum. »Die Eisenbahn?« schrie er. »Der neumodische Schwindel? Und mit so was soll

ich mich einlassen? Nein, lieber Herr Faist, auf den Leim kriech' ich ebensowenig wie auf den griechischen. Und wollen Sie wissen, warum? Weil nichts herausschaut bei der ganzen Geschicht'! Kann nicht rentieren, nicht in die Höhe kommen, der Unfug. Jawohl, Unfug. Oder ist es was anderes zu nennen, wenn man hinter so einem vergrößerten Kastanienbrater in offenen Kutschen herumfährt und sich Kleider und Sonnenschirme verbrennen läßt? Ist es was anderes, wenn man das ganze, schöne Land samt Ackern und Wiesen durch Schienen verschandelt und dem Bauern das Letzte wegnimmt, was er noch hat, seinen Boden? Mein lieber Herr Faist, besteht das große Geheimnis, von dem Sie gesprochen haben, nur darin, dann lassen Sie sich heimgeigen, je eher, desto besser. Ich mach' nicht mit, nein, ich tu's nicht, denn, mag ich mich nun auch in der Stadt niederlassen, so viel gehör' ich doch noch zum Bauern, daß ich seinen Schaden nicht geduldig ansehen kann, daß ich ...« Er besann sich und lachte wieder hell auf.
Plötzlich aber nahm er einen ganz anderen Ton an und sah so ernst drein, als ob ihm eine Erleuchtung gekommen wäre. »Nein,« sagte er ganz beruhigt und überlegen, »er kann dem Bauern ja gar nicht an, der Hokuspokus da. Denn, sagen Sie mal selbst, wenn er wirklich eingeführt wird, ich meine, wenn so ein Gleis von Stadt zu Stadt, von Dorf zu Dorf geht, wenn's dampft und stinkt, die Felder ruiniert, die Menschen zusammenfährt, was wird denn dann ... Jawohl, Sie Garg'scheiter, Sie, was wird dann aus dem, was ich da an der Hand hab'? Was soll aus dem Roß auf der Welt werden? Das hat doch auch seine Bestimmung. Soll man's nun einfach abschlachten und auffressen, soll man's auf den Schindanger schmeißen, weil's ein paar Hanswurschten einfällt, nur noch mit der Eisenbahn zu fahren? Soll man überhaupt die ganze Schöpfung umkrempeln, damit ein paar Spekulanten auf ihre Rechnung kommen?«

Er redete noch lange so fort und fand auch keinen Widerspruch mehr, denn der Faist empfahl sich schließlich mit schwer gekränkter Miene. Da ging ihm der Luegecker aber nach, sein lebendiges Beweismaterial, das Pferd, am Zügel, indem er fortwährend wiederholte: »Was soll denn dann aus dem Roß werden? Sie ... Was aus dem Roß werden soll, frag' ich.« Und er hätte es wohl noch hundertmal geschrien, bis zum Karlstor und Schrannenplatz hinein, wäre nicht endlich die Frau, die sehr aufmerksam zugehört hatte, gekommen, um ihn ohne viele Worte in Stall und Haus zu drängen.

Sie versorgten die Braune samt dem Schimmel, sie zogen den Wagen gemeinsam in die Remise, dann gingen sie langsam um das ganze Haus herum, sperrten die Türe auf und traten über die Schwelle. Während sie aber durch die mit bunten Scheiben, seidenen Fahnen und Geweihen bedeckten Zimmer und Säle wanderten, durch diese Räume, die nur am Abend bei Beleuchtung ihre Wirkung erzielten, im klaren Licht des Maientags aber vermodert und muffig dalagen, während sie die hölzernen Schießstände öffneten, um hinauszusehen gegen die weit entlegenen Erdaufwürfe der Kugelfänge, hinter denen weit und breit kein Gebäude mehr sichtbar war, während sie im ersten Stockwerk die paar Zimmer besichtigten, die ihnen als Wohnräume dienen sollten, wiederholte der Luegecker wie mechanisch dann und wann immer noch seine letzten Worte von den Rössern, die zuschanden werden sollten. Dabei lachte er höhnisch und schüttelte fortwährend den Kopf.

Plötzlich aber sagte er nichts mehr, denn seine Frau winkte ihm aus einer Ecke ganz geheimnisvoll mit dem Zeigefinger, er möge zu ihr kommen. Er folgte ihr, indem er glaubte, es fehle irgend etwas im Hause, worauf sie ihn stoßen wollte. Sie aber neigte sich an sein Ohr, und trotzdem außer ihnen zu dieser Stunde im ganzen Hause nicht eine menschliche Seele war, sprach sie so leise, daß er's selber kaum verstanden hätte, hätte nicht in jedem der Worte wieder jener Nachdruck gelegen, den sie immer anwandte, wenn sie etwas herausbrachte. In ihre Augen sah er nicht, sondern er stierte geradeaus und hätte sich am liebsten an die Stirne gegriffen, als sie ihm jetzt auseinandersetzte, es koste ja nichts, wenn er einmal hinginge zu dem Menschen da, zu dem hohen Herrn, von dem der Unterhändler, der Faist, gesprochen habe. Erkundigen könne man sich immerhin als vorsichtiger Mensch. Wenn es dann wirklich auf Wahrheit beruhe, daß der Bahnhof auf den Platz komme, wo sie jetzt herumstiegen, dann könne man ja alles Weitere sehen.

Drittes Kapitel

Die Gaigls

Vor dem brüchigen Tore, das, zu beiden Seiten von grün bewachsenen Befestigungsgräben der Stadt flankiert, die Sendlingerstraße abschloß, jenes kuriose Gewinde der entweder im reichsten Rokokostil verzierten oder auf einfachstem Verputz bunt bemalten Häuser, vor diesem Tore, das den Zugang bildete zu allem bürgerlichen Kleinhandel, zu Lebzeltern und Paternosterkramern, zu Zinngießern, zu Nagelschmieden, trieb neben dem Wege, der sich zum neuen Krankenhause und dann weiter zur Theresienwiese hinzog, die Zunft der Seilermeister zwischen durchlöcherten Holzpflökken ihr ehrsames Gewerbe. Es schnurrte und surrte daselbst das große Rad den ganzen Tag; es wanderten die Gesellen in Hemdärmeln, den Hanf um den Leib geschlungen, die in der Höhe gelagerten Spindeln entlang, indem sie ein Faserbüschel nach dem andern in die bereitstehenden Haken senkten. Waren sie dann in der Mitte angekommen, so schritten sie rückwärts, wobei sich aus der Masse neue Fasern herauszogen, bis endlich die einzelnen Fäden sichtbar wurden. Die drehte man mit einer Kurbel immer wieder um, man legte sie in der Mitte zusammen und umwand sie nochmals, bis endlich unter Lachen, Trinken und Fluchen jenes große Seil auf der Erde lag, das ein paar Tage später in den Handel kam, um am Chiemsee die Einbäume zu befestigen oder einem armen Sünder den Hals so zusammenzuziehen, daß er ganz gewiß keine gotteslästerliche Äußerung mehr tat, sondern eilig ins Jenseits floh. Das nannte man bekanntlich, die Hochzeit mit Seilermeisters Tochter machen, ein Brauch, der in Bayern schon längst nicht mehr in Anwendung kam. Aber die Vertreter des ehrlichen Handwerks, die da draußen vor dem Sendlinger Tore arbeiteten, fühlten sich als angesehene Männer weder eins mit dem unehrlichen des Scharfrichters, noch weigerten sie sich als gute Geschäftsleute, ihr solides Produkt an Staaten zu verkaufen, wo noch auf solche Weise justifiziert wurde.

Hätten sie nun, die zu solch umständlicher Arbeit in noch früheren Jahren gottergebene Sprüche zu singen pflegten, plötzlich die Aufgabe erhalten, die bereits gewundenen Taue wieder in einzelne auseinanderzulegen und zum Hanf zu verdichten, dann wäre ihnen das vermutlich leichter gefallen, als es einem der Nachfolger der Gaigls wird, die verworrenen Fäden dieser weitverzweigten Familie in allen Abstufungen streng voneinander zu halten. Die gingen nämlich keineswegs in der schnurgeraden Linie wie die der Luegekkers zu einem Dorfe oder dessen nächster Umgebung, sondern spannen sich fort, jenen Fluß entlang, der nicht nur in Volksliedern, sondern wirklich smaragdgrün zwischen stark gewundenen Höhenzügen und steil abstürzenden Kalksteinmassen vom Karwendel zur bayerischen Hauptstadt zieht: der Isar. Und wie über die durchsichtigen Gewässer zu Füßen der sich weit erstreckenden, geheimnisvollen Wälder Geschichte und Sage Hand in Hand schweben, so zieht es über die Köpfe der dort hausenden Mitglieder der angesehenen Sippe. Zwar haben ihre Lebensberufe der Phantasie keinen allzu großen Spielraum gelassen; die Gaigls waren Bäcker und Wirte, wobei als besonderes Merkmal hervorgehoben zu werden verdient, daß das Wasser die beiden Gewerbe wie zwei verschiedene Länder in Sprache und Bauart zu trennen verstand.

Wie man's im Süden oft sieht, daß auf der einen Seite der flache Campanile und auf der anderen der plumpe, deutsche Kirchturm mit der Zwiebelkuppel grüßt, so waren hier auf dem rechten Ufer die Männer, die mit dem frühesten sich erhoben, um den gekneteten Teig in den Backofen zu schieben, auf daß er drei Stunden später in die kleine Niederlassung der jetzt friedlich schlafenden Menschen gehe; auf dem linken Ufer die anderen, die spät zu Bett gingen, um den Rest

des übrig gebliebenen Bieres im Banzen ins Freie zu tragen, auf daß er am anderen Morgen noch genießbar sei – oder wenigstens schiene.
Auch in den Heiraten der Gaigls trat nichts weiter hervor, was die Saiten einer Dichterleier höher stimmen könnte. Sie erfolgten in der Regel aus höchst praktischen Anregungen heraus, von einer Vetternschaft in die andere, oder von Base zu Base. Und hier bildete der Fluß keine hemmende Grenze. Man fuhr bei hohem Wasserstande von Ufer zu Ufer, man watete oder ritt bei niederem bequem hindurch, man steckte sich den Rosmarinzweig ins Knopfloch, indem man einfach die Semmeln zu den Halbekrügeln und die Halbekrügel zu den Semmeln legte. Das ging so ineinander die Jahrzehnte lang, daß man nur noch mit dem Vornamen zu unterscheiden vermochte, und als diese schließlich einförmig wie bei den Lueguckers immer dieselben blieben, griff man zu den Beinamen der Häuser, die ihnen das herrschende Kloster gegeben hatte.
Da war's nun so ein Gehöft, auf das der Ruf hoher Berühmtheit von früher her aufgeklebt blieb wie das einladende Zeichen, das neben der Türe als behäbiger Ochse in vergoldetem Kranze aus Eisenblech geschnitten hervorsprang. Links der Isar befand sich die historische Stätte. Wie man ja schon erraten wird, da es sich um ein Wirtshaus handelt. Dort hauste im denkwürdigen Jahre 1705 der kurfürstliche Posthalter Sebastian Gaigl, ein Bärenmensch und zugleich ein treuer Parteigänger des angestammten Herrscherhauses. Der wackere Mann soll mit seiner Gattin, der geborenen Ursula Gaigl, einer Bäckerstochter – also, wie man wissen wird, vom rechten Ufer – schwer darunter gelitten haben, daß die vielgeliebten, hohen Persönlichkeiten, von den Österreichern vertrieben, irgendwo in der Fremde herumirrten, der Kurfürst im Norden, seine Gemahlin im Süden. Als nun die Oberländer Bauern im selben Jahre einen Tag vor Christnacht aus den Bergen die Isar hinauf gegen die Stadt zogen, um, wie die Legende behauptet, die von den Feinden inhaftierten Kinder des hohen Paares zu befreien, da gab ihnen der Gaigl als guter Patriot nicht etwa den Standerling zu kosten, der vom Tag

vorher übriggeblieben war, sondern setzte frisches Bier aus der Klosterbrauerei des nahen Schäftlarn vor, für das er keinerlei Entgelt verlangte. Für solch schweres Vorhaben, meinte er, müsse man sich entsprechend stärken, und da gäbe es nichts Besseres als einen tüchtigen Trunk. Er selbst hob gar häufig den Krug zum Munde und stieß an auf gutes Gelingen. Dann nahm er, weil er wohl merkte, daß die anderen auch so etwas trugen, unter allgemeinem Jubel selbst eine seidene Fahne, die er einmal bei einem Schießen in Wolfratshausen gewonnen hatte. Seine bessere Hälfte jammerte zwar Stein und Bein, aber er blieb fest und setzte sich an die Spitze des Zuges.

Freilich, wie weit er mitmarschierte, das sagt die Familienchronik nicht. Sein Vetter, der Nepomuk Gaigl, allerdings vom anderen Ufer, somit ein Bäcker und nebenbei ein boshafter Mensch, schrieb ein Jahr später in einem Briefe, der erhalten blieb, von den Nachkommen aber nicht gerne vorgezeigt wird, er habe gehört, »Der Sebastian sey in Pullach schon regressieret, dieweil es ihm bei der unbarmherzigen Kälte beinahe die Därme im Leibe zerfroren, und er auch sonst wohl gemerkt habe, daß nicht viel zu holen sey bei der ganzen Aktion, vor der ihn schon seine Ehefrau so bitter gewarnt habe, dieselbe Ursula, nach der es ihn außerdem auch wieder gar brünstig zurück verlangte.« Der Fahnenträger selbst soll anders geredet und das mörderische Feuer genau geschildert haben, das an der Kirchhofsmauer von Sendling die letzten der tapferen Streiter endgültig aufrieb. Jedenfalls muß er nicht allzu großen Schaden erlitten haben, denn er überlebte die Mordweihnacht volle vierunddreißig Jahre, wo er dann friedlich in seinem Bett an der Wassersucht, der typischen Krankheit der Leute, starb, die im Leben so viel mit dem Bier zu tun haben.

War dem weißblau gesinnten Manne nun auch das Ende auf dem Schlachtfelde verwehrt, so betätigte er seine loyale Gesinnung gegen das angestammte Herrscherhaus die ausgiebige Lebensdauer durch. Er fuhr in die Stadt, als der Kurfürst zehn Jahre nach der niedergeworfenen Empörung dank einem wenig ehrenvollen Frieden in seine Residenz wieder Einzug halten durfte, er rannte vor seine Posthalterei, wenn die fürstlichen Equipagen aufs neue zur Sauhatz in die benachbarten Wälder fuhren, indem er eifrig den Hut schwang. Und er blieb auch dann noch loyal, als so viele die Faust ballten, weil der Max Emanuel für die Angehörigen der Opfer jener Christnacht, in demütiger Verbeugung vor dem unbarmherzigen Sieger, weder Hand noch Herz öffnete. Jeden, der aufmucken wollte in seiner Wirtsstube, wies er mit rauher Rede zurecht. Das sei nun mal so und nicht anders. Außerdem habe man nicht zu mäkeln an dem, was von keinem Geringeren eingesetzt sei als von unserm Herrgott. Er schluckte so manches hinunter dabei, der Sebastian Gaigl, denn wenn er auch zu jenen gehörte, die da meinten, die Oberen würden schon wissen, warum es gerade so gehen mußte, hatte er doch ein viel zu ausgesprochenes Gerechtigkeitsgefühl, um dieses schreiende Unrecht nicht selbst zu empfinden. Möglich, daß er's sogar dem Kurfürsten ins Gesicht geschleudert hätte, wäre der durch Gewitter und Sturm zufällig mal in sein Haus verschlagen worden oder ihm sonst begegnet. Da durfte dann der Mann zum Mann reden, nicht der Knecht zum Herrn. Und das wäre ihm gerade recht gewesen, weil er so was wie eine Zusammengehörigkeit predigte, im Lande sowohl wie in der Familie.

Den Vettern der Frau, dem Sohne und auch sonst bei jeder Gelegenheit sagte er nämlich stets, was er dachte, und verlor doch vor keinem die Achtung, auch wenn sie mal tüchtig daneben schlugen. Besonders die auf dem rechten Ufer bekamen gehörig was ab. Sie taten nämlich immer sehr dünkelhaft und bildeten sich nicht wenig darauf ein, daß sie es waren, die den Kaiser Ludwig den Bayern in der Schlacht bei Ampfing, wo schon fast alles kaput war, aus den österreichischen Reihen herausgewalkt hätten. Freilich fügten sie nicht gerne bei, daß sie selber mit der Bataille nicht das geringste zu tun hatten, da schon seitdem fünfhundert Jahre vergangen waren. Aber ihr Gewerbe, ihre Zunft, die griff in jener Stunde entscheidend ein, und die Gaigls glaubten sich bei gegebener Gelegenheit immer wieder berufen, dasselbe zu tun, wenn das Vaterland es verlange. Ordentlich wollten sie dreinfahren, und nicht bloß, wie sie spöttisch beifügten, eine seidene Schützenfahne von Baierbrunn bis nach Pullach tragen und wieder zurück, wie der Sebastian in der denkwürdigen Sendlinger Schlacht.

Wenn sie sich solcher Dinge vermaßen, wenn links der Isar ungewundene Worte für das Fürstenhaus in Bereitschaft lagen, dann muß bei aller Anerkennung solch unverzagten Mutes doch ausgesprochen werden, daß keiner der ganzen Sippe von den betreffenden hohen Persönlichkeiten auch nur die leiseste Vorstellung hatte. Ludwig der Bayer war von vornherein völlig in den Mythos gerückt, er erschien so verschleiert wie der geographische Begriff von Ortschaften, die etwas nördlich der Hauptstadt lagen, von der Donau gar nicht zu reden. Und mit dem, der jetzt das Land regierte, mit dem Kurfürsten, ging es nicht viel besser. Das war das gleiche, geheimnisvolle Wesen, das man wohl mal in einer phantastischen Kutsche vorbeihuschen sah, und das einem, wenn man es durch unerhörten Zufall genauer betrachten konnte, gerade so anmutete wie eine aus Wachs gegossene Puppe, der man weißseidene Hosen, Westen und Strümpfe sowie einen blausamtenen Rock angezogen hatte. Als leblose, von gepuderter Perücke bedeckte Maske erschien es, das erstaunt auf das Volk sah, kaum seine Sprache verstand, selbst nur französisch sprach, veraltete Rechte starrköpfig aufrechthielt und das ganze Land als sein vom lieben Gott überlassenes Eigentum betrachtete, das man nach Belieben verklopfen oder aussaugen konnte.

Wäre dem Sebastian Gaigl zwischen den scharf zurechtgeschnittenen Hecken des Schloßgartens oder in den mit üppigen Bildern und Gold bedeckten Gemächern diese Maske erschienen, dann hätte er seine ehrlich empfundene Entrüstung wie die genauestens einstudierte Rede sauber für sich behalten. Noch mehr, er hätte sich unterm Drucke dieser schweren Enttäuschung gesagt, daß er damals sehr weise handelte, als er zur rechten Zeit beschloß, umzukehren und sein Blut nicht so nutzlos zu vergießen wie die armen Bauern, die man zur Mordweihnacht in die Stadt hetzte, oder wie die unglückseligen Führer, die dort auf dem Schafott zu

Füßen der Mariensäule endeten. Doch, wie schon einmal dargelegt wurde, der Posthalter von Baierbrunn blieb bei den Kugeln, die er heldenmütig auf Panduren abbrannte, und je älter er wurde, desto grimmiger hauste er unter den Bluthunden, desto lebhafter malte er die Schlacht aus; eben darum, weil er den niemals zu Gesicht bekam, für den sie geschlagen wurde.

Das Glück, einem Herrscher Bayerns Aug' in Aug' gegenübertreten zu dürfen, sollte erst seinem Urenkel zuteil werden. Das war jener Sebastian Gaigl, der allem Herkommen zuwider Haus und Hof seinem jüngeren Bruder überließ, um in der Stadt ein Bräuhaus zu erwerben. Solch beispielloser Vorgang erweckte die Isar hinauf und hinunter um so stärkeren Widerhall, als ganz zur selben Zeit, ja, fast zur selben Stunde, am anderen Ufer sich gleichfalls ein Gaigl in nördlicher Richtung gegen München in Bewegung setzte. Dort natürlich ein Nepomuk, der in eine altrenommierte Bäckerei einstehen wollte. Die beiden trafen sich, ohne daß einer vom Vorhaben des andern eine Ahnung hatte, halbwegs vor dem elenden Holzsteg von Talkirchen, der bei hohem Wasserstand der Isar jedesmal weggerissen, ein paar Tage später aber sofort wieder zurechtgezimmert wurde. Sie sahen sich an, sie nickten sich zu, sie scherzten: »Auch schon so früh auf!« aber keiner fragte den andern, was er eigentlich vorhätte oder was ihn zur Stadt triebe. So liefen sie nebeneinander her wie zwei junge Dackel, die sich zufällig gefunden hatten, nur beschnupperten sie sich etwas mißtrauischer, als diese Tiere es bei solchen Gelegenheiten tun. Vorsichtig sah einer auf den andern. Dann und wann fielen kurze Bemerkungen über den schönen Sommer, der gutes Getreide versprach, oder über die Flößer, die in gefährlicher Hast die reißenden Überfälle hinunterschossen. Die Isar sei ein wildes Wasser, was den Teufel habe, meinte der eine. Aber auch ein frisches, was bös in die Knochen ziehe, gab der andere zurück. Besser, man wage sich nicht hinein, entschieden die beiden. Dann ließen sie nichts mehr hören, bis sie endlich in die Stadt kamen.

Sonderbar nur, so wenig sie sich zu sagen hatten, sie gingen nicht voneinander weg, denn jeder wollte gern auskundschaften, was der andere da zu suchen hätte und wo er Quartier nehme. Gleichmäßigen Schrittes stiegen sie auf diese Art weiter, bis sie durch das gegen Süden gelegene Angertor, einem finsteren Mauerwerk, ähnlich dem, das die Sendlingerstraße abschloß, über den Jakobsplatz und dann durch dunkle Hausdurchgänge zu jenem Punkte gelangten, wo schon damals das Leben Münchens zusammenströmte, zum Schrannenplatz.

Dort mußte die Wendung kommen, denn der Nepomuk hatte nach rechts abzubiegen zur Residenzstraße, wollte er an sein Ziel gelangen, der Sebastian mußte geradeaus steuern zur Michelskirche. Statt dessen gingen sie ein halbes dutzendmal erst um die Mariensäule herum, dann um die heute in beschaulicher Ruhe liegenden Bögen, bis endlich der Sebastian erklärte, er halte es jetzt nicht mehr aus, er müsse ein Glas Bier in der Wirtschaft zum »Ewigen Licht« trinken. Damit glaubte er, einen besonders feinen Streich auszuspielen, um den Nepomuk los zu werden. Denn daß der der Gerissenere war, dem man nicht so leicht beikommen könnte, das hatte er nicht nur früher bei der Kirchweih in Pullach oder am anderen Ufer, sondern besonders diesmal wieder gemerkt. Der hochnäsige Vetter sah so spöttisch drein wie die ganze Bäckerverwandtschaft; manchmal lachte er sogar ganz kurz vor sich hin, ohne jede Ursache, ohne daß ein Wort gewechselt wurde. Drum mochte er in Gottes Namen hingehn, wo er Lust hatte, wenn er nur nicht herausbrachte, wohin der Sebastian selbst seine Schritte lenkte. Der Nepomuk aber erwiderte nach einiger Überlegung, das mit dem »Ewigen Licht« sei eine gute Idee, die ihm einleuchte, da er durch den weiten Marsch gleichfalls gehörige Sehnsucht nach Bier bekommen habe.

Da hockten nun die beiden anscheinend sehr friedlich nebeneinander und erregten durch ihre guten Anzüge, die langen, braunen Röcke mit den Silberknöpfen, die dunkelblauen Westen, die festen hohen Stiefel sowie durch ihre gutgefüllten Rucksäcke, die sie neben sich auf den Tisch gelegt hatten, bei dem minder gekleideten Publikum nicht geringes Aufsehen. Die Leute, die hier Frühschoppen machten, gehörten nämlich dem Handwerkerstande an oder suchten Arbeit bei Zunftmeistern, von denen auch einige herumsaßen. Einer von diesen drehte sich zu den Burschen und fragte sie, woher und wohin. Über die Herkunft gab der Nepomuk sofort befriedigende Auskunft, das Wohin wußte er wieder geschickt zu verschleiern. Er meinte, er probiere es mal mit der Bäckerei auf gut Glück in der Welt, was auch seine nette Seite aufweise. Das ewige Festpappen da draußen mache schwerfällig und schmecke auf die Dauer wie altes Brot. Dabei stimmte er ein Liedl an, wie es die Handwerksburschen damals sangen, und schlug dem Sebastian ein paarmal unter lautem Lachen auf die Schultern.

Der aber brachte kein Wort hervor, teils weil er nicht reden wollte, teils weil er vor Ärger nicht konnte. Ihn drängte die Zeit, er sollte um zwölf Uhr beim Stiefelbräu sein, wo zur Übernahme schon alles vorbereitet war. Dort hatte er nämlich als Brauburşche fünf Jahre gedient und sich, wie es in dem Zeugnisse hieß, durch große Frömmigkeit und gesittetes Betragen, aber auch durch streng solide Arbeit und Anhänglichkeit an den Brotgeber das Zutrauen des ohne männlichen Erben dahinsiechenden Besitzers in solchem Maße erworben, daß ihm am Schlusse begründete Hoffnung auf die Hand der einzigen Tochter gemacht wurde. Es handelte sich nur noch um einen Einsatz von fünfzehnhundert Kronentalern von seiner Seite, den er zwar noch nicht in bar, wohl aber in Form einer Lösungsurkunde bei sich trug. Alles schien somit bestens geregelt; nichts mehr stand im Wege, außer dem verwünschten Vetter da, der ungestört weiterträllerte. Und doch, es war lächerlich, sich in so ein geschamiges Getue hineinzuschrauben, denn der Bursche da war doch der letzte, der ihn aufhalten konnte. Eigentlich begriff sich der Sebastian selber kaum, daß er nicht einfach mit der Wahrheit herausrückte. Er brauchte sich ihrer doch nicht zu schämen. Was er tat, war kein Unrecht, und wenn er's tat, dann brauchte er's nicht zu verheimlichen. Wollte er aber gar nichts sagen, dann war das auch seine Sache, gegen die kein Mensch auf der Welt etwas einwenden konnte. Drum wäre eigentlich Zahlen und Auf-und-davon-Gehen das Allerbeste gewesen. Weil er das aber nicht fertigbrachte, rückte er erst ein paarmal auf der Bank herum, dann schnitt er Brot in sein Bier, so fünf bis sechs Brocken, dann trank er sehr umständlich, und endlich schob er den Krug bedächtig von sich, indem er die Arme auf den Tisch stemmte. Nun aber behauptete er, indem er brennrot wurde, die Nepomuks von der andern Seite seien schon die gemeinste Bagage, die es auf Gottes weiter Erde gebe.

Stieß er das auch mehr in verhaltenem Tone hervor, ein paar Bierkieser sahen sich doch nach den beiden um. Der Nepomuk aber blieb sehr ruhig. Er hatte seinen Gesang gerade beendet und fragte jetzt, indem er sich lachend zum Sebastian herüberdrehte, nichts weiter als: »Warum sind wir das?« – »Ihr wißt es selber am besten«, meinte der Sebastian und zahlte nun wirklich. Da erhob sich auch der Nepomuk und meinte, im Früheraufstehen wären die rechts der Isar den linken Vettern immer überlegen gewesen. Dafür könnten außer der Bäckerei so manche Beispiele aufgezählt werden, und auch er wollte jetzt eines zum besten geben. Er wisse nämlich ganz genau, der Sebastian gehe zum Stiefelbräu, um sich dort anzupürschen und auf das Mädel zu balzen. Viel Glück wünsche er; er ziehe zum Residenzbäck. Dort stehe für ihn auch was bereit, und damit der Sebastian ja nicht glaube, bloß ihm liefen die Frauenzimmer nach, so wolle er ihm gnädigst verraten, daß es ein Mädel sei, das auf ihn warte. Er kenne es zwar noch gar nicht, sei aber fest überzeugt, daß sie der Tochter des Bierbrauers in der Neuhauserstraße nichts nachgebe, weder an Schönheit noch an Kronentalern.

Die Bürger ringsum spitzten die Ohren, denn das Haus, das da genannt wurde, war ein angesehenes, ja, die verwitwete Besitzerin galt als eine der wohlhabendsten Frauen der Stadt. Freilich auch als eine der gröbsten, die mit Besen und Mundwerk gleichmäßig dreinzufahren wüßte. Doch bangte dem Nepomuk kaum vor der Frage, ob er der Alten die Schneid ein bißchen abkaufen werde. Auch von dem ersten Schrekken einer unliebsamen Überraschung dachte er sie so schnell zu kurieren wie der Tierarzt die Kuh, die ein böses Insekt gebissen hatte. Er kam nämlich nicht als ein Auserkorener wie der Sebastian, sondern hegte die menschenfreundliche Absicht, für seinen Bruder einzuspringen. Den hatte die Residenzbäckin vor einiger Zeit kennengelernt und in einem umständlichen Sendschreiben als Schwiegersohn reklamiert. Weil das aber ein verträumter Bursch war, der nie mit einem solchen Drachen fertig geworden wäre, ein Mensch, der vor den Weibern überhaupt einen höllischen Dampf hatte und schon unglücklich war, wenn er mal nach Grünwald reiten mußte oder gar nach Königsdorf, sandte der Familienrat der Gaigls rechts der Isar den Ältesten in die Stadt. Man sagte sich mit Recht, daß sich eine solche Partie doch nicht alle Tage fände, und gab somit dem Nepomuk die empfehlenden Verhaltungsmaßregeln und freundlichen Grüße mit auf den Weg, die man sonst dem andern gegeben hätte. Daß er es zwingen werde, darüber war in der Familie kein Zweifel, denn er galt mit Recht als der Rescheste von allen, der bei Gelegenheit sogar dem Herrn Landrichter seine Meinung sagte und jede Sache fest anzupacken verstand. Obendrein goß ihm die Mutter, ehe er das Haus verließ, ihren Segen zu dem schönen Vorhaben in Form eines Quartls Weihwasser über sein blondgelocktes Haupt, so daß er sich erst das Gesicht mit seinem rotgetüpfelten Tuche wieder abwischen mußte.

Ob das dem Herrn Vetter genüge, fragte er jetzt, als sie sich wieder auf dem Schrannenplatz befanden. Der erwiderte nichts mehr, sondern trieb, ohne dem Nepomuk einen Gruß zu bieten, der Neuhauserstraße zu, indem er sich hoch und teuer verschwor, den Hohn bei passender Gelegenheit entsprechend heimzuzahlen. Eines stand jedenfalls heute schon fest: hatte er einmal das Anwesen in Händen, dann wollte er Semmeln, Bretzeln und Wecken lieber von weiß Gott wem beziehen als von diesem spöttischen Kerl, mochten die anderen auch Dreck hineinbacken oder das Brot so klein halten wie beim Dreißigjährigen Kriege.

Mit der gewissenhaften Durchführung dieser Drohung sollte er nicht lange zu warten brauchen, denn die Übernahme ging glatt vonstatten. Der Stiefelbräu meinte zwar, es wäre ihm lieber gewesen, der Sebastian hätte das Geld gleich in bar mitgebracht, doch gab er sich schließlich zufrieden, denn Termin und Zahlungsstelle erschienen bestens gesichert. Auch die rotbackige Margret machte nicht viel Gezier, sondern fand sich mit jenem Gehorsam darein, womit damals die Kinder zum Traualtar gingen, wenn die Eltern die Zeit für gekommen hielten. Zunächst führte sie ihren künftigen Gemahl in der Wirtschaft herum, die sich, wie mit dem Zirkel gemessen, in eine hintere und eine vordere Hälfte teilte. Auf der einen, die gegen den Brauhof wies, saßen die besseren Leut', und zwar auf dem Stuhl der Herr Rendant, dort der Herr Oberbaurat, dort der Herr Kreisphysikus, der Herr Assessor, und wie sie sonst noch tituliert wurden. Auf der gegen die Straße gerichteten, zu der drei Stufen hinabführten, ließen sich Fuhrknechte, Schrannenbesucher, Laternanzünder, kurz und gut, gewöhnlichere Leut' nieder. Da käme es daher auch nicht so drauf an mit den Plätzen, meinte die Margret; das Publikum wechsle. Und der Sebastian empfand das dankbar, denn er fragte sich im geheimen, wie er, der da draußen in der stillen Wirtschaft des Abends vielleicht vier Leute zu bedienen hatte, diesen Riesenbetrieb in seinem Kopfe behalten sollte.

Der Schwiegervater vermehrte diese Sorgen, denn er nahm jetzt der Margret die Führung ab, die durch das Sudhaus ging. Der Sebastian kenne das zwar schon von früher her, aber wenn man selbst verantwortlich sei, sehe sich diese Geschichte ganz anders an. Deshalb wurden alle Kessel, alle Walzen, alle Fässer sehr eingehend besichtigt. Besonders lange verweilte man bei den Vorräten. Dort ließ der Stiefelbräu mit berechtigtem Stolz die goldgelbe Gerste durch die Finger gleiten, die er jedesmal für teures Geld auf der Schranne erwarb, um den großen Ruf seines Bieres aufrechtzuerhalten. Diese Ausgabe sei notwendig, meinte er, denn nur mit Reellität komme man voran in der Welt. Das solle sich der junge Mensch gut einprägen.

Der Sebastian hörte gesenkten Hauptes zu und war schon bereit, wieder einen Schwur fürs Leben zu leisten, als ihn der Stiefelbräu so ganz im Vorbeigehen auf eine Ecke wies, in der viel billigeres Material an Gerste aufgestapelt lag. Hiervon, meinte der künftige Schwiegervater, indem er die Stimme dämpfte, könne man bei Gelegenheit ja auch mal nehmen, aber erst, wenn der Grundstock gesichert erschiene. Nachhelfen, Flicken, das käme bei der solidesten Führung im Leben dann und wann vor, ja, man sei eigentlich kaum in der Lage, es ganz zu umgehen. Nur dürfe man in dieser Richtung keinen Unfug treiben, sondern müsse eben das Gewerbe vom Grund aus verstehen. Damit machte er das Zeichen des heiligen Kreuzes, denn die Mittagsglocke läutete von der Michaelskirche, und die Margret schrie von der Wirtschaft herüber, das Essen sei bereit. Nun setzte man sich in dem erhöhten Raume unter einem Kruzifix an den runden, ungedeckten Tisch in der Ecke, auf dem für jeden ein Teller mit Suppe und eingeschnittenes Rindfleisch von einer alten Kellnerin aufgetragen wurde. Dann sagte man zu dritt das Gebet herunter, man leierte es nach dem Essen, man ging an die Arbeit, in den Keller, auf den Speicher, einen Tag um den andern, bis man sich im Laufe der Jahre nur noch zu zweien zum Mittagsmahle niederließ.

Der Stiefelbräu ging nämlich bald dahin und erlebte es nicht mehr, wie in einwandfreiem Abstand nach der Verehelichung seiner Tochter ein Nachkomme sich einstellte, dem jedes Jahr darauf mit prompter Gewissenhaftigkeit ein neuer, ja, einmal sogar ein Pärchen folgte. Es wäre somit, da der Sebastian auch das Mischen aus den verschiedenen Gerstensorten immer besser begriff, alles im schönsten Verlaufe einer höchst normalen, einträglichen Münchner Ehe gewesen, hätten nicht die Zeiten auf Wirtschaft und Bierabsatz bedenklich gedrückt.

Es war kurz nach der französischen Revolution, am Ausgang der Regierung des Karl Theodor, die das Land mit einer wüsten Schuldenlast, einem von jesuitischen Beichtvätern schrankenlos geführten Despotismus überzog. Man hätte zwar in den oberen Regionen außer Sorge sein können, die Münchner nahmen das furchtbare Ereignis der Hinrichtung Ludwigs XVI., das die Welt wie ein Donnerschlag erschütterte, mit gebührendem Entsetzen auf. Keiner von ihnen dachte daran, dem Beispiel der Pariser Schreckensherrschaft zu folgen und dem Schandregiment im eigenen Lande an den Kragen zu gehen. Dafür brauchte die schier unglaubliche Botschaft viel zu lange, bis sie an den Mann kam; auch hätten sich die Bürger der Stadt draußen auf dem Galgenbergl, wo exekutiert wurde, lieber der Reihe nach die Köpfe herunterschlagen lassen, den Rosenkranz in der Hand, das schwarze Büßerhemd am Leibe, die Haare mit Pech zur Höhe gestrichen, damit der Scharfrichter besser zuhauen konnte, als nur den Finger zu erheben gegen die mißliebige Regierung oder gar gegen den Kurfürsten.

Ein König geköpft! Man rückte beim Gaiglbräu, wie das Anwesen seit dem Tode des Alten genannt wurde, bedenklich zusammen, man schaute hinüber zum Stadtgericht, das drohend herüberwinkte. Dort vor dem düsteren Gebäude stand der hölzerne Pranger, wo man den armen Sünder erst drei Tage öffentlich ausstellte, ehe ihn die büßenden Bruderschaften, die Kapuziner, die Wachen und die Behörden auf dem Schinderkarren unter allgemeinem Zulauf durch das Neuhausertor zum Marsfeld hinausführten. Dieses Schauspiel sah man zum Kummer von Frau Margret fast alle drei Monate unter den Fenstern vorbeiziehen. Und nun zu denken, daß ein gesalbtes Haupt so verschimpfiert werden konnte. Da hielt man sich doch besser still und räsonierte nicht über das strenge Regiment. Das aber kannte weder Land noch Leute, es verlegte die Residenz nach Mannheim hinauf, es wurstelte in unheilvoller Verblendung weiter, bis mit dem Tode des alten Wüstlings die gepuderte Perückenwirtschaft endlich zusammenbrach und in der Person des Herzogs Max Joseph von Pfalz-Zweibrücken ein neuer Geist in das ausgesogene Bayern und seine Hauptstadt hochfeierlichen Einzug hielt.

Das war am 11. März des Jahres 1799, an einem schönen, nur manchmal von Regenschauern überzogenen Frühlingstage. Und da vollzogen sich außer diesem, für das ganze Volk so bedeutungsvollen Ereignis noch zwei andere. Das eine ist schon angedeutet worden: es wurde einer von ihnen von einem bayerischen Herrscher persönlich angesprochen, das andere, das sich nach dem Schwure des Sebastian nicht voraussehen ließ: die beiden Vettern versöhnten sich wieder, Freilich, ganz so rasch ging das nicht. Zunächst standen sie sich mal Aug' in Aug', Festgewand in Festgewand auf dreißig Schritte gegenüber, Möglich, daß sie sich im Laufe dieser Zeit schon vorher mal begegneten – die Stadt war klein und zählte nur vierzigtausend Einwohner; man mußte also wohl oder übel mal vor der Kirche, auf der Straße oder auf der Schranne zusammenprallen – aber gewiß sah dann der Sebastian hastig in eine Ecke oder in einen Laden hinein, schon deshalb, weil es ihn wurmte, daß er das Brot nicht vom Residenzbäck beziehen durfte, wo es halt doch, was man auch sagen wollte, das beste von der Stadt blieb.

Der Nepomuk war nämlich vom Glücke gesegnet; er konnte sich rühmen, alles zu Gold zu machen, was er nur anfaßte. Das ging nicht so verschlafen wie beim Sebastian, es ging wie geschmiert. Zuerst fielen Mutter und Tochter im unverzagten Ansturm. Die wohlberechtigte Enttäuschung, daß sich der auserkorene Bräutigam so auffallend verändert hatte, wurde schnell überwunden, und keifte die Alte auch noch ein paar Tage herum, sie gab sich schließlich zufrieden, da der Eindringling nicht nur sie und die Tochter, sondern auch den Teig nebst dem ganzen Betriebe mit festen Händen anfaßte. Ärgerlich wurde sie erst dann wieder, als sich im Laufe der Jahre nur ein einziges Kind einstellte. Aber der Nepomuk meinte sehr entschieden, wer des Nachts um zwei Uhr aufstehen und zum Backofen gehen müsse, könnte nicht viel Zeit für solch extrige Geschichten übrigbehalten. Drum möge sie sich nur nicht wundern, wenn es vielleicht bei diesem Buben, der ihm gerade lange und ein ausnehmend prächtiger Kerl wäre, für alle Zukunft bliebe. Es liefen sowieso schon genug Gaigls in der Welt herum, droben im Isartal wie drüben in der Neuhauserstraße, so daß man sich kaum mehr auskenne damit. Sollten es aber die Frau Mutter für gut befinden, ihn auch weiter damit zu frozzeln, dann gebe er ihr doch in aller Ehrfurcht zu bedenken, daß ihr Seliger sich auch über die rundliche Kathi hinaus nicht im Brotteig vergriffen habe, wodurch sich die Rechnung vollkommen aufhebe. Die Residenzbäckin war sprachlos über diese Unverschämtheit, aber sie wußte den schlagenden Argumenten so wenig entgegenzusetzen, daß sie um des lieben Friedens willen das schwerste Opfer brachte, was sie zu bieten vermochte, nämlich den Mund zu halten.

Als sie aber am großen Tage des wiedererwachenden Vaterlandes, an jenem 11. März, draußen vor dem Karlstor im grünseidenen Gewande mit reichem Silbergeschnür um Hals und Mieder, eine Haube aus Goldbrokat auf dem Kopfe, mit der nicht minder geputzten Tochter und dem in Frack und Jabot einherstolzierenden Schwiegersohne an der Spitze zahlloser Zuschauer sieben volle Stunden lang auf den Kurfürsten wartete und dort auf einmal den Sebastian mit Frau nebst schlecht gezählten fünf blühenden Kindern erblickte, da regte sie sich ob solchen Familienglücks wieder auf, indem sie dem Nepomuk mit nicht mißzuverstehender Gebärde in die Rippen stieß. Der aber tat gar nicht dergleichen, sondern nahm auch diese Anspielung so gelassen auf wie die vorherigen. Er lachte sehr freundlich und meinte mit lauter Betonung, so daß es über die von Gendarmen und Bürgerwehr freigehaltene Straße hinübertönte, er sehe das ohne jeden Neid, ja, er freue sich von Herzen, daß der Sebastian sein Haus so trefflich bestellt habe.

In Wirklichkeit war es ihm ganz Wurst, ob der da drüben jedes Jahr Zwillinge oder Drillinge in die Welt setzte, aber es wurmte ihn schon lange, daß der Gaiglbräu, der ein gutes Geschäft darstellte, nicht auch bei ihm einkaufte, wo doch alle ersten Leute ihr Brot holten. So benützte er die Gelegenheit anzubandeln, ohne sich von solcher Absicht nach außen das mindeste merken zu lassen. Dem Sebastian aber genügte so viel Entgegenkommen schon reichlich. Ihm wurden bei diesen Worten die Wangen noch röter, als sie schon durch das Bier gefärbt waren, denn er hörte im Geiste seine Stammgäste, die immer ungeduldiger nach dem Brot des Residenzbäck verlangten. So war er denn bereit, mitten durch die Spalier bildenden Militärröcke schnurstracks über die Straße zu laufen und nicht eine, sondern beide Hände hinzustrecken, als ein weißblau gekleideter Kurier mit einem martialisch aussehenden Postmeister auf dampfendem Pferde heransprengte und verkündete, daß die höchsten Herrschaften jeden Augenblick eintreffen müßten.

Eine starke Welle zog auf beiden Seiten des großen Platzes über die Menge. Bürgermeister, Schützenbrüder, Schulkinder, Beamte und Geistliche warfen sich in entsprechende Positur, während die Soldaten auf schallendes Kommando die Gewehre präsentierten. Aber es war blinder Lärm, denn eine halbe Stunde verstrich, ohne daß sich ein Wagen zeigte. Statt dessen ging nach einigen Minuten gespannter Erwartung ein neuer Guß aus den Wolken hernieder, hinter die sich die Sonne blitzschnell verkrochen hatte. Ein verfrühtes Aprilwetter, wie man's nur denken konnte! Die weißblauen Fähnlein, die zwischen gewundenen Tannengirlanden auf gleichbemalten Stangen flatterten, wurden noch ärger verwaschen als bisher, die Frauen hoben kreischend die Röcke und zogen sich, soweit das bei dem großen Andrang möglich war, auf den Holzboden der kleinen Tribünen zurück, die für ein Musikkorps sowie für den Hochadel des Landes reserviert bleiben sollten.

So stand man mit Patriotismus und Regenschirm in stummer Erwartung, eine Pause, die die Residenzbäckin dazu benützte, ihren Enkel zu fragen, ob er auch sein Gedicht noch hersagen könne. Der Kleine war nämlich von allen Kindern dazu auserlesen worden, den Kurfürsten in jener Form zu begrüßen, die der Herr Rat Gankoffen für diesen Zweck eigens gefunden hatte. Diese Frage seiner Schwiegermutter ärgerte den Nepomuk. Er meinte, sie solle den Buben, den sie nicht von der Hand gab, doch endlich in Ruhe lassen, sonst könne er im entscheidenden Augenblick ganz gewiß nicht das Maul aufmachen. Da aber gerade der Bürgermeister vorüberging, der in höchster Amtstracht sehr wichtig tat und fortwährend die Bayerstraße hinausspähte, konnte er seinen Widerstand nicht allzu scharf anspannen, um so mehr, als der hohe Herr eine letzte Memorierung ausdrücklich guthieß. Der kleine Nepomuk, der ob seiner Klugheit überall als Wunderkind verschrien wurde, wollte daher gerade mit voller Schneid einsetzen, als brausende Hochrufe und Kanonendonner von ferne ertönten.

Das warf alles wieder in andere Richtung. Niemand durfte jetzt mehr an Proben denken; es kam auf die Tat an. Das große Ereignis kündete sich durch gemessenes Pferdegetrabe sowie durch barock gekleidete Piqueure an. Dann folgten zwei offene Wagen mit Adjutanten und Hofdamen, denen in eleganteren Kutschen der stattliche, junge Erbprinz Ludwig samt einigen Prinzessinnen nachfuhren. Eine gewaltige Aufregung bemächtigte sich der Menge; Festjungfrauen, denen die Schärpen sowie die weißen Kleider pritschnaß herunterhingen, traten den Ankommenden entgegen, dann stürmten die Korporationen und die Vereine mit Fahnen und Abzeichen herbei, und durch alle drängte sich der Bürgermeister, eine Rolle in der linken Hand, den kleinen Gaigl an der rechten. Er brach sich Bahn zur vordersten Tribüne, wo die Wagen hielten, um die Galaequipage des höchsten Paares zu erwarten.

Der Platzregen hatte nachgelassen; es sprühte nur noch ganz fein durch die Luft. Aber immer war es noch so viel, daß den hohen Herrschaften der Aufenthalt unter freiem Himmel nicht ganz genehm erscheinen mochte. Verschiedene sahen wenigstens recht molestiert nach oben, nur der Kurfürst selbst, der mit seiner hohen Gemahlin jetzt vorfuhr, ließ unter stetem, freundlichen Nicken geduldig über sich ergehen, was jetzt der Vater der Stadt in schwungvoller Rede alles hervorbrachte. Dann erhob sich der breite, joviale Herr, dessen Gesichte man ansah, daß er in seiner engeren Heimat recht gern einen guten Tropfen pfälzischen Weines trank, und streckte unter tosendem Jubel des ganzen Volkes statt aller Antwort mit freundlichem Lächeln seine beiden Hände aus dem Wagen heraus, nach rechts und nach links. Wer sie fassen sollte, bekam eine, und das waren nicht wenige. Das so lang geknechtete Volk stürzte jubelnd herbei, um dem gütigen Fürsten eine spontane Huldigung zu bringen.

Nur einen freute das weniger, den Bürgermeister. Das war außerhalb des Programms, das verzögerte, weil so viele sich herandrängten. »Allergnädigster Herr und Gebieter!« flötete er, indem er den kleinen Nepomuk vorschob. »Das Kind eines Bürgers möchte ...« Im selben Augenblick setzte der

Regen wieder stärker ein. Der Kurfürst drehte sich zu dem Buben. »So so, das Buberl da? Sehr schön! Wie heißt du denn, Kleiner?« »Nepomuk Gaigl!« kam es sehr bestimmt zurück. »Das Gedicht sollst du aufsagen!« ächzte der Bürgermeister. Aber der Kurfürst achtete nicht auf ihn. »Gaigl?« fragte er freundlich. »Wohl eine alte, gute Münchner Familie?« – »Fang doch an!« stieß der Bürgermeister den Buben an. Der Sebastian aber, der ganz vorne stand, um, wie im seligsten Rausche, nach einer allerhöchsten Hand zu greifen, antwortete unter Lachen und Heulen auf die gnädige Frage. »Gewiß, Eure Hoheit, eine alte, gute Familie.« Der Herzog sah auf ihn. »Ach, Er ist der Vater von dem famosen Buben da? Schön, schön! Gratuliere Ihm. Was ist Er?«

Der Sebastian wollte, wie sich das auch gehörte, in diesem Falle die Vaterschaft verleugnen, er wollte sagen, er sei der Bierbrauer, und sein Vetter, der sich absichtlich im Hintergrunde halte, sei der einzige Mensch, der Anspruch machen dürfe, diesen Sprößling in die Welt gesetzt zu haben. Aber er brachte vor lauter Verlegenheit kein Wort mehr hervor. Außerdem setzte der Regen wieder stärker ein, so daß der hohe Herr, nachdem er dem Sebastian nochmals die Hand geschüttelt hatte, das Zeichen zur Weiterfahrt gab. Die erfolgte unter erneuten Hochrufen die reichbeflaggte Neuhauserstraße hinab, zum Schönen Turm, zum Schrannenplatz und dann zur Residenz, während die mühsam zurückgehaltene Menge sich kunterbunt zu einem unlösbaren Ganzen zusammenrollte.

Helle Freude huschte über alle Gesichter, mit Ausnahme des der Residenzbäckin. Sie war sehr unzufrieden, sie begehrte in allen Tonarten auf. Das sei eine nette Art und Manier, seinen Mitmenschen und Verwandten den Boden abzugraben. Was dem Sebastian nur einfiele, sich als Vater des kleinen Mukl aufzuspielen! So einen netten Kerl hätte der doch nie fertiggebracht, weder er noch sein langweiliges Weib. Auch sage sie heute selbst, daß ihr Schwiegersohn wirklich recht habe, wenn er diese Sippschaft über die Achsel anschaue, die alles schmählich verpatzte. Das schöne Gedicht vom Rat Gankoffen, an dem der Mann vierzehn Tage gearbeitet und ihr armer

Enkel zwei Wochen gelernt habe, sei rein für die Katz gewesen. Wer höre es denn jetzt noch an, wo es gar keinen Zweck mehr habe? Der Herr Bürgermeister sei auch ganz fuchsteufelswild gewesen, daß er einen Fluch nach dem andern getan und die Unverschämtheit des Sebastian beim richtigen Namen genannt habe.

Während sie das im dichtesten Menschengewühl hervorstieß, kamen ihr, was gar selten passierte, vor Wut ein paar dicke Tropfen aus den Augen heraus. Nun begann auch die ohnehin sehr weich veranlagte Tochter, die Tränendrüsen in Bewegung zu setzen, und am Schlusse heulte der um seine Freude betrogene Bub. Nur der Nepomuk weinte nicht, sondern sagte. »Frau Mutter, es ist nun mal so und nicht anders. Mir ist die Geschichte ganz Wurscht, weil ich auf so was überhaupt nichts gebe. Die Hauptsach' bleibt, daß der Sebastian von uns das Brot bezieht.« Und um die Gelegenheit, die gerade so günstig wie nie war, gebührend auszunützen, erklärte er, all seine Angehörigen zum Gaiglbräu zu führen, um dort auf die Anstrengung hin was zu schnabulieren. Die beiden Frauen suchten zwar heftig zu protestieren, aber sie wußten sehr gut, daß sie bei diesem Manne, wie immer, das Spiel verloren hatten, ehe es richtig begann. So ließen sie sich denn widerstrebend in einer Ecke des vollgepfropften Wirtsraumes nieder.

Aber kaum saßen sie, da wand sich schon der Sebastian durch die Menschen, die grüne Mütze mit den schwarzseidenen Quasten auf dem Kopfe, in Hemdärmeln und Schürze. Er wußte vor Glück wie vor Beschämung nicht mehr wo aus und wo an und führte die hochgeehrte Frau Großbase und Base unter ehrerbietiger Einladung die Treppen hinauf in den oberen Raum der besseren Leut'. Dort brachte er Stühle, um sich dann zu dem Nepomuk zu wenden. »Du hast geseh'n, es war nicht meine Schuld. Der Herr Kurfürst hat ...« – »Mein Lieber!« lachte der Nepomuk. »Du sagst mir jetzt einfach, wieviel Wecken, wieviel Semmeln brauchst du in der Früh, wieviel mittags, wieviel Bretzln und Maurerlaibln dazu.« Da suchte ihn der Sebastian zwei bis dreimal zu umarmen, so gut es halt ging in dem allgemeinen Gedruck. »Schick her, was du

willst!« rief er glückselig. »Ich kauf' einfach alles.« – »Dann kannst du meinetwegen wieder patriotisch reden, solang du willst!« meinte der Nepomuk, indem er einen tüchtigen Zug aus dem Maßkrug tat.
Doch der Sebastian kam noch nicht zur Ruhe; er taumelte förmlich vor Glück. »Frau Bas! Frau Großbas! Nepomukerl!« schrie er. »Das ist ein Tag, den die Gaigls für immer in ihre Chronik schreiben müßten, wenn sie eine hätten.« Dann zog er die Margret sowie alle seine Kinder, soweit sie schon laufen konnten, herbei. »Händ' geben!« kommandierte er. Zuerst begrüßten sich die Frauen, wohl ein bißchen geniert, während sie gegenseitig ihre Kleider musterten. Allmählich aber ging es schon besser; man sprach sich an, man meinte, es sei trotz des Regens ein wundervoller Tag gewesen.
Jetzt kamen die zwei ältesten Sprößlinge der beiden Familien Gaigl, die Buben an die Reihe, die fast am selben Tage geboren waren, der Nepomuk und der Sebastian. Heruntergerissen sah jeder von ihnen dem Vater ähnlich, der eine mit den vollen, blonden Locken, den dunkeln Augen und der etwas breiten Nase des Bäckers, der andere mit dem fast schwarzen Haar, den sehr sanften, blauen Augen und der hervortretenden Adlernase. Aber auch in der Art, wie sie jetzt aufeinander zugingen, prägte sich das Wesen der jeweiligen Erzeuger aus, für Gegenwart und Zukunft. Der Nepomuk fest mit der Hand zugreifend, der Sebastian zaghaft, zurückhaltend. So völlig in den Fußstapfen der Alten wandelnd, gestaltete sich auch ihre ganze Entwicklung, so daß man sie, wenn sie später im weiteren Verlaufe dieser Geschichte in Handlung treten, gleich als Männer vorführen kann, die die Wege erst dann wieder trennten, als Nepomuks Kraft immer höher strebte, die des Sebastian aber in noch jungen Jahren einer fetten Genugtuung Platz machte.
Doch das ist ein Seitensprung wie jener, der die Fäden der Seilermeister vom Sendlingertor aufzurollen versuchte. Im Augenblicke des großen Familien- und Patriotenfestes gab es an diesem Tage keine Ahnungen, keine Prophezeiungen. Und wenn schon, nur äußerst günstige. Der Gaiglbräu trieb die beiden Buben so eng zusammen, bis sie sich gegenseitig auf

Befehl abschleckten, dann wollte er der Residenzbäckin noch eine besondere Genugtuung vor allem Volke bereiten. Er hob den kleinen Nepomuk auf einen Stuhl und rief mit Stentorstimme durch die ganze Wirtschaft. »Silentium!« Die Bürger verstummten sofort; sie klappten vorsichtig die Deckel der Krüge hernieder, indem sie sich bedächtig nach rückwärts drehten. »Was willst du denn?« lachte der Residenzbäck. »Bist ja heut' wie aus der Büchs geschossen.« – »Was ich will?« erwiderte der Sebastian. »Das sollst du gleich sehen. Dein Staatsbub da sagt uns jetzt das Gedicht auf, das der Herr Rat Gankoffen, unser hochgeschätzter Stammgast, gemacht hat, jenes Gedicht, das für die allerhöchsten Herrschaften bestimmt war, aber durch meine Schuld und Dummheit nicht deklamiert werden konnte. Los, Mukerl!« Und sofort setzte der Bub zur Freude von allen und zum nicht geringen Stolz der sich hochblähenden Großmutter ein, indem er die für ein Kind unmöglichen Verse mit voller Stimme in den Saal schmetterte:

Man singe nun dem Jehova
Ein freudenreiches Gloria.
Es lebe *Maximilian*,
Der edle, große Mann!

Nun ist die Zeit, wo Stadt und Land
Hinkommen darf zur Vaters Hand
Und öffnen darf ihr schweres Herz,
Er fühlet selbst den Schmerz.

Nun ist die Zeit, wo 's Militär
Verstärket wird zur Schutz und Wehr,
Und wo auch die Religion
An Ihm hat einen Sohn.

Nun ist die Zeit, wo Polizei
Zusammenhilft und Klerisei,
Wodurch der Staat ein Körper wird,
Mit Leib und Seel geziert.

Wie glücklich ist nicht so ein Staat,
Der einen weisen Obern hat?
Der groß an Seelengröße ist,
Ein Fürst, und auch ein Christ.

Ehr' sei dem *Höchsten*, Lob und Preis',
So bet' das Kind, so bet' der Greis,
Daß er im Fried den Zepter gab,
Max den Regentenstab.«

Viertes Kapitel

Der Gankoffen

Wenn die Dohlen, diese unansehnlichen, schwarzen Vögel mit den klugen Augen und dem leichtgekrümmten Schnabel im ersten Frühjahr zu neuem Leben erwachen, dann umflattern sie in dichten Scharen jene höchste Stelle der Stadt, die seit Jahrhunderten das weitberühmte Wahrzeichen bildet, die Liebfrauenkirche. Dort werden in Nischen und Öffnungen verlassene Nester wieder gewärmt, ein großes Brüten beginnt, und wer den Nordturm hinaufsteigt, der gewahrt das obere Gemäuer des Südturms weiß übersät vom Geschmeiß der in beständiger Bewegung befindlichen Tiere. Wirft man gar ein Steinchen hinüber, dann prasselt es hoch von allen Seiten, daß die Luft erzittert, als ob eine Kugel in feindliches Erdreich geschlagen hätte. In jähem Fluge geht es, an Glockenfenstern und Uhren vorbei, die beiden Kolosse hinauf und hinunter. Die aber ragen unbewegt in der steilen, schmucklosen Gotik, in der sie erbaut wurden, gekrönt von den grünpatinierten Kuppeln, die man errichtete, weil das Geld für den Ausbau der Türme nicht mehr reichte. Auf die oberste Rundung der beiden ungeheueren Äpfel setzte man Knöpfe von blendendem Messing, deren jeder, nach dem maßgebenden Urteil gewiegter Schrannenbesucher, zweieinhalb Scheffel ungemahlenes Korn zu fassen vermag.

Auch sonst gehen mancherlei Gerüchte um über die Kirche; die freilich sind nicht so greifbarer Art, sondern mehr in die Sage hinüberreichend, in die zahllosen Familiengrüfte, die der gewaltige Innenraum birgt, in den Tritt des Satans am westlichen Hauptportale sowie in das reichgeschmückte Grab des im Kirchenbanne verstorbenen Kaisers. Unverschiebbar aber stehen darüber, wie die Türme selbst, der Name des fürstlichen Auftraggebers, des Herzogs Sigismund von Bayern, der im Jahre 1468 den Grundstein legte, sowie des Mannes, der das Gotteshaus nicht aus freiliegendem Platze, sondern aus einem Winkelwerk hoher und niedriger Ziegeldächer zur ragenden Säule entwickelte, um es von dort allen Reisenden, die der Stadt nahen, auf Meilen zu zeigen: des Baumeisters Jörg Gankoffen von Polling. Zwanzig Jahre werkelte nach den vorliegenden Urkunden der Unermüdliche an seiner Lebensaufgabe, stieg wohl alltäglich, mit Ausnahme der Sonn und Feiertage, das Schiff wie die Türme hinan, kämpfte, litt, freute sich abwechselnd, wie jeder, der so was zustande bringt, und ging schließlich in das Dunkel zurück, aus dem er gekommen war, wie die Meister von damals es taten, mit kärglichem Lohne bedacht und seinen Nachkommen nichts hinterlassend als dies ewige Denkmal seiner gradlinigen, einfachen Kunst.

Sieht man die vor sich, staunt man mit den unsicheren Empfindungen eines plötzlich überkommenden Schwindels die steilen Ziegelmassen empor, von solcher Größe um so stärker überwältigt, als es weites Zurücktreten auch heute kaum gibt, dann kann man wohl sagen, daß dies Monument ein stolzes Vermächtnis bedeutet. Man muß aber auch beifügen, daß man von ihm um so weniger leben konnte, als die damalige Zeit so gut wie gar nichts nach dem Woher oder gar nach der Persönlichkeit fragte. Man nahm die Kirche so, wie sie dastand, und kümmerte sich nicht um den, der sie geschaffen hatte. Die Gankoffens schlugen sich denn die folgenden Jahrhunderte recht und schlecht durch die Welt, sie verloren sich im Leben, wie das Leben ihre Spur verlor. Die meisten von ihnen dürften überhaupt keine Ahnung davon gehabt haben, daß ein Vorfahre von ihnen jene Kirche in München erbaute, die man draußen stets nannte, wenn man von dieser Stadt sprach.

Das erste Licht, das sich in so viel Dunkelheit senkte, flammte auf zu Ausgang des siebenzehnten Jahrhunderts, so etwa vier Dezennien nach der Beendigung des Dreißigjährigen Krieges,

an den München immer noch mit Schrecken dachte. War doch der Schwedenkönig in eigener Person durchgezogen, wo er willkürlich brandschatzte und angesehene Geiseln mit auf den Weg nahm. Zur Zeit, als nun die schweren Wunden, die der ungeheuere Schlag hinterlassen hatte, so langsam vernarbten, ließ sich ganz im stillen ein Franz Gankoffen in München nieder, wo er auf mehrere Eingaben das Amt eines städtischen Wagmeisters erhielt. Diesen Mann machte nun mal ein Prälat vom Domkapitel Unserer Lieben Frau bei der Ausstellung eines Totenscheines darauf aufmerksam, daß er merkwürdigerweise denselben Namen trage wie jener, der das kühne Schiff errichtete, unter dem sie sich gerade, von der Sakristei kommend, bewegten. Doch scheint dieser Wink auf den Gankoffen selbst so gut wie keinen Eindruck geübt zu haben. Er behielt die Sache für sich und besprach sie nur einmal mit seiner Ehehälfte, als zufällig sein kleiner Enkel zugegen war, der Max Gankoffen, der viele Jahre später, etwa um 1770 herum, als kurfürstlicher Lottokollekteur sein kärgliches Brot verdiente.
So kurz das Gespräch war zwischen den Großeltern, der Bub hatte es gut behalten. Nicht, weil er sich das mindeste daraus machte – er war im Punkte der Tradition genauso gleichgültig wie sein Großvater und wie alle Welt – sondern weil ihm dabei etwas auffiel. Aber auch darüber sprach er nie, ja, er hätte vielleicht die ganze Geschichte mit sich selber zu Grabe getragen, wäre er nicht eines Tages ganz unvermutet durch einen Rat vom Hofe besucht und aufgefordert worden, sich so schnell und so gut als möglich zu kleiden, um dann in der vornehmen Begleitung zur Residenz zu wandern. Seine Frau fing schrecklich zu weinen an, weil sie meinte, der Max habe was veruntreut und werde verhaftet. Aber der wohlparfümierte Herr winkte mit seinen weißen Handschuhen beruhigend ab. Der Lottokollekteur wurde denn auch, nachdem ihm ein paar Lakeien die Kleider ein bißchen zurechtgebürstet hatten, sofort zum Kurfürsten Maximilian III. geführt, dem hochgebildeten Vorgänger des Karl Theodor, der ihm unter freundlichem Lächeln auseinandersetzte, es interessiere ihn, den Nachkommen jenes

Mannes vor sich zu haben, der der Hauptstadt des Landes dies unvergängliche Kunstwerk hinterlassen habe. Denn es sei nach einigen Quellen, wie der hohe Herr beifügte, wohl anzunehmen, daß die direkte Deszendenz auf den führe, der da vor ihm stehe. Schon deshalb, weil sich trotz wiederholter öffentlicher Aufforderung kein anderer dieses Namens gemeldet habe.

Der so gnädig Angeredete war ob solcher Huld einfach sprachlos. Erst nach und nach merkte er, daß sich diese Sache mit der Herkunft doch nicht so ohne weiteres abtun ließe, wie der Großvater seligen Angedenkens dazumal meinte. Der hatte nämlich – der Enkel besann sich noch ganz genau – zur Gattin geäußert, daß ihm die Weisheit des Domherrn die armselige Suppe nicht um ein Fettauge reicher mache, während eine entsprechende Gehaltserhöhung das viel besser fertiggebracht haben würde. Aber was kümmerten sich die satten Domherren um einen armen, städtischen Beamten! Obwohl nun gerade dieser bittere Witz allein es war, der dem Enkel die Historie vom Jörg Gankoffen warm gehalten hatte, hütete er sich wohl, wie man gerne glauben wird, in diesem Augenblick davon zu erzählen. Er meinte vielmehr nach einer Pause der tiefsten Verlegenheit unter fortwährendem Stottern, daß er sich noch sehr wohl vom Großvater her auf eine höchst bedeutsame Erzählung besinne. Während er das herausbrachte, gelang es ihm, die Gedanken ein bißchen zu ordnen, so daß er beifügte, seine Vorfahren wären immer recht stolz darauf gewesen, von jenem Manne ihre Herkunft ableiten zu können; besonders der Großvater habe was darangesetzt, jenem Domherrn soviel wie möglich von der ganzen Familie zu erzählen.

Eben, meinte der Kurfürst, dasselbe möchte er jetzt von dem Enkel hören. Man wolle nachgehen, dem Meister Jörg Gankoffen einen Gedenkstein errichten, man wolle die noch lebenden Gankoffens in Gnaden protegieren.

Da aber kam es heraus, daß der arme Lottokollekteur halt nicht das allermindeste wußte. Er stand ratlos vor dem Kurfürsten, er schlug abwechselnd mit der linken und der rechten Hand an die Hosennähte, indem er hastig ausrechnete, ob der Domherr noch etwa am Leben sein und ihn als Lügner entlarven könnte. Als er sich endlich mit gutem Gewissen sagte, daß das einfach unmöglich war, wurde er etwas ruhiger, aber der Angstschweiß lief ihm immer noch von der Stirne. Drum war er heilfroh, als ihm der gütige Herr schließlich huldvoll die Hand zum Kusse hinstreckte, indem er meinte, man werde schon langsam hinter alles kommen. Die Historie gebe es gar nicht, die die heutige Findigkeit nicht entschleiern könnte. Zunächst rücke auf seinen allerhöchsten Wunsch der letzte Sprößling des großen Mannes in den Hofstab als Funktionär ein, wo er außer seinem Gehalte eine Extrapension von einhundertfünfundsiebzig Gulden pro Jahr beziehe.

Jetzt kannte sich der Max Gankoffen vor Glückseligkeit nicht mehr aus. Der arme Teufel hatte nur dann mit den Seinen zu essen gehabt, wenn es ihm nach qualvollen Mühen glückte, Lose an den Mann zu schwätzen; auch hatte er seinen Namen so gleichgültig hingenommen, wie er auf seinem Buckel einen »Duftschmied« oder »Aidelsrieder« erduldet haben würde. Wer auf der Welt wird denn gefragt, wie er heißen wolle. Ja, der Pate nennt bei der Taufe den Namen irgendeines Heiligen, aber der ihn tragen soll, hat ebensowenig mitzuwählen wie bei dem Bette, in dem er geboren wird. Ein Glück, daß es jetzt anders wurde. Vom heutigen Tage an durfte er der Metze Fortuna endgültig den Rücken kehren und seinen Namen wie einen vom Landesherrn verliehenen Titel tragen. »Gankoffen! Gankoffen!« sagte er immer vor sich hin, als er aus der Residenz taumelte, wobei er fand, der Name klinge ganz wundervoll. Schade, daß sein einziges Kind, der kleine Bub, Karl Albrecht genannt wurde. Aber dessen Erstgeborener mußte Jörg heißen; da gab es nichts anderes, das war man der Familie schuldig.

Mit solchen Erwägungen rannte er direkt nach Hause, in ein Rückgebäude der Herzogspitalgasse, und fragte den Mietsherrn, vor dem er sich gestern abend noch auf der Treppe gedrückt hatte, weil er ihm noch den letzten Zins schuldete, mit herausfordernder Miene, ob er wohl wisse, mit wem er bis jetzt zu tun hatte. Das gleiche fragte er seine Frau sowie seinen Buben. Dann rannte er wieder hinaus auf die Straße und in die Kneipe, wo er weiterexaminierte. Dort lachte man ihn aus, denn es war den Leuten höchst gleichgültig, wie der Erbauer der Frauenkirche hieß, auch glaubten sie, der Lottokollekteur sei plötzlich größenwahnsinnig geworden.

Als sie ihn nun aber wirklich alltäglich mit gravitätischen Schritten zur Residenz steigen sahen, als sie merkten, wie er sich in Kleidung und Haltung viel besser trug, als ferner die Hofbeamten auf spöttische Fragen höchst ernsthafte Gesichter machten, wurden sie artiger, ja, sie räumten dem Herrn Stabsfunktionär am Stammtisch einen Ehrenplatz ein und horchten gespannt auf die Geheimnisse, die er aus der Residenz zum besten gab. In ihren Familien fragten sie dann selbst die Ehehälften, die Vettern und Basen, ob sie eine Ahnung hätten, wer den Stolz Münchens, die Frauenkirche, errichtet habe. Und wenn die sehr gelassen verneinten, dann warfen die plötzlich so kunstverständig Gewordenen mit »dummen Gänsen« und »Einfaltspinseln« nur so herum, während sie sich gleichzeitig rühmten, den Nachkommen solch hochgeachteten Namens zu ihrem Kreise rechnen zu dürfen. Die Abgekanzelten wollten natürlich auch nicht zurückbleiben, sondern weckten die Nachbarschaft aus dem Dauerschlafe historischer Gleichgültigkeit. Das ging so von Haus zu Haus, bis schließlich die ganze Stadt dem Himmel es dankte, daß er in seiner Gnade wenigstens zwei Mitglieder der hochberühmten Familie erhalten habe, denen man für das wunderbare Gotteshaus mit stillem Gedenken an den großen Ahn unter tiefer Bewegung die Hand drücken konnte.

Diese Hand nahm das ältere Mitglied denn auch überall entgegen, wo man sie hinstreckte. Das unscheinbare Männlein, das bis jetzt nur Fußtritte vom Schicksal bekommen hatte, lebte von Tag zu Tag mehr auf. Da es außerdem kein Faulenzer war, sondern ein rechtschaffener Arbeiter, der sich dankbar erwies für das, was man ihm bot, und im Gegensatz zu dem diebischen, bestechlichen Lakeientum der Residenz stets seine Schuldigkeit tat, stieg sein Ansehen beim Stab wie bei den Bürgern. Der Gankoffen kam voran, er wurde Hofsil-

berbewahrer, und schließlich bekam er sogar den Titel eines Wirklichen Kurfürstlichen Rates als Beweis der höchsten Zufriedenheit tax- und gebührenfrei verliehen.
Was ihm freilich ebensowenig glückte, wie seinem Herrn und Gebieter, dem gütigen Kurfürsten, das war die Weiterführung seines Stammbaums von den Großeltern weg ins Schwäbische hinein, woher sie gekommen waren. Da fehlte jeder Anhaltspunkt, denn der letzte Aufenthalt des Paares in dem Städtchen an der württembergischen Grenze war nur ein vorübergehender gewesen. Keine polizeilichen Recherchen, keine Korrespondenzen mit befreundeten Geheimkanzleien vermochten da das geringste zu ergeben. Wie die zwei über Nacht auf und davon gingen, so waren sie auch über Nacht gekommen. Nur die Einpassierungsliste des Wächters vom Südtor ergab Tag und Stunde der Ankunft des Paares; auch brachte man noch durch eine alte Frau den Geburtsort der Gundula Gankoffen heraus, die nach den Aussagen dieser Freundin in Tirol, dicht am Übergang zum Welschland geboren war. Von dort aber bekam man keine Antwort, so oft man auch hinschrieb; selbst eine Erkundigung bei der Wiener Geheimkanzlei blieb ohne Erfolg.

Zu guter Letzt stöberte ein österreichischer Aristokrat, der da unten ein halb verfallenes Schloß besaß, das Bild eines Landsknechts auf, das er dem Kurfürsten mit einem devoten Schreiben zur Verfügung stellte. Aber der meinte, das fördere ebensowenig wie alles Bisherige. Die Farben waren halb erloschen; man sah nur noch einen brutalen Mund, ein breites Kinn, darüber einen eisernen Helm, darunter ein rotes Wams. In die Höhe der Brustwarze war ein Name gemalt. Der hätte vielleicht einen Weg weisen können, wenn nicht die sehr kleinen Buchstaben zum Teil von der spröden Leinwand abgesprungen wären. Man konnte nämlich unmöglich feststellen, hieß der Mann Wannkoffen, Pannkaffen, Pannkoffen, noch weniger konnte man sagen, ob der Maler nicht selbst auf ähnlichen Ruf hörte und sich auf diese Weise verewigen wollte.
So stand man denn trotz jahrelanger Bemühung vor einer Mauer, die unüberwindlich erschien, da die einzigen, die

vielleicht etwas besser Bescheid wußten, die Eltern des Max, schon zu einer Zeit von einer bösen Seuche hinweggerafft wurden, da der Bub erst zwölf Jahre zählte. Der Rat wurde deshalb in so mancher Nacht von einem Alp gedrückt, der ihm die Möglichkeit vorzauberte, die ganze Herrlichkeit könnte, nachdem sie doch eigentlich auf einem Nichts beruhte, wieder ins Nichts zusammenbrechen. Er hatte seit seiner Beförderung für seine Bildung etwas getan und in guten Büchern geblättert. Da fand er in den Märchen aus „Tausend und Eine Nacht" die lustige Geschichte von dem armen Schuster, den man für einen Tag zum Prinzen machte, fürstlich bewirtete und bediente, um ihn dann wieder auf die Straße zu feuern. Das schien dem zu schwindelnder Höhe Gelangten wie ein Gleichnis auf sein eigenes Geschick. Auch trat in solchen Augenblicken der vermeintliche Ahnherr, das Schurzfell um die Lenden, den Hammer in der Hand, vor ihn hin, wie er seit kurzem in Stein gehauen aus einer Nische der Frauenkirche ragte. Der drohte ihm mit der Faust und rief mit der hohlen Stimme, mit der Gespenster sich vernehmen lassen, er werde verraten, daß die, die sich so brüsteten mit seinem Namen, nicht das geringste damit zu tun hätten. Fremdes, fahrendes Volk seien sie, was er verleugne. Ein großer, breitschultriger Mann mit mächtigem, wallendem Vollbart, mit hoher Stirne und klaren, schönen Augen stieß das hervor. Ihm zu Füßen sein Lebenswerk, das er wie ein Riese überragte, so sah ihn bei flackerndem Kerzenlicht, in einer durch die Jahrhunderte verkrüppelten Erscheinung, der zitternde Nachkomme, der Max, eine welsche Nase im Gesicht, eine auf beiden Seiten zusammengedrückte Stirne darüber, mit dunkeln Augen und ausgehendem Kopfhaar.

Ein boshafter Mensch, ein Ratsschreiber, machte ihn einmal auf den bedeutenden Unterschied aufmerksam, und ein paar andere, die mit am Tische saßen, lachten dazu, so recht drekkig auf Schelmenart, wie man halt lacht, wenn man einen Pinscher sieht, der die Säbelbeine vom Dackel hat und ein entsprechendes Behäng dazu. Doch so oft der arme, gehänselte Rat auch mit schlotternden Knien in die gut geheizte Kanzlei der Residenz kam, Maximilian III. blieb ihm auch weiter

gnädig, er machte ihn zum pragmatischen Beamten und starb, bitter beweint von seinem Volke, im Jahre 1777, ohne je wieder auf den Meister Jörg zurückgekommen zu sein. Freilich erlosch mit seinem Tode nicht nur die direkte Linie der Wittelsbacher, sondern auch die ausgiebige Unterstützung, die er den Gankoffens hatte zukommen lassen. Die boshaften Witze mehrten sich, der Erbauer der Frauenkirche trat wieder in den Hintergrund.
Mußte nun der Vater im Laufe der Jahre auch so mancherlei über sich ergehen lassen, ohne daß er in seiner unsicheren Art das geringste darauf erwidern konnte, dem heranwachsenden Sohne, dem Karl Albrecht, durfte keiner mit so einer Anspielung nahetreten. Der war aus stärkerem Holz geschnitzt und in anderen Ideen aufgewachsen. Er hatte es bereits als Kind mit wachsendem Stolze bemerkt, daß da und dort neugierige Blicke auf ihm ruhten, er nannte sich selbst gern einen Gankoffen und empfand es nun um so bitterer, daß bei der Menschheit allmählich der Nimbus schwand, der erst um seine Familie gezogen wurde.
Leider war sein Aussehen von Haus aus nicht viel vorteilhafter als das des Vaters; im Gegenteil, die Brust schien noch enger, die Ohren noch weiter abstehend. Aber er verstand sich zu strecken und seine langen, gewellten Haare geschickt um die Kopfdefekte zu legen. Einen Vorsprung über seine Mitschüler hatte er schon dadurch, daß er alle um zwei Schuh überragte. Dazu kam ein ungewöhnlich sicheres, hellbraunes Auge, das keinen ausließ, der ihn anredete, mochte es der Prior des Franziskanerklosters sein, in dem er mit guter Bildung ausgerüstet wurde, oder jener ausgezeichnete Mann, der an ihm vollbrachte, was der Kurfürst an seinem Vater begonnen hatte: sein hoher Gönner, der Kanzler Matthias von Hanapl. In dessen mit seltenen Kunstschätzen angefülltem Hause durfte der junge Gankoffen jederzeit aus und ein gehen; er durfte die Originale des Frans Hals, des Claude Lorrain, des Watteau und der italienischen Meister bestaunen oder mit seinen schier endlosen Armen die in Schweinsleder gebundenen Folianten hinauflangen, die die Wände des Arbeitszimmers bedeckten. Manchmal durfte er mit dem Kanzler selbst in

den stillen Stunden des Sonntags Gedankenaustausch pflegen.
Da ging freilich nicht immer alles in Harmonie aus. Der Herr von Hanapl war ein Mann, der wenig von der Schnüffelei hielt, die man in den verstaubten Grüften der Gankoffen zu veranstalten suchte. Er hielt sich an das Leben, nicht an die Toten, und gebrauchte nur deshalb keinen stärkeren Ausdruck über diese Marotte, weil sein hoher verstorbener Herr, den er Freund nennen durfte, der Kurfürst, ihr nun mal gehuldigt hatte. Einmal meinte er sogar, es sei ganz Wurst, woher man stamme, denn in der Welt käme es nicht darauf an, sondern auf das, was man leiste. Sein Vater sei, zum Beispiel, ein reicher Weinwirt gewesen, seine Mutter bloß eine Kellnerin; despektieren ließe er sie deshalb keineswegs, im Gegenteil, er halte ihr Andenken hoch und wolle keine Kronen auf ihre Särge kleben. Man solle überhaupt nicht soviel aufdrehen, soviel tüfteln. Daraus ergebe sich die allgemeine Liebedienerei und Streberei, die jetzt unter dem neuen Regimente wieder in Schwung kämen. Der junge Gankoffen sei ein netter, kluger Bursch, der's weit bringen könne, den er gern bei sich sehe, schon deshalb, weil ihm der unvergeßliche Kurfürst die Familie noch besonders empfohlen habe. Leider stecke zu viel Überschwenglichkeit in ihm, zu viel überspannte Phantasie. Drum besser die Augen weit aufreißen und Menschen und Dinge so sehen, wie sie wirklich seien, nicht so, wie sie nach den dünkelhaften Gehirnen verbohrter Stubengelehrter oder vertrackter Poeten sein sollten.
Für ihn, den Kanzler, gab es keine Illusionen mehr auf der Welt. Er hatte in langem Dienste die Menschen gründlich kennengelernt und sich draußen vor dem Schwabinger Tor sein schönes Haus erbaut, in das er nur die neuen Stücke hereinließ, die er seiner Sammlung einverleibte, oder den, der ihm gerade paßte. Jeden Werktag, Punkt zwölf Uhr und abends Punkt sechs Uhr wanderte er von seiner Kanzlei durch die Theatinerstraße dahin, indem er dabei gern vor sich hinredete wie ein Schauspieler, der einen Monolog hält. Jung und alt kannte und grüßte ihn. Er aber achtete kaum auf jemand, sondern murmelte und lachte halblaut dabei.

Tauchte dann sein Garten in der Ferne auf, dann beschäftigte er sich bereits mit den Dingen, die darin vorgingen. Dabei musterte er jeden Käfer, der auf dem Boden herumkroch, oder warf einen Papierfetzen mit seinem langen Stocke zur Seite, der dort lag. Nette Ordnung. Zu Hause bei ihm mußte es anders sein. Da regierte seine Tochter, das Fräulein Sabine von Hanapl, eine der Großmutter nachgeratene, fast bäurische Erscheinung mit drallen Armen und Schenkeln, eine richtige zukünftige Stammutter, die jedes Mannsbild spielend unterbekommen mußte. Freilich war das auch wieder nicht das Rechte, denn die Männer sollten der Weiber Herr werden, meinte der Kanzler. Kein galantes Regiment durfte herrschen, weder im Hause noch im Staate, wie es unter dem Karl Theodor einriß und das ganze Land zu untergraben drohte.
So ging es in ihm fortwährend hoch und nieder von ausgesprochenen Ideen, bis der kleine, bewegliche Mann an seiner Gartentüre landete. Dort setzte er durch den Messinggriff einen ächzenden Draht in Bewegung. Dreimal nacheinander, damit man wußte, daß er es war und kein Bettler. Im selben Augenblicke hallte es von einer vor dem Hause angebrachten Glocke die ganze Gegend ab, als ob von einem Kirchturm die letzten Schläge des Aveläutens ertönten. Das Besitztum war nämlich tief einsam gelegen, als eins der allerletzten der Stadt. Nur schräg gegenüber und durch einen großen Garten nicht minder versteckt lugte noch eine Villa hervor, sonst aber zogen sich von hier die großen Wiesen hinab bis zum deutlich sichtbaren Nicolaikirchlein des Dorfes Schwabing. Befriedigt nickte der Kanzler zu den verschwimmenden Tönen, indem er ausschnaufend stehen blieb, bis die Magd öffnete. Dann trat er ein und schritt die schnurgerade, kiesbedeckte Linie auf sein stattliches Haus zu. Rechts und links wohlgepflegte Boskette unter alten, schattigen Bäumen. Dazwischen Marmorkapitäle, worauf man sich setzen konnte, wenn's einem nicht, wie der Rat gerne meinte, zu stark in das Sitzfleisch zog. Dann kam der in der Mitte des Weges gelegene kleine Springbrunnen, ein Büblein aus Bronze, das ein bißchen Wasser aus einer nimmer sich leerenden Schale in das moosüber-

zogene Bassin goß. Darauf wuchsen ein paar Seerosen, ein paar Goldfische trieben sich darin herum. Weit verschlungene Wege zogen sich von hier nach allen Seiten des Grundstücks, dessen eigentlichen Umfang das langgestreckte, einstöckige Haus mit seiner weiten Front und den angrenzenden Gebüschen verbarg. Man sah nur noch an überragenden Baumkuppeln sowie am unbegrenzt sich spannenden Firmamente, daß man dahinten noch weit promenieren konnte, ehe man durch die das Ganze umziehenden Eisengitter am Weitergehen verhindert wurde.

Ein Verlangen nach Geborgenheit und Friede sprach aus der geschickten Anlage des ganzen Anwesens; es sprach noch viel deutlicher aus einer Aufschrift über der in geschnitzten Ornamenten gehaltenen Türe des ebenmäßigen Hauses mit den hohen Fenstern und den gerafften, weißen Vorhängen. Dort stand nämlich auf einer Marmortafel in goldenen Lettern und in unverfälschtem Dialekte die ganze Lebensauffassung des klugen Besitzers zu lesen, die sich in den höchst einfachen Worten aussprach. »Mei' Ruah möcht' i' hab'n.«

Auch über diese Inschrift sollte es zwischen dem jetzt zum Gerichtsreferendarius ernannten Karl Albrecht Gankoffen und dem Kanzler einmal einen ernsten Disput geben. Der junge Mann wagte es einzuwenden, daß er das zu wenig feierlich, nicht angemessen der weihevollen Stimmung des Ortes fände. Die tiefe Einsamkeit, das herrliche Buen retiro, die uralten Linden und Buchen sowie das unvergleichliche Haus verlangten nach größeren Tönen. Auch stimmten die prachtvollen Innenräume, die kostbaren Boulemöbel, die Gemälde und besonders die weitberühmte Weihnachtskrippe mit den lebensvoll geschnitzten Figuren im Vestibül nicht zu so derber Ausdrucksweise. Malte der bescheidene Bürger, der Käsehändler oder der Lebzelter so etwas auf eines der Häuschen, wie sie sich von der Isar zum Gasteig hinaufzogen oder vor dem Angertore breitmachten, dann mochte so eine Sprache ziemen, in dieser weltentrückten Großartigkeit aber sollte neben dem seltenen Manne ein seltener Schwung regieren. Oh, was gebe es alles für herrliche Disticha, für seltene Epigramme, die gerade über diese Türe paßten. Er wäre stolz

darauf, dürfte er suchen helfen und in den Folianten nachschlagen. So redete er fort, vielleicht eine halbe Stunde lang, während er die Haare, die dabei fortwährend über die Stirne fielen, eilends zurückstrich.
Seltsamerweise sekundierte das Fräulein Sabine diesen Ideen, wie sie sich überhaupt in letzter Zeit sehr gern des öfteren mit dem Lockenkopf verbündete. Der Kanzler aber, der dieses Verhältnis gar nicht gerne sah, wurde auf solche Einwände sehr grob, sehr massiv, ja, er schrie seinen in Stein gemeißelten Wahlspruch verschiedene Male so entschieden durch das ganze Haus, daß die beiden die Frage nie wieder aufrollten, sondern sich im geheimen verständigten. Die Sprache der Überschrift wurde ihnen bei solch löblichem Tun bald zur Nebensache, die Sprache des Herzens, wie der junge Gankoffen sehr zierlich sich ausdrückte, zum alles beherrschenden Moment. Für die Köchin des Hauses war es komisch anzusehen, wie ihre Herrin, die sonst so derb dreinzufahren verstand, sich mit einem Male so gewählt ausdrückte und ihr früheres Altbayrisch in ein feines Hochdeutsch hinaufschraubte, das sie nur mit gespitztem Mündchen von sich gab. Vor dem Vater wagte sie das freilich nicht zu tun. Da redete sie, wenn sie mit ihm allein war, wie sonst. Kam aber der Karl Albrecht dazu, dann sauste sie wie eine Schaukel bald nach dieser, bald nach der andern Seite, um allen Parteien gerecht zu werden. Allerdings zum Verehrer hin etwas leiser, damit ihre wunderschöne Sprache nicht gar zu sehr auffiele.
Aus erklärlichen Gründen kam man bei diesen Zusammenkünften zu dreien nie mehr auf den, der sie, ohne selbst was dazu zu tun, ins Leben gerufen hatte, auf Jörg Gankoffen. Um so lebhafter wußte aber der Karl Albrecht von seinem Ahnherrn zu plaudern, wenn er mit Fräulein Sabine allein war. Er hatte mit den Jahren eine Art Chronik angelegt, die er dem Kanzler wohlweislich nicht zeigte, weil er in sie nicht weniger wie alles niederlegte, was er über seine Familie wußte und was er nicht wußte. Das eine bedeutete verflucht wenig, das andere erschloß einen unermeßlichen Born der Phantasie.
Dieser wurde noch gesteigert, als der Herr Referendarius bei einem Zivilprozeß, wo er Protokoll führte, die Bekanntschaft

eines liebenswürdigen Aristokraten machte, eines Herrn von Pellegrini, der ihm als die beste Fundgrube für seine Absichten das schöne Land empfahl, dem er entstammte. Denn dort hätten die Landsknechte immer ihre ersprießliche Tätigkeit entfaltet, indem sie alles krumm und klein schlugen, was ihnen in den Weg trat. Der Kanzler warnte zwar, als er von dem Kavalier hörte. Das sei nichts weiter als ein Nachkomme jener Leute, die troßweise von den Prinzessinnen Savoyens, wenn sie sich mit bayerischen Kurfürsten vermählten, in Gestalt von Friseuren, Musikanten, Kammerdienern und weiß der Teufel was über die Alpen geschleppt wurden. Bestenfalls als Geheimsekretäre und Zeremonienmeister. Aber auch dann taugten sie nichts. Das Gesindel gehe nämlich nie mehr zurück, sondern niste sich ein, da naturgemäß in Bayern viel besser zu leben und der Bürger viel leichter über das Ohr zu hauen wäre als drunten im eigenen Land, wo jeder den anderen betrüge. Daher auch die vielen italienischen Namen, die man in Münchens Straßen auf den verschiedenen Firmenschildern anträfe. Allerdings, jetzt nannten sie sich Deutsche, aber trotz der Jahre, die darüber hinweggingen, blieben sie Fremde, denen man nicht über den Weg trauen dürfe.

Während der Kanzler das sagte, meinte Karl Albrecht im stillen, das ginge ihn eigentlich gar nichts an; er habe ja keine Geldgeschäfte mit dem Manne abzuschließen, sondern lasse sich nur von dem wunderbaren Lande vorschwärmen, in dem sein Vorfahre vermutlich gefochten hatte. Gleichzeitig machte er, da er noch nicht genügend Geld besaß, um selbst in das Gelobte Land zu reisen, einen dicken Strich unter seine bisherige Forschung. Er ging nicht mehr von Schwaben nach Welschland hinunter, sondern vom Welschland nach Schwaben herauf. Dabei ließ er sich von seiner neuen Bekanntschaft das Mögliche erklären, er dachte, Land und Leute durch sie zu studieren, um sowohl die Wesensart seiner Familie davon abzuleiten als auch selbst in den Spiegel zu schauen, in dem sie sich bewegt hatte.

Aber er mußte leider die Entdeckung machen, daß bei dem ehemaligen Italiener Geographie und Historie bös durcheinander gerieten. Keine Jahreszahl saß, kein Ort hatte seinen Stützpunkt, und die Menschen schor er gleichmäßig über einen Kamm. Der da belehrt sein wollte, wußte selber viel mehr als sein Präzeptor. Nur eins konnte er lernen von dem sonderbaren Menschen mit den beweglichen Händen eines Taschenspielers: eine gewisse Leichtigkeit, die ihm bis jetzt noch fremd war. Der Herr von Pellegrini litt unter keiner allzugroßen seelischen Belastung, wenn er was heraussprudelte, und dieses Beispiel ließ den Karl Albrecht so nach und nach die weiteren Entschlüsse fassen, ohne die das Werk nun mal nicht vorangehen konnte.

So biß er denn die Zähne übereinander und schrieb plötzlich energisch drauflos. Das Leben des Jörg tat sich da auf, vom kleinen Haus in Polling weg bis zum unbekannten Grab. Da war kein wichtiger Abschnitt vergessen, da wurde geschildert, wie der Knabe zum erstenmal zur heiligen Kommunion ging, wie er das Mörtelmischen lernte und Steine trug. Auch erfuhr man, wie er endlich selbst Meister wurde, und was er seinem hohen Auftraggeber, dem Herzog Sigismund in echt männlicher Haltung jedesmal vorbrachte, wenn der den Bau besichtigte. Auch die Frau wurde genannt, samt dem munteren Stieglitz, der in einem kleinen Käfig im efeuumrankten Wohnstübchen des glücklichen Paares über der buntbemalten Wiege des letzten Kindes prangte, während sechs andere pausbackige, blonde Sprößlinge fröhlich singend durch den Raum sprangen. Dieser sonnigen Heiterkeit konnte nur der Tod die Spitze bieten, der am selben Tage, wo die gewaltige Schöpfung fertig vor dem Herzog und vor dem Meister prangte, die Sense, die Sanduhr in der Hand, mit dem Glockenschlage zwölf aus dem großen Räderwerk der Kirche trat und den Jörg holte.

Freilich, jetzt kam die große, gähnende Lücke bis zur Ankunft des Franz Gankoffen im Schwäbischen. Der einzige Anhaltspunkt, der noch vorhanden war, bot sich in dem Bilde des Wannkoffen, Pannkoffen, Pannkaffen, das man als gänzlich wertlos in einen Winkel der Residenz gestellt hatte. Und vor dem machte der Karl Albrecht, im verborgenen Aufblick zum übermütigen Lachen des Herrn von Pellegrini, den

großen, entscheidenden Salto mortale. Er stempelte den wilden Gesellen im roten Wams endgültig zum Gankoffen, er zeugte den Landsknecht zum Sohne des Jörg um und ließ ihn vom König Franz I. von Frankreich feierlich anwerben. Der Tapfere focht bei Marignano in der vordersten Reihe, er warf den Connetable von Bourbon über die Alpen zurück, er wurde Feldhauptmann, er betete, plünderte, liebte und fiel nach einem solch bewegten Dasein in der furchtbaren Niederlage seines Herrn bei Pavia, am 24. Februar 1525, wo er von seinen Kameraden auf Lorbeerzweigen zu Grabe getragen wurde.
Jetzt aber, wo er dort ruhte in der italienischen Erde, über die die lauen Lüfte hinweggingen, um Rosen auf das Grab zu wehen, gab es für den Nachkommen kein Halten mehr. Gleichzeitig mit der hochgeschwungenen Kielfeder raste die Kriegsfurie weiter über die Erde, und mit ihr stürmten die Gankoffens, wie sie sich da vermehrt hatten, als unerschrockene Kriegsgesellen in jene Religionskämpfe, die über Deutschland heraufzogen. Sie fochten gegen die aufständischen Bauern, gegen den Schmalkaldener Bund unter Karl V., im Jülich-Cleveschen Erbfolgestreit unter dem Jesuitenkaiser Rudolph II., sie kehrten wieder nach Bayern zurück und stellten sich mit der Liga aufs neue der Pestilenz der Häresie entgegen. Dort rieben sie sich als pflichttreue Nachfolger ihres großen Vorfahren, der auch nur durch den Glauben gelebt und geschaffen hatte, im heiligen Kampfe unter Tilly und dem Friedländer, unter Maximilian I. und Gallas in den Schlachten von Lützen, Nürnberg, von Breitenfeld, Donauwörth vollkommen auf, bis sich der letzte von ihnen todesmüd und schwer verwundet eines dämmernden Winterabends in das kleine Tiroler Dorf schleppte, das zerbrochene Schwert in der Hand, um das der Rosenkranz geschlungen war. Dort fand er Aufnahme in einem stillen Häuschen, unter einem von der scheidenden Sonne rot bestrahlten Gipfel und genas unter der Pflege des Mädchens, das ihn später heiratete, trotzdem er ein Krüppel blieb. Das Kind dieser Ehe war der Franz Gankoffen, der spätere Wagmeister von München, der Urgroßvater des Karl Albrecht.

Als der Urenkel nach monatelangem Schreiben und Brüten an diese Stelle kam, schnaufte er erleichtert auf. Jetzt war er durch, jetzt lag das Schwerste überwunden. Und der Herr von Pellegrini, der sich öfter nach dem Fortgang der Arbeit erkundigte, fletschte wieder sehr vergnügt die Zähne. Man müsse Mut haben auf der Welt, meinte er, noch besser gesagt, Frechheit; ohne die käme man zu nichts. Aber der Karl Albrecht machte ein sehr ernstes Gesicht und verwahrte sich feierlich gegen solch leichtfertige Auffassung seines Lebenswerkes. Für ihn wurde jeder Buchstabe, den er da hinsetzte, zum Evangelium, zum großen Glauben an seine Sache und an eine gewaltige Mission. Drum begnügte er sich nicht mit dem, was er geschaffen hatte, er blieb nicht stehen. Denn jetzt kam der leichtere Teil der Arbeit, jetzt hatte er Material in Hülle und Fülle.

Gewiß, man durfte nicht mehr so sehr ins Schrankenlose gehen, da jedes Wort von Zeitgenossen kontrolliert werden konnte. Aber er hatte ja wirklich nichts geschrieben, was er nicht vertreten konnte. So versah er die Chronik auch weiter mit anmutigen Floskeln. Er schilderte seinen Vater, der kurz vorher in Amt und Würden dahingegangen war, er schilderte sich selbst mit einem zufriedenen Rückblick auf das Ganze und mit ergebenem Aufblick zu Gott, der alles so trefflich geführt habe. Selbst den Kanzler und das Fräulein Sabine vergaß er nicht. Er stellte den Herrn von Hanapl als seinen edlen Förderer neben den Kurfürsten, seine Tochter aber malte er aus, viel schöner als sie wirklich war, er schilderte sie, wie sie am Stickrahmen saß, den Blick nach dem verschwiegenen Park gewandt, sinnend und träumend. Das entsprach ihrer Art freilich ebensowenig, denn vom Sinnen und Träumen hatte die Jungfer schon gar nichts an sich. Der Karl Albrecht aber sah sie wirklich so am offenen Fenster, immer wartend und wartend, bis er als letzter Gankoffen den Weg heraufkam und in seligstem Entzücken ihr jauchzend beide Arme entgegenstreckte, in der linken Hand das samtene Barett, das er mit Vorliebe trug, in der rechten die eben vollendete Chronik seines Geschlechts. Ob sie es sein wollte, die da weiter hineinschriebe, um der alten Familie Glück und Zukunft zu verheißen, um ihr dauernden Jungbrunnen zu geben?

Das angebetete Mädchen ließ sich, wie man annehmen darf, nicht zweimal fragen. Sie las als erste das dicke Kompendium im geheimen durch, sie schluchzte aus tiefstem Herzensgrund bei der Lampe in einsamen Nächten über die schweren Leiden der tapferen Gankoffen und nicht zuletzt über die phantasievolle, fast dramatische Darstellung. Dann aber fiel sie dem Karl Albrecht mit ihrem vollen Gewichte an den Leib, indem sie ihre runden Arme so weit als möglich zu seinem Halse emporstreckte. Viel weniger erfreut war der Kanzler, als er die Bescherung vor sich sah. Er fluchte die Gankoffens einzeln durch, vom Jörg an bis zum Karl Albrecht, die echten samt den gedichteten, aber er mußte Ja und Amen knirschen, wollte er auch weiter seine Ruhe und nicht ein ewiges Geflenn im Hause haben. Brummend und Türen zuhauend tat er das. Selbst dann fand er sich nicht in die Neugestaltung aller Verhältnisse, als die Stadt die Leistung ihres jungen Mitbürgers mit dem Stolze neugeweckten Ehrgeizes begrüßte.

Die Münchner hatten es von jeher gern, wenn ihnen geschmeichelt und das rauhe Leben in rosiger Beleuchtung gezeigt wurde. Deshalb fragten sie nicht lange, was da wahr oder erdichtet wäre, sondern nahmen das Buch, wie der Verfasser in seiner Vorrede es ausdrücklich verlangte, als die traumhafte Ergänzung dessen, was der Erbauer ihrer Frauenkirche gesät und geahnt hatte. Denn nicht die nackten Tatsachen seien immer das Wahre, sondern wahr sei einzig, was eben nur so und nicht anders sein könne. Der Kanzler meinte, auch das sei lauter Unsinn, denn es sei eben überhaupt nichts wahr an der Geschichte. Aber ein paar Jahre später hätte er das kaum mehr öffentlich aussprechen dürfen. Denn je mehr die Zeit verstrich, um so erwiesener nahm man an, was da in hoher Poesie und in einem Deutsch dargestellt wurde, das die Zeitgenossen sehr gut fanden. Das Buch wurde in kostbarem Einband dem Reichsarchiv einverleibt, und um jedem Zweifler die Zunge zu binden, machte man den Karl Albrecht Gankoffen zum Direktor dieses Instituts.

Da herrschte er nun, ein in jungen Jahren hochangesehener Mann, und schrieb bald in seiner Kanzlei, bald zu Hause vor dem Schwabinger Tore an der Fortsetzung der Chronik. Erst registrierte er die gesunden Kinder, die ihm Frau Sabine der Reihe nach schenkte, jedes in seiner Art und seinem Aussehen, wobei er nicht verfehlte, Ähnlichkeiten mit den Vorfahren aufzustöbern. Dann kam der Geist der Zeit, die Politik daran, der Einzug Max Josephs, dem er als einer der ersten Männer der Stadt neben dem Adel auf jener Tribüne beiwohnen durfte, auf deren Bretterboden die Residenzbäckin bescheidenen Unterschlupf suchte. Er sah damals die treffliche Frau mit ihrem gelehrigen Enkel sehr wohl und hätte sie, wäre ihm nur ein Schritt nach vorn oder nach rückwärts möglich gewesen, gern die paar Stufen heraufgeholt. Denn, so weit er's auch gebracht hatte, sein Stolz blieb, ein Bürger zu sein. Den Tag, wo er die Urkunde bekam, die ihm diese Eigenschaft verbriefte, nannte er den schönsten seines Lebens. Und als sein Schwiegervater einwandte, das Bürgerrecht könne jeder erwerben, der das nötige Geld besitze und keinen Raubmord begangen habe, verneinte er heftig. Er wolle der Stadt etwas sein, er wünsche mitzureden bei allen öffentlichen Angelegenheiten, mochten sie hoch oder nieder angehen. Das sei aber nur möglich, wenn ihm in allen Ehren das Recht dazu verliehen wurde. Darum zähle auch kein schnöder Mammon mit, der überhaupt nur äußere Form bedeute, kein guter Name, der beim religiösen Menschen selbstverständlich sei, sondern ein höheres Moment. Dasselbe schrieb er in sein Tagebuch, das von der Chronik der Gankoffens allmählich zu einer Geschichte der Stadt und des Landes wurde.
Freilich geschah nach dem Regierungsantritt des Max Joseph manches, worüber der Karl Albrecht Gankoffen oft ratlos vor dem weißen Papiere saß und am Federkiel kaute. Das waren Augenblicke, wo er oft nicht wußte, ob er überhaupt weiterschreiben sollte, denn in dieser Zeit schien die Welt ihren Kreislauf verändert zu haben. Alles stand Kopf, niemand wußte wo aus und wo an, am letzten die Regierenden. Zum erstenmal wurde einem Protestanten der Stadt die Heimatsberechtigung verliehen, einem Lutherischen, wie das Volk sagte,

dessen Vorfahren sich nicht gesträubt hatten, die vor der Wittenberger Kirche angeschlagenen Satansthesen als neue Evangelien anzuerkennen. Nicht genug damit, Graf Montgelas, der Illuminat, der allmächtige Minister, sequestrierte die Klöster, und eines Morgens fand der Reichsarchivdirektor auf seinem Tische zwei Pamphlete, die ihm von unbekannter Hand zugesandt waren: das »neue baierische Vater Unser« und den »neuen baierischen Glauben«.

Das erstere lautete. »Vater unser, der du bist *Napoleon*, gepriesen werde dein Name, zukomme uns einen Teil von Oesterreich, dein Will geschehe wie in Frankreich also auch in Baiern, gieb uns den Frieden, und vergieb uns unsre Schulden von 1799, so auch wird vergeben unsern Schuldigern, und führe uns nicht in alte Versuchung, sondern erlöse uns von allen Oesterreichern Amen. Gegrüßt seiest du Josepha! du bist voll der Gnaden, der große Napoleon ist mit dir, du bist groß unter den Weibern, und Wohltun ist die Frucht deiner Taten, gute vielgeliebte Mutter der Armee! bitt für uns Baiern, jetzt, und zu jeder Stunde, um den Schutz Frankreichs. Amen.«

Das zweite: »Ich glaube an den Kaiser *Napoleon*, mächtigen Schöpfer der Republiken und Königreiche, an Maximilian Joseph seinen eingeborenen Sohn unsern HErrn, der empfangen ist von der heiligen Vorsehung, geboren aus dem 18ten Jahrhundert, dem Erlauchten, gelitten unter Franz dem Zweiten, gekreuziget, doch nicht gestorben, und begraben, abgestiegen zu den Franken, am 12ten Oktober wieder auferstanden von der Todesangst, aufgefahren nach München, sitzend zur rechten Hand Napoleons, des mächtigen Vaters; von dannen er kommen wird zu richten die Getreuen, und Heuchler, eine einzige allgemeine Versammlung, Gemeinschaft Europens Potentaten, Ablaß der österreichischen Schulden durch Bezahlung, Auferstehung des baierischen National-Ruhmes, und ein friedliches Leben. Amen.«

Was tun? Karl Albrecht Gankoffen war ein zu guter Katholik, ein zu großer Freund Österreichs, als daß er sofort eine Antwort finden konnte. Selbst der gewiß nicht verlegene Herr von Pellegrini hätte vielleicht über solche Ereignisse nicht den berühmten Salto mortale machen können. Diesen Herrn konnte man übrigens nicht mehr um Rat fragen. Er war unverschämt geworden, er wollte eine Art Quittung für seine Dienste präsentieren, ja er scheute sich nicht, auszusprechen, daß er staune, wie trefflich sein Freund das Land der Kastanien und Orangen kenne, ohne es je gesehen zu haben. Der Karl Albrecht mußte also mit sich allein fertig werden, um so mehr, als der klügste Mann, den er manchmal vorsichtig aushorchte, sein Schwiegervater eines Mittags, da er gerade ein volles Glas in der Hand hielt und sich herzlich über die große Verwirrung in allen Köpfen amüsierte, glückselig starb, wie er glückselig gelebt hatte.

Eine böse Zeit! Frau Sabine jammerte, die Kinder weinten, der Nachkomme des großen Jörg aber sah mit immer größerer Besorgnis in die Zukunft. Über den neuen Herrn und König hatte er nicht zu klagen; der war ihm so huldvoll gesinnt wie Max III. seinem Vater; er lud ihn alle Jahre einmal zur Tafel, nur erlaubte er ihm kein schüchternes Wort des Einwands, sondern wurde sackgrob, wenn gewisse Gesprächsstoffe nur leicht gestreift wurden. Es hieß also warten, in Geduld sich fügen, es hieß wie bei der Chronik, vom Jörg bis zum schwäbischen Städtchen das große, entsprechende Füllsel finden, mit dem man zu schöneren Zeiten weiterknüpfen konnte. Denn daß es nicht immer so bleiben würde, das stand für den poetisch gestimmten Bürger fest. Ein Fanatiker hätte protestiert, öffentlich oder im geheimen; Karl Albrecht war klüger. Er ging dem Kampf aus dem Wege und malte mit seiner Feder die neue Königstadt. Malte den buschigen Kranz der reichen Gärten, die sich zu jener Zeit um den rasierten Festungsgürtel der Stadt zogen, malte die Häuschen und Villen, die darin prächtig versteckt lagen wie seines vor dem Schwabinger Tore. Da sah er in jedes gar tief hinein, schilderte die Familien, die sie bewohnten, schilderte ihre Vorfahren. Dann stöberte er die Architekten auf, er widmete ein Kapitel den Malern, die die Stadt im Bilde festhielten. Schließlich aber schritt er weit hinaus über die Höhen des Gasteigs nach Neuberghausen, indem er herabsah auf das aufblühende München mit seinen Türmen und Dächern. Und da erfüllte es ihn wieder mit Stolz,

daß die Frauenkirche halt doch das Höchste von allem war, an das nichts anderes herankonnte.
Aber nicht zufrieden damit, streckte er seine Arme aus über die umliegenden Orte und Städte, über das ganze wellige Land der oberbayerischen Hochebene bis zur Donauniederung, immer sichtend und alles in jene Farben tauchend, die aus der Chronik der Gankoffen leuchteten. Die Isar, die wilde Tochter der Berge, wie er sie nannte, diente ihm dabei als Leitfaden von ihrer Wiege im Karwendel bis zu ihrer Mündung. Von ihren plätschernden Wellen ließ er sich treiben und alles erzählen, wie er sich im ersten Teile der Chronik vom Herrn von Pellegrini, oder nein, vom Wannkoffen, Pannkoffen, Pannkaffen zu den Landsknechten des Königs Franz nach Italien geschwungen hatte. Eine reich gesegnete Arbeit, an Schlössern, Gehöften, an Kirchen und Klöstern vorüberführend, bald hinabweisend in finstere Kellergewölbe mit verfallenden Inschriften und Grabsteinen, bald emporleuchtend in glänzende Sakristeien mit goldenen Kelchen und Meßgewändern. Wochen- und monatelang dauerten oft die Reisen, die ihn dabei über das ganze Land führten. Der liebe Gott im Himmel schien ihm vom reinen Äther zuzunicken, und freundliche Wirte und Wirtinnen kredenzten vor ihren schönen Häusern neben einer alten Buche oder Linde auf sauberem Teller dem gelben Postwagen mit dem weiß- und blaugekleideten Schwager, der das Horn blies, ein Glas guten Tirolers. In der Ferne aber, die abgemähten Wiesen hinauf, zogen unter lautem Beten und Singen die Dankesprozessionen für die letzte, gute Ernte. Biederkeit, Frohsinn und Frömmigkeit, wohin man nur blickte. Den Gankoffen überkam jene Rührung, die ihn so leicht packte, wenn er nur eine Glocke schlagen hörte, einen Vogel durch die Luft ziehen sah oder einem Bauern die Hand drückte. So ein Land könne nicht untergehen, meinte er, und er behielt recht.
Als er wieder einmal, im Jahre 1825, von Niederbayern zurückkam, sagte man ihm, daß der Kronprinz Ludwig das Erbe des zwar herzensguten, aber zu freigeistigen Vaters angetreten habe. Karl Albrecht Gankoffen atmete leichter. Nun wichen die bangen Tage, und es kamen so schöne, wie

man sie im Bayerland kaum mehr zu hoffen wagte. Der neue Monarch zeichnete sofort nach seinem Regierungsantritt den Nachkommen des großen Jörg, der nun als ein höchst gesetzter und wohlüberlegter Mann von imponierender Würde einherschritt, mit besonderer Wärme aus. Er war der Kunst zugetan, er riß das Schwabinger Tor nieder und legte die neue Ludwigstraße an, die sich hinauszog fast bis Gankoffens Garten, er renkte das politische Leben Bayerns wieder in bewährte Bahnen der Disziplin und der Kirche. Ängstlich bedacht auf Tradition, ängstlich bedacht, daß nichts außerhalb des Landes käme, sondern hübsch innerhalb der weißblauen Pfähle verbliebe.

So standen die Dinge, als der einfache Bürger, der Joseph Luegecker, es wagte, klopfenden Herzens an jene Türe zu treten, über die auf einer Marmortafel mit goldenen Lettern seit einigen Jahren die vielsagenden Worte prangten. »Mein Elysium. Gott geweiht und den Musen.«

Fünftes Kapitel

Das »E«

Die Magd, die den Eindringling im altmodischen, schwarzen Rock und ausgebauchten Zylinderhut mit unsicheren Blicken musterte, als wisse sie nicht, sei es ein Herr oder ein Mann, meinte, nachdem sie Namen und Stand zweimal buchstabiert hatte, er solle mal stehenbleiben. So ohne weiteres ließen der Herr Reichsarchivdirektor nicht jeden hinein, besonders wenn keine Rekommandierung mitgebracht werde. Sie schien mit dieser Wendung dem unbekannten Besuche so was Ähnliches herauskitzeln zu wollen, denn sie machte eine Pause voll herrischer Erwartung. Da aber der Luegecker doch unmöglich den Faist als Referenz aufgeben konnte, ließ sie ihn mit einem Blicke der Verachtung für so viel läppisches Gebahren stehen und klopfte mit größter Behutsamkeit an eine hohe Türe zur linken Hand. Dort verschwand sie für lange Zeit auf ein kräftiges »Herein«, das etwas vom Tone eines Regimentskommandeurs vor der Front aufwies.

Auf solche Art hatte der Wirt der Haupt-Schützengesellschaft zwischen offenstehender Haustüre und Vestibül Gelegenheit, entblößten Hauptes den ersten schüchternen Blick in das Heiligtum zu werfen, von dem ihm schon so viel erzählt worden war. Prächtig genug ließ es sich an. Er sah dem Eingang direkt gegenüber eine breite, mit einem Podeste versehene Treppe, der braunlackierte, von Messinggesimsen gekrönte Eisenstäbe als Geländer dienten. Dahinter ragte als ausgiebige Lichtquelle für den weißgetünchten Raum ein hohes Fenster in das obere Stockwerk hinauf. Zu beiden Seiten des von einem durchsichtigen Mullvorhang bedeckten

Glases hingen zwei schmale, lebensgroße Bilder von Kavalieren im Jagdkostüm, wie sie auch so ähnlich im Festsaal der Haupt-Schützengesellschaft prangten. Nur mit dem Unterschied, daß die Herren da viel nobler gekleidet waren und Waldhörner um die Brust geschlungen hatten, deren mächtige Schalltrichter bei der Auferweckung der Toten am Tage des Jüngsten Gerichts ausgiebige Dienste leisten konnten. Der Luegecker wollte sich eben dorthin, wo die Treppe anstieg, in eine andre Leinwand versenken, die goldumrahmt drei nackte Frauenzimmer mit einem Schäferbuben darstellte, eine ganz kuriose Geschichte, wie er derlei noch nie gesehen hatte, da kam die Magd aus dem Zimmer zurück und bedeutete ihm, er würde angenommen. Als darauf der verlegene Mann eine Biegung nach links machen wollte, winkte sie ab und meinte, so schnell gehe das nicht. Hier auf dem Vorplatz habe er zu warten, bis ihn der Herr Reichsarchivdirektor in eigener Person rufen würden.

Damit schlug sie die Haustüre zu und verschwand den Gang hinunter, der, an jedem Ende ein kleineres Fenster aufweisend, das Erdgeschoß in zwei Hälften teilte. Eine Einladung, so lange einen der sechs gepolsterten Stühle mit den hohen Lehnen zu benützen, die gleichmäßig verteilt an den Wänden des Vestibüls herumstanden, hatte sie nicht erlassen. Aber der Wirt der Haupt-Schützengesellschaft hätte, auch wenn eine solche ergangen wäre, nie und nimmer gewagt, ihr zu folgen. Es war ihm schon vom Augenblicke an, da er nach langem Sträuben endlich seinen Stock nahm und über den Dultplatz die Brienner und Ludwigstraße hinauswanderte, bei der ganzen Sache nicht wohl zumute. Jetzt aber, wo der hohe Herr so ausgiebig warten ließ, wußte er erst recht nicht, was er anfangen sollte.

Und doch war ihm, je länger es dauerte, diese Verzögerung ganz willkommen. Er konnte den Schweiß von der Stirne wischen und sich so langsam wieder in der äußeren Erscheinung zusammenstellen, er konnte sogar noch einmal überprüfen, was er alles zu sagen hatte. Deshalb zog er ganz im geheimen einen Zettel heraus, indem er bald auf ihn, bald auf die Türe sah, aus der der Gewaltige treten mußte. Ver-

nahm er aber das geringste Geräusch im Hause, dann knitterte er das Papier zusammen, da er meinte, jetzt sei es so weit. Erst nachdem Ruhe eingetreten war, holte er es wieder hervor und schaute auf die grobzügigen Buchstaben, die es bedeckten.
Die waren von seiner Frau geschrieben und gaben genau an, was er alles zu sagen hatte. Der Herr Reichsarchivdirektor möchten es nicht für ungut nehmen, wenn ein einfacher Bürger, in Gestalt des Joseph Luegecker, ihm in aller Ehrerbietung einen praktischen Vorschlag unterbreite. Man lebe in der Zeit der Geschäfte, und Geschäfte wollten eben gemacht sein, sonst kämen keine Geschäfte dabei heraus. Gewiß, ein so hoher Herr kümmere sich wenig um Geldangelegenheiten, um gewisse Vorteile, aber andere Leute müßten das dafür um so mehr tun, schon aus dem Grunde, damit sie zu leben hätten. Der Stand des Petenten sage genug; er sei als eine Art Einführung zu betrachten. Das Gasthaus zur Schießstätte läge dicht bei den Wiesen, die des hohen Herrn seliger Herr Schwiegervater von seinem seligen Herrn Vater ererbt habe. So wie sie jetzt sich ausbreiteten, wären sie überall und nirgends auf der Welt; mit andern Worten: sie böten keinen höheren Wert als den, den das Heu jedes Jahr bringe. Das sei aber naturgemäß jammerbar wenig und in keinem Verhältnis zu den großen Zinsen, die da verloren gingen. Auch seien sie wohl zu weit vom Besitztum des gnädigsten Herrn entfernt, als daß er je einen praktischen Gebrauch davon werde machen können. Da wollte denn der Luegecker in aller Ehrerbietigkeit anfragen, ob das so bleiben solle. Eine Einmischung sei ihm ferne, aber er bäte doch submissest, daß der Herr Reichsarchivdirektor, wenn er je die wertlosen Objekte losschlage, an ihn denke, der da draußen bescheiden wirtschafte. Er habe das nötige Kleingeld beisammen, um was Anständiges bieten zu können, er sei ein niemals vorbestrafter Mensch, der zwar noch nicht lange in München lebe, aber seine Reputation habe, nötigenfalls auch seine Referenzen. Drum möchte man ungeniert einen Preis nennen; über die Höhe würde man schon einig werden. Ärgernis hoffe der Luegecker durch diese Frage keines zu erwecken, denn eine

bescheidene, höfliche Anfrage verdiene auch die entsprechende Antwort. Außerdem kaufe heutzutag jedermann; selbst der König tue es und tausche, wenn er was bauen wolle.

Diesen letzten Satz, meinte Frau Therese, könnte er weglassen, wenn der Besitzer sich bereits gefügig zeigte. Im übrigen werde ja, wie immer auf der Welt, ein Wort das andere ergeben. Nur eines müsse er unbedingt beherzigen. So lebhaft, so angenehm die Unterhaltung sich gestalten möge, unter keinen Umständen dürfe er davon was verraten, daß der Bahnhof vom Hackerbräu weg zur Stadt gerückt werden sollte. Denn das sei das Geheimnis, auf dem sich das ganze Geschäft aufbaue. Erführe der Reichsarchivdirektor vorher davon, dann würde er nie ja sagen, erführe er's aber hinterher, wenn alles verbrieft war, dann konnte es ganz Wurst sein. Denn, was mal unterschrieben vorlag, durfte nicht ausradiert werden, auch wenn der Verkäufer der allmächtigste Mann des ganzen Landes war. So meinte die Frau und schrieb, damit der Luegecker ja keine Dummheit begehe, noch eigens unter einen festen Strich die Warnung: Nichts vom Bahnhof sagen! Sie hatte das außerdem persönlich so oft wiederholt und ihn dabei mit den grauen Augen so fest angeschaut, daß ihr Mann diesen Wink fast ebenso auswendig hersagte wie das andere Geschreibsel des Zettels. Auf diese Weise lief er direkt Gefahr, das eine vor dem andern herauszustoßen und die Warnung bei der Begrüßung des Reichsarchivdirektors an die Spitze zu setzen.

Freilich hatte er zuerst noch so manches dagegengeredet. Ob ein so wohlinformierter Herr, der seine Finger doch überall drin hatte, nicht längst davon wisse, ob er nicht gerade so gescheit sei wie die Frau Therese Luegecker und ihr sauberer Unterhändler. Das werde man sehen, lautete die prompte Antwort; jetzt käme es mal auf den Versuch an. Aber der Luegecker war noch nicht zufrieden. Ob dann halt die Bahn auch wirklich ihre Geleise hereinstrecke, ob die Lokomotiven wahrhaftig bis zur Schießstatt führen oder ob sie etwa halben Weges stehen blieben? Nicht daß man etwa petschiert dasitze mit den Grundstücken und bis zum Tage der Auferstehung warte, um alles Geld wieder mobilisieren zu können. Darüber solle er sich gefälligst keine Gedanken machen, erwiderte Frau Therese. Und der Faist, den man wieder freundlich abklatschte, weil er sonst zu gefährlich gewesen wäre, fügte ermutigende Worte bei. Drücke der Verkehr wirklich nicht von außen herein, so werde er schon hinaus drücken; die Stadt wachse ja täglich, drum sei es, wie man auch daran mäkle, ein Geschäft. Das glaubte der Luegecker selbst, indessen hatte er immer noch Bedenken vorzubringen. Solche waren ihm während der paar Monate seines Aufenthalts in der Stadt gar reichlich aufgestiegen, und er zögerte nicht, sie vor seinem Abmarsch noch einmal zum besten zu geben.

Die Bürger hier trugen nämlich, wohin er auch kam, so ein Gehabe zur Schau, daß er ihnen jedesmal am liebsten die eigene Türe vor der Nase zugeschlagen hätte oder auf der Schwelle noch umgekehrt wäre. Zum Beispiel der junge Gaiglbräu, der erst vor einem Jahre das väterliche Anwesen übernommen hatte. Wie empfing ihn der Mensch, wie hochmütig, wie patzig! Gewiß, er war so gnädig, seine saure Kletzenbrüh' abzugeben. Ein schöner Ochs, wenn er nicht so viel Geschäftssinn gehabt hätte. Überhaupt, da fehlte es nicht, Profit zu machen, verstanden die Herren. Und das Geld nahmen sie auch. Aber sie taten so, als ob das eine Gnade wäre. »Meinetwegen«, brummte der Biersieder und verschob kaum seine schwarzseidene Mütze, worauf farbige Blumen gestickt waren. Und die junge Madam, die dabeistand, um den Schlüsselbund an der sauberen, weißen Schürze zurechtzurücken, sah den Luegecker an, als wollte sie fragen, ob man's auch zahlen könne, das elende Gesöff.

Im Hintergrunde aber saß wie ein verkörpertes Grundprinzip der Familie der Alte, der vor kurzem Haus und Geschäft dem Jungen übergeben hatte. Na, das war erst das Schönste von allem! Wie ein aufgedunsener Schwamm, der das ganze Bier in sich gesogen hatte, das er im Leben braute, kauerte er am Tische und stierte vor sich hin. Von Augen war da schon gar nicht mehr zu reden; alles Weiße war rot oder gelb geworden, von blauen Äderchen durchzogen, die Nase breit und unförmig, trotzdem man ihr an der Wurzel noch ansah, daß sie einst bessere Formen aufwies. Zwei Fettwülste quollen unter dem weiten Kragen des Hemdes hervor und zeigten, wie zwei weitere auf der Stirne, daß der Mann auf der Welt eigentlich nichts mehr zu tun hatte, außer in aller Gemütlichkeit noch den letzten Schlaganfall abzuwarten, der ihn unter Glockengeläute ins Jenseits hinüberführte. Er achtete wenigstens kaum auf das, was um ihn vorging; nicht einmal durch ein Kopfnicken beantwortete er den Abschiedsgruß.

Und nun gar erst der Residenzbäck! Der war weder in seinem Laden noch am Backofen zu finden, sondern hockte oben im ersten Stock in einer prachtvoll eingerichteten Wohnung. Neben ihm auf einer hellackierten Kommode stand unter Glas eine goldene Monstranz, ein Kelch aus Silber, ein Weihrauchfaß und ein Wedel. Als ob man zum Hochwürden käme, nicht aber zu einem Teigpatzer! Dreimal mußte der Luegecker husten, denn der Herr Hoflieferant geruhten soeben in einem Reliquienkästchen herumzustochern, um unter das Vergrößerungsglas zu nehmen, was von den allerletzten Knochensplittern irgendeines Heiligen noch übriggeblieben war. Nur als es gar nicht mehr anders ging, wurde endlich Gehör gewährt. Dabei war vom Brot kaum eine Rede, sondern der Nepomuk Gaigl drehte fortwährend auf mit dem goldenen Kästchen, das er in Rotthalmünster vor acht Tagen erstanden habe. Ein Gelegenheitskauf, wie man ihn selten mache. Sein seliger Vater habe das noch viel besser losgehabt, aber der sei ja leider bei dem furchtbaren Unglück damals dahingegangen, als im Jahre 1813 die Isarbrücke einstürzte. Ob das der Luegecker nicht wisse, ob er überhaupt den alten Residenzbäck nicht gekannt habe? Na, das sei ein Mann gewesen, ein Mann, wie er einfach nicht wieder käme. Man tue ja sein möglichstes, ihm nachzueifern, aber das wisse er heute schon, so weit werde er's nie bringen. Weder im Backen noch im Sammeln von Altertümern.

Der Wirt von der Haupt-Schützengesellschaft fragte sich, während er das alles mit anhören mußte, was ihn das eigentlich anginge. Der Bäcker da war doch ein Gewerbetreibender wie er selber, nicht mehr und nicht weniger. Warum spielte sich also der Gschaftlhuber auf den nobeln Herrn und Kunstverständigen hinaus? Er hätte ja auch von seinem Vater, seinem Großvater anfangen können, aber er hielt das für keine Art, wie werktätige Bürger miteinander zu verkehren hatten. Eine gespreizte Gaudi nannte er's, und nur die Angst, es könne ihm bei den Wiesen um die Schießstatt herum wirklich was Vorteilhaftes entwischen, ließ den Verärgerten in Gottes Namen den Sonntagsstaat hervorholen und zu dem gehen, der nach allem, was man von ihm so hörte, der Geschwollenste der Geschwollenen sein mußte.

Aus seinen Träumen weckte ihn plötzlich mit hellem Klang eine Uhr. Er drehte sich nach der Richtung, aus der die zwölf Schläge kamen und gewahrte, in die Biegung der Treppe eingekeilt, einen gar merkwürdigen Aufbau phantastischer Häuser, deren höchstes ein Türmchen mit einem Zifferblatt zierte. Darunter befand sich in dem von Säulen flankierten Gewölbe der Stall mit dem Jesuskindlein in der Krippe. Daneben die heilige Jungfrau sowie der Namenspatron des Beschauers, der heilige Joseph, darüber der Stern von Bethlehem. Alles in schönen Verhältnissen ausgeführt, alles so realistisch dargestellt, daß man die Falten in den Gesichtern und die einzelnen Haare der umstehenden Tiere genau unterscheiden konnte. An den grauen Kitteln der anbetenden Hirten waren sogar die geflickten Risse zu beobachten, die die Kleider solch armer Leute aufzuweisen pflegen. Während aber der Luegecker das alles überflog, ertönte, kaum daß die Schläge verklungen waren, die sanfte Musik einer Spieldose. Das Tor des linken Palastes flog, von unsichtbarer Hand geöffnet, auseinander, und in weitem Halbkreis zogen durch den gut gefütterten Moosboden, auf eigens gesteckten Schienen die Heiligen Drei Könige, der Kaspar, der Melchior und der Balthasar in reichen Gewändern. Ihnen folgten Diener und bucklige Kamele, die kostbare Geschenke trugen. Diese feierliche Prozession schritt Mann für Mann hintereinander bis zur Mitte der Krippe, wo jeder steif den Kopf herunter

und sofort wieder hinaufzog; dann verschwand sie in dem rechtseitigen Palast durch ein Tor, das auseinanderflog wie jenes des linken, während die Musik im selben Augenblicke verstummte.
Mit offenem Munde schaute der Luegecker nach. So etwas hatte er noch nie erlebt, weder im Lipperltheater, wohin er des Sonntags manchmal heimlicherweise ging, um sich dort an den Ritterstücken sowie an dieser allbeliebten Münchner Karikatur zu erfreuen, noch draußen bei der Haupt-Schützengesellschaft. Freilich, in der Schießstatt gab es eine Scheibe, die gleichfalls einen Marsch losließ, wenn vorher richtig ins Schwarze geschossen wurde. Ein Tambourmajor in blauer Uniform sprang aus der Tiefe des Zielergrabens in die Höhe und streckte den Stab mit dem silbernen Knopf ein paarmal in die Luft hinaus, bis er auf den letzten Takt des kurzen Marsches mit einem festen Rucke des Armes das Zeichen zum Schlusse gab. Ferner zog ein Hirsch im Eiltempo über das Schußfeld, der ein Lied aus Karl Maria von Webers »Freischütz« zum besten gab. »Was gleicht wohl auf Erden dem Jägervergnügen?« so tönte es dann jedesmal, und der glückliche Schütze schmunzelte sehr vergnügt dabei, weil es einen Haupttreffer bedeutete. Nicht zuletzt war ein großer Wurstl da, der auf Anschuß dreimal »juhu« schrie. Das Zeug da aber ging von selber los, ja, die Biblische Geschichte marschierte vorüber, als ob die Parade aufzöge.
Einen Augenblick überlegte der Luegecker, ob er so was auf seiner Schießstatt auch anbringen könnte. Er hatte sich schon mal das Wappen der Stadt, das Münchner Kindl, als Scheibe zurechtgelegt; das sollte aus der Versenkung steigen, den bayerischen Löwen an der Hand, der dann ein fürchterliches Gebrüll anzustimmen hätte. Denn der neue Gastgeber suchte sein Publikum bei jeder Gelegenheit zu ergötzen. Nur schien es ihm oft, als würden seine Bemühungen nicht immer mit Dank erwidert. Der Schützenmeister, ohne dessen Zustimmung nichts Neues eingestellt werden durfte, lehnte ab; außerdem bewegten sich in der Gesellschaft, wie der Volksmund sagte, gar gewappelte Herren, die unter ihren grünen Hüteln noch hochnäsigere Mienen zur Schau trugen als der Gaigl-

bräu oder gar der Residenzbäck. Auch der Herr von Gankoffen war Mitglied der noblen Vereinigung. Doch konnte man das nur aus den Listen ersehen; persönlich hatte er sich noch nie gezeigt. Er gehe überhaupt nicht aus, hieß es, und das bedauerte Frau Therese, da man ihn sonst beim Glas Bier viel leichter hätte fassen können als zu Hause. Dafür saßen andere hohe Staatsbeamte und Aristokraten am großen Tische, die eine Scheibe, wie sie sich der Luegecker jetzt ausdachte, mit dem Stern von Bethlehem, mit dem schwarzen König und gar einem Kamel dahinter, wohl sehr krumm nehmen mochten, da sie beim Ave-Läuten sofort jede Unterhaltung abbrachen, um, die drei Sätze durch, andächtig die Hände zu falten und hinterher sich freundlich Guten Abend zu wünschen. Hol's der Teufel. Der Zugewanderte wurde auch mit ihnen nicht warm. Ja, er tat seine Schuldigkeit als guter Christ, er ging des Sonntags in die Kirche, aber wenn am Biertisch so ein recht saftiger Witz angeschlagen wurde, dann sollte, seiner Meinung nach, auch zu Ende erzählt werden. Gleich darauf kam ja doch wieder die Schweinerei aufs Tapet, um schallendes Gelächter zu erwecken, um bis Mitternacht zu regieren, um …

Er bremste plötzlich in diesem Gedankengang, weil ihm mit dem steigenden Grimme das Theater wieder in den Sinn kam, an das er beim Aufzug der Heiligen drei Könige zuerst gedacht hatte. Den Zusammenhang wollte er allerdings nicht recht begreifen. Denn die Kostüme in der grüngestrichenen Bretterbude vor dem Karlstore konnten nicht hinschmecken an die Pracht, die hier dem Auge geboten wurde. Das war dort alles aus Pappendeckel und Lumpen, aus Flitter, während hier in der Krippe das letzte Stück echt erschien. Am wenigsten paßte der Held, der Lipperl selber, in den biblischen Rahmen. Und doch konnte der Luegecker gerade von ihm nicht mehr fortkommen. Er hielt sich, je länger er vor dem Wunderwerk stand, mit der ihm eigenen Zähigkeit an diese lustige Figur, die der Münchner bei jeder Gelegenheit verspottete und durch die er sich selber zum besten hatte. Über und über in Gelb gesteckt, eine Krause um den Hals, einen grauen Filz auf dem Kopfe, stol-

perte das Männlein über die Bretter und trieb seinen Schabernack. Der Dichter, wenn man bei dieser Bühne von so etwas reden konnte, lieferte nur die Konturen, der Darsteller der berühmten Figur füllte sie aus. Nicht nur technisch, sondern geistig, durch zahllose Witze und Extempores. So stieg die Verkleinerung des Philipp als drolliger Spießbürger auf den Brettern herum, allgemein verlacht und bejubelt. Sechs Kreuzer Entree für den Sperrsitz; was konnte man mehr verlangen! Man hatte ja seine helle Freude an sich selber! Und wie man's dem Darsteller, einem alten, eisgrauen Mann, ansah, daß ihm die Schminke nur schwer das Elend des täglichen Daseins vom Gesichte zu wischen vermochte, wie man's mit schärferen Augen wohl merkte, daß er am liebsten ins Parkett heruntergespuckt hätte auf das gröhlende Gesindel, so wollte der Luegecker manchmal mitten in die verfressene Gesellschaft hineinspeien, die sich in der Schießstatt draußen breitmachte. Er kam sich selbst vor wie der Lipperl, wie der Hanswurst dieser Protzen, der nach dem Takte zu tanzen hatte und auf dessen Kosten gelacht werden durfte. Mußte er nicht jedem den Narren machen und dabei noch buckeln, bis der letzte glücklich aus dem Hause war?
Nachdem er auf diese Weise den Faden seiner Gehirnzentren wieder aufgenommen hatte, gingen seine Blicke von der Krippe weg zu dem Bilde, das er vorhin, als das Mädchen von der Türe zurückkam, ins Auge fassen wollte. Und da geriet er wieder in bessere Stimmung. Denn er sah nach und nach genauer hin und hatte, je länger er das tat, seinen Spaß daran. Ja, er vergaß sogar alle mechanischen Scheiben der Schießstatt samt der Biblischen Geschichte und dem Lipperl. Was stellte denn dieser Menschensalat eigentlich dar? Einen jungen Burschen mit einem Apfel in der Hand, um ihn herum drei Weiber, die ganze Gesellschaft aber so gut wie nichts auf dem splitternackten Körper. Immer weiter riß der Luegecker die Augen auf, immer näher trat er an die sonderbare Szene heran. So schöne Frauenzimmer mit solchen Armen und Brüsten, solchen Schenkeln und Becken hatte er sein Lebtag nicht gesehen. Kopfschüttelnd fragte er sich,

ob es so was in Wirklichkeit geben könnte. Ihm war jedenfalls dergleichen nie begegnet. Daheim, seine Therese war ja soweit ganz schön; sie galt sogar im Dachauer Bezirk als eine saubere Frau, an der besonders die Augen auffielen. Gegen die da droben aber konnte sie, auch wenn sie sich auskleidete, um ihre leinene Nachtjacke anzuziehen, nicht aufkommen. Sonst hatte der vierzigjährige Mann, der in derber Kraft mit ungebleichtem Haare in dem Vestibül der Villa weilte, noch nichts auf diesem Gebiete gesehen. Gewiß, er nahm als junger Bursche eine Bauerndirne auf den Heuschober mit; selbst als Verheirateter stöberte er, wie er sich eingestehen mußte, da draußen auf dem Lande gelegentlich so ein Wild im Getreide auf, wenn es ihm in heißen Sommertagen bei der Feldarbeit zittrig vor den Augen wurde und seine Ehehälfte recht weit vom Schuß war. Nur hob sich das alles von solcher Pracht ab, wie die erbärmlichen Ölfunzeln der Straßenbeleuchtung gegen die schimmernden Fenster der Residenz, wenn Hofball war.

Einmal, als er im Winter in München weilte, hatte der Dachauer Bauer in diese beispiellose Pracht der gar nicht zu zählenden Kerzen mit anderen Gaffern hinaufgestarrt. Heute malte er sich aus, wie das wohl sein müßte, wenn's einem vergönnt wäre, gar einmal mit solchen Weibern zu tun zu haben. Würde er dann gerade so tappig dreinschauen wie der junge Mensch mit dem Apfel da? Oder täte er was anderes? Er stellte sich einen Augenblick Frau Therese vor und mußte dabei unwillkürlich zu lachen anfangen. Erst ganz verlegen, daß er meinte, seine eigenen roten Wangen zu spüren; dann vergaß er so langsam, wo er weilte, und schließlich lachte er ganz laut hinaus, indem er mit dem Stocke ein paarmal auf den steinernen Boden stieß. Er ließ dabei seine Phantasie immer weiterspielen, er ging alle übrigen Bauernweiber des Heimatdorfes durch, wie sie daherkamen in ihren unförmigen Trachten mit den blauen Strümpfen und den faltigen Röcken. Auch die Mannsbilder sah er, den Bürgermeister, das alltägliche Dahintappen zwischen Misthaufen und Düngerwagen, und da sagte er sich schließlich, es sei doch besser gewesen, in die Stadt zu gehen, trotz all den gespreizten

Herren. Denn man roch halt doch ab und zu etwas, was man draußen nicht in die Nase bekam. Dabei schielte er aufs neue zu dem Bilde empor, er lachte wieder und stieß ein letztes Mal mit dem Stocke auf; diesmal besonders stark.

Solche Art mag nun an sich eine sehr angenehme Beschäftigung sein oder eine höchst gesunde Bewegung, auf die Dauer wirkt sie ermüdend. Vor allem hat sie, gar zu laut betrieben, die sichere Wirkung, Leute herbeizulocken. Das kann eine Erlösung bedeuten, wenn man durch langes Warten schon recht ungeduldig geworden ist, es kann peinlich überraschen, wenn man, in schöner Selbstbetrachtung verloren, auf nichts mehr gefaßt ist. Beim Luegecker traf beides zu. Er hatte schon öfter vor sich hingeschimpft und den arroganten Audienzgeber verflucht, der sich einbilde, er dürfe arbeitsame Leute warten lassen wie der König, im Augenblick aber, wo der gewaltige Mann plötzlich vor ihm stand, war er noch derartig mit der Abwägung der Kontrastwirkungen zwischen Göttinnen und Bauernweibern beschäftigt, daß ihm die unvermutete Erscheinung plötzlich den Atem raubte. Deshalb schnappte er zuerst noch zwischen Behagen und Erschrecken ein bißchen in der Luft herum, wie ein Fisch, den man eben dem Wasser entrissen hat. Dann aber nahm er sich doch zusammen und machte seine Reverenz so tief und so gut, als er sie in den drei Monaten seines Münchner Aufenthaltes den nobligen Herren in dem Augenblick abgeguckt hatte, wo sie jemand begrüßten, der einen höheren Titel in der Brusttasche oder zwei Zinken mehr in der Krone sitzen hatte.

Als er nun so tüchtig die Hacken zusammenschlug, staunte er, wie es ihm glückte; noch mehr verblüffte es ihn, daß er gar keine Angst mehr hatte. Jedenfalls war er durch die nackten Weiber in eine ganz fidele Stimmung gekommen, fast in eine übermütige, die ihm über alles Peinliche des Zeremoniells glücklich hinweghalf. Er hatte nämlich schon vor dem Auftreten des Reichsarchivdirektors mit listigem Augenzwinkern gefunden, daß dieser Großkopfige, der das Kripplein neben so eine nackte Viecherei stellte, ein ganz gerissener, feiner Herr sein müsse, der sich recht gut aufs Leben verstehe, besonders auf die Weiber. Neben diesen aber auch noch auf ein bißchen

Schöntun nach außen, auf die Komödie vom braven, christlichen Mann in der Gemeinde.
Ob er mit dieser Vermutung völlig ins Schwarze getroffen hatte, das wurde ihm allerdings wieder zweifelhaft, als er auf die stumme Gebärde des Hausherrn in das Zimmer stolperte, an dem das Mädchen geklopft hatte. Vollends schwankte er, als er sich dem Reichsarchivdirektor bei vollem Sonnenlichte Aug' in Aug' gegenüber befand. Bis jetzt war kein Wort zwischen den beiden gewechselt worden; der Gankoffen hatte nur höchst erstaunt dreingeschaut, der Luegecker nicht minder stumm gebuckelt. Jetzt, nachdem die Türe hinter ihnen geschlossen war, hieß es loslegen, denn die Zeit erschien knapp. Kein Stuhl wurde angeboten, keine Prise, kein Bier, sondern der hohe Herr stellte sich einfach auf die andere Seite seines mit Akten, Folianten und Tintenfässern bedeckten Schreibtisches. »Sie wünschen?« fragte er, und es klang noch viel unnahbarer als bei der Magd am Eingang des Hauses.
Der Besuch fuhr nach der Tasche, er besann sich aber rechtzeitig, daß es jetzt doch nicht anginge, vom Papier abzulesen. Und da sah er denn ganz gerade aus auf den berühmten Mann, wie ein Bub auf den Lehrer sieht, wenn er ein Sprüchlein aufsagen soll. In solchen Augenblicken pflegt man nicht mehr darauf zu achten, weder im allgemeinen noch im besonderen, was um einen vorgeht oder an die Wand genagelt ist. Und doch traten dem unbeholfenen Manne zwei riesige Erscheinungen so gewaltig entgegen, die eine die andere überragend, daß er wieder kein Wort herausbrachte, sondern nur auf sie hinstarrte. Die eine verkörperte der Reichsarchivdirektor in eigener Person, im langen, faltigen, braunen Rocke, die Hände auf dem Rücken, den Kopf nach oben gestreckt, die andere sein Ahn, der in Kreidezeichnung genauso wiedergegeben war, wie er aus der Nische der Frauenkirche trat. Dieses Ungeheuer ragte wie ein Gespenst bis an die Decke des hohen Gemachs und ließ seinen Bart dicht auf das Haupt seines Nachkommen herunterwallen. Dort war freilich kein so üppiger Haarwuchs mehr zu sehen. Karl Albrecht trug vielmehr eine graumelierte Perücke, die, in der

Mitte glatt gescheitelt, über die noch immer weit abstehenden Ohren ein bißchen gelockt herunterhing. Das mochte ihm etwas von einem Christus geben, wenn ihm zugleich ein Vollbart gewachsen und die ungeheuere Nase nicht gar so aufdringlich aus dem Gesicht gesprungen wäre. Er rasierte aber noch immer die gelben Backen und trug dasselbe kleine Bärtchen, wie der Luegecker es unter der Nase hatte. Nur mit dem Unterschiede, daß der es noch nicht so dick zu färben brauchte.

»Sie wünschen?« Noch ungeduldiger, noch eindringlicher klang es diesmal. Trotzdem meinte der Gefragte, es müsse ein gütiger Mann sein, der da vor ihm stand, da er nicht in der dritten Person mit ihm redete. Drum, dachte er, es sei das einfachste, wenn er doch alles abläse, statt lang herumzustottern. So holte er denn das zerknitterte Papier heraus und suchte es in die richtige Lage zu bringen. Allerdings wurde der Reichsarchivdirektor bei dieser Manipulation etwas ungemütlich. »Wenn Sie nicht reden können,« sagte er, indem er auf ihn zuging, »dann geben Sie her.« Und eins, zwei, drei, hielt er den Wisch in der Hand.

Jetzt wünschte der Luegecker, alle die Bücher da an den Wänden möchten samt dem Hause über ihm zusammenbrechen und die zwei Gankoffens nebst ihm selber begraben. Alles bloß, damit um Gotteswillen nicht aufkomme, was Frau Therese noch eigens darunter gekritzelt hatte. Aber die vermaledeiten Scharteken hielten stand wie die Grundmauern. Es rührte sich nichts in dem Zimmer, nur der Gankoffen, der sich gesetzt und ein Augenglas aus der Brusttasche gezogen hatte, schüttelte nach langer Pause grauenhafter Versteinerung beim Lesen mehrmals das Haupt. Mit heraushängenden Augen verfolgte ihn der Luegecker. Er wußte, in derselben Sekunde, wo ihm das Aufgeschriebene entzogen war, wie durch ein Wunder seinen Spruch auswendig und ging mit, Zeile für Zeile, indem er sich sagte, sein Gegenüber stehe jetzt da, jetzt dort, jetzt aber … Ja, jetzt käme er an die fürchterliche Stelle. Nichts vom Bahnhof sagen!

Der Gankoffen schien es dreimal zu lesen oder noch öfter. Schreckliche Zeit des Wartens, bei der man jeden Augenblick

die Frage zu vernehmen meinte, ob man den Verkäufer leimen wolle, ob man ihn für so dumm halte. Am liebsten hätte der Wirt der Schießstatt seine unersättliche Frau angeklagt, die ihn in diesen Handel hineinhetzte, am liebsten hätte er gesagt, daß er den Faist für einen Saujuden halte, der alles auf dem Gewissen habe, am liebsten hätte er zuguterletzt noch selbst um Entschuldigung gebeten. Aber der Gankoffen saß so vertieft, daß man gar nichts herausbringen konnte. Manchmal blickte er sogar über das Corpus delicti in die Luft hinaus, indem er die Lippen hochzog und die Augen zusammenkniff, als wolle er ganz was Teuflisches ersinnen. Endlich legte er den Zettel auf den Tisch und wies mit durchbohrendem Blicke auf eine Stelle. »Das ist's!« meinte der Gefolterte. Jetzt wünschte er sogar, das Gewitter möchte endlich losbrechen, damit die Qual des Wartens ein Ende habe. Und indem er das dachte, ging sein Wunsch in Erfüllung. Der hohe Herr neigte sich ganz nach vorne und sah sein Opfer über den Schreibtisch an, wie der Kriminalkommissär, der den eingelieferten Verbrecher verhört, ehe er ihn dem Gefängnis überweist.
»Sie sind also der Wirt der Haupt-Schützengesellschaft? Der Joseph Luegecker in eigener Person?« fragte er. »Jawohl, gnädiger Herr!« kam es schüchtern zurück. »Wissen Sie, daß mich das lebhaft interessiert?« fing er wieder an. Der Luegecker konnte sich das nach der heillosen Blamage, die ihm seine Frau bereitet hatte, wohl denken. »O ja,« stotterte er, »aber ich kann versichern, Herr Reichsarchivdirektor, es ist wirklich nicht meine Schuld, wenn ...« Der Gankoffen lächelte sehr fein. »Nicht Ihre Schuld? Darüber brauchen wir uns wohl kaum zu unterhalten. Aber unter allen Umständen steht eines fest –« – »Was? Was?« holte der Luegecker hervor. Der Großinquisitor deutete wieder auf das Manuskript. »Daß das ›e‹, was Sie jetzt in Ihrem Namen bergen – ich meine selbstredend nicht eines der beiden, die im Ecker enthalten sind, sondern das andere hinter dem ›u‹ – erst im Laufe der Jahre hineinkam.«
Der Luegecker riß Nase und Maul auf. Er hatte sich vom ganzen menschlichen Sprachlexikon so ziemlich auf jedes

Wort gefaßt gemacht; selbst ein Gendarm, der ihn verhaften sollte, wäre ihm als was höchst Natürliches erschienen; diese Belehrung hatte er nicht erwartet. »So, so?« fragte er ganz verdutzt. Da das der Reichsarchivdirektor als gelinden Zweifel an seiner Entdeckung nahm, erwiderte er etwas gereizt: »Darüber gibt es überhaupt nicht die mindeste Diskussion. Ihre Familie hieß ursprünglich Lugecker ohne ›e‹, wie es auch ganz logisch ist, da das Wort vom Lugen, vom Spähen, vom Schauen stammt. Wenn Sie diese Etymologie nicht begreifen, dann werde ich Ihnen das Nötige gleich Schwarz auf Weiß zeigen.«

Damit erhob er sich und trat an das Büchergestell, um einen Band herauszuheben. Der Luegecker jedoch nahm sein Taschentuch und schneuzte sich viermal nacheinander höchst nachdrücklich. Er hatte es nicht ein einziges Mal nötig, sondern tat das, weil er wirklich nicht mehr wußte, was er überhaupt noch anfangen sollte. Sicher war nur das eine, daß er sich bis jetzt den Kuckuck darum gekümmert hatte, was in seinem Namen steckte und was nicht. Ging aber die Untersuchung in dieser Art weiter, dann mochte seinetwegen der Gankoffen noch zwanzig weitere Buchstaben hineinfeuern. Die Hauptsache blieb, daß man bei dem gemütlichen Verfahren so langsam wieder zur Türe gelangte.

Dorthin wollte er eben seine Blicke richten, um Entfernung und Marschtempo richtig abzuschätzen, als ihm der gelehrte Herr mit einer aufgeschlagenen Seite sehr gewichtig entgegentrat: »Da, lesen Sie selbst vom lautlosen ›e‹, das nie gesprochen werden, nie mit dem vorhergehenden weichen Vokal zu einem stärkeren vermählt werden darf. Und hier ...«, er hielt einen zweiten Folianten in Bereitschaft, »sehen Sie Ihren Namen in der ursprünglichen Form auf dem Grabmal eines Mannes in der Martinskirche zu Landshut: des wohledelgeborenen Herrn Joseph Lugecker, der dem Kurfürsten Ferdinand Maria Anno 1672 bei einer Sauhatz das Leben gerettet hat und infolgedessen im Jahre 1673 geadelt wurde.«

Als der Wirt der Haupt-Schützengesellschaft so etwas hörte, mußte er zum erstenmal, seit er dem großspurigen Manne gegenüberstand, hellauf lachen. Erstens über die Sau, dann aber auch darüber, daß einer, der so hieß wie er selber, mit einem Kurfürsten etwas zu tun hatte. »Wenn Sie das alles als Spaß nehmen,« fuhr der Gankoffen heraus, »dann ist allerdings jede weitere Erklärung überflüssig.« Davon war nun der Luegecker weit entfernt. Er meinte halt nur so, sagte er sehr verschüchtert. Das beruhigte seinen Lehrmeister, und er ließ sich wieder vernehmen. »Leben tut keiner mehr von den direkten Nachkommen dieses Mannes. Das kann ich Sie auf das bestimmteste versichern, weil ich bei meinen wiederholten Aufenthalten in Landshut emsig nachgeforscht habe; es wäre aber äußerst verlockend, zu erfahren, ob und wie Ihre Familie mit ihm in verwandtschaftlicher Beziehung steht und wann das lautlose ›e‹ zum erstenmal in Ihren Reihen auftritt.«

»Wenn du Lust hast,« dachte der Luegecker, »dann magst du suchen, soviel du willst; mir ist dieser Herr von Lugecker so Wurst, als ob ich Knöpfe aus Horn oder solche mit Seide übersponnen auf der Weste trage.« Das sagte er aber natürlich nicht, sondern schaute mit gut gespieltem Interesse auf den in Ratsherrntracht ausgehauenen Herrn, der neben seinem Ehegespons auf der Marmorplatte lag. Dabei machte er bloß »hm hm« und wieder »hm hm«.

Der Reichsarchivdirektor mußte das wohl als Zustimmung nehmen, denn er wurde noch lebhafter, er holte weitere Bände herunter und verbreitete sich in längerer Rede über das unerhörte Quellenmaterial, das das schöne Vaterland in diesen Punkten biete. Und das sei nicht einseitig, das reiche über die ganze Welt und ströme von dieser wieder zurück, so daß Berührungspunkte über Berührungspunkte erwüchsen. Der Luegecker habe sich, zum Beispiel, gewiß schon, wie soviele Leute, gewundert, daß man vor mehreren Jahren das Baierland auf einmal auf Bayerland getauft, mit anderen Worten, das ›i‹ mit einem ›y‹ vertauscht habe. Das sei aber nichts andres als die letzte Ausspinnung des geheimen Fadens, der schon seit Urzeiten von unserm Volke in jenes Land hinüberreiche, dem in letzter Zeit die ganze Sehnsucht entgegenjauchze, nach Griechenland. Man habe es also hier mit einer Wesensverwandtschaft zu tun, mit einer letzten, logischen

Konsequenz, die auf tieferen Gründen beruhe als im bloßen Austausch der beiden Buchstaben. Allzuweit wolle er sich darüber nicht verbreiten, da er fürchte, daß ihm der Luegekker nicht folgen könne; das eine aber möchte er doch noch sagen, daß es ihn mit berechtigtem Stolz erfülle, derjenige gewesen zu sein, mit dem der allergnädigste König als erstem die Frage dieser einschneidenden Umwandlung beraten habe, derselbe König, der jetzt in eigener Person nach Griechenland gegangen sei, um seinen erlauchten Sprossen, den König Otto, zu besuchen, derselbe erhabene König, der bald zurückkommen werde, um unter dem Jubel seines treuen Volkes wieder in die Stadt einzuziehen.

Auf diese Rede schnappte der Luegecker, der so nach und nach wie ein Mehlsack im Zimmer zusammengesunken war, endlich ein. Es war ihm natürlich nicht in den Sinn gekommen, auch nur einen Augenblick die Brauen hochzuziehen, als bald nach dem Regierungsantritt Ludwigs I. die amtlichen Reskripte ins Königreich hinausgingen, die aus dem Gefühl einer innigen Verflochtenheit mit dem Hellenentum das ›y‹ an Stelle des ›i‹ setzten. Um so weniger konnte ihn das verwundern, als er die Umwandlung gar nicht bemerkte und sie ihm, wäre er von anderer Seite früher darauf gestoßen worden, gerade so wurstig gewesen wäre wie heute.

Was ihm aber keineswegs gleichgültig sein konnte, das war die Bemerkung, daß der König demnächst von dem vielmonatlichen Besuche heimkehren werde, den er den Griechen abstattete. Getuschelt hatte man schon davon in der Stadt; jetzt kam die Gewißheit, die man wahrhaftig eine frohe nennen konnte. Denn für diesen Tag plante die Haupt-Schützengesellschaft ein großartiges Schießen mit besonderen Ehrenpreisen, mit einem Festessen, bei dem man einen schönen Brocken verdienen konnte. Da sollte es nämlich nicht bloß Stockwürste geben und Kühbacher Käs wie sonst, wenn die Schützenbrüder zum wöchentlichen Schießen anrückten, sondern die vier bis fünf Gänge soliden, schweren Essens mit reichlichem Zubehör. Auch von Extrabier war die Rede. Ein Mitglied der Vorstandschaft hatte sogar Champagner vorgeschlagen, doch war darüber noch kein endgültiger Beschluß erzielt worden. Ob der Herr Reichsarchivdirektor nicht was dazu tun könne? Er sei doch auch Mitglied der hochangesehenen Korporation und habe bei so einem bedeutsamen Feste, das ihn doch besonders freuen müsse, mitzubestimmen. Dann würden die Schützen die große Ehre haben, ihn doch endlich als einen der Ihrigen wieder begrüßen zu können, was ihnen so lange versagt war. Sie würden sich mit ihm zusammensetzen, und beim vollen Glase könnte sich dann so manches ergeben, worüber man heute nur schwer reden könnte, weil es doch nicht so gemütlich sei.

Während er das alles herausbrachte, geriet er immer mehr ins Feuer, ja, er war nahe daran, den letzten Sprung zu wagen und von den Wiesen anzufangen. Eine heftige Bewegung des Gankoffen hielt ihn aber zurück. Dem mußte er schon viel zu lange gesprochen haben, denn der große Mann fuchtelte mit jugendlicher Lebendigkeit in der Luft herum. Er sah bald zum Fenster hinaus, er rannte durch das Zimmer, er atmete heftig. Plötzlich aber fragte er in gänzlich verändertem Tone, der gar nichts mehr von der Schwärmerei für Bayern und Hellenentum hatte, ob der Luegecker eigentlich den Herrn Rat Bauriedl kenne. Ganz verdutzt verneinte der andere. Ihm war es auf einmal, als ob durch diesen jähen Umschwung nichts Gutes bevorstehe. Drum wiederholte er, obwohl er ganz gut wußte, daß er ihn nicht kannte, den Namen, als müsse er wie ein Minister bei seinem ungeheueren Bekanntenkreise erst weit ausholen, um sich zu besinnen. Ungeduldig nickte der Gankoffen. Das sei der Herr vom Finanzministerium, der die Eisenbahnen unter seiner Beaufsichtigung habe. Jetzt wurde dem Luegekker noch schwüler zumute, denn die Lokomotive war ja der kritische Punkt, um den sich alles drehte. So rang er denn mühsam heraus, daß ihm ein Herr solchen Namens noch niemals zu Gesicht gekommen sei.

Der Reichsarchivdirektor kümmerte sich nicht um seine Verlegenheit, sondern begann wieder in einen weicheren Ton zu verfallen. Ja, er redete auf einmal daher, wie der Luegecker am Tage seines Einzuges in München zu dem Unterhändler geredet hatte. Was die Bahnen für üble Umwälzungen hervor-

brächten, wie sie eingriffen in gute, altväterliche Sitten und mit der Zeit das ganze Land ruinieren würden. Freigeisterei, Verlotterung und Unsolidität würden über kurz oder lang alles überziehen, denn es sei zu bedenklich für das einzelne Individuum, daß es in ein paar Stunden seine Heimat aufgeben und sich woanders festsetzen könne. Bei der letzten Stelle erhob sich seine Stimme mit den höchsten Tönen zu der eines Predigers. Er streckte den Zeigefinger so weit hinaus, als er nur konnte, dann aber legte er beide Hände wie segnend auf den Tisch hernieder, als müsse er etwas Heiliges schützen vor fremdem Einbruch. Was er damit meinte, sollte der Luegecker auch bald erfahren, denn ehe man's dachte, war von den Wiesen rings um die Schießstatt die Rede. Die seien von den Vorfahren seiner unvergeßlichen, nun lange dahingegangenen Gattin jahrhundertelang in treuem Besitze gehalten worden, jetzt aber käme es wirklich so weit, daß gierige Augen sich darauf richteten, die sie parzellieren und verschleudern wollten, um daraus Kapital zu schlagen. »Jawohl, Kapital!« donnerte er laut. »Das ist es. Darum sagen Sie nichts! Nein, sagen Sie gar nichts!«
Diese Warnung war überflüssig, denn der Luegecker dachte nicht daran, auch nur das mindeste zu sagen. Er kannte sich nicht mehr aus, er verstand diesen Mann nicht, ja, manchmal war es ihm, als sei er in ein Asyl für Verrückte geraten, wo man ihn in einer Zelle allein ließ, in der ein ganz besonders schwerer Fall herumtobte. Drum atmete er auf, als der Gankoffen nach einer letzten Empörung gegen die moderne Zeit die Audienz für beendet erklärte. Zu ihm sollte man nie mehr in der Sache kommen. Wenn man was wissen wolle, dann möge man sich an den eben genannten Rat im Finanzministerium wenden, der informiert sein müsse. Ob dann unter dem Drucke der Zeit Kinder und übrige Nachkommen eine Wendung herbeiführten, werde man sehen; er täte es nicht, er suche es jedenfalls zu vermeiden. Damit gab er dem Wirte der Haupt-Schützengesellschaft ein bißchen erschöpft die Hand und geleitete ihn persönlich in das Vestibül.
Über diese Höflichkeit war der Luegecker zuerst gar nicht so sehr erfreut, denn er fürchtete, es gehe zur Haustüre, damit er

dort den letzten Tritt bekommen sollte. Aber der Reichsarchivdirektor blieb auch da noch verbindlich. Er wies im Vorübergehen auf das Bild, das der Luegecker so ausgiebig betrachtet hatte. »Ein van der Werff«, sagte er leichthin. »Und zwar eine seiner besten Arbeiten. Der Meister hat das Urteil des Paris mehrfach gemalt, so trefflich aber hat er das Problem nie gelöst.« Auch die Krippe zeigte er mit Stolz; sie sei von einem ersten Schnitzer, und das Uhrwerk von demselben, der das der Frauenkirche eingerichtet habe. An der Haustüre aber, als der eine Flügel schon offen stand, gab es keineswegs die gefürchtete Verabschiedung, sondern der Gankoffen empfahl dem Luegecker noch einmal, recht eifrig nachzuforschen, wann das ›e‹ in seinen Namen gekommen sei, und zum Schlusse meinte er so ganz nebenbei, wenn er durchaus wolle, könne er sich ja, wie gesagt, bei dem Rat Bauriedl des näheren erkundigen, ob der Bahnhof wirklich zur Stadt rücke. Der Name Gankoffen dürfe aber dabei unter keinen Umständen genannt werden, denn er wolle absolut nichts mit der Sache zu tun haben.

Sechstes Kapitel

Das »Y«

Als der Luegecker von diesem denkwürdigen Besuche in die Schießstatt zurückkehrte, ging er, ohne »Grüß Gott!« zu sagen, erst ein paarmal in der Küche herum. Dann vertauschte er langsam den Rock mit der leinenen Hausjacke, die an der Türe hing, und schließlich stellte er sich, nachdem er eine bemalte Porzellanpfeife aus seiner Brusttasche geholt hatte, vor seine Frau hin, indem er fragte, ob sie eine Ahnung habe, wie bei seinem Namen das ›e‹ hinter das ›u‹ gekommen sei.

Die Wirtin saß in blauer Schürze am Anrichtetisch und schälte in eine irdene Schüssel gekochte Erdäpfel, einen hübsch nach dem andern. Auf die Anrede ihres Mannes gab sie zunächst gar nichts zurück, sondern sah nur flüchtig zu ihm empor. Sie wußte sehr gut, woher er kam, sie wußte aber auch, daß man bei ihm nie mit der Türe ins Haus fallen durfte. Auch war das so seine Art, im Nebel herumzufahren, ehe er brachte, was er eigentlich bringen sollte. Als er seinerzeit drauf und dran war, um sie anzuhalten, hatte er erst die verrücktesten Sprüche hergesagt. Wenn sie sich recht besann, behauptete er damals, der Onkel Landrichter auf dem Schlosse sei ein pragmatischer Beamter oder sonst was Schönes. Drum schälte sie ruhig weiter, sie hatte ja keine Eile. Das Schützenfest sollte erst in drei Tagen stattfinden, und das mit den Grundstücken erfuhr sie noch früh genug. Daß ihr Mann wieder mal eine Dummheit gemacht hatte, stand bei ihr fest. Das las sie ihm vom Gesichte herunter, als er zur Türe hereinkam, sie merkte es noch deutlicher aus der Frage, deren Sinn sie natürlich nicht verstehen konnte, deren Einfäl-

tigkeit ihr aber deutlich zeigte, daß dahinter noch was ganz anderes steckte. ›E‹ und ›u‹ und ›u‹ und ›e‹! Eigentlich hätte sie gute Lust gehabt, den neckischen Herrn da auszuforschen, ob er sie zum besten haben wollte, oder ob er auf einmal unter die Schriftgelehrten gegangen sei. Aber wie gesagt, sie hielt an sich und sah durch die weit geöffneten Fenster zu den Drähten der Zielerglocken hinaus, die sich blitzhell zwischen niederen Gebüschen bis auf die Kugelfänge hinauszogen. Dort, wo sie endeten, eilten Leute in Hemdärmeln herum und hämmerten tüchtig drauflos.
Auch im Hause drinnen hörte man von allen Seiten her klopfen. Durch die offene Türe der Küche aber rannten zwei Bedienerinnen aus und ein, die Grünzeug in Körben trugen. Diesen bedeutete die Frau Therese mit einer Bewegung der Achsel, sie sollten ihre Last hierher auf den Tisch stellen, dicht neben die Erdäpfel; dann wies sie die beiden mit dem Kopfe wieder zum Ausgang.
Ihr Mann hatte inzwischen einen Span in das flackernde Feuer des Herdes gehalten und seine Pfeife in Brand gesteckt. Jetzt, wo die dicken Wolken um die kupfernen Behälter an den Wänden zogen, begann er auf einmal so halblaut vor sich hinzulachen, während er seine Wanderung wieder aufnahm. »Zum Kugeln, 's ist wirklich zum Kugeln!« meinte er endlich. Dann holte er noch weiter aus mit dem Atem, indem er beide Arme in die Luft streckte. Nächstens müsse er doch einmal zu seiner Mutter gehen oder zum Herrn Onkel Landrichter nach Dachau und fragen, wie das eigentlich bestellt wäre mit der umständlichen Verwandtschaft, die der Herrgott zusammengetragen habe. »Wir sind nämlich viel noblere Leute, als wir selber wissen,« fuhr er fort, »hast du zum Beispiel eine Ahnung gehabt, wer in Landshut in der Martinskirche begraben liegt? Nein? Dann will ich dir's sagen. Ein Luegecker, ein richtiger Luegecker. Und zwar muß das ein gar hoher Herr gewesen sein, in guter Kleidung und noch besserer Stellung. Nur daß er sich nicht so wie wir schreibt; er hat kein ›e‹ hinter dem ›u‹, womit wir anderen also doch wieder was voraus haben vor ihm, nachdem wir um diesen Buchstaben stärker sind.«

Die Frau erwiderte auch jetzt noch nichts, fing aber doch an, ein bißchen hastiger zu schälen und ihn scharf ins Auge zu nehmen. Pressierte es auch nicht mit den Vorbereitungen, besser konnte man die Zeit immer anlegen als in so sinnlosem Geschwätz. Der Luegecker aber ließ sich durch diesen Blick nicht irre machen; er redete ungestört weiter. So kam er auf den Kurfürsten, dessen Namen er leider schon wieder vergessen hatte, dann sprach er von der Sauhatz und deren gefährlichen Folgen. Mitten drin aber lachte er auf einmal wieder, diesmal sogar ganz unbändig, ganz eigen, denn es waren ihm in dem tollen Durcheinander, was er da in der einen Stunde inmitten solch ungewohnter Umgebung erlebt hatte, auf einmal die nackten Weiber eingefallen, die links an der Wand hingen. »Wenn du wüßtest, was ich sonst noch alles erlebt hab', hi, hi!« Die Frau tat immer mißtrauischer. »Was hast du denn erlebt?« Er zwinkerte listig mit den Augen. »Ich sag dir nur so viel, es gibt ganz kuriose Geschichten in diesen feinen Häusern, Geschichten ...«

Er wollte eben anfangen, die Reize der Göttinnen in allen Abstufungen zu schildern, aber plötzlich kannte er sich selbst nicht mehr. Er legte die Pfeife weg, er packte die Frau und riß sie samt dem hölzernen Stuhle so jählings nach rückwärts, daß sie laut aufschrie, indem sie einen halbgeschälten Erdapfel nach links, das scharfe Messer nach rechts in die Luft hinausstreckte. »Damischer Teufel.« Mehr brachte sie nicht heraus, denn der Luegecker hatte sich, während er Stuhl und Frau mit dem linken Knie vor dem Niederfallen schützte, heruntergebeugt und schmatzte nun fünf bis sechsmal nacheinander seine Lippen auf die ihren hernieder. Das wurde der Frau Therese, die von Anfang an keine jauchzenden Hochsommergefühle entfaltet hatte, schließlich zu dumm. Sie warf sich so resolut nach der Seite, daß sie samt dem Stuhle auf dem Boden zu liegen kam, dann aber sprang sie sofort wieder auf und schlug dem Gatten voll Entrüstung eine klatschende Maulschelle herunter. Was er eigentlich habe? Wie er überhaupt auf so etwas komme? Jetzt, am hellichten Tage? Wo draußen auf dem Gange die Weiber umeinander liefen und

jeden Augenblick Leute kommen könnten, die was brächten für den Samstag.
Der Luegecker hielt es jetzt für besser, die Vorbilder nicht zu erwähnen, die ihn zu solchem Vorgehen ermutigt hatten. Er merkte, daß er damit doch keine Wirkung erzielen würde; drum nahm er wieder seine Pfeife und lenkte auf ein anderes Thema. Den heiligen Joseph zitierte er, der so andächtig an der Krippe betete, so still, so ehrbar, wie sich's nun einmal für den himmlischen Nährvater gehöre. Die Frau strich die Schürze zurecht und setzte sich wieder an den Tisch. »Ja, den nimm du dir nur zum Beispiel!« brummte sie. »So wie du jetzt bist, hast du nichts vom heiligen Joseph, aber schon gar nichts.« Der Luegecker lachte erst ein bißchen verlegen, er tat ein paar Züge, dann schilderte er die Krippe genauer. Er sprach bald von den drei Königen, bald von der Uhr und meinte schließlich, am besten hätten ihm die kleinen Engel gefallen, die, über dem Stalle schwebend, das große, gelbseidene Band trugen, auf dem geschrieben stand: Ehre sei Gott in der Höhe und Friede den Menschen auf Erden.
»Und die Grundstück'?« fragte plötzlich die Frau nach einer langen Pause. Sie hatte wieder ihre Arbeit aufgenommen, schielte aber mit einem sehr strengen Blicke über die Erdäpfel hinweg. »Die Grundstück'?« Der Luegecker kratzte sich in den Haaren, als er die Frage mechanisch wiederholte. »Ja, mein Gott, in der Beziehung bin ich genauso gescheit wie zuerst.« Die Frau drohte emporzufahren, er aber riet ihr, sie solle sitzen bleiben. In zwei Worten ließe sich nicht wiedergeben, was man mit einem so großmächtigen Herrn alles erlebt habe. Es sei sehr viel gelehrtes Zeug geredet worden, aber das eine habe er doch durch den Krimskrams zur Genüge gemerkt, daß der Gankoffen schlauer sei als die Therese und der Faist zusammengemessen; von ihm schon gar nicht zu reden. Ganz unmöglich, beizukommen, und wenn man meinte, man hätte ihn, dann schlüpfe er sofort wieder aus dem Netz. Schließlich habe er ihm wohl eine Adresse gegeben, an die man sich wenden könne, einen Rat Bauriedl, der alles unter sich habe. Aber man könne doch nicht in dieser Manier durch die ganze Stadt von Haus zu Haus ren-

nen, man wolle sich doch nicht überall hinausschmeißen lassen. Er jedenfalls bedanke sich für solchen Dienst. Denn er sei nun mal nach München gekommen, nicht um mit Wertobjekten zu schachern, sondern um seine Gäste anständig zu bedienen. Und dazu sei gerade übermorgen die beste Gelegenheit, die er ausnützen wolle. Jawohl, das Fest solle eins werden, das sich sehen lassen könne, ob man's nun auf bairische Art schreibe oder auf griechische.
Ohne ihn ein einziges Mal zu unterbrechen, hatte die Frau zugehört, indem sie beide Arme an den Rand der Schüssel stemmte. Auch jetzt, wo er aussetzte, machte sie nicht viel Aufhebens, sondern drehte sich mit halbem Gesichte zu ihm, indem sie fragte, was das jetzt wieder bedeute. Da kam sich der Luegecker sehr wichtig vor. Ganz Hellas stand vor ihm auf, wie es der Gankoffen geschildert hatte und das abgelegte ›i‹ des engeren Vaterlandes führte einen lustigen Tanz auf mit dem neu überkommenen ›y‹. »Weißt du's nicht?« tat er sehr vergnügt. »Der Herr Gankoffen hat mir nachgewiesen, daß der Unterhändler vollkommen recht hat, wenn …«
Weiter kam er nicht in seiner Rede, denn seine Frau schlug die Hände vor dem Gesicht zusammen. »Heilige Mutter Gottes, du hast ihm was vom Faist erzählt? Ja, bist du denn …?«
Einen Augenblick erschrak der Luegecker selbst aufs heftigste, denn es fiel ihm der Zettel ein, den er im Hause des Reichsarchivdirektors gelassen hatte. Dann aber besann er sich der Wirklichkeit und lachte nur so hinaus. »Ah bah, das ist es ja nicht! Ich red' von dem, was der Jud aufgetischt hat, als wir von Dachau hereinkutschierten. Besinnst dich nicht mehr? Da schwefelte er doch so was, als ob jetzt nicht mehr Schell-Ober, Herz-Aß und Grün-Zehner beim Tarock stechen dürften, sondern nur noch die gar andern, die griechisch reden. Und da hat er recht behalten. Denn in die Hand hat mir's der Gankoffen nachgewiesen, daß wir wirklich mit dem Volk da drunten zusammengehören, daß wir nur noch ›y‹ schreiben, wo früher das I-Tüpferl war. Gelt, da schaust?«
Sie schaute allerdings, aber mit ähnlichen Augen, wie er am Schlusse der Unterhaltung den Gankoffen beobachtete. Eine

gut gepolsterte Zelle schien ihr nun auch für ihren Mann der richtige Aufenthaltsort zu sein. »Und die Grundstück'?« fragte sie noch einmal. Er lachte wieder. »Hab' dir's ja schon einmal gesagt. Statt ihrer gibt's griechische Sprüche. Die verstehen wir zwar nicht, aber wenn er einmal groß ist, soll der Bub sie erklären.« »Der hat was Besseres zu tun!« gab sie zurück.

Der Luegecker nahm die Pfeife aus dem Munde. Spitzte sich die Unterhaltung auf den Sprößling zu, ging es am schwersten mit ihm vom Fleck. Der wohnte bei der Großmutter und besuchte das Klostergymnasium. Auf ausdrücklichen Wunsch seines Vaters, aber gegen den Willen der Mutter. Der Luegecker hatte zwar alle Pfaffen ziemlich dick und nannte sich selbst einen Freigeist. Aber lieber acht Jahre das schwarze Kommando erdulden, als den Buben verkommen lassen. Frau Therese hingegen war zwar alles eher wie eine Betschwester, sie tat nur, was ihr unumgänglich erschien, solche Ideen aber bedeuteten für sie, wie sie auch jetzt wieder meinte, nichts als alberne Sparifankerln. »Geht's wieder in der alten Tonart los?« – »Du hast angefangen!« schrie die Frau. »Wer auf der Welt hat denn die überspannten Ideen? Deinem Kopf nach soll der Bub ein Studierter werden, ein Stubenhocker, ich aber als Mutter möcht' einen praktischen Mann großziehen, der sein Geschäft versteht, kurz und gut einen, der's zu was bringt im Leben.« Der Luegecker verzog verächtlich die Lippen, in denen die Pfeife hing. »Soll er vielleicht auch als Bierwirt rumlaufen?« fragte er, der ob seines Berufes vor jedem Gebildeten ein merkwürdig schlechtes Gewissen hatte. »Das weiß ich nicht«, kam es zurück. »Nur das weiß ich: was er wird, soll er ordentlich werden.«

Sie hätte noch lange bei der Berufswahl des Buben verweilen können, aber sie wurde unterbrochen durch ein schallendes »Grüß Gott!« das von der Türe kam. Dort trat ein Mensch mit festen Nagelschuhen über die Schwelle, ein Jäger im hohen Hütel mit der Feder, im Grünrock mit goldenen Aufschlägen, in kurzer Lederhose mit darübergezogenen, großen Strümpfen. »Mein Herr – das ist ja der Kajetan!« rief der Luegecker. »Dicker ist er nicht geworden, der spindeldürre Bursch von der Rehpichler Mühle, die Jahre, die wir ihn nicht mehr gesehen haben, auch wenn er sich einen Vollbart um's Gesicht und eine Büchse über die Schulter gehängt hat, beide so groß, daß es ihn fast herunterzieht.« Auch Frau Therese trat jetzt näher und begrüßte den Ankömmling.

Der machte nicht viele Umstände, sondern setzte sich einfach auf die Anrichte, indem er einen der geschälten Erdäpfel in den Mund schob und die Lederhaut seines schwer gebräunten, länglichen Gesichtes durch breites Grinsen in Falten zerlegte. Dann begann er sofort, Erinnerungen aufzufrischen. »Man hat mich zum königlichen Jagdgehilfen gemacht, trotzdem oder vielleicht gerade, weil ich als der gefährlichste Wilddieb der ganzen Dachauer Gegend verschrien war.« – »Oh, wir wissen's noch gut«, nickte Frau Therese mit vielsagendem Blikke. Das genierte aber den Kajetan nicht im geringsten, sondern ermutigte ihn eher. »Ja, ja, das war einmal!« lachte er. »Jetzt aber heißt's: Krünn bei Mittenwald!« – »Was, Krünn?« fragte der Luegecker.

Der Kajetan nickte. »Da ist mein Sitz. Dort setz' ich jetzt das Geschäft mit obrigkeitlicher Bewilligung fort.« Und er fügte bei, es sei da droben ein Land, von dem man sich keinen Begriff mache, auch wenn man die Berge vom Moos der Hochebene aus bei gutem Wetter tagtäglich vor sich sehe. Gemsen, die zweihundert auf einem Rudel beisammen und Zwölf- bis Vierzehnender die zwanzig Stück, die man alljährlich zum Schuß bekäme! Nur die Sennerinnen hielten bei weitem nicht das, was sie auf den schönen Bildern versprächen. Ihm jedenfalls seien die Dachauer Mädeln die lieberen. Viel mehr Zutraulichkeit und Gemüt. Außerdem müsse man bei den andern da drinnen oft gar so hoch kraxeln. Stieg man aber herunter von ihnen und von den ganz entlegenen Hochwänden in das breite Tal, dann war man rings umschlossen von allen möglichen Berggruppen, die vom Allgäu drüben bis hinab zur Riß reichten. Vorn das Karwendel und der ganze Wetterstein, im Hintergrunde die Tiroler Berge bis hinüber nach Innsbruck. Das war schon im Sommer oft zum Hupfen vor lauter Pracht, aber erst im Winter! Dann krachte das Eis vom Barmsee herüber des Nachts, daß man's in Krünn hörte, und am frühen, eiskalten Morgen schoß der Rauch pfeilgrad von den gut geheizten Kachelöfen der Revierförsterei durch die glasige Luft mit den gefrorenen Silberfäden bis hinauf zu den Dächern des kleinen Orts und dem mit grünen Schindeln gedeckten Kirchturm. In diesen Tagen pfiffen auch die Schlitten im festgefrorenen Schnee Melodien, daß die verfrorenen Spitaler vom Moos und von der Stadt Augen und Ohren aufreißen würden, könnten sie's hören.

»Als wie man's manchmal in Büchern liest, so schön, so voll Gefühl!« meinte der Luegecker, indem er seiner Frau zunickte. Die sagte, der Kajetan steige besser von der Anrichte herunter, da er sie sonst in der Arbeit aufhalte. Außerdem sei die Hälfte ja doch nicht wahr, die Grünröcke lögen alle samt und sonders. Das wisse man nachgerade; deshalb werde der Rehpichler Müllerssohn auch keine Ausnahme machen. Diese Bemerkung quittierte der Ankömmling dadurch, daß er eine neue Kartoffel nahm und gleichgültig bemerkte, er gebe wohl dann und wann mal eine Zuwage, in diesem Fall aber habe er die Wahrheit gesagt. Allerdings, die Naturschilderungen seien vielleicht nicht von ihm ganz allein. Er lese sehr fleißig und hätte es sonst wohl nicht so wunderschön aufsagen können. Im allgemeinen aber brauche er die Bücher nicht; er wisse, von einigen Wildereien abgesehen, die man nun mal auf keinem Gebiete völlig lassen könne, sehr gut, wie er seinen eigenen Schnabel zu dirigieren habe.

Auch hier mischte sich wieder Frau Therese ein. Sie hätte diese zweifelhafte Fähigkeit des Kajetan noch in sehr guter, vielmehr in sehr übler Erinnerung. Weit und breit habe bei der Kirchweih im Dachauer Moos keiner so hundsgemeine Vierzeiler verfaßt wie er. Da seien Worte und Ausdrücke darin vorgekommen, daß sie oft gemeint habe, sie müsse die Schürze über das Gesicht ziehen. Der Luegecker zollte diesen Worten lachend Beifall, ja, er wollte sogar ein solches Liedel, das er noch in guter Erinnerung hatte, mit lautem Tone anstimmen.

Aber seine Ehehälfte verbat sich das, und auch der Kajetan meinte, damit sei es jetzt für immer vorbei. Er habe sich auf die edle Seite gelegt, mit der man entschieden besser voran-

komme als mit dem ewigen Sauhirtenton. Das beweise ein neu fabriziertes Gedicht von ihm, welches den Ausschlag gegeben habe, daß er und kein anderer vom Bezirk Werdenfels nach München zum Festschießen designiert wurde. Zuerst wollte man nämlich, wie das ja auch ganz begreiflich gewesen wäre, den allerbesten Schützen entsenden. Das sei, wie er selbst zugestehen müsse, nicht er, sondern sein Kollege, der Schauer Franzl von Wallgau, der auf zwölf Schuß elfmal das Blatt treffe. Aber der Kerl besaufe sich bei jedem Schießen derartig und würde dabei auch so ungemütlich, daß man fürchten müsse, er könne in Gegenwart der hohen Herrschaften, die das Fest beehrten, den ganzen Bezirk auf ewig im Ansehen schädigen. Da es nun mit diesem wüsten Gesellen nichts war, und außerdem die Vorstandschaft der Münchener Schützengesellschaft ein poetisches Angebinde von jedem Teilnehmer forderte, was da draußen niemand weit und breit fertigbrachte, nicht einmal der Herr Revierförster, sei man bei seiner Wahl geblieben.
»Laß mich sehen, was du gemacht hast«, stieß der Luegecker hervor. Es war nämlich sehr eilig damit, da die verschiedenen Devisen der einzelnen Schützen bis zum Feste gedruckt vorliegen mußten. Da zog der Kajetan aus dem Hinterteil seines Rockes ein ganz zusammengesessenes Notizbuch heraus und las von einer mit Fett und Schmutz bedeckten Seite in feierlichem Tone vor. Er hob dabei jede Silbe scharf heraus und verhinderte zugleich, daß der Atem durch die Nase zog, wie er das öfter an jungen Kooperatoren bei Begräbnissen oder Sonntagspredigten beobachtet hatte:

»Der Bayer ging, in Griechenland zu thronen,
Das Volk zu retten aus verjährter Schmach;
Doch jeder Schall aus donnernden Kanonen
Ruft ihm die Grüße unsrer Liebe nach.«

Der Luegecker meinte, während ihm das Wasser in die Augen kam, das sei einfach großartig. Ja, es stelle einen der allerbesten Sprüche dar, die eingeliefert wurden; die Frau Therese aber fragte, während sie wieder ihre Erdäpfel vornahm, ob denn der Kajetan überhaupt eine Ahnung habe, wo das Dingsda, das Griechenland liege. »Weit drunten halt, ganz drunten, über's Wasser 'nüber«, sagte der Jagdgehilfe, indem er mit der rechten Hand einen Bogen gegen die Sendlinger Kirche beschrieb. »'S ist schon noch ein bißl weiter als bis da hinaus«, sagte die Wirtin. »Nun ja,« lachte der andere wieder, »auf ein paar Stunden kommt's mir nicht an.« Frau Therese aber ließ nicht locker. »Was du eine Ahnung hast! Von hier aus, wo reichlich Erdäpfel und Grünzeug stehen, wo der Vater Luegecker dir auch eine Maß bringt, wenn du eine willst, sieht sich das leicht an, aber wenn man selber dahin kommt?«

»Mir wär's weiter kein Beschwer, heut' noch 'nunterzugehen«, lachte der Jagdgehilfe, indem er seine blanken Zähne sehen ließ. Beweis: er habe sich vor zehn Jahren auch nicht gescheut, von Dachau dem Rufe nach Mittenwald zu folgen. Heute sehe man das für eine Kleinigkeit an; aber damals! Er denke noch mit Grausen an den Abschied von seiner Mutter und den fünf ledigen Schwestern. Die hätten geheult wie die Schloßhunde und ihm Lebewohl gesagt, als ob er nach Amerika ziehen sollte. Richtig habe ihn denn auch das Unglück in München bei der Abfahrt gleich am Krawattel gefaßt. Er habe sich zur vorgeschriebenen Stunde früh acht Uhr pünktlich beim Postamte eingefunden, aber der gelben Wagen seien dort so viele gewesen, daß er natürlich in den falschen stieg und nach vier Stunden ganz vertrottelten Zustands in Grafing herauskroch, statt in Wolfratshausen, worüber er fahren sollte. Schließlich sei er aber doch ans Ziel gekommen, und seitdem er das durchgesetzt habe, nehme er's mit Gott und Teufel auf, ja, er ginge noch heute fort, wenn ihn der König riefe.

Der Luegecker faßte ihn bei beiden Schultern und sah ihm tief in die Augen. »Das ist ein Wort, genauso mannhaft, wie das vom Herrn Staats-Renten-Liquidations-Kommissär Windmassinger, der in seiner Devise, wie du gleich oben im Saale sehen wirst, wörtlich sagt:

> »Für Griechenland, für's teure, gebe ich Gut,
> Blut und Leben;

> Ich würde, von ihm gerufen, sogar mein teueres Vaterland aufgeben.«

»Ach was, der Windmassinger,« grollte Frau Therese, »der elende Krüschpel, das ausgehuzelte Mannl von sechsundfünfzig Jahren schreibt so was hin, ohne was dabei zu denken. Bei dem, wenn man's drauf ankommen ließe, könnte man seine Wunder erleben. Vor allem würde ihm seine Alte ein paar Feste hinter die Ohren hauen und ihm zeigen, daß sein Platz am Ofen und nicht in Griechenland ist.« – »Du verstehst von so was nichts!« eiferte der Luegecker. »Sei du ganz still! Du hast zuerst dem Faist gegenüber am stärksten auf den griechischen Schwindel geschimpft.« – »Gewiß«, meinte der Luegecker, »aber seit ich sehe, was die Sache für einen tiefen Sinn hat, tue ich das nicht mehr.« – »Tiefer Sinn?« wiederholte die Frau. »Das einzige ist noch, daß dabei was verdient wird.« – »Das ist es aber nicht allein«, bemerkte der Luegecker. Damit führte er den Kajetan über den Gang an aufgereihten Bierbanzen vorbei in den Festsaal.

»Da riecht's ja fast als wie daheim bei mir!« meinte der Jagdgehilfe, indem er auf die Tannengirlanden wies, die sich von dem geschnitzten Lüster aus in die vier Ecken zogen. Der Luegecker stimmte zu. »Und was das Praktische ist, was die vielen Kosten erspart, das sind die Fahnen, die da überall herumhängen. Verstehst du wohl? Bayern hat weißblau, Griechenland hat's auch; man braucht also gar nichts anderes anzuschaffen.« Worauf der Gast eifrig zurückgab, das sei nicht wahr; Hellas habe bekanntlich blauweiß. Der Luegecker meinte, das sei doch ganz Wurscht, worauf ihm noch eigensinniger erwidert wurde, das sei gar nicht Wurscht; man solle wenigstens ein paar Fetzen noch schnell umdrehen, damit der Unterschied gewahrt bleibe. Und ohne Zögern befahl er den Handwerkern, die da herumstanden, in solchem Sinne tätig zu sein.

Dabei fiel sein Blick auf zwei große Bilder, die sich auf beiden Seiten direkt gegenüberhingen. Das eine stellte Bayerns höchste Erhebung, die Zugspitze dar, wie man sie von Partenkirchen aus sieht, mit der davor gelagerten Waxensteingruppe, das andere wies die Akropolis auf, mit den noch vorhandenen Säulen und Giebeln sowie dem darunter liegenden Athen. Um die hohe Flügeltüre des Saales aber waren zwei weitere Bilder angebracht. Zur Linken ein Frauenzimmer in langer, faltiger Gewandung, einen Speer im Arme, einen Helm auf dem Hinterkopfe, in den zwei Augen gestochen waren. Zur rechten Hand ein kühn bezopftes Reckenweib mit zottigem Bärenfell und einem ungeheuren Löwen. »Pallas Athene« stand unter dem einen, »Bavaria« unter dem andern, während über ihnen und über der Türe drei schwebende Genien mit blauen, roten und grünen Spensern als Glaube, Liebe und Hoffnung gruppiert hingen. Um diese allegorischen Gestalten schlang sich wie bei der Krippe des Gankoffen eine goldseidene Schärpe, die in schwarzen Buchstaben die Verse trug:

»Hellas und mein Vaterland
Sind vereinigt durch ein Band.
Froher Zukunft Sonne scheint,
Und der Schmerz hat ausgeweint.«

»Luegecker!« juchzte der Jagdgehilfe, »das ist so wunderschön, daß ich ordentlich Durst krieg'. Jetzt mußt du mir wirklich eine Maß bringen.« Mit diesem Rufe sowie mit dem Biere setzte er sich an einen der zahlreichen, runden Tische in die linke Ecke des Saales und war volle zwei Tage trotz aller Schimpfereien der Frau Therese, trotz aller Bitten des Luegekker, sich wenigstens einmal zu waschen, nicht mehr wegzubringen, bis ihn am dritten die Böllerschüsse des beginnenden Festes am frühesten Morgen erweckten.
Da machte er sich mit einem bleiernen Schädel, der ihn jedes Haar einzeln fühlen ließ, auf den Weg in die Kirche, in den Bürgersaal, wo die Schützen erst einem Hoch- und Bittamte beiwohnten, um dann nach einem Aufmarsch vor der Residenz in bester Ordnung die Kaufinger- und Neuhauserstraße zur Schießstätte hinauszuziehen. Dort entfaltete sich beim nun beginnenden Mahle in allen Winkeln des geräumigen Hauses ein frohes Leben. Das Außergewöhnliche der

ganzen Veranstaltung erlaubte es zwar nicht, daß man wie sonst kunterbunt an einer Tafel zusammensaß. Es thronten vielmehr an dem Ehrentische unter dem Lüster in würdiger Haltung die aristokratischen Mitglieder der Gesellschaft sowie die von den Allerhöchsten Herrschaften eigens detachierten Adjutanten. Auch die von ihnen abgeordneten Schützen, die im königlichen Namen zu feuern hatten, durften an dieser Stätte, obwohl sie nur Leibjäger, Hofjäger, Büchsenspanner oder sonst etwas waren, mit einer gewissen Zurückhaltung und angemessener Bescheidenheit Platz nehmen. Unter der »Bavaria« machte sich dagegen die gesamte Vorstandschaft der Gesellschaft breit, die aus nicht weniger wie vierundzwanzig Köpfen bestand; lauter angesehenen Männern in öffentlichen Stellungen. Unter der »Pallas Athene« saßen die designierten Gebirgsschützen, zu denen sich auch der Kajetan gesellte, unter der » Zugspitze« so etwa dreißig Münchener Bürgersöhne. Die hatten sich die Sporen im öffentlichen Leben erst zu verdienen, wußten aber in unbeobachteten Augenblicken, wenn die Alten nicht gerade herüberblickten, schon recht selbständig aufzutreten.

Soweit hätte sich alles ganz harmonisch im Rahmen eines schönen, lustigen Freischießens gehalten, wie sie alle vier Monate von der Gesellschaft veranstaltet wurden, wenn nicht dort unter dem Bilde der Akropolis ein paar ganz absonderliche Vögel stark herausgesprungen wären. Der Kajetan guckte, während sein Kater unter dem Einfluß einer Karfiolsuppe und eines soliden Lendenbratens allmählich verflog, lange hinüber auf die sonderbaren Leute. In roten, mit Gold verzierten Samtspensern steckten sie, wie die Schnelläufer vor noblen Equipagen, kurze Röcke trugen sie, wie die Weiber vom Hoftheaterballett, und auf das pechschwarze Haar des Hauptes war eine schirmlose Mütze mit Quasten gestülpt, die sich durch die schwarze Seide sonderbar von den zitronengelben Gesichtern abhob. Wer die wären, fragte er einen seiner Nachbarn. Der kam aus dem noch entlegeneren Gebirgstale, der Jachenau bei Lenggries und erklärte, er wisse gerade so viel und so wenig. Ein dritter, der aus Schongau stammte,

somit von der Welt schon eher was zu schmecken bekommen hatte, meinte flüsternd, das wären Maschkara, wie man sie halt nur in der Stadt sehe.
Dem aber widersprach in zurechtweisendem Tone ein gar vornehmer Herr vom Mitteltische, der diese Unterhaltung zufällig belauscht hatte. Erstens gebe es im Sommer keinen Fasching, außerdem stelle so eine leichtfertige Behauptung eine direkte Ungezogenheit dar, eine Respektwidrigkeit gegen das Königliche Haus. Denn diese Herren da drüben seien die Abkömmlinge hochedler Geschlechter aus Hellas' Stamm, Söhne von Männern, die für die Freiheit ihres Vaterlandes ihr Blut vergossen. Jetzt lebten sie hier auf Kosten des allergnädigsten Königs, der sie in einem eigenen Pensionat ausbilden lasse und alles für sie tue, wie er denn überhaupt nicht nur der Vater seines eigenen Vaterlandes, sondern der ganzen zivilisierten Welt sei. Die Tracht aber, die seine dankbaren Zöglinge trügen, sei die sogenannte Fustanellentracht, bestehend aus dem Albaneserhemd und dem von der Taille bis zu den Knien reichenden Faltenrock, wie ihn dort unten in dem gesegneten Lande groß und klein trüge. Sollten die Gebirgler außerdem noch zu wissen wünschen, wie die edlen Jünglinge hießen, dann wäre er bereit, sie ihnen der Reihe nach aufzuzählen. Tzavellas, Karaiskakis, Mauromichaelis, Kanaris, Tombasis, Kriesis, Delijanni, Metaxas.
Die so Belehrten schauten mit offenem Munde hinüber und priesen sich im stillen glücklich, daß sie nicht auf Namen getauft waren, die sie am anderen Tage wohl selbst nicht mehr gewußt hätten. Der Kajetan aber erhob sich mit seinem Kruge und musterte die närrischen Gesellen in der Nähe. Er konnte das ganz unbekümmert tun, denn zwischen den Tischen war fortwährend großer Verkehr. Dicke Kellnerinnen rannten, während ihnen der Schweiß von der Stirne perlte, mit Tellern und Schüsseln herum, der Luegecker schrie beständig »Soß, Soß!« indem er den Bierträgern Platz machte, und obendrein gab es auswärtige Schützenbrüder, die gerade so neugierig waren wie der grüne Jagdgehilfe. Die Hellenen merkten es wohl, daß sie von allen Seiten aufs Korn genommen wurden, denn sie ließen in der Art exotischer Tiere im

Käfig die Augen unruhig bald dahin, bald dorthin wandern, ohne ein Wort zu reden. Nur manchmal grinste einer von ihnen kurz in die Luft hinaus, wenn ihm das Gegaffe gar zu dumm wurde oder stieß einen der Dolmetscher an, die daneben saßen. Gleich darauf sank aber sein Gesicht in die einförmige Versteinerung zurück, die sie alle überzog.
»Siehst du, der da mit der ganz langen Nase da, der ist es!« hörte der Kajetan hinter sich an einem Bürgertische reden. Er drehte sich um, so vorsichtig, als ob er einem Wilderer aufpassen wollte und gewahrte zwei Bürger in vertraulicher Unterhaltung. Der eine mußte Lebzelter sein, denn während er auf den jungen Griechen deutete, jammerte er über die vielen Honigkuchen, die der Bursche für noch drei andere seiner sauberen Brüder von ihm beziehe, ohne jemals zu zahlen. An das Hofmarschallamt dürfe man auch nicht schreiben, weil man da höchstens Grobheiten bekomme; also was solle man tun? Der Angeredete, der dem Kajetan ein Schneider zu sein schien, klagte in seiner Erwiderung mit verständnisvollem Senken der Augenwimpern, daß ihm neulich eine Kundschaft unter Hinterlassung von dreiundsechzig Kronentalern Schulden abgeschoben sei, ohne daß man wisse, wohin. Worauf der Lebzelter meinte, es sei jetzt überhaupt eine böse Zeit; nur der Schund käme in die Höhe, das Gute bliebe unten. Wenn man zum Beispiel die Devisen für dieses Fest betrachte, da müsse er schon sagen, es stehe schlecht um die Dichtkunst; in seiner Firma würden für gebackene Herzen und Seelenzöpfe viel bessere Poesien zubereitet. Sein erster Geselle zum Beispiel sei Meister darin und nehme es mit jedem auf, ob der nun fürs Hoftheater schreibe oder für den Residenzbäck.
In diese Unterhaltung tönte vom Ehrentische in der Mitte eine fade, durch die Nase geworfene Stimme hinein, die in der Gangart der Schnecken eine Erzählung vom letzten Besuche in Wien, von der Gnade des Kaisers und der Erzherzöge berichtete. Das sei ein Graf, ein Kammerherr des Königs, ein ganz Gewappelter und dreimal Verspezelter, flüsterte der Luegecker. Außerdem stehe der Mann in so großer Gunst und so unermeßlichem Ansehen, daß er so ein-

fältig daherreden könne, wie er wolle. Da der ganze Tisch kein Wort des Widerspruchs gegen den hohen Glatzkopf mit den Hängebacken wagte, sondern nur mit verhaltenem Atem lauschte, schlich der Kajetan, obwohl der Spektakel vom Tellergeklapper und Krugniederschlagen, vom Lachen und Zurufen rings um die schweigsame Mittelinsel ein sehr großer war, auf Zehen um die geheiligte Stelle, indem er wieder zu seinem Platze strebte. Dabei mußte er allerdings noch an zwei kleineren Tischen von Bürgern und an dem ganz großen der Bürgersöhne vorbei und unwillkürlich hören, was auch da geredet wurde.

Ein Partikulier rühmte die Schönheit des heutigen Gottesdienstes, während ein anderer in breiter Weise auf die Predigt zurückkam. Die Jungen aber trugen schon stärker auf und benahmen sich viel sicherer als ihre Genossen aus Griechenland. Der eine lief einem Mädel vom Lipperltheater nach und schilderte unter dem Gelächter der ganzen Tafel ihre Reize. Ein anderer behauptete, diese Person kenne er sehr gut; der Herr Verehrer möge sich aber mit ihr verflucht in acht nehmen; sie sei sakrisch raffiniert, und wenn sein Vater dahinterkäme, setze es einen schönen Krawall. Darauf gab sich der Liebhaber ein gewichtiges Ansehen, indem er meinte, sein Vater habe ihm gar nichts zu sagen, was allgemeine Verwunderung im Kreise hervorrief. »Dann schau, daß sie dich nicht auf andere Weise aufs Glatteis führt!« meinte der Spötter. »Ich bleib' dabei, sie ist ein Luder, was heillos viel Geld kostet.« – »Das macht mir nichts!« lachte der junge Protz, indem er auf sein Portemonnaie klopfte, von dem die ganze rechte Hosentasche geschwollen war. »Hast du denn gar so viel?« tönte es in der Runde. Er lachte. »Ich wenn reden wollt'!« Die andern sahen halb ungläubig, halb neidisch drein. »Wir dürfen's nicht so treiben, müssen uns bös einschränken.« – »Euere Sache!« kam es zurück. »Bei mir zu Haus steht auf der Kommode neben der Türe im Eßzimmer immer eine Schüssel voll gewechseltem Silber. Da lang' ich halt blind hinein. Ist's manchmal ein bißchen zu wenig, macht es nichts, weil man ja immer nachholen kann. Ist's zu viel, schadet es auch nichts, weil es bei uns ja nicht darauf ankommt.«

Nun wollten die andern hochfahren. Sie nannten ihn einen Aufdreher, dessen übles Geflunker einem bürgerlichen Feilenhauerssohn gar übel anstehe. Auf einmal aber wurde ihre große Entrüstung durch Eingreifen einer höheren Gewalt energisch beschwichtigt. Ein bejahrter Herr mit weißem Vollbart und goldener Brille hatte sich nämlich vom Tische der Vorstandschaft erhoben und klopfte mit dem silbernen Deckel seines feingeschliffenen Stammglases mehrfach mit jener Autorität hernieder, die keinen Widerspruch, keine Zwischenrede mehr duldet. »Der Steinbeis! Der Steinbeis! Der Hofadvokat!« so ging es kurz flüsternd durch die Reihen. In langem Zuge, wie Gänse und Enten, wenn sie abends in den Stall getrieben werden, watschelten die Kellnerinnen der Reihe nach ab. Hinter ihnen die Bierträger. Als sie draußen waren, stellte sich der Luegecker der ganzen Breite nach beschützend vor die hinter ihm fest zugeschlagene Türe. Er machte eine Miene, als ob er jeden erwürgen wollte, der sich die Frechheit herausnähme, von außen dagegen zu stemmen. Ein kurzes »Pst«, was noch durch den Saal huschte, hinübergerichtet zum Tische der Bürgersöhne, dann begann der Generalpräsident der Haupt-Schützengesellschaft seine große Rede mit jenem berühmt gewordenen Schwunge, den er jedesmal einsetzte, ob er oben im Stadtgerichte sprach, um einen Raubmörder dem Schafott zu entreißen, oder wie jetzt zu den Schützenbrüdern, um ihnen die unermeßliche Bedeutung dieses großen Tages in historischer Entwicklung auseinanderzusetzen. Dröhnend zog dabei das alles beherrschende Organ in zahllosen Registern durch den überfüllten Saal.

Erst kam der Dank an das erhabene Königshaus. Dann die Begrüßung der von ihm entsandten, hohen Gäste, dann traf es die jungen Hellenen, dann die Geschichte des ganzen Griechenlands von Miltiades und Perikles an bis zu dem glorreichen Tage, da des gewaltigen Königs siegreicher Sohn das edle Volk vom Joche der Türken befreite. Ein üppiges Pathos war es, was der Redner entfaltete; es steigerte sich in den einzelnen Etappen zwischen monumentaler Darstellung, ja, schließlich schien es, als rede er nicht mehr in

geschlossenem Raume, sondern unter freiem Himmel vor dem ganzen versammelten Volke von Lindau, von Ansbach bis hinunter nach Nauplia und zum Piräus. »Bayern, so hab' ich uns alle genannt, jetzt aber möchte ich uns einen noch höheren Ehrentitel verleihen, der hinausgeht über die weißblauen Grenzpfähle. Bavaresen, so sollen wir heißen von heute an. Denn in dieser unzerreißbaren Verschmiedung zweier großer Begriffe liegt das Unerhörte, was wir anstreben; in ihr liegt das Gemeinsame, das diese beiden Völker in ewiger Freiheit verbindet. Wie der heilige Berg Andechs vom Ammersee, den wir oft siegreich aus dem Nebel steigen sahen, wenn wir wallfahrend zu ihm hinanzogen, dem Berge Athos zu vergleichen ist, der den Göttern heilig war und dem Ägäischen Meere entwächst, wie unser Oktoberfest den Olympischen Spielen würdig sich anreiht, so ist griechische, biedere Art mit der unseres Volkes zu vergleichen. Jauchzend zogen daher unsere Soldaten, die wir mit Stolz Stratioten nennen, hinaus, für diese Freiheit zu ringen; frohlockend wagten sie es, treu den Überlieferungen des heimischen Volkes, den ungeheuren Kreuzzug zur Aufrichtung des christlichen Königtumes auf altklassischem Boden zu unternehmen. Voran aber schwebten, wenn auch nicht in corpore, so doch im Geiste, der Basileus und die Basilissa, der König und die Königin, und vor diesen nieder der König von allen, Lodovikos I., der jetzt ruhmbedeckt zurückgekehrt ist. Ihm gilt daher aus tiefster Seele unser donnernder Gruß, der Gruß aus treuen Schützenherzen, die stets ins Schwarze treffen, wenn es für's Vaterland gilt, der Gruß, der sich jetzt in die Luft erhebt als ein donnerndes Hoch!«
Dreimal stimmten die Versammelten mit erhobenen Bierkrügeln ein. Dann tönte unmittelbar anschließend der Weckruf des Ersten Schützenmeisters der Gesellschaft, der im echtesten Schulmeisterdeutsch in schärfster Heraushebung der Vokale »Das Schieß-en be-ginnt!« in den Saal rief. Das war das Signal zum allgemeinen Aufbruch. Die Musikbande, die den Zug von der Stadt herausbegleitet hatte, setzte mit einem schmetternden Marsch ein, ein Dutzend rot- und gelbkostümierter Zieler erschienen im Saale, die die Scheiben

zeigten, und unter lautem Gepolter wanderten die Schützen zu den Ständen hinaus. Nur ein Dunst von Speisen, Bier und aufsteigendem Tabakqualm blieb im Saale zurück.
In dessen Mitte saßen am Tische der Vorstandschaft zwei Schützenbrüder, die, die kurzen Pfeifen im Munde, vor sich hinblickten. Der eine, ein Mann in höheren Semestern mit wenig gepflegter Kleidung und graumeliertem Vollbart, war der Redakteur Stöpel vom »Landboten«. Als solcher machte er eifrig Notizen auf ein paar lose Blätter, die vor ihm auf dem Tische lagen. Der andere, der eine tadellose, graue Schützenjoppe mit flatternder, schwarzseidener Kravatte und eine Stahlbrille trug, fuhr manchmal mit der flachen Hand über die blendende Glatze, die für seine noch jungen Jahre auffallend weit um den runden Schädel faßte.
Jetzt setzte der Redakteur einen Augenblick aus, indem er wieder ein paar Züge mit der Pfeife tat. Von unten tönte das ununterbrochene Krachen der Schüsse herauf sowie ein von vielen Kehlen angestimmter Gesang, den die Musik begleitete. Der Redakteur horchte einen Augenblick hinaus. »Der bayrisch-griechische Festgesang«, nickte er befriedigt. Und da sein Tischgenosse keine Antwort gab, fuhr er nach einiger Zeit fort. »Ganz wunderbar hat er geredet, der Steinbeis; meinen Sie nicht auch, Herr Haubenschmied?« Der Gefragte nickte leicht, ohne eine Miene zu verziehen. »Ganz gewiß. Am besten gefiel mir die Stelle am Schluß, wo er meinte, die bayerischen Schützen träfen immer ins Schwarze. Schwarz ist bekanntlich unser aller Ziel, also, wo sollen sie sonst hinschießen?« Das schien dem Redakteur noch nicht zu genügen, denn nach einer Pause fing er wieder an. »Sie haben eine große Eisenhandlung, sind somit einer der ersten Industriellen. Wissen Sie es da nicht doppelt zu schätzen, was wir hier erleben?«
»Oh ja«, sagte der Herr Haubenschmied sehr gelassen. »Nur will es mir nicht recht in den Kopf, daß man da herinnen Griechenland und die Freiheit in allen Tönen anhocht, während draußen im Lande zur selben Stunde die Verurteilungen zu Zuchthaus auf unbestimmte Zeit erfolgen. Wo stehen wir denn? Die Redefreiheit wird immer mehr unterbunden, die

Pfaffen haben wieder das Heft in der Hand, sie führen sich auf, wie sie wollen, sie verklopfen für teures Geld die geweihten Wundermittel. Und zwar tun sie das, nachdem man sie erst unter dem System Montgelas mühsam hinausgetrieben hat.« Vorsichtig sah sich der Redakteur um. »Herr Haubenschmied, Sie können mir glauben, im Grunde ist das auch meine Überzeugung. Ich bin nämlich der freieste Mensch, den es gibt, bin rücksichtslos bis da hinaus, wenn's drauf und dran kommt. Aber jetzt – was kann man denn machen?« Sein Gegenüber lächelte mit derselben Ruhe, die ihn keinen Augenblick verließ. »Je nun, man braucht wenigstens so einen Weihrauch, wie man ihn hier dampfen ließ, nicht gar so schön zu finden.« Unwillig fuhr der Redakteur mit dem Bleistift herum. »Schreiben Sie was anderes, dann fliegen Sie hinaus!« »Bedauere, ich bin nicht Redakteur.« – »Dann werden Sie einer!« – »Wer weiß?« fragte der Eisenhändler. »Wenn ich so recht herumschmeiße mit meinen Gittern und Stäben, dann juckt es mich manchmal, eins der Verkaufsobjekte den Herrschaften auf den Kopf zu werfen, statt es aufs Land zur Kundschaft zu schicken.« Hocherstaunt sah ihn der Zeitungsmensch an. »Sie haben es nicht nötig, sich die Finger wund zu schreiben. Wenn Sie aber auf die Idee kommen, ein Blatt zu gründen, ein unabhängiges Blatt, dann erinnern Sie sich meiner. Denn ich sage Ihnen, wenn ich loslegen darf, soll München was erleben.« Und nun entwickelte er in längerer Rede sehr eingehend sein ganzes politisches Programm, bis die ersten Schützen vom Schnellschießen zurückkamen.
Die Unterhaltung mußte in andere Bahnen lenken, denn der wieder einsetzende Lärm unterdrückte jedes leis gesprochene Wort. Als der Lautesten einer gebärdete sich der Kajetan. Er hatte zwei Treffer gemacht, einen auf »Haupt« und einen auf »Glück«; jetzt kam die große mehrstündige Spannung, welche Preise er dafür ernten werde. Diese Zeit füllte er damit aus, daß er mit den Kollegen von der Jachenau und von Schongau, zu denen sich noch drei andere Jäger gesellten, weidlich zum Kruge langte. Seinem braunen Gesichte sah man dabei weiter nichts an, wohl aber wurden die Bewegungen immer lebhafter, die Sprache immer aufgeregter. Eine Devise, die er

im Ehrenbuche der Schützengesellschaft gefunden hatte, war ihm so schön, ja, viel besser als seine eigene erschienen, und die jodelte er mit einer schnell zusammengedudelten Melodie vor sich her:

»Ich kann's nicht entbehren,
Den König Ludwig zu ehren,
Und sollt' ich das Ganze verlieren,
So muß ich es heut' noch probieren,
Daß alle meine Schuß gewandt,
Und aufgepackt nach Griechenland.«

»Jawohl!«, schrie er. »Ich laß es nicht beim schönen Reden bewenden, wie die Herren von der Vorstandschaft, ich hock' mich nicht hinter den Ofen und bleib daheim, nein, ich laß mich anwerben, ich geh' mit.« – »Sei kein Schöps«, warf sein Kollege aus der Jachenau ein. »Warum denn?« fragte der Schongauer. »So ein Ausflug wäre gar nicht so übel. Gute Löhnung, schöne Gegend, gar kein Winter, und wo du hinspuckst, lauter saubere Frauenzimmer.« – »Mein' ich auch!« nickte der Kajetan. »Der Hauptzollamts-Verwalter unten beim Schießen hat mir gesagt, daß man bei keiner was zahlen braucht.« Trotz dieser erhebenden Aussicht blieb der Jachenauer eigensinnig. »Daheim ist daheim.« – »Was denn daheim?« fletschte der Kajetan. »Daheim in Krünn hab' ich einen Deppen von Revierförster auf dem Halse, der mich den ganzen Tag versohlt und verkohlt, aber da drunten lauf' ich nobel herum als Kavalier, als freier Mensch, fein angezogen, so wie die da!« Mit diesen Worten rannte er auf einen der jungen Griechen, die jetzt wieder zur Saaltüre hereinkamen, zu und umarmte ihn in heißer Inbrunst. Der so Gefeierte suchte sich zu entziehen. Aber der Kajetan ließ ihn nicht los. »Bruderherz!« schrie er, indem er ihm den bierbefeuchteten Mund ein paarmal aufpreßte, »Bruderherz, wie haben sie drunten gesungen?

Reiche die Rechte, den Mund mir zum Kuß,
Bist nicht wie ich Patriot?
Schützen, die Losung im krachenden Schuß:
Tod dem Verräterkomplott.«

»Aus-lassen, aus-lassen«, stöhnte Mauromichaelis, der der Umarmte war. »Nichts da!« jauchzte der Kajetan, indem er auf die Akropolis wies. »Ich geh' mit dir da hinunter, und meinen Revierförster, den langweiligen Hammel, den lad ich auf die Kirchweih!«

Von den Schützenbrüdern, die jetzt in größerer Zahl wieder zurückkehrten, schauten einige kopfschüttelnd auf den losgelassenen Gesellen, um so mehr, als der Oberhofmarschall nebst verschiedenen Aristokraten über solches Benehmen bedenklich die Nase rümpfte. Auch der Redakteur neigte sich wieder zum Herrn Haubenschmied, wobei er meinte, diese Sorte von Fröhlichkeit ginge zu weit. Der Angeredete tat sehr gleichgültig. »Daran ist der Jäger nicht schuld, sondern die tragen die Verantwortung, die es so weit gesteigert haben.« Das hörte der Kajetan, der seinen Griechen losgelassen hatte und gerade vorbeiging. »Ja, ja«, wieherte er, »die ... die ... sind's gewesen, vor allem der, der da just des Wegs kommt!« Er wies auf den Luegecker, den jetzt die Vorstandschaft in besonderer Mission gegen den Betrunkenen aufmarschieren ließ.

Mit einem zu komischem Ernste gezwungenen Gesichte nahte sich der engere Landsmann vom Dachauer Moos dem gröhlenden Jagdgehilfen. Dabei drohte er mit dem Finger und streckte ihm ganz dicht die Nase entgegen. »Wenn du nicht sofort still bist, Kajetan, dann fliegst du hinaus, samt deinen ungehobelten Manieren und kannst schauen, woher du deinen Preis kriegst.« Da schlug der Kajetan auf den Tisch, daß die Krügeln tanzten. Er war eine Seligkeit und riß durch sein Wesen die ganzen Grünröcke mit, daß die auch auf die Platte herniederzuhauen begannen und gurgelnde Laute von sich gaben. »Weißt was!« schrien sie den Luegecker an. »Statt daß du geschmierte Reden hältst, Wirtsprotz verdammter, bringst du uns lieber Bier!« – »Ja, Bier her!« schrie der Kajetan. »Bier!«

Dann stimmte die ganze Sippe, während sie sich gegenseitig mit gellendem Gelächter anstieß, mit freier Variation in das Lied ein:

»Schenkts m'r amal was Griechischs ei'!
Boarisch woll' ma' lusti' sei'.
Schenkts m'r amal was Griechischs ei',
Boarisch woll' ma sei'!«

Damit lümmelten sie sich an den Tisch und stemmten die Arme auf. Der mähliche Übergang vom patriotischen Pathos zum heimischen Dialekte ließ alle möglichen Erinnerungen in ihnen wach werden, an zärtliche Abenteuer auf der Höhe, an traute Stunden im Tale, und so begannen sie denn, nachdem der Kajetan mit einem gellenden Pfiff durch beide Finger das Zeichen als erster Kapellmeister gegeben hatte, gänzlich ins Bayerische hinüberzurutschen, indem sie mit aufgerissenen Mäulern einsetzten:

»'s Deandl, dös fragt net lang, wo kimmst denn her?
's Deandl, dös nimmt mi' a' so.
Nimmt mi' und tragt mi' ganz ohne Beschwer'.
Juchuzt und schreit glei' oho!«

Nun rückte der Vorstand der Schützengesellschaft, der Hofadvokat Steinbeis, in eigener Person mit hochrotem Gesichte an. Aber so wirkungsvoll vorher seine Rede über die vereinigten Länder gewesen war, so achtunggebietend das Klappern mit dem silbernen Krügeldeckel, hier verpuffte jedes Wort, was er mit größter Entrüstung hervorbrachte. Die Jäger, die das leichte Bier vom Lande und nicht das schwere vom Gaiglbräu gewohnt waren, brüllten ungestört weiter, und mit jeder Strophe wuchs die handgreifliche Deutlichkeit der von ihnen geschilderten Intimitäten. Keiner im Saale fragte mehr nach dem griechischen Fest, alles drehte sich nur noch um die Sänger der Schnadahüpfl. Die einen lachten, die andern taten verwundert. Der Advokat stampfte vor Wut auf den Boden, der Luegecker suchte ver-

gebens abzuwehren, Frau Therese, die aus der Küche geholt wurde, schlug die Hände zusammen, die Bürgersöhne, die Griechen standen mit der ganzen Vorstandschaft ratlos herum, nur der Musikmeister, der jetzt zur feierlichen Preisverteilung mit der Kapelle zurückkam, hatte einen guten Einfall. Er ließ seine Leute noch einmal den Festrundgesang blasen, indem er mit der Trompete den sämtlichen Mitgliedern winkte, im Chore einzufallen.
Das half, das bewahrte das ganze Fest vor einem heillosen Skandal. Zwar versuchten die Gebirgsschützen noch ein letztes Mal dagegen aufzukommen. Der Kajetan hielt beide Finger weit in den Rachen hinunter, er pfiff so sechs- bis siebenmal nacheinander, wie eine Lokomotive, die Güterwagen zu rangieren hat. Da hielten sich die Umstehenden die Ohren zu, als ob es ihnen das Trommelfell zerrisse. Die Jäger aber, die nicht minder betrunken waren wie ihr Kollege, spannten die Kehlen zum Platzen und brüllten das Lied vom Deandl in allen Tonarten. Bald aber hörte man nur noch einzelne Laute, da der Kantus immer stärker zur Höhe schwoll und die patriotischen Töne über die vulgären siegten.

»Zog einst ein König aus Bayerland aus,
Jung war der König und schön.
Über die Wogen zum griechischen Haus
Rudert ihn Glück nach Athen.
Glück, Glück dem Otto dort! Schützen, Glück,
Glück!
 Frieden dem Waffenklang!
 Stürmischer Rundgesang,
 Otto'n dein Lebelang!
Glück, Glück dem Otto dort! Schützen, Glück,
Glück!

Schützen, die Büchse knallt, Kugel hurrah!
Triff in dem Zentrum das Glück.
Glück muß mit Otto sein. Hölle ja, ja;
Turkoman, sprenge zurück.
Blau und Weiß flattert mit Weiß und mit Blau.

Kolokotroni sandt
Waffen in Otto's Hand.
Glück, Glück von Scheyrenland,
Schützen, dem Bruder auf griechischer Au!

Reiche die Rechte, den Mund mir zum Kuß,
Bist nicht wie ich Patriot?
Schützen, die Losung im krachenden Schuß:
Tod dem Verräterkomplott!
Otto's Glück unser Wunsch. Männer der Treu,
Stoßet die Buben aus,
Treibt den Bastard hinaus
Aus unserm Vaterhaus.
Freund, in die Runder der Schützen herbei!

Jeder von uns hier ein Vaterlandsmann,
Stolz pocht das Herz an die Brust.
Wein in die sprudelnden Becher! Stoßt an!
Otto's Glück, jauchzende Lust.
Lachet die Knaben, die greinenden, aus!
Hurrah, vom Sang umbraus't!
Kugeln dem Rohr entsaus't!
Schelm ist, wer Feindes Faust,
Bay'rische Schützen, nicht Mann wär' im Strauß.«

»Aus, aus!« brüllten die Jäger. Aber der Luegecker machte jetzt kurzen Prozeß. Er hatte sie schon an die Türe geschoben und trotz allen Schimpfens mit den Bierträgern die Treppe hinunterbefördert. Dort vor der Haustüre drohte der Kajetan unter gottslästerlichen Flüchen, er gehe jetzt grad extra nach Griechenland, schon weil er den Revierförster nicht leiden möge, und weil man ihn hundsgemeinerweise in der Haupt-Schützengesellschaft um seinen mühsam errungenen Preis betrogen habe. Die Frau Therese aber sagte zu ihrem Manne, es sei hohe Zeit, daß die Gaudi ein Ende habe und er zum Rat Bauriedl gehe, den ihm der Gankoffen genannt habe. Mit der Schützenwirtschaft und mit Griechenland wäre es doch nichts.

Siebentes Kapitel

Prangerl

Durch das mit gelben Streifen durchzogene Blau-Rot der hohen Kirchenfenster fielen die reichgesättigten Strahlen der immer höher steigenden Sonne in das geheimnisvolle Halbdunkeln der Mariahilfkirche in der Vorstadt Au. Dort blieben sie auf den Fliesen und den gotischen Säulen des Schiffes haften, bis sie, auf steter Wanderung begriffen, mit der Uhr von Punkt zu Punkt weiterzogen, als drehe sich das Gebäude selbst in seinen Angeln und Grundfesten, samt der »Flucht nach Ägypten«, dem »Englischen Gruß« und der »Begegnung der Eltern Mariä«, die sie mit goldenen Tönen durchleuchteten.

Während sie so zur Hälfte des Mittelschiffes wuchsen, schritt ein Mann über sie weg, der Hut und Stock mit beiden Armen auf den Rücken gelegt hatte. Er ging zum Hochaltare, dann machte er kehrt, fast wie ein Soldat auf Kommando, um zurückzuschreiten und sich dort wieder zu wenden. Das setzte er fort, vielleicht eine halbe Stunde, während er mit zufriedenen Blicken auf die immer stärker leuchtende Glasmalerei der Sonnenseite und die in matter Helligkeit ruhenden Gegenfenster schaute, die den »Knaben Jesus unter den Schriftgelehrten«, den »Abschied Christi von seiner Mutter« und die »Aufopferung im Tempel« darstellten. Als es dabei in schneller Ablösung der wechselnden Farben über sein Gesicht huschte, gewann die mittelgroße Erscheinung, die man, wäre man ihr vor der Kirche begegnet, nach den schlecht gebügelten Hosen und den leicht gefransten Rockenden für einen einfachen Bürger oder Beamten gehalten hätte, etwas Groteskes. Die Bewegungen des Körpers taten das Ihre, diesen Eindruck zu erhöhen. Freilich, die Arme blieben an derselben Stelle, aber Kopf und Schultern, ja der ganze Oberkörper wurden in fortwährender Bewegung gehalten. Setzte der Herumirrende dann einen Augenblick aus, um stehenzubleiben, dann riß er Kopf und Brust gewaltsam in die Höhe, indem er den Stock zur Erde stieß und den Rumpf darauf stützte. In dieser Haltung verweilte er einige Zeit vor einem der Seitenaltäre. Und da, wo kein buntes Licht ihn umrahmte, konnte man auf den mit Bartstoppeln bedeckten Backen des spitz zulaufenden Gesichtes zahllose Falten erkennen; man unterschied die Farbe der immer aufgerissenen, wasserblauen Augen, die halb erstaunt, halb spöttisch herumgingen, und gewahrte über der weit herabhängenden Nase eine nicht gerade sehr hohe, aber ausgeprägte Stirne, die, mochten auf ihr sich auch einige Runzeln breitgemacht haben, heute noch gegen alles anzugehen schien, was sich ihr in den Weg stellte. Darüber lag buschiges Haar, das, dürftig zurechtgestrichen, nicht viel mehr graue Fäden zeigte wie das Bärtchen auf der Oberlippe.

Von ferne, hinter den Säulen versteckt, verfolgten den lautlosen Spaziergänger ein paar Leute mit neugierigen Blicken. Die waren in Hemdärmeln und trugen Schurzfelle; auch standen sie da, über und über mit dem weißen Bausand besät, von dem auch noch was auf den Fliesen lag und in leichten Wolken durch die eben vollendete Kirche zog. Dieser Staub hatte sich in Schichten auf das schwarze Samtjakkett eines jüngeren Mannes gelegt, der, ängstlich hinhorchend, ob er nicht gerufen werde, vor den Handwerkern bereit stand.

Das war der Maler, von dessen Hand die farbigen Bilder stammten, ein junger Allgäuer, der draußen in der Lerchenstraße, gleich neben Schwanthalers weitbekannter Bildhauerwerkstatt, sein Atelier und unten auf dem Anger sein Mädel hatte. Das letztere natürlich in allen Ehren, denn die Bürstenbinderfamilie, der sie angehörte, verstand keinen Spaß in dem Punkt. Auch wäre der Fischer Toni selber der letzte gewesen, der das Verbrechen einer außerehelichen Verbindung leichtfertig auf sich genommen hätte. Schwarz wie seine Locken sei er selbst. Seine Mitschüler behaupteten es, als er noch beim großen Meister Cornelius lernte. Er selbst wies dieses Wort von sich; er sei kein Ultramontaner und habe überhaupt nichts mit Politik zu tun. Aber, wenn die andern auch noch so spöttelten, er sei religiös, er glaube, ja er sehe wie die alten Meister in der Frömmigkeit das Ideal, das Vorbildliche der wirklichen Kunst. Den lieben Gott im Sinn und die Jungfrau Maria im Herzen, ging er denn auch an die Arbeit, als er auf Empfehlung seines Lehrers den Auftrag erhielt, die sechs Bilder für die gotische Kirche zu entwerfen, die da draußen in der entlegenen Vorstadt erstehen sollte.

Zuerst wußte er sich vor Freude kaum zu fassen; er sah sich am Ziele seiner Wünsche und mit der keuschen Maria am Traualtar, vielleicht sogar schon als Lehrer an der Akademie. Doch wurde er keineswegs bitter, als er nach einem Jahre unausgesetzter Arbeit merkte, daß es nicht so rasch ging. Er nahm das mit derselben Ergebenheit hin, wie er die Bestellung genommen hatte, indem er seine Braut auf die Zukunft vertröstete. Darin handelte er sehr weise, denn die Gelder flossen spärlich, und die Professur blieb aus. Dafür wurde mit um so ungestümerem Verlangen auf baldige Vollendung des Werkes gedrängt. Heute nun, wo die Bilder an Ort und Stelle prangten, so glutgetränkt, wie sie dem Ofen der Glasbrennerei entstiegen, wo jeder jauchzte. der sie, dem Allerhöchsten Verbote zum Trotz, doch im geheimen zu Gesicht bekam, wo der Toni selbst, wenn die Kabinettskasse ihr Wort hielt, in zwei bis drei Monaten heiraten konnte, wartete er in der Ecke der Kirche mit verhaltenem Atem, ohne eine Bewegung zu machen. Nur manchmal, wenn der Schritt des Wandernden ganz entfernt klang, klopfte er heimlich den dicken Staub von Armen, Schultern und Beinen.

Der die Wolken aber aufwirbelte, schien durch sie nicht im geringsten gestört zu werden, noch schien er zu ahnen, daß hier einer wartete, das entscheidende Urteil zu hören. Er warf die Beine hinaus, als trete er auf den frisch gespritzten Kies von Lustgärten oder öffentlichen Promenaden. Dabei freute er sich wie ein Kind, wenn es so recht bunt über ihn weghuschte. Manchmal hielt er sogar ein, um die Töne recht auf sich wirken zu lassen. Kam es dann rot über sein Gesicht, dann war es ihm, als hätte er was vom Wilden Jäger, der dem Bauern im Spessart beim Freikugelschießen an der Spitze seines nächtigen Heeres erscheint, kam es blau, dann fühlte er sich von der Märchenpracht verfallener Burgen umflossen, wie er sie drüben in der Rheinpfalz am Trifels und anderen historischen Städten erschaute, kam es aber gelb, dann meinte er, im fahlen Glanze eines ehernen oder steinernen Monumentes zu schweben, wie er sie jenseits der Alpen schon zu Hunderten gesehen hatte. Er steigerte dann seine Einbildungskraft so weit, daß er sich selbst für den Condottiere, den Stadttyrannen oder den Cäsar hielt, der da auf hohem Sockel, das Schlachtroß unter sich, thronte, oder noch lieber für einen Dichter, der, den Lorbeer um die Schläfe, mit umschlungener Leier in ragender Haltung stand. Selbst ein Gott glaubte er zu sein, ein Gebieter der Elemente, der, über den Quadern einer Fontäne stehend, das Viergespann vor sich her trieb und den Dreizack schwang, wenn ihm das grelle Licht die Sonne Italiens und Roms rauschende Wasser vor die Sinne zauberte. In diesen Augenblicken nahmen seine scharfen Züge auch wirklich etwas so Hoheitsvolles an, daß man glauben konnte, eine Bildsäule vor sich zu sehen, die den Schritt zur Unsterblichkeit schon vollzogen hatte.

Allzu lange hielt er freilich diese Stellung nicht fest, schon deshalb nicht, weil ihm alles widerwärtig war, was hinwies auf Ehrungen, die erst nach dem Tode kamen oder gar in der Ewigkeit. Denn der Mann, der da auf und nieder schritt, hing zäh am Leben und ließ die bunten Lichter nicht nur über seinen Körper, sondern in wohlgegliederter Erinnerung über sein bisheriges Dasein hinweggleiten. Das lag hinter ihm in purpurnen Farben wie ein schwerer Sommerabend, der mit glühenden Tönen über buschige Alleen, über weiße Tempelchen auf welligen Wiesen und moosbedeckte Teiche herabsinkt.

Der verschwiegene Park des Schwetzinger Schlosses, in dem er seine Kindheit verlebte, tauchte vor ihm auf, und von dort eilte er durch Mannheims symmetrisch zulaufende Straßen über den Rhein zur lachenden Pfalz und zum Münster nach Straßburg, zu dessen Füßen er geboren wurde, zufällig geboren wurde, wie die meisten Sprößlinge des Waffenadels, der keine Heimat in seinem Berufe hat. Doch bei dem zähen, energischen Mann gab es auch hier einen Unterschied von den übrigen. Er glaubte einzig an Bestimmung und Vorsehung und nahm das Wahrzeichen der deutschen Stadt als Führer. Ihr Bild im Herzen, ritt er neben dem Diktator einher, den er weniger als Franzosen haßte, sondern mehr als die gleichgeartete Herrennatur eines unbeugsamen Willens, die alles zertrat, was sich ihr in den Weg stellte. Am meisten stieß ihn der Emporkömmling, der Illegitime ab, der jenen Thron usurpierte, von dem man den sechzehnten Ludwig aufs Schafott schleppte, den letzten König des wahnwitzigen Landes und zugleich den Taufpaten des bunt beschienenen Wanderers in der Auer Kirche, des einstigen Erbprinzen, der mit seinem Vater damals in München einzog, des jetzigen Königs, der sein Land die zwanzig Jahre regierte, glorreich regierte, wie er sich selbst mit Befriedigung sagte, während er so zurückblickte und nicht nur die Farben der Kirche, sondern die der Berge und Täler an sich vorüberziehen ließ, die er schon alle durchmessen hatte.

»Sagen Sie, lieber Fischer, kennen Sie Italien?« So klang es jetzt auf einmal in hohen, fast singenden Tönen durch die noch nicht geweihte Kirche. »Aber was frage ich! Sie kennen es natürlich nicht. Sie können es ja gar nicht kennen. Wie sollen Sie auch hingekommen sein! Und doch, wenn ich Ihre Bilder ansehe, dann meine ich fast, Sie müßten schon mal von den Farben da unten was zu kosten bekommen haben, von einem Tizian, einem Veronese, vom Meister von Urbino oder gar von den Lichtern der Campagna, die nirgends so wunderbar daliegt als von der Höhe Frascatis, von Tusculum, wo bekanntlich Cicero lebte.«

Der so plötzlich Angeredete blieb in seiner linkischen Stellung und schwieg. Er hatte auch nichts zu erwidern, da ihm zu seiner Zufriedenheit die Antwort von vornherein weggenommen ward. So setzte er nur den einen Fuß ein bißchen vor und gleich wieder bescheiden zurück, indem er seine dunkeln Augen ganz kurz in die seines Auftraggebers versenkte. Der hatte wieder die stolze, emporgereckte Haltung eingenommen, den Stock auf den Boden gestemmt, und fuhr ungestört fort in seinen Betrachtungen. »Ja, ja, das ist ein Land! Das müssen Sie sehen! Schicke Sie vielleicht selbst hinunter. Und doch, wenn ich mir's recht überlege, ich brauche es gar nicht. Sie waren nämlich wirklich im Süden, junger Mann, sogar im tiefsten. Denn Sie haben gesehen, was ich erbauen ließ, die Allerheiligenkirche neben der Residenz. Da sind auf Goldgrund die Töne, die Sie hervorgezaubert haben, dieselben, die man in Mosaik in der Regia Palatina zu Palermo findet.«

Er meinte, so viel Verbindliches gesagt zu haben, daß eine Antwort kommen müßte, mochten es auch nur ein paar Worte sein. Da der Maler aber auch jetzt noch nicht wußte, was er erwidern sollte, drehte sich der König nach einer langen Pause ganz unvermutet auf dem Absatz um und begann wieder, durch die Farben zu schreiten. Der junge Mensch schien ein Unempfänglicher, ein Naturtalent, das die glückliche Gabe hatte, aus dem vollen schöpfen zu dürfen, ohne zu wissen, was es bot. Er aber sah, wenn er der sizilianischen Kapelle gedachte, die Gestalten der Hohenstaufen aus der Insel herauswachsen, an der Spitze den großen Friedrich in der Pracht des Kreuzganges von Mon Reale, wie er Feste beging in Palermo inmitten der Normannen, der Odalisken, oder wie er seine grimmigen Feinde, die heulenden Bettelmönche, wie die wilden Bestien in seinem Tierpark zu Milazzo mit der Peitsche durcheinanderhetzte. Von der Hauptstadt Siziliens aber ging der König im Geiste nach Neapel empor zum letzten der Staufen und von dort das blaue Meer entlang zum Kap der Circe mit den violetten Schatten der vulkanischen Linien, dicht gegenüber dem Kastell Astura, wo der feile Verräter, der Frangipani, den letzten Nachkommen Barbarossas den Henkern überlieferte.

Bei diesem Bilde verweilte er sehr lange. »Circe. Das ist's.« So murmelte er vor sich hin, während er ganz abseits von dem Maler stand. »Das ganze Land ein wundervolles, verführerisches Weib, das einen nicht mehr losläßt. Circe. Circe.« Von diesem Sprung in die Odyssee eilte er wieder zu den Kaisern, er besann sich seiner Vorfahren, der Schyren, die den Staufen treulich Gefolgschaft leisteten, er betonte mit Stolz, daß auch einer von ihnen den Kaiserthron innehatte, jener Ludwig der Bayer, der die Schwaben wie das Interregnum ablöste. In das Bild dieses Herrschers versunken, malte er sich mit wohligem Empfinden die Möglichkeit aus, daß wieder einer aus seinem Hause den romanischen Marmorstuhl mit dem goldverzierten Rücken, mit den beiden Löwen an der Mündung der Armlehnen in reichem Ornate besteigen werde. Berauschender Gedanke, den er immer wieder von sich wies, um ihn desto lieber wieder aufzunehmen. Denn unter einem Wittelsbacher sollte der Thron wieder in aller Glorie erstrahlen, durch den, dem er verliehen ward; vielleicht durch ihn selbst.

Ja, durch ihn selbst. So übermenschlich der Gedanke im ersten Augenblick erschien, der König spann ihn weiter, indem er die deutschen Staaten und ihre Machtbefugnisse sorgfältig abwog. Als er dabei wohl oder übel auf Preußen kam, trat er aus den Farbenflecken einen Augenblick heraus und wurde recht ärgerlich. Sowohl über den Umfang dieser Nation wie über ihre Prosa, der auch die energielose Phantasie seines Schwagers keinen Schwung zu verleihen mochte. Die Hohenzollern waren für ihn Emporkömmlinge wie der Napoleon, mochten sie auch ein bißchen weiter zurückreichen, sie waren engherzige Partikularisten, keine Teutschen in dem großen Sinne, wie Ludwig immer einer zu sein wünschte. Freilich hätte er selbst nicht abzugrenzen vermocht, was er unter diesem Worte verstand. Er sah, wenn er offen sein wollte, auch nichts anderes darin wie die nordischen Vettern, nämlich die Vergrößerung des eigenen Landes auf Kosten der anderen. Die war aber unter ihm nicht zur Tat geworden, im Gegenteil, er hatte die Jungpfalz eingebüßt. Da er das Bedürfnis fühlte, den gerechten Ärger darüber an jemandem auszulassen, wandte er sich wieder an den Maler.

»Wenn Sie von Palermo nichts wissen,« so schraubte er seine Stimme wieder zur Höhe, »dann müßten Sie sich wenigstens in Ihrem engen Vaterlande auskennen. Aber ich fürchte fast, Sie haben auch da keinen Schimmer, was Imperium romanum bedeutet, ich meine Kaisertum, Werdegang, Größe, oder sagen wir mal innere Berechtigung, Entwicklung, Historie. Was?« Diesmal spitzte er die Frage auf einen herausfordernden Ton zu, als empfände er ihre Nichtbeachtung von vornherein wie eine grobe Beleidigung seiner eigenen Majestät. Und dazu glaubte er vollen Grund zu haben. Der König war eine geheiligte Persönlichkeit, der man zu dienen hatte, ein von Gott Gesalbter, der nicht nur herrschte als beliebige Paradepuppe eines Parlamentes, nein, der selbstherrlich regierte und dem jeder seiner Untertanen Rede und Antwort zu stehen hatte, mochte er nun Minister sein oder so ein hergelaufener Maler. Wußte aber der junge Mensch wirklich gar nichts auf der Welt, dann hatte er sich wenigstens bei seinem Monarchen ob soviel Dummheit in aller Demut gebührend zu entschuldigen, oder er konnte mitsamt seinen schönen Bildern für immer zum Teufel gehen. Heftig klirrte dabei der Stock ein paarmal nacheinander mit der eisernen Spitze auf den Boden; als aber auch das nichts half, sondern der Fischer Toni mit ein paar ungelenken Worten, die er mehr hinter den Zähnen behielt als vor ihnen, nur meinte, er komme seit der Schule so gut wie gar nicht zum Studieren, stülpte der König mitten in der Kirche den breitkrempigen Filz mit festem Druck auf sein dichtes Haar. »Sie sind ein frommer Christ, mein lieber Fischer! Merkt man Ihren Bildern auch an, schadet auch nichts. Gegenteil! Schätze das an Ihnen. Glaube selbst an Gott und detestiere jeden, der das nicht tut. Zum mindesten ist mir der Atheist immer höchst gleichgültig, höchst uninteressant. Wer daran zweifelt, braucht nur die Taten meiner Regierung zu verfolgen. Aber tiefste Religiosität schließt den größten Verstand keineswegs aus, sondern bedingt ihn sogar. Sehe deshalb nicht ein, warum Sie nicht nebenbei auch ein bißchen den Mund aufmachen können, wenigstens so weit, um Ihrem König den untertänigsten Dank zu erstatten.«

Der Maler schob das Samtbarett hinum, herum, er überlegte, soweit das vor diesen funkelnden Blicken möglich war, und endlich brachte er auch wirklich etwas heraus. Doch dieses Wort war das unglückseligste, was er sagen konnte. Es hieß »aber«, und das warf den König, wo er es hörte, an den Rand der Geduld. »Aber« barg Widerspruch in sich, Bedenken gegen zu hohe Ausgaben, Vorstellungen gegen fest gefaßte Beschlüsse, Geringschätzung gegen die Erhabenheit der Majestät, »aber« durfte daher nirgends angebracht werden. Kam es doch heraus, dann war jede Audienz für immer abgebrochen, so energisch, daß der Sprecher nie wieder vorgelassen wurde. So machte denn der Monarch ein letztes Mal kehrt und rannte, ohne sich noch einmal umzusehen, zum Portale hinaus, das ihm zwei Arbeiter mit scheuen Blicken öffneten. »Esel!« zischte er. »Soll erst lesen und schreiben lernen, ehe er Pinsel zur Hand nimmt oder gar Gehege der Zähne öffnet. Aber … aber … aber …«

Er spuckte es noch ein paarmal aus sich heraus, das verhaßte Wort, er fühlte, daß er wieder einmal in seinem Leben aufs bitterste enttäuscht worden war. Und die nüchterne Wirklichkeit der elenden Vorstadt, in die er jetzt über die Stufen der Kirche hinabstolperte, ließ ihn den jähen Sturz aus seinen hochgespannten Ideen erst recht bitter empfinden. Winzige Häuser, ja Hütten, zwischen denen der Stadtbach mit trüben Wellen dahinfloß, nahmen ihn auf, so niedrig, daß er mit der ausgestreckten Hand die hölzerne Dachrinne berühren oder mit seinem Stocke auf die Mansarden schlagen konnte. Aus den Fenstern zog ein Geruch von schlechtgelüfteten Schlafzimmern, von Küche und Holzlege, zwischen dem abfallenden Bürgersteig aber und der ungepflasterten Straße ergoß sich haltlos die Jauche. Der König schritt weiter, indem er sich manchmal die Nase zuhielt oder pustende Laute des Ekels von sich gab. Er spielte für sein Leben gern Harun al Raschid, der sich völlig unerkannt unter sein Volk mischte, doch er empfand auch immer wieder die Unannehmlichkeiten dieses Inkognitos. Heute wäre ihm die schnellfahrende Hofequipage jedenfalls viel lieber gewesen als der Aufenthalt in diesen Gassen. Nun aber war es mal zu spät. So schritt er denn hastig weiter, um möglichst bald aus dem greulichen Labyrinth herauszukommen.

Die Entdeckungen, die er dabei machte, wurden auch auf diese Art nicht viel erfreulicher. An einigen Stellen hatte eine Gemüsefrau oder ein Salzstößler ein Brettgerüst aufgeschlagen. Die luden die wenigen Menschen, die vorüberzogen, zum Einkaufen ein, indem sie ihre Waren mit lautem Schreien anpriesen. Das mochte noch angehen, viel scheußlicher aber wirkten die zahlreichen Hemden und Unterhosen, die zwischen freiliegenden Häusern mittels Holzklammern auf Seile gespannt waren und durch den niederfallenden Ruß der blechernen Dachkamine noch schwärzer wurden, als sie schon waren. Vor einigen Fenstern der manchmal ganz schief stehenden Hütten stand hinter einem grün lackierten Geländer ein irdener Topf mit einer Geranie, einer Fuchsie oder einer Nelke. Nicht selten hüpfte ein Kanarienvogel in einem ganz kleinen Bauer zwischen Wasser und Futternäpfchen herum. Das wirkte ganz freundlich, aber der hohe Spaziergänger gewann auch ihm keinen Reiz ab.
»Scheußlich, scheußlich!« stöhnte er. »Und da gibt es Kerle unter meinen Malern, junge Burschen, die sich da tagelang vor dieses Gerümpel stellen und den Schauerkram niederpinseln. Ist das noch Kunst? Nein, Kunst ist erhaben, sie entrückt über das Alltägliche. »Das jüngste Gericht« von Cornelius, Overbecks »Italia und Germania«, Schraudolphs »Auferstehender Christus«, Kaulbachs »Jerusalem« und nicht zu vergessen Rottmanns farbenglühende Landschaften, das sind die Linien, die wir brauchen. Der erbärmliche Guckkasten des alltäglichen Lebens aber, der mag mir vom Halse bleiben. Mögen getrost ihre Staffeleien alle zwölf Stunden von der Akademie und noch weiter her in die Au tragen, diese Herren, ich kaufe ihnen kein Bild ab, keines ... keines!« Und seine Abneigung gegen diese bescheidene, menschliche Niederlassung, wie sie sich nord- und südwärts der neuen Kirche erstreckte, wuchs immer mehr. Sie war für den Träger gewaltiger Kaiserpläne so bedrückend, daß er sich seufzend sagte, er arbeite schon mehr wie vier Lustren am Ausbau dieser zurückgebliebenen Stadt, sehe aber bei jedem neuen Schritt, wie unendlich viel ihm noch zu tun bleibe. Was er auch aufgeführt hatte an großartigen Bauten, wie er sich selbst jeden

Groschen absparte und den Hofhalt einschränkte, nur um Stein auf Stein, um Bild auf Bild setzen zu können: diese Leute wateten in einem Sumpfe herum, aus dem sie so wenig gezogen sein wollten wie kleine Kinder aus den von ihnen selber beschmutzten Windeln. »Es liegt sich darin eben bequemer«, sagte der König vor sich hin, der die Monologe genauso gern hatte wie die meisten seiner altbayerischen Untertanen. Ein Blick in sehr weite Ferne auf klassische Formen ließ ihn diesen Ausspruch mit noch größerer Bitterkeit wiederholen. Plötzlich aber – er wußte selbst nicht, wie er dazu kam – suchte er mit einem festen Rucke des Oberkörpers diese Gedanken aus seinem Sinne zu scheuchen. Ging man in Rom zum Tiber hinab oder zum Kolosseum hinaus, zum Lateran, dann traf man, mochten die Häuser auch drei oder vierstöckig zur Höhe ragen, dieselbe Misere, dasselbe tierische Behagen im Schmutze wie hier am Schweinemarkt, in der Lilienstraße oder am Dreimühlenbach. Pöbel bleibt Pöbel, Plebejer Plebejer, und das wichtigste, daß er nicht gar zu üppig wird! Der König hielt nichts von der bourgeoisen Gemütlichkeit, die sein hochseliger Vater nur allzu gern dem Volke gegenüber entfaltete. Der setzte sich oft zu diesen Pfahlbauern an den Tisch, lachte oder scherzte mit ihnen und nahm es weiter nicht übel, wenn ihm seine Derbheit gelegentlich mit der gleichen Münze heimbezahlt wurde. Die Wände des Hofbräuhauses, worin solche Verschmelzung des öfteren bei Rettich und Käse vollzogen wurde, konnten von saftigen Witzen auf die Klosterpfaffen erzählen, deren Ansehen durch die Säkularisation einen derben Stoß erlitten hatte. Nur straffes Regiment, nur eiserne Disziplin vermochten da mit Beharrlichkeit wieder gutzumachen, was die Ideen der superklugen Herren Enzyklopädisten, der Illuminaten, kurz, der gesamten Freigeister auf dem Gewissen hatten. Auch drückte der unbeugsame Wille des Ministers von Abel alle Widerstrebenden an die Wand, er gab dem Volke den Glauben und soweit wie möglich die geistlichen Orden zurück. Das bedeutete den Anbruch einer neuen, geläuterten Zeit. In den mittelalterlichen Kreuzgängen wallte man zu finsterer Nachtzeit wieder zur Hora und in den angrenzenden, klösterlichen Brauereien sott man wieder jenes doppelstarke Bier, das dem Trinker den sprichwörtlichen Versuch erlaubte, mit dem Hinterteil seiner Hose auf der Bank pappen zu bleiben, auf die er zuerst von dem köstlichen Naß gegossen hatte.

Als er auf diesen klebhaften Stoff kam, mußte der König, der seit dem Verlassen der Kirche nur sehr finster dreingeschaut hatte, unwillkürlich lächeln. Teils aus Zufriedenheit darüber, daß alles wieder in bewährten Bahnen lief, teils verfolgt von einer Erinnerung an seine Jugend- und Kronprinzenzeit. Der Max Joseph hatte aus der Pfalz ein verwachsenes, buckliges Männlein mitgebracht, das wie ein Gnom aussah. Nicht, daß es mit Barbarossa im Kyffhäuser geschlafen oder mit Nixen gespielt hätte, nicht daß es eines der seltenen, emsigen Wurgeln gewesen wäre, die die Arbeit für andere tun; es war in Kirchheimbolanden geboren und hieß mit seinem höchst bürgerlichen Namen Jakob Prang. Da ihm aber der Kurfürst und spätere König bei besonderen Hoffesten scheckige Gewandung anlegte und eine weißrot gestrichene Pritsche in die Hand gab, nannten ihn die Münchner, die alles gern ins Diminutivum ziehen, wenn sie zärtlich werden oder sich lustig machen, den Prangerl. Der drollige Bursche mit dem steinernen Gesichte einer Fratze von der Notre-Dame-Kirche in Paris mischte sich nämlich wie sein Gebieter gern unter das Volk. Mit dem trieb er seinen Schabernack, er hetzte es durch- und aneinander, wie er mit den obersten Chargen der Residenz Fangball spielte. Hatte er dann so recht was Niederträchtiges angerichtet, dann wollte er sich jedesmal schief lachen.

Eines Tages nun lieferte er bei Hofe einen Streich, der an Unverschämtheit mit einem der allerübelsten des Till Eulenspiegel wetteifern konnte. Er trug auf dem Deckel einer abgelegten Kiste eine hohe Papiertüte herbei und bat den Monarchen in Demut, sich durch Aufheben allergnädigst zu überzeugen, daß darunter die Goldschätze verborgen seien, die der bayerische Staat durch die Aufhebung der Klöster gewonnen habe. Max Joseph, der den Prangerl gut leiden mochte, tat lachend, wie ihm geheißen ward. Er fand

aber zu seinem nicht kleinen Ärger keine Kostbarkeiten unter der weißen Spitzhaube, sondern dasselbe, was der berüchtigte Schelm vom Elmer Walde in der sechsten Historie, wo er Küchenjunge wurde, dem Junker als Senf vorsetzte. Darüber herrschte natürlich maßlose Entrüstung. Der Prangerl sollte erst für immer hinausfliegen, er sollte fünfundzwanzig heruntergezählt bekommen, dann aber wurde er zu einer noch empfindlicheren Strafe begnadigt. Man band ihn mit unlösbaren Stricken an die Türe eines ganz entlegenen Gemaches, wo man ihn ohne jede Nahrung drei volle Tage belassen wollte. Leider machte man diese Rechnung, ohne die unendlichen Listen des gefesselten Narren zu bedenken. So kam es denn auch ganz anders, als es sollte. Am zweiten Morgen schon wankte der Prangerl ganz unvermutet zum Allerhöchsten Schlafzimmer herein, um seine Brust die Stricke, die noch gerade so fest gebunden waren, auf dem Rücken die braunlackierte Türe, die er aus den Angeln gehoben hatte. Da mußte der König trotz allen Grimmes, den er zuerst verspürt hatte, hell auflachen. »Wie hast du denn das angefangen, du Schuft?« rief er. Der Prangerl, der von seiner Heimat her noch Französisch und Deutsch durcheinandermischte, erwiderte, ohne eine Miene zu verziehen: »Attention, cher cousin! Um die Klöster, die du eingesteckt hast, ist es weiter nicht schade, wohl aber um das gute Bier, das sie brauten. Voilà la preuve. Ich habe mir mit Mühe ein Faß gerettet und es mir auf den rundesten Körperteil gegossen, ehe ich an die Satanstüre angeschmiedet wurde. Da blieb denn das Holz kleben und geht auch jetzt noch nicht weg, du lassest es denn in deiner unendlichen Huld von einem deiner Oberzeremonienmeister endgültig entfernen.«
»Gegen Prangerl konnte man nicht aufkommen«, sagte jetzt halblaut der Sohn des so gefoppten Königs vor sich hin. Er erinnerte sich gerne des Hofnarren, der vor langen Jahren schon das Zeitliche gesegnet hatte. Ja, Ludwigs lebhafte Phantasie ließ den Prangerl, wenn er so ganz allein wanderte wie heute, neben sich herziehen und sprechen. Viele werden da lachen und so etwas gar nicht begreifen, aber es war wirklich so, der König konnte den ulkigen Gesel-

len jederzeit haben, wenn er ihn wollte. Freilich durfte der Knirps sich niemals herausnehmen, was er dem Vater in einer Zeit zuzumuten wagte, da noch die greuliche Sitte bestand, einen Narren am Hofe zu halten wie einen Generaladjutanten oder Oberstkämmerer. Distanz verlangte Ludwig I. zu jeder Stunde; er verlangte sie sogar von den Priestern, die er so hochhielt und so maßlos verwöhnte. Aber ein ganz kleines bißchen ließ er sich schon manchmal von der Spuckgestalt des Prangerl ins Gewissen reden. Und so hielt er's auch heute wieder, nachdem er, die elenden Baracken der Au hinter sich, über die Isarbrücke pilgerte und an der mit üppigen Kastanien bewachsenen Uferstelle vorüberwanderte, wo die Flößer am »Gasthaus zum grünen Baum« oder zum »Ketterl« anlegten, um Stämme nebst Ladung zu bergen. Da rauschte der lebhafte Fluß in voller Bewegung; der König konnte daher noch nicht genauer auf das Gnomenstimmchen achten, das neben ihm piepste. Er hatte es auch gar nicht so eilig damit, denn wenn der Prangerl sich einstellte, wenn er sich nicht bannen ließ, war es dann immer das Zeichen, daß etwas nicht stimmte im Gleichgewichte der Allerhöchsten Tagesführung. Deshalb sah der Beherrscher der Bayern zunächst hinüber zu den grünbewachsenen Höhen des Gasteigs und dann hinein zu den Fenstern des »Grünen Baums«, ob nicht von gestern nacht noch ein paar Maler beim Biere saßen. Kneipten sie doch hier regelmäßig im Verein mit einigen Schauspielern sowie mit dem ganzen Aufgebot von künstlerischem Übermut in Karikaturblättern und Bierzeitungen. Er selbst beehrte sie so manches Mal in eigener Person. Nur kam er, so gern er das Treiben auch sah, nicht zu häufig, da die Leute sonst vertrauensselig wurden. Sie nahmen sich leicht zu viel heraus, sie redeten so frei wie Prangerl, der jetzt, wo der Weg durch die Sankt-Anna-Vorstadt in der Richtung der Residenz genommen wurde, nicht mehr zu halten war.

»Gevatter, Cousin!« begann der Schatten, der im wohlbedachten Abstand zur Linken einherhumpelte. »Was hast du da wieder mit dem armen Maler da draußen in der Au entriert? Soll man dich nicht auslachen, du großer Mäzen, der du mit der einen Hand den Leuten ein Zuckerbrot gibst, um ihnen mit der anderen eine runterzuhauen?« – »Will nichts hören«, flötete der König. »Nichts, gar nichts.« – »Quand-même! Bekommst es doch auf den Kopf, daß du ein Despot bist!« Dieses Wort verfehlte seine Wirkung, denn Ludwig I. bildete sich sogar noch was darauf ein. »Ohne dem geht's nun mal nicht«, lachte er jetzt, immer vergnügter, je weiter er die Au hinter sich hatte. Das bescheidene Lehel konnte zwar auch nicht als Paradies gelten, doch lag es viel luftiger, freier, mit seinen Sägmühlen und besser gepflegten Häusern. Alte Bäume überschatteten so manches ansehnliche Gebäude, auch kündete sich die Nähe des königlichen Quartiers durch den weit gedehnten Hofküchengarten an, der sich fast vom Isartorplatz weg bis zum Marstall der Residenz erstreckte. Besseres Publikum traf man hier; einige Leute erkannten den König und wichen ehrfurchtsvoll zur Seite, indem sie gar tief den Hut zogen, andere, die ihn sonst übersehen hätten, wurden dadurch auf ihn aufmerksam gemacht und holten hastig nach, was sie erst versäumt hatten.

Das gefiel dem Prangerl, der nicht von Ludwigs Seite wich. »So ein Monarch hat's eigentlich wunderschön«, meinte er. »Überall geehrt und beliebt. Vraiment, si je n'étais pas fou de profession, je voudrais être roi.« – »Nicht zu frech!« warnte Ludwig. »Oder möchtest du vielleicht mit mir tauschen?« forschte der Knirps. »Hab' keine Zeit für so läppische Fragen!« bemerkte der König. Im geheimen nannte er sich aber selbst einen Narren, daß er für diese Menschheit, die so nüchtern daherkam, so gewöhnlich aussah und nach Schnupftabak roch, das Letzte hingab. Lohnte sie's ihm? Ja, sie zog den Deckel vor ihm, weil er ihr sonst heruntergeschlagen wurde, sie hielt Feste und Reden. Aber begriff sie, daß er ein neuer Augustus war, daß er ein großes Jahrhundert aufbauen wollte, sich und den Untertanen zum dauernden Gedenken?

»Cousin,« fing der Prangerl wieder an, »wenn du alles getan hast, bloß von wegen der Dankbarkeit, dann warst du schon genasführt, ehe du angefangen hast.« Der König aber blieb stehen und biß sich auf die Lippen. Er sah noch einmal auf die herumwankenden Gestalten, indem er sich im stillen die

Hellenen ins Gedächtnis rief, dann überlegte er, wohin er eigentlich noch ziehen wollte. In den Neubau der Hof und Staatsbibliothek, in die Erzgießerei und auf den Königsplatz. Mit der Mariahilfkirche reichlich viel für einen Vormittag. »De votre avis«, stimmte der Narr bei. »Der Schädel der jolie petite madame, der neugegossenen Bavaria, braucht allein einen Vormittag, um richtig gefaßt zu werden, drum laß die Staatsbibliothek und geh nur noch zum Kunstausstellungsgebäude auf dem Königsplatz, es liegt justement auf demselben Wege.« – »Gewiß,« nickte der König, »nur werde ich ihn ohne dich zurücklegen, teurer Freund.«

Im selben Augenblick hielt er einen Fiaker an, der zufällig vorbeistolperte, und stieg ein, indem er dem höchst erstaunten Narren die Türe des wackligen Fuhrwerks vor dem offenen Munde zuschlug. Jetzt, wo er wieder allein war, stützte er den Stock auf den Boden der Kutsche, legte beide Hände auf den silbernen Knopf und blickte durch die Fenster herausfordernd nach rechts und nach links. Den nörgelnden Zwerg hatte er gebannt; dafür tauchten zu beiden Seiten des Wagens, am gewaltigen Thronsaalbau der Residenz, dicht gegenüber dem Hofgarten weibliche Gestalten auf, die neugierig in den Wagen blickten. Das waren nun schon etwas bessere Erscheinungen als die versumpften Bierhuber der Sankt-Anna-Vorstadt. Einige sanken tief in die Knie, wie man es vor so hohen Herren macht, andere wieder kümmerten sich um nichts, sondern gingen scherzend weiter.

Der König tat so, als beachte er weder die einen noch die anderen. In Wirklichkeit unterschied er sehr deutlich jedes Gesicht und wußte auch ganz genau, wem es gehörte. Da, zum Beispiel das gesunde Mädel mit dem kastanienbraunen Haar, den roten Backen, den Rehaugen und den wundernetten, kleinen Füßen, die in knallweißen Strümpfen steckten, während der Körper in einen rotbraunen Schal gehüllt war und das Köpfchen eine goldene Riegelhaube bedeckte, das war eine Posthalterstochter aus Ebersberg, die er, wie die schönsten Frauen der ersten Gesellschaft, vom Hofmaler für die eigens angelegte Galerie porträtieren ließ. Aber nicht nur, was so in die Augen sprang oder auf dem großen Präsentierteller lag, kannte er, ihm waren auch die kleinen Modistinnen von der Kaufingerstraße, die Friseurmamsellen und Ladnerinnen nicht fremd, die Arm in Arm nach Geschäftsschluß nach Hause wanderten, ja er wußte sogar die Dienstmädchen bei ihrem Namen zu nennen, die in Eimern das gute Brunntaler Wasser aus der Residenz für die Herrschaft holen mußten, weil das der Stadt als typhös verrufen war. Daß er die Damen der Hofbühne nebst den Ballettratten der Reihe nach kannte, braucht nicht besonders erwähnt zu werden.

Ließ er nun so im Wagen alles an sich vorübergehen, ohne zu danken, ohne mit einer Wimper zu zucken und ohne auch nur ein bißchen mit der Hand zu winken, wie er's gerne tat, wenn er gut aufgelegt war, dann ärgerte er sich sofort wieder, wenn er die Frauenzimmer im Rücken hatte. Er begriff selbst nicht, warum er das tat, setzte sich dafür aber in um so strengere Positur. Vorher warf er wohl noch einen versteckten Blick durch das Guckerl in der Rückwand des Wagens, um zu erfahren, wie man ihm nachblickte. Geschah das in befriedigender Weise, dann war er für einen Moment beglückt, unterblieb es, dann konnte er auf die albernen Gänse so grimmig losziehen, wie auf die Münchner im ganzen.

Und er sagte ihnen doch sonst im Leben oft so wunderschöne Dinge in freier wie in gebundener Sprache. In dieser am liebsten. Kalliope war ihm der Musen heiligste; so huldigte er ihr denn mit einem Eifer, der neben dem Guß der feurigsten Bardengesänge und Heldenlieder die unscheinbarsten Erlebnisse seines Daseins in klingende Verse zwang. Sah er heute, wo er sechzig Jahre zählte, die stattliche Reihe der Bände an, die er schon zusammengefaßt hatte, nahm er dazu die Reiseeindrücke oder die Sinnsprüche, die er auf die Genossen der bei Regensburg erbauten Walhalla schrieb, dann glaubte er, die stolze Haltung, die er im Wagen einnahm, mit Recht ins unermeßliche steigern zu dürfen. Daß er kein Goethe war, wußte er selbst, auch hätte er nie gewagt, solchen Maßstab an sich zu legen. Seine Umgebung aber hätte solchen Vergleich erst recht nicht gezogen, weil sie darin eine Geringschätzung des dichtenden Monarchen erblickt haben würde.

Ludwig I. wollte nämlich im allgemeinen nicht so recht viel gemein haben mit dem Weimarer Heros, der sich im persönlichen Verkehr genauso kühl anließ wie der schöne Marmor seiner Gedichte. Aus dem Bayernkönig aber sprach der flammende Historiker, der ruhelose Geist, der vom Chaos und den apokalyptischen Reitern, von den Helden der Thermopylen und der Hunnenschlacht bis zum Anblick eines schön gewesenen Buketts eilte oder bis zu gereimten Maßregeln gegen die letzte Cholera in München.

»Das große, das erhabene Motiv trägt den Vers schon in sich, das Alltägliche wird durch ihn zum ethischen Moment geläutert.« So meinte der König und war unter dem Eindruck des Straßenlebens eben dabei, ein neues Gedicht zu entwerfen. Er rührte keine Hand, er brauchte nicht Papier und Bleistift, er sann Strophe für Strophe aus, während der magere Klepper vor seiner Kutsche durch die Briennerstraße und dann die Richtung gegen Nymphenburg hinausfuhr. So oft das Rad sich drehte, so oft der Kutscher auf das Pferd schlug, skandierte der König. Es war der Ausdruck seiner Weltanschauung, den er da rhythmisch von sich gab, immer mehr aufgestachelt durch den Anblick der Menschen, die ihm von Schritt zu Schritt gleichgültiger, häßlicher vorkamen. Frauen zeigten sich nur noch ganz vereinzelt und in einer Kleidung, daß der König am liebsten sein Haupt verhüllte. So setzte er denn mechanisch Wort für Wort in sein Gedächtnis. Als er aber der Erzgießerei zusteuerte, konnte er fast schon alles auswendig hersagen:

»Ein Verlass'ner in der Menge, wandle wie ein Schatten stumm,
Einsam selber im Gedränge in der Heimat fremd herum.
Sagt, was habet ihr gewonnen, wenn mein Wesen sich umeist,
Wenn der frohe Sinn zerronnen, dumpf und trüb erstarrt der Geist?«

Kaum aber, daß er das letzte Wort deklamierte, tönte zu seinem grenzenlosen Erstaunen ein lautes Schluchzen im Wagen. Er sah sich um und gewahrte wieder den Prangerl, der mit seinem gelbseidenen Taschentuch kaum die Tränen zurückhalten konnte. »Satanskerl, was ist denn los?« fragte der König. »Du tust mir so leid, so furchtbar leid!« stöhnte der Knirps. Der König nickte in tiefen Gedanken. »Es ist auch hart, so allein auf dem Thron zu sein.« – »Ce n'est pas ça!« winkte der Knirps ab. »Was denn sonst?« forschte der König unter üblen Ahnungen. »Weil du so ... so ... so wunderschön dichtest, deshalb tust du mir so schrecklich leid.« Da hatte der Fant die empfindlichste Stelle des Monarchen getroffen, denn jeder Zweifel an der Kraft der poetischen Ader, jeder Spott, der dahin zielte, erboste ihn über die Maßen. Drum kreischte er auch in heller Entrüstung. »Niemand hat dich gerufen. Jetzt mach, daß du weiterkommst.«
Damit riß er den Wagenschlag auf und eilte, so schnell er konnte, zwischen herumliegenden Eisenteilen und zerschlagenen Formen auf den Holzschuppen zu, der auf haushohen Gerüsten das ungeheuere Haupt der Bavaria barg. Dieses Wunderwerk aller Erzbildnerkunst hatte der König zwar schon oft gesehen, doch konnte er sich darin nicht genug tun. Immer wieder mußten vor seinen Augen die sechs Männer, die es bergen konnte, unten beim Halse hineinschlüpfen, um oben bei den Schläfen herauszukriechen. Er nahm das aber nicht als Spielerei, er nahm es als tiefe Bedeutung, als das Übergewaltige seines Reiches, dessen symbolische Erscheinung ihm und seinem Volke zu jeder Stunde ins Gedächtnis rufen sollte, was Vaterland hieß. Unbewegt blickten dabei die Riesenaugen der neuen, bayerischen Schutzpatronin auf den Herrn und Gebieter. Nur im Erze grollte und donnerte es von den polternden Tritten der herumsteigenden Menschen, als künde sich Unheil an. Doch je stärker es widerhallte, um so gigantischer wirkte das Starre des Weibes. Es war wirklich, als sei eine der Urwelterscheinungen zu den Menschen herabgestiegen, die als ungeheuere Gäa alles in sich aufnahm, um es gleich darauf wieder von sich zu schleudern.

Befriedigt nickte der König. »Mein lieber Meister,« so neigte er sich zu dem danebenstehenden Künstler, der das Werk geschaffen hatte, »ich hab's Ihnen ja schon oft ausgedrückt, aber ich muß es immer wiederholen, daß Sie etwas Ungeheueres geleistet haben. Wahrhaftig, Sie vollbrachten, was nicht nur an die Taten der Antike heranreicht, nein, was sie übertrifft.« Der Mann, dem er das sagte, verbeugte sich, wobei dem König auffiel, daß er ungewöhnlich verfallen aussah. »Sind Sie wieder von Ihrem alten Übel gequält?« fragte er. »Mit mir ist's nichts mehr«, antwortete der Künstler. »Es geht nicht voran, und der Doktor weiß auch nichts.« – »Doch, doch, es wird!« fiel der König hastig ein, als wünsche er, auch die Genesung kommandieren zu können. Dann drehte er sich, ohne eine Antwort abzuwarten, zu dem Manne, der den Guß vollendet hatte. Der machte erst sein Kompliment, um dann in ruhiger Weise seine Erklärungen zu geben. Ein untersetzter Mann im halbverkohlten Lederschurz, mit breitgeschirmter Mütze, hob er sich in der selbstbewußten Art, mit der er manchmal seinen Vollbart strich, himmelweit ab von dem kränkelnden Bildhauer und dem unbeholfenen Maler in der Mariahilfkirche. Er holte weit aus, weil er recht gut wußte, daß das der König verlangte. Dann sprach er von dem Aufwand an Material, an Ton und Backstein, er nannte die Brauer der Stadt, deren schöngeschirrte Hengste diese Hundertzentnerlast zur Theresienwiese ziehen sollten. Auch zählte er die Schwierigkeiten her, die sich der Aufstellung noch in den Weg stellen konnten, endlich aber auch die Möglichkeiten, sie zu besiegen.
So gern er dem Meister sonst zuhörte, so hoch er ihn schätzte, so sehr er sich selbst in dem Glanze sonnte, daß kein anderer Auftrag auf der Welt bis jetzt so einen Koloß hervorzaubern konnte, den von Rhodos nicht ausgeschlossen, heute hörte der König nur sehr ungeduldig zu und brachte keine innere Sammlung auf. Außerdem redete der Gießer ohne Unterbrechung. Das war ihm peinlich, das war nicht notwendig; man konnte doch mal eine Cäsur eintreten lassen, eine Fermate, die der Rede neuen Wohllaut und Abwechslung verlieh. Auf diesen Ruhepunkt wartete der König, denn er wußte

ganz gut, man durfte mit diesem Manne nicht so umspringen wie mit dem Schöpfer der Auer Kirchenbilder. Und weil er das wußte, ärgerte er sich. Darum sagte er gar nichts. Während er aber anscheinend sein Ohr lieh, während die Arbeiter abwechselnd durch den im frischen Erze funkelnden Kopf des Ungeheuers kletterten, merkte er neben sich wieder den Prangerl, der heute gar keine Ruhe geben wollte. Erst horchte Ludwig absichtlich nicht hin, was der Bursche hervorbrachte, dann aber war es dem König, als legte sich ihm das Geflüster wie eine Prophezeiung auf die Seele, daß ihm heute, wo es mit den Künstlern so gar nicht klappen wollte, noch etwas ganz Absonderliches begegnen werde. Deshalb trieb er, ohne sich noch einmal umzusehen, zum Fiaker, den er nach dem Königsplatze dirigierte.

Dort erst fand er sich wieder. »Mein lieber Baurat,« begrüßte er den leitenden Architekten, »soeben Bayern gesehen in seiner ungeheuren Ausdehnung. Vom Bodensee bis zur Rhön, von Salzburg bis zur Rheinpfalz, das heißt, von dem, was da drüben noch übrig ist. Jetzt kommt Hellas, der Schwesterstaat, an die Reihe.« Während er das sagte, stieg er die Treppe des korinthischen Tempels hinan, dessen von acht Säulen getragener Giebel das neue Kunstleben versinnbildlichte. »Prächtig! Prächtig!« jauchzte der König. »Wird immer schöner, der Bau. Genauso schön wie drüben die Glyptothek. Drum gratuliere Ihnen. Hier ist Hellas. Und wo Hellas ist, sind wir glücklich. Denn dort blüht Freiheit, schimmert Licht und quält keine Enge. Fort mit der Romantik. Will nichts mehr wissen von dem dämmerigen Kirchenlicht, von Sagen und glänzenden Märchenaugen, bin Klassizist!«

Der Baurat, der auch ein bißchen besser Bescheid wußte wie der unbeholfene Fischer in der Au, dankte untertänigst für solch hohe Anerkennung, der Monarch aber schwärmte in vollen Tönen. Er streckte die weit geöffneten Arme gegen den blauen Himmel aus, wie der Priester, der den Segen des Zeus zum Opferaltar herabflehen will, er nannte sich mit Stolz den ersten der Philhellenen und feierte den Freiheitskampf dieses gewaltigen Volkes in seinen größten Epochen. Zu immer schwellenderen Akkorden wuchs dabei seine Stimme. Mitten im größten Sang erlitt sie allerdings für kurze Zeit eine gewisse Abdämpfung, indem Griechenlands Protektor dem eifrig lauschenden Baumeister verriet, den letzten Impuls zum tätigen Eingreifen hätten ihm weniger die sogenannten Griechenkomitees in Paris und London gegeben, als vielmehr der ausgezeichnete Altphilologe Thiersch, ordentlicher Professor an der Universität München, der sich rühmen dürfe, die größte Hörerzahl zu haben, im letzten Semester nicht weniger wie zweihundertsiebzig. Jetzt aber, wo er seine Ehre auf das Spiel gesetzt habe, dürfe er behaupten, er habe wie Christus den eigenen Sohn dahingegeben, der zwar nicht die Welt zu erlösen hätte, wohl aber das unvergleichliche Denkmal der Antike der Nachwelt zu retten, was auch eine Aufgabe sei. Das brachte er wieder in so überquellendem Eifer hervor, mit solchem Feuer und so unbezwinglichem Glauben an sich selbst, daß er schön und heldenhaft anzusehen war, besonders dann, als er seine lange Rede von der Höhe der stolzen Freitreppe mit den eigenen Versen schloß:

»Hellenen, kämpft den Kampf des Todes,
Verlassen von der ganzen Welt,
Kämpft in der Glut des Abendrotes,
Das nur auf Hellas Trümmer fällt. –

Von Kanaris angezündet
Leuchtet jetzt der Schiffe Brand,
Hohes Zeichen, das verkündet
Freiheitslicht für Griechenland.«

»Suberbe! Magnifique!« tönte es plötzlich von unten herauf. Der König fuhr zusammen. Nichts war ihm schrecklicher, als in jähem Wechsel aus seinen Illusionen gerissen oder in einer Pose überrascht zu werden, die wohl für den unbeteiligten Zuschauer, niemals aber in seinen Augen absonderlich wirken konnte. Zunächst glaubte er an Einbildung und hatte den Schurken, den Prangerl, wieder in Verdacht; der aber schien die hohe Weihe des klassischen Augenblicks nicht stören zu

wollen. Wenigstens kam weit und breit kein Laut von ihm. So trat denn der fürstliche Poet an den äußersten Rand des Tempels, woher die Stimme gekommen war. Als er aber mißtrauisch hinabsah, blieb er wie gebannt stehen. Denn von einem dicht bewachsenen Rasen, aus dem der Tempel uneingeschränkt herauswuchs, blickte ein Wesen empor, eine Frau, wie er so etwas überhaupt noch nicht gewahrt hatte. In seiner Schönheitsgalerie befand sich, das wußte der Monarch ohne jede Überlegung, ganz sicher kein Porträt, das würdig gewesen wäre, neben soviel Glanz zu paradieren. So fuhr es ihm denn auch brennend heiß durch Herz und Kopf. Völlig konnte er das einzige Bild in der kurzen Zeit nicht in sich aufnehmen, aber er sah das schwarzsamtene Gewand mit dem goldenen Gürtel, er sah den weißen Kapotthut, dessen zusammengebundene Schleifen mit den tiefschwarzen Haaren um ein höchst ebenmäßiges, ovales Gesicht liefen, ein Gesicht, dessen elfenbeinerne Haut und märchenhafte, blaue Augen das von der Sonne getränkte, grellrote Schirmchen wohlig durchleuchtete, wie es durch alle Nägel der wohlgepflegten Hände flutete. Sieghaft und stolz in der ganzen Haltung, kühn die schmale Nase mit den leicht geblähten Nüstern nach oben gestreckt, übermütig die prachtvollen Zähne weisend, so stand die fremde Dame ein paar Sekunden. Dann ging sie langsam, als ob sie gar nichts zu versäumen hätte, ja, als ob sie noch auf etwas Bestimmtes warte, zur Stadt hinein, indem sie den schlanken Körper in kaum bemerkbarem Tänzeln wiegte, ein Füßchen vor das andere setzend und unter dem Schirm das Haupt verbergend.
Jetzt sah der König erst auf den Architekten, dann auf die Stelle, wo das Wunder erschienen war. Doch da fuhr er jäh zurück. Anstatt der Dame lugte nämlich der Prangerl von unten herauf, indem er das Gesicht in noch welkere Falten zog als bisher. »Hast du sie nicht mehr erkannt, Gevatter?« lispelte er. Der König verneinte wie geistesabwesend. Solche Schätze, meinte er, gediehen nicht auf heimischem Boden; das sei etwas ganz Ausnehmendes, und man müsse schon weit in der Welt herumreisen, bis man so etwas fände. »Gar so weit dürfte sie nicht her sein,« lachte der Prangerl, »besinne dich

nur! Die Mamsell, die Tänzerin, die du damals im Hoftheater gesehen hast!« Da vergaß der König seine ganze Würde und schlug auf die Schenkel, daß es nur so krachte. »Das talentlose Frauenzimmer?« rief er. »Das nicht geruht hat, bis man sie auftreten und durchfallen ließ. Fand sie schrecklich, ungenießbar, kurz, was weiß ich noch alles! Und das soll diese dämonische Huri sein, diese Aspasia, diese Schönheit ohne gleichen? Ach, das gibt es ja gar nicht!« – »Geh ihr nur nach,« meckerte der Knirps, »dann wirst du bald das Nähere merken.«

Der Monarch wollte sofort die Treppe heruntereilen. Doch überlegte er noch hastig, ob sich das mit seiner Stellung und der königlichen Würde vereinbare. Erst fand er, daß es eigentlich doch nicht angehe. Wenn ihm ein weibliches Wesen gefiel, hatte er jedesmal mit seinem Geheimsekretär gesprochen und die Beglückte in die Residenz zitieren lassen. Da das in diesem Falle schwerlich ginge, da niemand wüßte, um wen es sich handelte, mußte er doch wohl eine Ausnahme machen. Und das konnte er um so besser, als hier nichts Geringeres auf dem Spiele stand als die wirkliche Schönheit. So warf er denn alle autokratischen Bedenken mit entschlossener Hand von sich. »Ich muß fort,« sagte er zu dem Architekten, »schneller fort, als mir lieb ist, denn mich ruft die Pflicht. Ein andermal denn.« Er lüftete leicht den Hut und sprang die Treppe herunter wie ein Schuljunge, so daß ihm keiner folgen konnte, außer dem Prangerl. Der neigte sich zu ihm und kicherte, indem er als guter Pfälzer von seinem Halbfranzösisch getreulich ins Deutsch übersetzte. »Aber gelt, keine Dummheiten machen. Die Dame ist nämlich gar nicht so unschuldig, als sie nicht aussieht.«

Sein Gebieter hörte nicht darauf. Der Schatten des Zwergs verblaßte mehr und mehr und verschwand, während der König, erfüllt von beglückter Erwartung, dem roten Sonnenschirmchen folgte, das freundlich von der Ferne her leuchtete und sich langsam in der Richtung des Obelisken verzog.

Achtes Kapitel

Das Quartett

Der letzte Satz des Opus 59, Nummer 1, das dem Grafen Rasumowsky von Beethoven gewidmet ist, war durchgespielt; nun setzten die Herren ab und hielten nach einem Augenblick stummen Ausklingens umfangreiche Kritik. Das Cello meinte, die erste Violine sei beim letzten Allegro nicht richtig mitgekommen; da da da da da, so sei es zu nehmen, nicht da – da – da – da – da. Es sei kein richtiger Zug, kein Tempo im Ganzen gewesen. Darauf wurde von dem Gerüffelten prompt erwidert, man hätte überhaupt alles zu schnell genommen; eine Überstürzung sei hier aber nicht am Platze, sonst käme die Grundmelodie unmöglich zur Geltung. Die sei breit gedacht. Um dies zu beweisen, gab der Musiker ein paar Töne auf seiner Stradivari an. Jetzt mischten sich auch noch die Bratsche, die zweite Violine ein, erst debattierend, dann streichend, und man suchte unter Beihilfe des gleichfalls einsetzenden Cellos zu einer Verständigung über die letzten Töne zu gelangen. Die wurde denn auch unter den Geigen erzielt, während das Cello, eine von Ruggeri geschnitzte Kostbarkeit, starrköpfig bei seiner Meinung blieb. Die andern drei meinten lachend, mit ihm sei ja doch keine Einigung zu erzielen, und man legte jetzt endgültig weg. Dann traten die Herren von den mit Kerzen umrahmten Pulten in die Mitte des Zimmers, an einen runden, aus hellem Kirschbaumholz gefertigten Tisch, indem jeder seinen gepolsterten Stuhl nach sich zog. Dort standen auf filzenen Untersätzen vier steinerne Maßkrüge mit Zinndeckeln.

Die Herren nahmen sehr bedächtig Platz, dann holten sie aus den Taschen ihrer Röcke je ein Päckchen aus braunem Papier, über das sie, ebenfalls aus verborgenen Falten, höchst umfangreiche Kreuzerbrote nebst Jagdmessern in Lederetuis legten. Und nun begann, nachdem die Klingen entblößt waren, wie auf Kommando erst das Zerschneiden der Brote in gleichmäßige Stücke, dann das Zerlegen des auf seiner Hülle jetzt frei liegenden Geräucherten, eines Durcheinanders von Schinken und Würsten, den jeder der Musiker auf dem Wege noch kurz vor Ladenschluß beim Charcutier gekauft hatte. Man kaute so ein paar Minuten Gebackenes und Geselchtes in reichlicher Abwechslung, dann wurden, auch wieder wie auf gegebenes Zeichen, die Deckel gelüftet und die Maßkrüge zum Munde gehoben, wo sie geraume Zeit blieben, ehe sie mit einem Seufzer der Erleichterung wieder auf den Tisch gesetzt wurden. Vom Spiel war keine Rede mehr, auch sonst kam zunächst keine fortdauernde Unterhaltung aufs Tapet. Nur einmal meinte der Herr, in dessen Hause gespielt wurde, der Bratschist solle doch einen der gläsernen Leuchter von der Kommode dort auf den Tisch und eine der Kerzen von den Pulten hineinsetzen; es sei zu dunkel. Die zweite Violine sagte darauf, für diese Arbeit lange es schon, denn dasjenige, wo das Essen hineingehöre, finde man auch bei der bisherigen Beleuchtung. Da aber der Stradivarispieler dem Hausvater beistimmend zunickte, blieb die Frage im Sinne der ersten Instanz erledigt, um so mehr, als eine Berufung dagegen nicht mehr erfolgte.

Der herübergeholte Wachsstumpen flackerte erst noch einige Augenblicke herum, dann beleuchtete er mit stiller Durchdringlichkeit die vier Essenden. Und da hätte sich ein geheimer Zuschauer nicht leicht etwas Grundverschiedeneres denken können als diese bunt zusammengewürfelte Gesellschaft, die in jeder Erscheinung eine besondere Eigenart, einen besonderen Stand und eine besondere Kleidung zeigte. Der am stärksten hervorspringende, von grauen Locken umwallte Kopf mit der Adlernase, dem glattrasierten Gesichte und dem spitzen Kinn, gehörte dem Hofmedikus und Universitätsprofessor von Firneusel, einem Herrn in Besuchsrock, mit feierlichem, hohen Vatermörder und tadel-

los weißem Hemde, das aus der schwarzsamtenen Weste und dem dunkeln Rocke mit seinen schön gestärkten Falten leuchtend hervorsprang.
Neben ihm zur Linken saß der Bratschist Glock. Der nannte keine Stradivari sein eigen wie sein glücklicher Nachbar; er besaß überhaupt kein Instrument und bekam den Caspar da Salò, auf dem er spielte, jedesmal vom freundlichen Gastgeber gepumpt, indem er ausdrücklich darauf hingewiesen wurde, er möchte ja gut darauf achtgeben. Ein baumlanger Mensch von fünfundzwanzig Jahren, mit zurückgekämmtem Haar, saß er da, verschlafenen Auges, hager und ausgemergelt, indem er alle am Tisch um Haupteslänge überragte. Er war vom Quartett der einzige Musiker von Beruf, der bei Aufführungen mit stärkerer Besetzung im Hoforchester Verwendung fand, des Tags Stunden gab und abends dadurch sein Brot verdiente, daß er in einigen Kneipen, wo Künstler und Studenten saßen, Konzerte veranstaltete. Das fiel ihm um so leichter, als er nicht weniger wie alle Instrumente beherrschte, von der Bratsche herab bis zum »Fotzhobel«.
Nun kam der Meister Sanktjohannser an die Reihe, der weitbekannte Geigenschnitzer. Der sank so weit in den Boden hinein, als der Nachbar darüber hinauswuchs. Gerade noch, daß er über den Maßkrug spitzte, der vor ihm stand. Seine Kleidung, ein brauner Straßenanzug, tat es an Zerschlissenheit dem dunkelgrauen des Glock gleich, seine Wäsche schien an den Ecken des Kragens und der Manschetten beinahe noch schwärzer umrändert. Hingegen hob sich das schmale, von struppigem Vollbart umrahmte Gesicht mit dem kurzgeschorenen Haupthaar wesentlich von dem bei aller Magerkeit auffallend runden Schädel des Musikanten ab. In der lose gebundenen, rotfarbenen Krawatte aber stimmte er wieder mit ihm überein. Die zweite Violine, die er in dem Quartett vertrat, nannte er Laien gegenüber eine Amati, und das Instrument gab auch wirklich den wunderbar süßen Ton wie das Kunstwerk des vielgenannten Italieners. In Wahrheit hatte sie der Sanktjohannser selber geschnitzt. Um die Unbegreiflichkeit dieses Versteckenspiels richtig zu verstehen, muß man wissen, daß das bewegliche Männlein, das sonst sehr trotzig die

einmal gefaßte Meinung zu vertreten pflegte, sich auf seinem Gebiete so gut wie gar nichts zutraute und die Wirkung der eigenen Leistung zu erhöhen glaubte, wenn er sie, wo er nicht gerade gezwungen war, zu verkaufen, hinter dem Namen einer fremden verbarg.

Darüber machte ihm niemand grimmigere Vorwürfe als der vierte, der noch am Tische saß, der Hausherr, der Rat Bauriedl vom Ministerium der Finanzen. Kam die Unterhaltung auf dieses Gebiet, dann zog sich der mittelgroße, behäbige Fünfziger jedesmal wie ein Igel zusammen. Die wenigen Haare über der Glatze schienen sich zu sträuben, die Schultern wuchsen empor, die Oberlippe mit dem stachligen Schnurrbärtchen ging auf und nieder, und die goldene Brille flog, durch eine rasche Handbewegung gestoßen, die Stirne hinauf. Auch zog er die Uhrkette, die, durch einen Reifen am Halse zusammengehalten, in beide Taschen der seidenen Weste mündete, bald herauf, bald herunter, indem er zischende Laute von sich gab. Schärfe im Ausdruck sowie ein forschendes Juristenauge, das den Delinquenten noch einmal in Grund und Boden verdonnert, ehe es ihn dem Scharfrichter überliefert, war überhaupt die hervorstechende Seite im Wesen dieses Mannes, der sein kostbares Cello nebst dem nicht weniger wertvollen Caspar da Salò an Ort und Stelle im Süden für verhältnismäßig billiges Geld bei Auktionen erstanden hatte, wo die Schafsköpfe nicht ahnten, was sie versteigerten.

Mit dieser besonderen Titulatur freimütig um sich zu werfen, hielt der Herr Rat im allgemeinen und im besonderen für seine berechtigte Eigentümlichkeit. Man sagte ihm sogar in München nach, er habe als erster den boshaften Witz über den Obelisken am Karolinenplatz in die Welt gesetzt und auf die Inschrift hingewiesen, die zwischen abgehäuteten Schafsköpfen von den mit Napoleon nach Rußland gezogenen Bayern lakonisch behauptete: »Auch sie starben für das Vaterland.« Möglich wäre es immerhin gewesen, daß er so was erfand, denn sein Haß gegen alles Auswärtige trat deutlich bei jeder Gelegenheit hervor. Schafsköpfe waren für ihn, die mit der abenteuerlichen Expedition nach Griechenland hinuntergingen, und Schafsköpfe vor allem jene, die sich von den Tra-

banten des Ministeriums Abel für römische Interessen einfangen ließen. Den letzteren schenkte er neben dem beißenden Spott auch noch die große Verachtung.
Der Herr Rat reichte nämlich in jene Zeit hinüber, wo die Säkularisation der Klöster noch ihre unmittelbare Wirkung auf Volk und Priester ausübte. Wenn nun der Sammler in ihm auch nur mit stiller Wut daran denken konnte, wie liederlich damals die Lümmel von ungebildeten Staatsbeamten mit den kostbarsten Schätzen der Abteien verfuhren, indem sie erlesene Bücher und Stiche auf Heuwagen durch die Bauern von dannen fahren ließen, wenn er dreimal die Faust ballte, weil in der Verwaltungssauwirtschaft der sogenannten guten, alten Zeit die so mühelos erworbenen Ländereien, die Wälder, die Seen der reich gesegneten Pfründen um ein paar lumpige hundert Gulden verschleudert wurden, nur damit man sich nicht mehr mit ihnen zu plagen brauchte, wenn er all diesen Morast eines stinkfaulen Bureaukratismus, gelagert auf dem Boden einer heillosen Korruption, vor seine Augen hielt, dann sagte er sich doch zu gleicher Zeit, daß, wie immer es zuging, einmal der Anfang gemacht werden mußte mit der Aufräumung des alten, terroristischen Systems der Pfaffen. Die hatten dieses Land unbehindert jahrhundertelang vergewaltigt, und ihre Wirtschaft war noch viel schlimmer als die der Beamten. Er konnte das so recht bei den Bauern beobachten, draußen auf dem Landgerichte in Erding, wo er zwei Jahre praktizierte. Dort war in der Verwaltung Dreck Trumpf, aber die Geistlichkeit hatte noch immer einen darüber auszuspielen. Erst benahm sie sich freilich recht schön geduckt, aber nach der Julirevolution in Paris und dem Hambacher Fest, wo einige besoffene Hanswursten in der alles besser wissenden Pfalz die Republik für Deutschland proklamieren wollten, schnellten sie unter Assistenz des scheu gewordenen Königs wieder empor, bis ihnen der alte Fuchs, der Abel, der nicht einmal ein Bayer war, nicht einmal ein Katholik von Haus aus, sondern nur ein suspekter Renegat, die volle Glorie zurückgab und noch die Märtyrerkrone daraufsetzte. Nun sollten die Staatsdiener wieder die Beichtzettel abliefern, die Protestanten mußten niederknien bei der

Fronleichnamsprozession, und ein Denunziantentum ohnegleichen scheuchte den Sichersten des Nachts den Schlaf aus den Augen.

Doch es stand bereits etwas im Hintergrund, was dagegen Front zu machen drohte, ein geheimnisvolles, unausgesprochenes Moment. Noch vermochte keiner zu sagen, worin es bestand und doch, es legte sich dieses große Fragezeichen, ohne daß der Rat seine Gedanken nur mit einem Worte äußerte, auch heute über das bei Bier und Wurst versammelte Quartett. Sonst wurden die Zungen durch die leiblichen Genüsse schnell gelöst, man zündete die Pfeife an und griff, wenn die erste ausgeraucht war, mit Behagen wieder zum Fiedelbogen. Heute aber ging man um das Thema, das auf dem Rat, dem Hofmedikus sowie dem Geigenmacher gleichmäßig ruhte, vorsichtig herum, da man wohl wußte, daß an diesem Tische höchst verschiedene Ansichten beisammensaßen, die wohl von Bach, Beethoven, Mozart und Haydn geeint werden konnten, nicht aber durch gegenseitigen Zuspruch.

Der Sanktjohannser endlich meinte, nur um die Stille zu unterbrechen, die er als lebhafter Mensch nicht leiden mochte, sein Charcutier salze in letzter Zeit so auffallend stark; er werde es ihm das nächste Mal stecken. Da die anderen durch fortgesetztes Schweigen die volle Zufriedenheit mit ihren Lieferanten kundzugeben schienen, setzte er nach einer Pause wieder ein. Es dürfe wohl jeder auf der Welt aussprechen, was ihm passe und was nicht. Die Metzger, ob sie Kälber oder Schweine schlachteten, seien nun mal durch die Bank Gauner. Nur zeige sich manchmal, daß der angebliche Wohlstand doch nicht den soliden Boden habe, den man voraussetze. Heute mittag sei er zum Beispiel am Schuldturm vorbeigegangen, wie sie gerade einen von der Bande einlieferten, den man noch gestern als das Muster von Solidität gepriesen habe.

Darauf gab der Glock, der Musiker, nachdem er die letzten Fettschnitten von seinem Papier mit dem Messer in den Mund geschoben hatte, zurück, das Leben im Schuldturm sei gar kein so übles, wie man immer meine; die Herren da drinnen lebten gar lustig in Freuden und ließen sich gar nichts abgehen. Es gebe Bier, für angesehenere Leute auch Wein und des Sonntags einen Kuchen. Er selber sei einmal in diesem Loche gewesen, wo er sich durchaus wohlgefühlt habe. Leider sei er am dritten Tage schon wieder freigekauft worden, da man ihn notwendig zu einem Konzert brauchte.

Diese Äußerung lockte den Herrn Rat aus seiner schwer erhaltenen Ruhe heraus, und er bezeichnete sie mit schnarrender Stimme als eine Frivolität. In dem Turme da unten am Kosttor sehe er keineswegs das Ende aller Dinge, aber renommieren dürfe man nicht damit wie mit einem Orden, den man von allerhöchster Stelle bekomme. Schulden, gleichviel, ob sie nun durch eigene Fahrlässigkeit oder durch wirkliche Not entstanden, seien eine Sache, über die man am besten den Mantel der christlichen Nächstenliebe breite, je dicker, um so entsprechender. Er drehte sich dabei, den geöffneten Maßkrug in der Hand, zum Hofmedikus hinüber, nicht als ob er nötig hätte, von ihm eine Bestätigung seiner Worte zu erhalten – so etwas verlangte der höchst selbständige Mann nie – sondern nur, als wollte er jeden niederbügeln, selbst einen Universitätsprofessor, wenn der hier eine andere, eine unsolide Meinung entwickeln könnte.

Ein solcher Kraftaufwand war aber gar nicht notwendig. Der Herr von Firneusel, der schon längst fertig war mit dem Essen, drehte mit der Rechten einige Brotkugeln und meinte achselzuckend, ihn wundere heutzutage gar nichts mehr. Denn, was geschehe, was geredet werde, entstamme alles der Ausgeburt dieser wahnsinnigen Epoche, der mangelnden Disziplin, vor allem aber der immer stärker um sich greifenden Gottlosigkeit. Nicht in den vierziger Jahren glaube man zu leben, sondern 1806, wo der verrufene, bayerische Staatsminister französischen Ursprungs, dessen Namen er nicht einmal aussprechen wolle, im Verein mit den Ideen des größten Lumpen, der das verabscheuungswürdige Pamphlet, die »Pucelle d'Orléans« schrieb, mit Voltaire, die Religion samt dem Heiland mit Stumpf und Stiel wegrasieren wollte.

Mit diesen Sätzen, die von Wort zu Wort an Schärfe gewannen, bis sie sich zuletzt zur vollen Verbissenheit steigerten, schien das Zeichen zur allgemeinen Debatte gegeben. Die Schleusen waren geöffnet; losgelassen stürzten die zurückgedämmten Wogen des angesammelten, politischen Ungewitters über die Köpfe des Stradivari, des Ruggeri und Pseudo-Amati dahin. Nur der Caspar da Salò, der Musiker, verhielt sich im allgemeinen gleichgültig, machte nur manchmal eine kurze Zwischenbemerkung und tippte mit der Spitze des Goldfingers die versprengten Bröseln seines Brotes zusammen, die er sodann, eins nach dem andern, auf die Zunge legte. Um so heftiger fuhr dafür sein Nachbar, der Sanktjohannser, herum. Er sprang auf, er sprang nieder, er zerrte an seiner Krawatte. So einfach sei das doch nicht, meinte er. Vom Voltaire habe er keine Ahnung, weil er so was nicht lese und Französisch überhaupt nicht verstehe. Aber von der Geistlichkeit, da habe er schon manches Stückl erlebt. Erst neulich, da sei ein Kooperator gekommen und habe bei seiner Base, einer alten, anständigen Frau, eine ganz infame Erbschleicherei begehen wollen. Überhaupt, wenn er auch einerseits sage, daß die Religion gewiß notwendig sei, so müsse er doch anderseits ... Jetzt wußte er plötzlich nicht mehr recht weiter. Aber auch wenn er noch Material gehabt hätte, er wäre doch nicht mehr dazugekommen, es anzubringen, denn plötzlich fuhr ihm der Rat mit einer ellenlangen Armbewegung über das nach allen Seiten spritzende Mundwerk.

Was er sagte, braucht nach der Entwicklung seines ganzen Programms nicht mehr aufgezählt zu werden, nur die zwei bis drei Schläge auf den Tisch seien registriert, mit denen er, nachdem so ziemlich alles ausgeschöpft war, seine Ansicht aufs kräftigste unterstützte. Er habe das letzte für möglich gehalten, was aber der Hofmedikus in dieser Stunde vorbrachte, übersteige den höchsten Gipfel. Von Gottlosigkeit werde hier geredet, ja, was in aller Welt verlange man denn dann noch, wenn der jetzige Druck nicht genüge, wenn man noch mehr Heiligkeit, vor allem noch mehr Scheinheiligkeit für nötig hielte. Wollte man der lieben Bavaria für immer gute Nacht sagen, dann à la bonne heure! Dies Land besitze nun mal ein Vorrecht auf unveräußerliche Dummheit, nun möge man auch noch Hypotheken darauf nehmen.

Zitternd vor Aufregung erhob sich der Angegriffene. »Sie beleidigen unsern großen König!« – »Bitte, davon hab' ich kein Wort gesagt!« – »Aber Sie zielen indirekt darauf. Und das dulde ich nicht! Ludwig I. ist ein Mann, um den uns die Welt beneidet; das klassische Zeitalter steht unter ihm auf.« – »Das klassische Zeitalter. Gewiß, Herr Hofmedikus, wir sehen überall griechische Bauten erstehen, wir zitieren die Antike und die Renaissance in einem Atem; wir schicken unsre braven Altbayern hinaus, damit sie für die Freiheit der Athener und anderer Rastelbinder kämpfen; nebenbei aber sind wir selber bis zum Hals geknebelt und vegetieren dahin wie im finstersten Mittelalter.« – »Da haben Sie's, jetzt schimpfen Sie schon direkt.«
Mehrfach hatte der Sanktjohannser es darauf angelegt, in diesem Disput seine Persönlichkeit zur Geltung zu bringen; er suchte bald an dem Hofmedikus auf und nieder zu langen, bald hielt er dem Rat beide Hände vor das Gesicht, als hätte er einen Tauben vor sich, mit dem er sich durch Zeichen verständigen müsse. Doch der endlose Arm des Beamten wies ihn immer zurück, wie ihn auch die befehlende Stimme nicht aufkommen ließ. »Ich sage lediglich, daß uns der König schon sehr verschiedene Gesichter während seiner Regierung gezeigt hat. Bei der merkwürdigen Veranlagung dieses Temperaments, das schon als Kronprinz große Ertravaganzen zeigte, ist es daher gar nicht ausgeschlossen, daß es uns über kurz oder lang mit etwas Neuem verblüfft und das ganze Ministerium für immer zum Teufel jagt. Hoffen wir's wenigstens!« – »Respekt, Herr Rat, so spricht ein Beamter, aber was wunder' ich mich? Der Liberalismus war ja immer ein Vorrecht Ihrer Kaste.« – »Beamter hin, Beamter her! Ich bin so frei, nebenbei auch noch ein Mensch zu sein. Wenn das den Gottsöbersten nicht paßt, dann sollen sie mich 'nausschmeißen. Ich bleib' hier in der Burgstraße, wo ich dreißig Jahre schon wohne, weiter sitzen, ich schnitze mir unter Anleitung vom Meister Sanktjohannser ein großartiges Cello und spiel' euch allen zum Alten Hof hinunter eine Melodie auf, daß mir der ganze Staat Bayern kreuzweis den Buckel rauf und runterrutschen kann.«

Unwillig schüttelte der Hofmedikus den Kopf, indem er seinen langen Rock zuknöpfte. »Auf einen solchen Ton bin ich nicht gewohnt einzugehen.« Jetzt mischte sich der Musiker hinein, den diese Unterhaltung sichtlich langweilte. Er hatte sich erhoben, daß er wie ein Goliath über die ganze Gesellschaft und den Hofmedikus, der auch schon recht hochgewachsen war, hinausragte. Dann ergriff er mit der linken Hand die Bratsche, mit der Rechten den Fiedelbogen und schwang sie bis dicht an die Decke des niederen Zimmers, indem er mit gellender Stimme die Herren einlud, ein neues Spiel zu beginnen. Entweder das Kaiserquartett von Haydn oder das Mailänder von Mozart. »Sie, Sie, fuchteln Sie mir nicht so mit meinem kostbaren Instrument herum!« schrie der Rat.

Der Hofmedikus winkte ab. Er habe genug für heute. Damit zog er einen gestrickten Geldbeutel heraus und zählte sieben Kreuzer auf den Tisch, sechs für die Maß, einen als Trinkgeld für das Dienstmädchen, das sie geholt hatte. Aber da legte sich der Sanktjohannser ins Zeug. Er suchte zu begütigen, indem er meinte, es wäre doch schade, wegen so einer Bagatelle den ganzen Abend zu ruinieren. Er zahle wenigstens noch nicht, der Glock überhaupt nicht, und das Kaiserquartett sei wirklich eine schöne Sache. Politisieren könnte man freilich noch viel, besonders er hätte noch so manches auf dem Herzen, aber jetzt solle man sich vertragen. Die Zeiten seien sowieso übel genug. Erst jüngst sei er beim Duschlbräu gewesen, um Hühner am Spieß zu essen, die man nirgends besser richte wie dort. Was er da für Reden gehört habe, wolle er lieber nicht andeuten. Allen Ernstes sprach einer dafür, die Gewerbefreiheit in Bayern einzuführen. Ginge das durch, dann sollte es ihn gar nicht wundern, wenn auch noch die Geigen in Fabriken gemacht würden.

»Was Sie da sagen, ist durchaus richtig«, unterbrach ihn der Hofmedikus. »Nur vergessen Sie, der Sie zuerst der Geistlichkeit was am Zeuge zu flicken suchten, gefälligst nicht, daß der Schwindel der Gewerbefreiheit nichts weiter ist als die leidige Konsequenz der alles überziehenden Aufklärung. Wollen Sie die alten Meister hochhalten, dann halten Sie auch die Religion hoch.« Darauf brachte der Sanktjohannser nichts anderes hervor, als daß sie ja, Gott sei Dank, alle vier noch ihre guten, alten Instrumente hätten. Weil dem aber so sei, müsse auch endlich darauf gespielt werden. Da, dem Herrn Hofmedikus seine Stradivari verlange dringend nach Beschäftigung, und dem Herrn Rat sein Ruggeri dürfe nicht mehr untätig den Schmerbauch in die Luft strecken. Fort mit der Kerze vom Tisch, zurückgestellt auf das Pult, »und jetzt, meine Herren, erster Satz: da li la la – la!« So sang er und stellte die Violine zugleich auf den Ton ein.

Während er sprach und hantierte, stieg der Glock mit gelassenen Schritten durch das Zimmer, der Rat aber, der im Finstern noch am Tische geblieben war, meinte nach einigem Räuspern endlich, mit der Gewerbefreiheit sei es allerdings dieselbe böse Sache wie mit der nun herrschenden Freizügigkeit. Wertlose Produkte, Entäußerung des Besitzes, freche Manieren, zudringliche Art würden künstlich großgezüchtet. Er könne so manches Lied davon singen. Es seien jetzt ein paar Jahre her, da kam zu ihm ein Bauer vom Lande, draußen vom Dachauer Moos, der Luegecker, der jetzige Wirt von der Schießstatt. Drüben, in seinem Bureau in der Theatinerstraße, im Ministerium, sei das gewesen. Er glaubte anfangs, nicht richtig zu hören, als der Kerl sein Anliegen vorbrachte, dann aber habe es sich herausgestellt, daß man von ihm wissen wollte, ob der Bahnhof dahin käme, wo der ehemalige Bauer seine Wirtschaft betreibe. Na, er habe den Lackl gehörig abfahren lassen; aber ein Zeichen der Zeit bleibe es immerhin, daß ein Mensch, der kaum die juchtenen Hosen ausgezogen hatte, sich vermesse, mit so was zu kommen.

Der Hofmedikus, den die unvermutete Wendung des ganzen Streites immer mehr zu belustigen schien, fragte, ob das, was der Herr Rat hier erzählte, nicht mit dem übereinstimme, was er vorhin von dem jetzt herrschenden Geiste behauptet habe. »Durchaus nicht«, meinte Bauriedl höchst gelassen. »Die Ultramontanen verdammen wohl die Gewerbefreiheit und Freizügigkeit, wo's aber darauf ankommt, daß ein Geschäft dabei für sie herausschaut, verbünden sie sich damit, wie sie sich mit allem zusammentun, was eben nützlich ist. Warum auch nicht? Der Wahlspruch dieser Herren lautet ja: ›Der Zweck heiligt die Mittel.‹« Und als Beweis führte er den alten Schwefler, den Gankoffen, an. Auf den habe sich nämlich der Luegecker, als er in die Enge getrieben wurde, schließlich berufen, ja er sei sogar nach zwei Jahren wieder gekommen und habe ausdrücklich auf den Karl Albrecht als den Schuldigen hingewiesen.« – »Auf den Reichsarchivdirektor!« rief der Hofmedikus. »Überlegen Sie sich, Herr Rat, was Sie sagen! Der verehrungswürdige Greis ist einer unserer allerersten Männer. Ein unantastbarer Charakter wie sein Sohn, der Maler, von dem ich mich rühmen darf, daß er mein bester Freund ist.« Der Rat blieb jetzt bei jedem seiner Worte äußerst gelassen. »Ich pflege mir stets vorher zu überlegen, was ich sage, Herr Hofmedikus!« – »Nun, dann erwidere ich Ihnen, daß kein Gankoffen je eine Spekulation anrührt.« – »Geleugnet haben sie's freilich,« nickte der Rat, »aber wie kommt der Wirt auf den Namen? Wie kann er sich herausnehmen, darauf Bezug zu nehmen? Vor allem, wie kommt es, daß sich der alte Fuchs, der Gankoffen, bald darauf selbst danach erkundigte? Natürlich auch wieder hübsch hinten herum und nicht direkt, weil man's ja sonst gemerkt hätte.«

Jetzt erwiderte der Firneusel nichts mehr, aber er schritt erregt durch das Zimmer. Sein Gegner nickte ihm lächelnd zu, wenn er ihm das Gesicht hinwandte, und fügte beruhigend bei, die Herren könnten Sturm laufen, soviel sie wollten, seine Ruhe störe das nicht, und die Ruhe der bayerischen Verwaltungsmaschine noch viel weniger. Eines werde hübsch nach dem andern erledigt; selbst die Eisenbahn habe sich zu gedulden, auch wenn sie noch so schnaufe, nicht minder die Herren Adjazenten, die auf den neuen Bahnhof nur deshalb warteten, damit sie ihr Schäfchen ins Trockene brächten.

Nachdem er das alles heraus hatte, zog er es vor, nichts mehr ins Treffen zu führen, sondern rückte seinen Stuhl wieder zum Pult, indem er die Geige ergriff. Der Sanktjohannser hingegen, zufrieden, daß er mit seiner Politik so durchdrang, hob jetzt dem Herrn Rat das Cello hinüber, und zwar mit aller Vorsicht, damit er ja keine Grobheiten bekomme wie der Glock. Dann bat er, dem Beispiel des Herrn Hofmedikus zu folgen, der, sichtlich betroffen, sein Instrument schon in der Hand hatte. Und wie er nun alles so recht schön beisammen zu haben glaubte, fühlte sich der kleine Mann, dem nichts schlechter bekam als eine unverdaute Rede, bemüßigt, noch eine politische Bemerkung zu machen, weil er immer das dunkle Gefühl hatte, bei der ganzen Unterhaltung zu kurz gekommen zu sein. So meinte er denn, während sich jetzt alle vier zum Spiel gruppierten, er kenne sehr wohl das Grundübel der gesamten Misere, wie sie jetzt in ganz Deutschland auf religiösem Gebiete durch die Gewerbefreiheit, durch Freizügigkeit und noch soundsoviel anderes regiere. Doch daran trage nicht Bayern die Schuld, nicht der Abel, nicht der Herr Reichsarchivdirektor oder beileibe gar der König, sondern die Neunmalgescheiten da oben im Norden, die alles reformieren wollten und selbst doch gar nichts verstünden, die Preußen.

Er glaubte, damit etwas recht Gescheites zu sagen, was das letzte der etwa noch vorhandenen gereizten Stimmung auf Prügelknaben übertrug, denen er bei jeder Gelegenheit gerne eins auswischte und bei denen man in München auch ziemlich sicher sein konnte, daß die anderen nicht zurückblieben. Doch die erwartete Wirkung blieb aus, es herrschte nur eine höchst merkwürdige Stille, die sich immer stärker auszuwachsen drohte. Der Glock, der inzwischen für alle die Noten aufgelegt hatte, klopfte daher mit dem Bogen sehr ärgerlich auf die Decke der Geige, wie ein Kapellmeister, der falsche Tempi unterbricht. Dann fragte er, ob man jetzt spielen wolle oder nicht.

Der Rat und der Hofmedikus sahen sich an. Die Preußen waren nämlich ein gar heikles Thema, bei dem so manche Erinnerungen der verschiedensten Art aus der Versenkung emporstiegen. Das fortwährende Rivalisieren der beiden Staaten, das Hinum-Herum der bayerischen Politik, die gegenseitige Eifersucht, dagegen doch wieder die Heiraten der bayerischen Fürsten nach Berlin hinauf und der von Berlin herunter hatten ein klares Verhältnis niemals aufkommen lassen. Mit dem anderen Nachbarstaat, mit Österreich, befand man sich völlig im Einklang. Das hatte zwar, im ausgesprochenen Gegensatz zu Preußen, die Bayern bei jeder Gelegenheit überfallen, ausgeplündert und verkleinert. Aber das machte weiter nichts. Es war derselbe Bruderstamm, gegen den man weder was sagen durfte noch wollte, vor allem, es war dieselbe Religion. Ein üppiges Kloster nach dem andern zog sich von der alten Bischofsstadt Passau zwischen weitgestreckten Höhen die Donau entlang bis zur einzigen Kaiserstadt hinab, deren Namen jedem Münchner, der sie kannte oder nicht kannte, ein lüsternes Schnalzen entlockte. Was aber wußte man von da droben? Daß alles in enge Krawatten gezwängt einherstolzierte wie ein hölzerner Kleiderständer, daß ein hochnäsiger Ton herrschte wie auf dem Kasernenhof, daß die Kirchen so nüchtern im Innern waren wie die unseren nur im ersten Verputz des eben vollendeten Rohbaues.

Und da knüpfte der Hofmedikus so allmählich an. Er meinte, die Preußen seien zwar recht phantasielos, ohne Geschmack, ohne künstlerisches Empfinden. Im übrigen schätze er sie als arbeitsame, fleißige Leute, denen er jederzeit gebe, was ihnen zukomme. Allerdings auch kein Tüpfelchen mehr. Sie seien eine Großmacht, wenn auch nicht von der Bedeutung der bayerischen, die den wahrhaft deutschen Gedanken viel größer, viel umfassender repräsentiere. Da helfe kein Drehen, kein Wenden, keine Entstellung von geschichtlichen Tatsachen. Wo die Opportunist es erfordere, wie Anno 13 nach der Auflösung des Rheinbundes, werde man auch in Zukunft Schulter an Schulter mit ihnen marschieren, ebenso behalte man sich völlige Aktionsfreiheit vor für einen anderen Fall, der auch wieder kommen könnte. Denn die Gegensätze bestünden nun mal, sie seien auch nicht so leicht zu überbrücken, nachdem es sich hier um eine Art Supremative handle. Preußen verfolge mit brennendem Neid das Emporkommen des Südstaates, und es habe auch allen Grund dazu. Das brachte er ohne jede Erregung, ohne persönliche Spitze heraus, indem er am Schlusse mit zufriedener Miene als erster Geiger das Zeichen zum Anfang geben sollte.

In diesem Augenblicke bat ihn aber der Rat noch um Gehör. Er hatte der Rede stillschweigend zugehört, jetzt holte er ein in simples Holz gerahmtes Bild von der nächsten Wand. Ein Graukopf mit funkelnden Augen, mit langer Nase und faltigem Gesichte sah über einer dunkelblauen Uniform und dem Ordensstern unter dem Dreimaster hervor. Dies Konterfei hielt der Hausherr statt aller Antwort dem Hofmedikus hin. Ob er den kenne? fragte er. Ein ironisches Lächeln antwortete vom Pulte herauf. »Der Intimus desselben, der die ›Pucelle‹ geschrieben hat.« – »Friedrich der Große«, nickte der Rat. Wieder dasselbe Lächeln. »Sie nennen ihn mit diesem Epitheton ornans?« – »Weil er's verdient!« wetterte der Rat. »Zum Kuckuck nochmal, wen haben denn wir in unserer armseligen Geschichte, den wir dem da an die Seite stellen könnten?« – »Na, na, na«, beschwichtigte der Firneusel. Aber der Rat ließ nicht los. »Sie können mir nicht einen einzigen nennen, der nur halb so viel im Kopf gehabt hätte wie dieser große Feldherr.« – »Gut«, kam es energisch zurück. »Unseren gewaltigen Kurfürsten Maximilian I., der dem Bayerland seinen Glauben gerettet, die Liga gegründet und die Schlacht am Weißen Berge geschlagen hat!« »Na, da sind wir glücklich beim alten Thema!« ächzte der Rat. Und als sein Gegenüber, auch jetzt wieder verbindlich lächelnd, erwiderte, er meine ja nur, schrie er heftig, er meine ja auch nur.

Jetzt kam der Sanktjohannser, sehr bestürzt über das, was er angerichtet hatte, und erklärte, er habe halt ebenfalls nur so gemeint. Der Musiker aber, der in diesem unharmonischen Zwischenspiel nicht minder seine Meinung haben wollte, sagte zum zweitenmal, man solle jetzt wirklich anfangen, oder er gehe auf und davon. »Seien Sie still,« belehrte ihn der Hofmedikus, »Sie sollen froh sein, daß Sie mitspielen dürfen.« Der Glock sah ihn einen Augenblick groß an, dann griff er ohne viele Umstände nach seinem Radmantel und dem Hut, die in einer Ecke auf dem Stuhle lagen. Die Herren möchten sich, wie sie da beisammen hockten, von jetzt an einen andern suchen. Damit wünschte er gute Nacht und wandte sich zur Türe. Doch der Rat hielt ihn zurück. »Nein,« eiferte er, »so was gibt es nicht. Wenigstens nicht bei mir im Hause. Da ist mir einer so lieb wie der andere, denn man kommt zusammen, um miteinander zu musizieren, nicht aber, um sich gegenseitig zu desestimieren. Das kann sich ein jeder gesagt sein lassen, selbst wenn er einer ist, der täglich beim König aus und eingeht.«

In die bedenkliche Schwüle, die auf dies Aufeinanderplatzen folgte, brachte der Hofmedikus ganz unerwartet dadurch einen frischen Luftzug, daß er wie umgekrempelt dem Glock plötzlich die Hand hinstreckte. Er tat das weniger aus besonderem Edelmut als aus dem starren, religiösen Gefühl heraus, das ihn bei jeder seiner Handlungen bewußt wie unbewußt beherrschte. Zorn war eine Sünde; dafür mußte gebüßt werden. Nicht nur im Beichtstuhl, sondern auf der Stelle. Diese Überzeugung behielt er zwar für sich, er sagte aber den anderen, man dürfe ihm nicht böse sein. Er stehe nun mal diesen beiden Faktoren, der Religion und den Preußen, nicht objektiv gegenüber. Er könne es einfach nicht. Auch sei er in der letzten Zeit unmöglich für völlig normal zu nehmen. Es bereite sich etwas vor im Lande und in der Stadt, über das er nicht reden dürfe, auch nie reden werde, aber es sei eine Sache, die ihm fast das Herz abdrücke, da sie die unübersehbarsten Konsequenzen für das Vaterland bringen könne und seiner Meinung nach direkt von Berlin angezettelt sei. Das alles gehe ihm so nahe, daß er heute lieber nicht mehr zum Fiedelbogen greife, sondern einpacken und nach Hause gehen wolle. Damit trank er sein Bier aus und legte die Stradivari fein säuberlich in den mit Samt ausgeschlagenen Kasten, wo er sie mit einem seidenen Tuche bedeckte.

Der Rat und der Glock achteten diesen Willen, nur der Sanktjohannser war sehr unruhig geworden. Er rannte umher, er zupfte bald an der Krawatte, bald an seinem Barte, dann aber drehte er sich, nachdem er gleichfalls sein Instrument geborgen hatte, energisch zum Hofmedikus. Erst brachte er gar nichts heraus, er riß nur den Mund auf und deutete mit dem Zeigefinger fortwährend nach der Uhrkette des Gelehrten, so daß man glauben mochte, einen Menschen vor sich zu haben, der die erste Silbe vor Stottern nicht anschlagen konnte. Plötzlich aber, als er merkte, daß sich alles zum Gehen anschickte – der Rat, der jedesmal die Treppe hinunterleuchtete, hatte

bereits eine Kerze in den Leuchter gesteckt –, machte er einen Satz in die Luft hinaus, soweit er nur konnte. »Das ... das ... Herrgott nochmal, das, was der Herr Hofmedikus meint, das ist ... wahrhaftig, genau dasselbe ist's, was ich vorhin sagen wollte. Ja, ja, die Preußen sind schuld daran!«
Es war eine der umfangreichsten Reden, die der Sanktjohannser in seinem Leben ohne Unterbrechung gehalten hatte. Darum verfehlte sie denn auch ihre Wirkung nicht. Der Rat stellte den Leuchter noch einmal weg; dann sah er erst auf den Musiker, der den Kopf schüttelte, gleich darauf auf den Hofmedikus, der ganz weiß geworden war. Fast gleichzeitig bat er den Sanktjohannser, sich deutlicher auszudrücken. Der aber merkte, daß er schon wieder etwas verpatzt hatte. Verdutzt sah er zu dem hinüber, der das heikle Thema zuerst angeschlagen hatte, indem er mit beiden Händen Belegungen machte, als wollte er nachhelfen. Denn von dort, meinte er im stillen, müsse jetzt die Steigerung folgen wie in einem Roman, und zwar nicht in einem, der an der schönsten Stelle abbricht, um die Fortsetzung für die nächste Nummer zu verheißen, sondern in einem, wo man unbehindert bis zum Schlusse seine Neugierde befriedigen kann. Doch der Hofmedikus kniff die Lippen noch fester zusammen und sah auf den Boden herab wie zur Erde, die auf einen Sarg herniederfällt. Keine Bewegung gab er von sich, ja, man hätte glauben mögen, er wäre regelrecht versteinert, hätte man nicht den Atem gehört, den er in gewissen Pausen von sich stieß. Als aber der Sanktjohannser nun endlich den schüchternen Versuch machte, ihn bei seinen Titeln anzureden, drehte er sich energisch um und ging zum Fenster. Das riß er mit jäher Bewegung auf und sah hinab in den Alten Hof, der die Burgstraße abschloß. Dort schien der Mond auf diesen ältesten Teil der Stadt, auf die umgitterten Fenster der ehemaligen Residenz der Herzöge Bayerns sowie auf das Wasser eines kräftig plätschernden Brunnens, das sich in einem großen Holzbecken sammelte. Kein anderer Laut drang von da unten herauf, und die Stille dieses weltabgeschiedenen Schlupfwinkels übertrug sich, wie schon öfter an diesem bewegten Abend, auf das ganze Quartett.

Man stand herum und wußte nicht recht, was man tun sollte. Selbst der Rat blieb stumm, nur klopfte er, die Hände auf dem Rücken, dann und wann mit dem Fuße zum Boden nieder. Da auf einmal setzte die Uhr der Peterskirche ein, ein bißchen gewöhnlich und bauernmäßig gestimmt, dann kam viel heller, aber auch nicht viel schöner, die vom Heiliggeist, bis am Schluß mit behaglichen Brummtönen die Schläge der berührten Salve-Regina-Glocke von Unserer Lieben Frau sich hineinmischten, in die auch noch mit hellaristokratischem Gebimmel die Uhr der Residenz tönte. Zehn gewichtige Schläge hallten durch die reine Herbstluft.
»Es ist spät«, sagte der Hofmedikus. »Gute Nacht, Herr Rat, gute Nacht, Glock ... Sie aber, Herr Sanktjohannser ...« Er hielt ein und sah auf den Geigenmacher herab wie ein Sperber, der sich einen Spatzen leistet. »Nehmen Sie sich in acht mit solchen Reden, wie Sie sie eben geführt haben. Schauen Sie, daß Sie sich dabei nicht den Schnabel verbrennen. Kein Wort! Sie werden wohl selbst wissen, es gibt politische Gefängnisse in München. Ich bringe Sie nicht hinein, aber über kurz oder lang wird das schäbige Denunziantentum in unserer Stadt großwachsen, das der Herr Rat schon heute in unseren Mauern glaubt. Das merken Sie sich in Ihrem Interesse!«
Damit nahm er seinen Hut und ging die steile Treppe hinunter. Er tat das sehr umständlich, Schritt für Schritt, ja, mit größter Vorsicht, denn der Hausherr, der dazu leuchtete, marschierte, wie jedesmal, am Schluß der Kolonne, so daß nur jener was sah, der dicht vor ihm ging. Das war heute der Sanktjohannser, und zwar kroch er nicht wenig verschüchtert daher. So kamen sie am zweiten Stockwerk des alten Hauses vorüber; als sie aber am ersten waren und die beiden an der Spitze nicht mehr die Hand vor den Augen sahen, hielt der Rat den Geigenmacher mit dem Griff eines Gendarmen fest, der den Verbrecher packt. Dann ließ er sich von ihm was ins Ohr flüstern. Ein paar Augenblicke nur, aber die genügten ihm. Denn er wäre beinahe ausgerutscht vor Lachen und hätte sein Amt als Fackelträger vergessen. Erst die ungeduldigen Rufe der nun an der festverschlossenen Pforte Angelangten setzten ihn wieder in Bewegung. Nun

stieg er in aller Gemütsruhe hinunter, öffnete und leuchtete in den Bogen hinaus, der die Durchfahrt von der Burgstraße zum Alten Hof bildete. »Addio!« rief er den Abziehenden nach. Dann blieb er noch einen Augenblick in der frischen Luft stehen, indem er aufs neue lachte. Und er lachte immer noch, als er in die Wohnung zurückkam, ja er tat es so laut, daß er dabei das Licht ausblies. »Macht nichts«, sagte er vor sich hin. Dann tappte er nicht in das Zimmer zurück, das man verlassen hatte, sondern in ein ganz kleines, unscheinbares, von höchstens drei Schritt im Geviert, wo er eine Talglampe anzündete. Wie in einer Werkstatt sah es dort aus. Unter dem Fenster, das da rings vom Dache umgeben war, stand eine Art Hobelbank, an deren Seiten Hohleisen, Schnitzmesser, Leimtiegel, Bohrer und andere Gerätschaften in entsprechende Ösen gelassen waren.

Der Rat sang mit halblauter Stimme die ersten Töne des Rasumowsky-Quartetts vor sich hin, um dabei seinen langen Rock auszuziehen. Dann setzte er sich in Hemdärmeln an die Bank, indem er mit Bedacht ein in Celloform zurechtgesägtes Ahornholz, den Boden des werdenden Instrumentes, aus einem Fache hervorholte. Das sah er sehr selbstgefällig an, er klopfte es ab wie der Arzt, der auskultiert. Endlich nahm er eines der Hohleisen und begann zu schaben, jeden Eingriff auf das behutsamste abwägend. Dabei sah er wieder so ernst aus wie sonst im Leben. Denn diese heikle Arbeit erforderte einen ganzen Mann. Zehn Jahre schuf er bereits an diesem Instrument; würden weitere zehn vergangen sein, dann sollte was in die Welt gehen, das sich mit jedem Ruggeri und Guarnieri messen und als ein Bauriedl der Nachwelt überliefert werden konnte. Deshalb achtete er keine Mühe, er achtete auf keine Zeit. Die Glocken der Stadt tönten in den vorgezeichneten Absätzen regelmäßig in das Zimmer herein, während Feile und Schnitzmesser ächzten. Aber der Herr Rat vergrub sich immer fester in das Pensum des Tages, das heute, wo gespielt wurde, noch nicht erledigt war.

Auf einmal aber legte er Holz und Eisen auf die Seite. Und da fing er wieder zu lachen an, so laut, so herzlich wie zuvor auf der Treppe. Erst waren ihm die zwei Oberschlaucherln, der

Luegecker und der Gankoffen, eingefallen, die zu schieben meinten, während sie selber geschoben wurden, dann aber dachte er an das, was der Sanktjohannser auf das kategorisch gestellte Verlangen ihm zugeflüstert hatte. Das machte ihm erst recht viel Vergnügen, und er wiederholte, indem er sich endlich zum Bettgehen anschickte, die vorgestammelten Worte seines Meisters im Cellobauen. »Unser König hat eine neue Geliebte! Die ist aber nicht so harmlos wie die früheren, nein, sie ist eine internationale Hochstaplerin, und die Preußen haben sie ihm zugetrieben. Eigens deswegen, damit wir in Bayern vor aller Welt die Lackierten sind.«

Neuntes Kapitel

Der schwarze Ritter

Sie hatten alle im Nebenraume die Rüstungen über das Wams geschnallt, die hohen Stulpenstiefel angezogen und die Schwerter um die Lenden gelegt. Nun drückten sie noch das Barett aufs Haupt und zogen in die Burg hinüber. Das mußten sie der Reihe nach tun, denn das Türchen, das Einlaß gewährte, war eng, so eng, daß einer von ihnen, der Ritter mit der blauen Schärpe, kaum durchrutschen konnte. Da sich dieses Hemmnis jeden Samstag entgegenstellte, wo die Ritter Sippung zu halten pflegten, war es zum gern belachten Ärgernis für denjenigen geworden, der neben dem fetten Wanst auch noch den Spott zu tragen hatte. Er schimpfte denn auch so laut, wie die andern lachten, in unverfälschten, volkstümlichen Ausdrücken. Das Zeremonielle des Mittelalters, die förmliche Rede und Gegenrede traten erst dann in ihr Recht, wenn man in wohlgeordneter Reihe, Schulter an Schulter und Humpen an Humpen, in der Mitte des hohen Gemaches um den runden Tisch stand. Da schlug der Burgherr sein Schwert auf die Platte über dem knorrigen Baumstrunk und gebot mit donnernder Stimme Landfrieden, auf daß seine Ansprache auch deutlich gehört werde. Dreimal nacheinander tat er das, indem er jeden ins Auge faßte. Nun folgte die feierliche Begrüßung, die Verkündung des Programmes, und dann erst war es gestattet, sich auf die Stühle mit den hohen Lehnen niederzulassen, die Zinngefäße an die Lippen zu führen oder einen Blick auf die mit Pappdeckel bespannten Wände zu werfen. Die stellten in überladener Bemalung einen mit Schwertern, Lanzen und Methörnern bedeckten Saal dar und wirkten so äußerst feierlich.

Das war nötig, denn die Etikette blieb zunächst streng gewahrt, erst nach einigen Stunden, so etwa gegen Mitternacht, wurde Exkneipe verkündet. Darauf riß die ungebundene Rede ein; es brauchten Tagesereignisse nicht mehr in der Umrahmung des Bankettraumes und seiner bunten Fenster besprochen zu werden. Formlosigkeit wurde dann Trumpf, wie vor dem Eintritt in die Burg, wo man dem besagten blauen Ritter jedesmal den freundlichen Rat gab, er möge sich selbst auf den Bauch treten oder von oben bis unten mit Schweinsfett beschmieren, auf daß es leichter gehe. Ein Kumpan mit einer grünen Schärpe über dem Harnisch, ob seines Witzes besonders gefürchtet, meinte sogar einmal, der Herr Residenzbäck brauche nur seine berühmten Semmeln, die ohnehin schon so klein wären, noch unansehnlicher zu gestalten. Er esse doch selbst am meisten davon, könne also auf diese Weise ein gutes Werk am eigenen Leibe tun. Diese Äußerung trieb den so arg Verhöhnten zu solcher Eile an, daß die wurmstichigen Türpfosten von jetzt an noch ärger krachten wie sonst und die Schnalle vom Ledergurt jedesmal aufgerissen wurde. Denn dort am Tische war man wenigstens in Sicherheit und brauchte fürs erste nichts über sich ergehen zu lassen.

Bei der heutigen Zusammenkunft, die an einem nebligen Dezemberabend stattfand, hatte indessen der Nepomuk Gaigl in keiner Weise nötig, sich besonders zu sputen. Ganz bequem konnte er erst die Wendung halb links, dann halb rechts machen und durfte sodann zu seinem Humpen in jenem abgemessenen Schritte stolzieren, der für die Angehörigen des Ordenskapitels peinlichste Vorschrift war. Ja, er schien die Gewißheit, daß ihm nichts an den Kopf fliegen konnte, wie verbrieft in sich zu tragen, denn er sah sich nicht ängstlich um nach den andern wie sonst, sondern trat mit den weit über den Absatz hinaus reichenden Reitersporen auf, daß es nur so klirrte. Doch je gewichtiger er seine Erscheinung betonte, um so stilloser benahmen sich die Kumpane. Der grüne Ritter ging einher, die schmalen Lippen des faltigen Gesichtes fest zusammengekniffen, während er die großen Augen ins Leere richtete. Auf diese Weise, sowie in der absonderlichen Tracht sah er fast aus wie der Prangerl. Mit dem hatte er obendrein gemeinsam, daß er ein Amt am Hofe bekleidete. Freilich ein wesentlich höheres, denn er war der Marschall des Königs. Durch welche Fügung der wenig umgängliche Mann gerade auf diesen Posten kam, erfuhr man nicht; jedenfalls kümmerte er sich um Menschen und Rücksichten sehr wenig, er tat verschlossen seine Pflicht, wie er auch diesen Abend ohne viele Umstände am Tische Platz nahm, indem er die Beine übereinander schlug.

Dort, an der geweihten Stelle der steten Vereinigung, leuchtete es im Scheine der Unschlittkerzen neben ihm und dem Gaigl auf, in Orange, Rot, Violett, in Rosa, wozu sich auch Braun gesellte. Doch die Farben konnten diesmal keinen der Gesellschaft erfreuen. Durch das Leblose der Ritter nahmen sie etwas von Blumen an, die über Nacht Schmelz und Frische verloren hatten. Auch ließen sich ihre Träger nicht nieder, sondern standen mit gesenkten Häuptern herum, während sie halblaut miteinander sprachen und besorgte Blicke austauschten. Einer von ihnen schien zu entdecken, daß er in der Hast der Vorbereitung den Harnisch noch nicht fest genug geschnallt habe. Darum half er am Rücken mit der Hand nach, um sodann die Schärpe zurechtzuschieben. Das war der orangene Ritter, der Akademieprofessor und Kunstmaler Jörg Gankoffen, ein Mann, der seinen großen Vater nicht nur im ganzen Wesen, sondern auch in der Erscheinung zu kopieren suchte. Wenigstens trug er die Haare gleichfalls wie Albrecht Dürer und beschrieb beim Sprechen dieselben großen Bewegungen. Ein weithin tönender Bariton kam dazu, den wirkungsvollen Abklatsch entsprechend zu erhöhen. Wenn man diese Stimme hörte und den hochgewachsenen Mann stehen sah, begriff man, daß er auch ohne besondere Geheimwahl zum Vorsitz der Tafelrunde berufen erschien. Vielleicht wäre hiefür auch der braune Ritter, der Gießer der Bavaria, vortrefflich geeignet gewesen. Nicht durch seine Gestalt, als vielmehr durch sein höchst bestimmtes Wesen, durch einen klugen Blick aus der stahlumränderten Brille. Aber der ließ sich auf so etwas nicht ein; auch hätte er schon deshalb jede Wahl abgelehnt, weil er

wußte, daß es dem Gankoffen das Herz abdrücken würde, sollte er je übergangen werden.
Von den übrigen kam kein eigentlicher Kandidat in Frage. Der rote Ritter, der die Bilder in der Mariahilfkirche geschaffen hatte, war noch nicht alt genug, so ein Amt zu verwalten; er benahm sich auch zu ungelenk und hatte als jetzt glücklich Verheirateter die unerhörte Kühnheit, manche Abende regelrecht wegzubleiben. Der violette Ritter, mit einer Pfundnase und einem Körperumfang fast wie der Residenzbäck, war wie dieser zu sehr die lustige Figur der Gesellschaft. Nur mit dem Unterschiede, daß er sich selbst fortwährend verspottete. Er lachte am lautesten, wenn ihm aus dem Wams ganz unversehens der Vatermörder oder aus dem Bauchlatz das Hemd hervorsah. Blieb er gar einmal stecken in einer Rede, um die er gar nicht herumkam, dann brüllte er zum Grimm des Vorsitzenden nur so hinaus vor lauter Vergnügen. Auch er war ein Maler, aber keiner vom Schlage des Fischer, sondern einer, der lebensfrohe Philosophen vom behaglichen Halbdunkel alter Stuben aus die Welt betrachten ließ, einer hübschen Donna beim Mondschein ein Ständchen in prächtigen Farben vor die Türe hinzauberte oder ein liebendes Pärchen durch die winkligen Gassen der Au begleitete. So blieben nur noch der grüne Ritter, der Herr mit der rosa Schärpe, oder der Herr von Firneusel, der weiß umschlungen zu kommen pflegte.
Jener gab überhaupt keine Antwort, wenn man ihm eine Würde antrug, dieser, der das Amt eines Hofmalers versah und alle schönen Frauen für des Königs Galerie auf Allerhöchste Ordre zu porträtieren hatte, nahm, so gern er auch jedesmal sich einstellte, die ganze Veranstaltung zu wenig ernst. Als der Älteste pflegte er sich's, allen Vorschriften zum Trotz, sofort bequem zu machen, indem er das Wams aufknöpfte oder ganz gelassen die große Brille putzte, wenn gerade unbewegte Haltung nebst Ehrensilentium zum Gedächtnis eines großen Mannes befohlen war. Was nun den Hofmedikus betrifft, so mußte er allgemein als ebenso unsicherer Kantonist bezeichnet werden wie der rote Ritter, denn er kam oft gleich dreimal im Monat nicht, weil ihn seine umfangreiche Tätigkeit des Abends so müde heimkehren ließ, daß

ihn nichts mehr bewegen konnte, noch eine Rüstung oder das Schwert umzulegen.
War ihm heute eine besondere Vergünstigung zugestanden worden oder hatte er sich zu spät eingefunden, um sich noch herzurichten, er erschien genau in demselben Rocke, wie er in Bauriedls Wohnung zu geigen pflegte. Auch trat er nicht durch die Türe ein, durch die die Kumpane kamen, sondern durch eine kleine Pforte an der gegenüberliegenden Wand. Die lag etwas erhöht; es führte ein Treppchen von fünf Stufen zu ihr empor, man kann fast sagen eine Leiter, wie sie vor Heuschobern aufgestellt zu werden pflegt. Von solchen unterschied es sich nur dadurch, daß es zu beiden Seiten zwei elende Schragen als Geländer hatte. Während er sich an diesen festhielt, stieg der Firneusel vorsichtig herab und trat unter die Ritter. Darauf schienen sie gewartet zu haben, denn sie verließen alle den Tisch und umringten den Arzt wie auf Kommando. Keiner sprach ein Wort, aber auf ihren Lippen, in ihren Augen lag die große, brennende Frage nach dem einen, der sich dort oben hinter der romanischen Pforte auf dem Bette wälzte, nach dem schwarzen Ritter. Der hatte diesen Orden ins Leben gerufen, der hatte ihm neben seiner Werkstatt dieses kellerähnliche Heim mit hohem Ausbau als Bankettsaal geschmückt und durfte sich, wenn er auch nicht als Oberster den Flamberg schwang, die Seele der ganzen Vereinigung nennen, er, der Tüchtigste und der Bescheidenste von allen, er, der Schöpfer der einzigen Bavaria.
Wie es ihm ginge, das wollten alle wissen, die jetzt vor seinem Schlafgemach in bunter Tracht warteten. Der Hofmedikus zuckte die Achseln. Dann holte er seine rechte Hand aus der Tasche und machte eine Bewegung wie ein Spieler, der vergebens nach dem letzten Groschen gesucht hat. »Vielleicht noch bis morgen früh; glaube es aber nicht, daß es so lange dauert.« Die Ritter fuhren zusammen, als melde der Vogt, daß die Burg von allen Seiten umzingelt sei. »Und wir sollen doch Sippung halten?« fragte der Gaigl. »Wie er's jedem von euch ausdrücklich hat schreiben lassen!« nickte der Hofmedikus. »Aber das geht doch nicht!« meinte ein anderer. Das war einer von den fünf jungen Künstlern, die bei den Abenden versuchs-

weise zugelassen wurden, vorerst aber weder Schärpe noch Ritterschlag erhielten. Manche der erbeingesessenen Mitglieder schauten erstaunt drein, daß so ein Knappe hineinzureden wagte, doch der Gankoffen brauchte nur die Brust herauszuwerfen, um alle Widersprüche für immer zu beseitigen. »Herr Hofmedikus haben allein zu reden!« Der zuckte wieder die Achseln. »Alles hab' ich versucht, um es ihm auszureden, es war umsonst. Ja, er wartet darauf, so bald wie möglich den Gesang zu hören.«

Jetzt mischte sich einer hinein, der bisher ganz still im Hintergrunde geweilt hatte, wo ein finsteres Loch ins Burgverlies hinabführte. Es war ein Mann in Straßenkleidung, der Wirt von der nahen Schießstatt, der Luegecker. Der besorgte seit fünf Jahren dem Bildhauer zuliebe das Bier für diese Abende und stand auch jetzt vor dem gemalten Schlunde des Abgrunds, wo auf einem Holzschragen das zum Anstich bereite Fäßchen ruhte. Heute hatte er allerdings nicht das ansteckende Lachen an sich, das er sonst hören ließ. Er jammerte Stein und Bein über seinen armen Professor, der fast alle Tage bei ihm Stammgast gewesen sei. Gar nicht ausdenken könne er sich's, daß er diesen Mann für immer verlieren solle. Noch vor zehn Tagen sei der Bildhauer bei ihm gewesen und bis Mitternacht sitzen geblieben. Allerdings in einem Zustand, daß es einen Heiden erbarmen mußte. Er habe ihm Vorstellungen gemacht, wer aber den prachtvollen Menschen kenne, der wisse, daß er nicht losließe, wenn er sich mal was in den Kopf gesetzt habe. »Du bringst das Bier wie sonst.« – »Wenn du nicht anders willst,« hab ich erwidert, »dann tu ich's. Aber ich nehme keine Verantwortung auf mich.«

Er wollte zum Charakterbilde des Künstlers noch einiges beifügen, aber der Hofmedikus unterbrach ihn sehr ungeduldig, indem er nach der kleinen Pforte wies, durch die ein schmaler Streifen gedämpften Lichtes in den Bankettsaal fiel. »Reden Sie nicht so viel. Außerdem ...« Es kam ihm einen Augenblick in den Sinn, was der Bauriedl vor ein paar Monaten über den Wirt der Schießstatt äußerte. Obwohl er als gewissenhafter Arzt mit seinen Gedanken einzig bei dem Patienten war, gingen seine Augen unwillkürlich von dem Luegecker zu dem Ritter mit der orangefarbenen Schärpe, zu seinem Freunde, hinüber. Der stand da wie einer seiner Vorfahren, das Schwert in der Hand, den Blick zum Himmel gerichtet. Fielen ihm dabei ein paar Tränen über die Wangen, so war das einerseits der gewohnte Aufwand einer gesteigerten Gefühlsäußerung, anderseits empfand er einen wirklichen Schmerz über das, was der Tafelrunde drohte. Und dieses Gefühl wischte ein Erlebnis hinweg, dessen Nachwirkung er sonst stets mit sich herumtrug.

Als er noch mit dem Bildhauer die Akademie besuchte, bekam nämlich der Gankoffen den Großen Preis auf Verwendung seines Vaters in letzter Stunde zugeschoben, den die Lehrer einstimmig dem andern zuerkannt hatten. Die maßlose Erregung über diese Ungerechtigkeit riß den Zurückgewiesenen zu einer Äußerung hin, die heute noch durch die Stadt ging und den Arbeiten des Malers wie eine Marke aufgeklebt blieb. Doch das mußte an diesem Tage hinuntergeschluckt werden, denn einem Sterbenden durfte man keinen Groll nachtragen. So weinte denn der Maler, der mit Vorliebe schöne Menschen bei Sonnenuntergängen darstellte, als er zu dieser Schlußrechnung kam, ja, er weinte über sich selbst noch eine eigene Träne. »Wir sind alle nur arme, elende Menschen!« sagte er zum Firneusel und streckte ihm die Hand hin. Der drückte sie mit innigem Verstehen, nur vermochte er dabei noch immer nicht über die Grundstücke wegzukommen. Er hätte gerne gefragt, aber der Gankoffen schnitt ihm mit dem gewohnten Begrüßungsakkorde das Wort ab. »Gott grüß' die Kunst.« Dann eröffnete er mit bebender Stimme die Sippung.

So fadenscheinig der Gesang im Gegensatz zu früher angeschlagen wurde, er drang doch deutlich in die Kammer hinauf, wo der Kranke in seiner schmalen Bettstatt lag. Ein müdes, zufriedenes Lächeln begrüßte die Töne. Dann blickte der Bildhauer, der beide Arme unter das Kopfkissen gelegt hatte, mit seinen vom Fieber entzündeten Augen umher. Über ihm an der Wand hing ein bescheidenes Holzkruzifix, wie es die Leichen in die Hand bekommen. Dahinter hatte die

Putzfrau beim letzten Osterfeste noch ein Palmenzweigchen gesteckt. An der Längsseite war eine Muttergottes mit dem Jesuskindlein angebracht, ein Werk des Künstlers, dessen Innigkeit ihm damals den Preis zuerkannte, den der Gankoffen später erhielt, derselbe Gankoffen, der jetzt draußen die Feier leitete. Kuriose Welt. Wieder lächelte der Bildhauer und nickte der barmherzigen Schwester zu. Die saß an seinem Bette und hielt einen Rosenkranz zwischen den Fingern. »Nein, nein, ich will nichts«, sagte er, als sie aufstehen wollte. »Es ist mir nur grad eingefallen, wie's im Leben oft so närrisch drüber und drunter geht.« Dann sang er mit halblauter Stimme mit, was die draußen angaben. Alles war ja verziehen und vergessen, außerdem konnte es Wurst sein, ganz Wurst. Auch die Kunst mußte haltmachen vor der dunkeln Pforte, die sich bald vor ihm auftun würde.

Nur daß er sein größtes Werk nicht mehr vor sich sehen sollte, das fraß an ihm. Ob er nicht wenigstens noch ein bißchen einheizen könnte, der Firneusel, so hatte er gefragt. Aber der Blick des Arztes gab unzweideutige Antwort. Die Bavaria, deren Postament er erblicken konnte, wenn er auf das Dach seines Ateliers stieg, würde über der Theresienwiese erstehen, er selbst aber konnte nur noch ganz von oben darauf herunterschauen. »Schwester,« meinte er, »das wird fein, wenn ich als Engel in der Luft herumfliege. Oder beten Sie mir erst noch ein paar hundert Jahre Fegefeuer zu?« Sie wollte etwas entgegnen, aber er begann schon wieder zu singen und zog die Arme unter dem Kissen hervor. Dann ließ er die Augen durch das Zimmer gleiten. Dieses enthielt an Einrichtungsgegenständen nur noch einen Stuhl und den Waschtisch. Auf dem einen lag die Rüstung mit der schwarzen Schärpe, auf dem andern brannte eine Art Nachtlicht in Öl gesetzt. Das Flackern des dünnen Dochtes, das der stoßweise Atem des Kranken in Bewegung hielt, das schwarze Gewand und die weiße Haube der Schwester ließen das kahle Gemach noch keuchenartiger erscheinen, als es schon war. In solcher Nüchternheit gab es keine Täuschung mehr, keine Steigerung der Phantasie, hier herrschte nur Klarheit, unerbittliche Klarheit. Immer wieder hatte er sich in seinem Leben dieser Deutlich-

keit zu entziehen gesucht und war hinausgezogen auf das von ihm im Isartal erbaute Schlößchen. Dort veranstaltete er Feste und ließ schön gewachsene Akademiker mit ihren Mädeln in mittelalterlicher Tracht auf der blumigen Wiese vor der Zugbrücke einen Reigen tanzen, daß die Wangen glühten und die bunten Bänder in der blauen Luft flatterten. Er selbst stieg als Reichsherold auf die Zinne der Burg, um von dort den Gruß zu bieten und alles in den Hof zu laden, wo dann bei Fackelschein gezecht wurde, bis der Morgen über dem Wendelstein und den angrenzenden Bergen heraufdämmerte. Auch Kriegsvolk mit Feldschlangen ließ er zwischen den Wäldern aufmarschieren. Dann kam wohl der Kaiser in eigener Person geritten, um von der Burg Besitz zu nehmen und Urfehde zu verkünden. Nun aber war von der ganzen Pracht und der schmetternden Fröhlichkeit nichts mehr übriggeblieben als das Häuflein der Getreuen da draußen in der Pappdeckelumrahmung, das mit heiseren Kehlen das letzte Lied sang. Das allerletzte? Kalter Schweiß trat auf die Stirne des Kranken. Auch diese da würden in alle Winde zerstieben, das wußte er, wenn er nicht mehr war. Oder sie kneipten noch einige Zeit weiter, weil sie's so gewohnt waren, in Harnisch und Stulpenstiefeln, während sie gerade so gut im Samtjackett oder Straßenanzug ihr Bier hinuntergießen konnten. Vielleicht, daß sie seinen Geist noch einmal auftreten ließen, das eine Mal, wo man des Künstlers sterbliche Hülle in das Grab hinuntersenkte. Dann aber ging jeder seinen Weg im gewohnten Trott des alltäglichen Werkeltums, bei dem ja doch Streberei und Impotenz den Sieg davontrugen.
»Was haben Sie?« fragte die Schwester. Der Künstler winkte ab. »Nichts. Ich halte es nur nicht mehr lange aus in dem Kasten.« Dabei warf er sich von einer Seite auf die andere. Es wurde ihm wirklich zu enge, und der Gedanke, daß es bald noch viel enger um ihn werden würde, noch viel einsamer wie heute, peinigte ihn. Da draußen auf dem Kirchhof würde kein Gelage mehr stattfinden, und als letzter würde vielleicht noch der Luegecker daherhumpeln, der einzige Mensch, mit dem er sich des Abends noch zusammensetzte. Da hörte er dann wenigstens nichts von Kunst, er hörte, was ein Pfund Käse

oder Rindfleisch kostete, und hörte, wie die schlauen Füchse, die Gankoffens, den einfachen Bauern am Seile zappeln ließen. Alle drei Monate lief der dumme Kerl, der Luegecker, diesen Leuten wegen der Grundstücke das Haus ein; jedesmal kam er wieder, um nichts in der Hand zu haben als einen schönen Spruch, eine erhabene Vertröstung. Der Bildhauer lachte ihn aus, er schimpfte die Frau, die immer wieder hetzte, einmal schmiß er sogar den Unterhändler, den Faist, regelrecht zur Türe der Schießstatt hinaus. Und doch ertappte er sich in seiner letzten Stunde bei der Entdeckung, daß solche Menschen im Grunde die glücklichsten seien. Glücklicher jedenfalls als maskierte Maler und Bildhauer. »Schwester,« sagte er plötzlich, »wenn ich noch einmal auf die Welt kommen sollte, dann würde ich auch so was werden wie der Bierwirt da draußen, ein Bauer, der sein Feld bestellt, ein Schmied, der die Pferde beschlägt, kurz, etwas Praktisches. Mit der Kunst ist es doch nichts.«

Wie ein Hohn auf diese Worte tönte vom Bankettsaal herüber ein Trinkspruch. Der blaue Ritter brachte ihn aus, nachdem der Gesang verklungen war. Er tat das in breitester Form und gedachte des schwarzen Kumpans. Fürwahr, man mußte es ihm lassen, er konnte gut reden, der Bäcker, er wußte Bescheid und war in der Kunst vortrefflich zu Hause. Vielleicht besser als im Backen der Semmeln. Ein derber Humor, der die andern stets mitriß, kam ihm dabei zustatten. Nur fand er kein Ende, wenn die Schleusen geöffnet waren. Und das Übelste: alles war so bewußt, so berechnet und abgetüftelt. Da sprach der Erzgießer, der nun an die Reihe kam, schon echter, als der Mensch, der nicht bloß hineinschmeckte ins Heiligtum, sondern selber was schuf. Nur zu sachlich, zu nüchtern klang es, während der violette Ritter seinen Spruch wieder in abgehackter Manier zum besten gab. »Hört auf! 's ist ja alles nur Plempel, nur Schein!« wollte der Bildhauer hinausrufen. Aber da tönte plötzlich eine dürre Stimme dazwischen, die jede Rede sensenartig entzweischnitt, die eins, zwei, drei, hart wie Stahl jedem Schwulst, jedem überflüssigen Wort den Garaus machte. Schlichte Bewunderung kam hervor für den Kranken und kühner Trotz gegen den

Knochenmann, der wohl bezwingen, nicht aber überwinden könne. Mochte er kommen, der klappernde Geselle, der schwarze Ritter würde ihm ins Gesicht lachen, und er, der grüne, der Redner, ginge jederzeit Arm in Arm mit, wenn es gefordert würde. Dem Tode die Brust geboten, dem Tode ein Schnippchen geschlagen!

Ruck für Ruck richtete sich der Sterbende in der Bettstatt empor, indem er mit aufgerissenen Augen und Ohren hinaushorchte. Der da sprach, das war ein Mensch, der den Kammerherrnschlüssel auf der Hüfte trug und trotzdem über dem spiegelglatten Parkett der Residenz seine festen Füße gewahrt hatte. Die lange Nase hatte der kleine Mann vom Moschusduft der Hofgesellschaft freizuhalten gewußt, und wenn er einmal den eingefallenen Mund öffnete, dann tat er es, um in gebundener oder in ungebundener Sprache die größten Grobheiten zu sagen. Das war der Rechte in solcher Stunde, der unverfälscht sah wie der Bauer und doch ritterlich große Tradition wahrte. Drum hinaus zu ihm und das letzte Mal den Becher mit ihm erhoben! Im größten Elend arbeitete sich der Künstler zum Entsetzen der Schwester in die Höhe. »Wenn Sie den Doktor rufen,« drohte er, »dann rühre ich keinen Rosenkranz mehr an, ehe ich hinübergehe. Wenn Sie mir aber helfen, bete ich noch die ganze Lauretanische Litanei samt hundert Ave-Maria herunter.« Dann legte er, so gut das ging, mit zitternden Händen das Beinkleid an. Freilich kostete das mehr Mühe, als er anfangs gedacht hatte. Immer wieder sank er, gestützt von der Schwester, auf die Matratze zurück, wo er wartete, bis er unter neuen Qualen ein neues Stück hernehmen konnte. Aber er mußte hinaus mit dem unabweisbaren Gefühle, daß die Minuten kostbar waren.

Diese Gewißheit wurde in ihm verstärkt durch einen Namen, der jetzt trotz allen Gemurmels deutlich an sein Ohr drang. Die Tafelrunde hatte sich nämlich in den Sprüchen erschöpft und war nach einer Pause gegenseitigen Zutrinkens so langsam zu alltäglicher Unterhaltung gekommen. Der gezierte Ton ließ sich an diesem schweren Abend, allen Bemühungen des Gankoffen zum Trotz, nicht mehr aufrechthalten, ein zweiter Gesang wollte nicht mehr recht zusammengehen: so fing man denn nach einer bangen Pause, die der Trinkspruch des Hofmarschalls erzeugt hatte, davon an, daß in letzter Zeit überhaupt so viele Leute dran glauben müßten. Leute in den besten Jahren, die noch gar keine Veranlassung gehabt hätten, auf den Gottesacker hinauszufahren. So sei zum Beispiel, meinte der Fischer, der erste Steinmetz beim Bau der Staatsbibliothek ganz plötzlich gestorben, ein Mensch wie ein Baum und genauso alt wie der schwarze Ritter. Der blaue Ritter warnte darauf in ärgerlichem Tone, auf diese Weise zu reden oder zu vergleichen, da man glücklicherweise denn doch noch nicht so weit sei.

Das veranlaßte wieder eine Störung in der Unterhaltung, die der violette Ritter peinlich empfand. Deshalb erzählte er von seinem letzten Bilde, einem hohen Herrn, der gerade auf der Inspektionsreise sich befinde und von der Schuljugend begrüßt werde. Diese Leinwand habe er zu seiner Genugtuung um zweihundertfünfundsiebzig Gulden angebracht, was ein schöner, ansehnlicher Preis sei. Überhaupt müsse er sagen, daß ihm der Absatz keinen Grund zur Klage gebe. Die Münchner interessierten sich für seine Sachen, und besonders habe er einen Abnehmer unten am Viktualienmarkt, einen Cafetier, der seine Bilder, wenn sie ihm nur ein bißchen gefielen, von der Staffelei weg kaufe. Diese Bemerkung ärgerte den Gankoffen, der in letzter Zeit gar kein so rechtes Glück mit Verkäufen hatte. Deshalb fragte er, ob man sich hier im Bankettsaal der Ritter befinde oder auf der Schranne, wo die Preise für das Getreide festgesetzt würden. Man sei weder da noch dort, meinte der violette Ritter, denn schließlich bedeute auch die ganze Maskerade doch nur ein Spiel. Reden aber werde man wohl noch dürfen. »Trinken auch!« sagte der Erzgießer und tat einen kräftigen Schluck. Die anderen stießen lachend mit ihnen an, welche Ablenkung die jüngeren Künstler dazu benützten, die Köpfe zusammenzustecken.

Die Knappen durften nämlich noch nicht am Ehrentische Platz nehmen, sondern nur an einem höchst unscheinbaren in der Nähe des Fasses, den ein Schreiner ein bißchen zurechtgehobelt hatte. Dort waren sie dafür um so vergnügter und machten ihre eigenen Bemerkungen. Einer meinte, es müsse immer ein Gewappelter das Maul halten, wenn ihm ein anderer überfahre, der um einen Korporalstreifen mehr aufweise. Der zweite nickte. Das schade den Herren gar nichts; es bliebe nur die Frage, wer dann einmal den ganz Großen eins auswische, die die Generalsepauletten trügen. Das reizte den dritten, den Frechsten von allen, den Güldenstern Franzl, wie er genannt wurde. Er flüsterte, wenn er auch kein General wäre, werde er sicher der Mann sein, der sich einmal solch freie Rede ganz ungestört leiste. Denn außer dem violetten und dem schwarzen Ritter habe überhaupt die ganze Blase, wie sie da hocke, keinen Schimmer davon, was Kunst sei. Sakrament, was für ein Bild hätte er gerade auf seiner Staffelei bereit. Ein Porträt, wogegen sich der Hofmaler da dort, der doch den ganzen Harem des Königs schon abkonterfeite, ja sogar den Goethe malte, verkriechen müsse.

Da dieses Gemurmel am Rundtische unangenehm auffiel, fragte der Vorsitzende in herrischem Tone, was es da gebe? Auch die anderen drehten sich mit erstaunten Augen nach der Ecke der jungen Akademiker. »Jetzt kannst du zeigen, ob du Schneid hast!« stießen die Kameraden den Güldenstern Franzl an. Der ließ sich das nicht zweimal sagen. Ihm war das Gezwungene dieser feierlichen Abende schon lange zuwider geworden, und er hatte es herzlich satt, immer so halb geduldet in der Ecke zu sitzen. Man fand sich ja sowieso nur ein, um bei Akademiekonkurrenzen und anderen Gelegenheiten Protektion zu bekommen oder sich darauf vorzubereiten, selbst mal so gewappelt in einen der hohen Lehnstühle als großer Meister hineinzunisten. Kam dazu, daß der Gankoffen in seiner hochtrabenden Art besonders unbeliebt war. Er fand kein Verhältnis zu den jungen Leuten, er behandelte sie hochfahrend und duldete nicht, daß sie mitredeten. So trat denn der Güldenstern Franzl aus dem Dunkel der Ecke an den Ehrentisch, wie ein Geladener vor die Feme. Nur zitterte er nicht vor den Schöffen und den mittelalterlichen Trachten, sondern nahm sich fest zusammen und meinte, die Jungen verhielten sich gewiß in aller Bescheidenheit und Ehrerbietung gegenüber den großen Meistern. Aber schließlich wären sie halt auch auf der Welt und suchten zu malen, so gut es eben ginge. Daß das nichts gelte in so geübten Augen, wisse er wohl. Aber er könne versichern, das möglichste wolle man tun. Bringe man dann auch nicht so schöne Sonnenuntergänge fertig, dann glücke vielleicht ein um so besserer Sonnenaufgang.

Natürlich erregte diese Rede das größte Mißfallen. Auch wurden verschiedene Ausrufe bei den älteren Herren laut, die die jungen nichts Gutes ahnen ließen. Der Gankoffen baute auf seinem Sitze die Brust noch stärker heraus als sonst, der Erzgießer schüttelte unwillig den Kopf, der Bäcker trommelte mit Zeige- und Goldfingern der beiden Hände nachdenklich auf seinen Bauch, der Fischer murmelte was von impertinentem Benehmen, und der Firneusel sagte nachdenklich: »Ja, ja, ja, ja.« Nur der grüne Ritter gab keinen Laut von sich, sondern sah wieder vor sich hin wie aus einem Grabstein herausgehauen, während der violette Ritter hell auflachte. Ihm hatte die unverblümte Art des jungen Kerls aufrichtigen Spaß gemacht, und er sah ihn gutmütig an, der als einziger vor dem hochnotpeinlichen Forum stand. Sonderbarerweise brachte aber gerade diese Heiterkeit den jungen Wagehals zur hellsten Entrüstung. Er nahm den Lachenden mit seinen Augen gar scharf aufs Korn, dann schoß er resolut los. Für den Schöpfer der alten Philosophen habe er sonst immer die größte Verehrung gehabt; das müsse er heute leider zurücknehmen, denn jetzt habe sich der hochverdiente Künstler durch sein Benehmen auf eine Stufe mit der höfischen Süßmalerei gestellt, die selbst dann nichts leiste, wenn ihr der Himmel in seiner unbegreiflichen Gnade ein so überirdisches Modell schenke wie die herrliche Lola Montez.

Hatte die Anrempelung des Vorsitzenden schon ein böses Kopfschütteln bei den Rittern erregt, diese Brandfackel schlug ein, als wäre sie nicht in einen Heuwagen, sondern direkt in den Pulverturm von Milbertshofen geschleudert worden. Fünf der Tischgenossen sprangen sofort in die Höhe. Das waren der Gankoffen, der Fischer, der Erzgießer, der Hofmedikus und der Residenzbäck. Der violette Ritter sah sich erst um, dann stand er nachträglich noch auf, obwohl er im Grunde nicht wußte, warum er das tat. Auf ihren Plätzen blieben somit nur noch der grüne Ritter, der auch diesmal keine Miene verzog, und der Mann, den die Sache am meisten anging, der Hofmaler. Der eine fuhr mit dem Ellenbogen ein paarmal an der Tischkante auf und ab, als ob ihn dort ein Floh jucke, der andere paffte höchst gelassen dichte Wolken aus seiner Pfeife.

Somit schien der Maler noch der ruhigere zu sein. Und das war er in der Tat. Der Mann, der der spanischen Tänzerin Aug' in Aug' so oft gegenübergesessen, der das Ungeheuer gemalt hatte, das binnen kurzer Zeit eine so schauerliche Berühmtheit erlangte, dieser Mann, der ihr berückendes Lächeln sah, ihren Atem spürte, ihre schmelzende Sprache hörte, blickte durch seine hellen Brillengläser so behäbig drein, als ob dieser Auftrag für ihn nichts anderes gewesen wäre als der, der die Posthalterstochter von Ebersberg oder das nette Lebzeltermädel von der Sendlingerstraße für die Residenz bestellte. Warum auch hätte er sich aufregen sollen? Wegen der Lola vielleicht? Wegen des jungen Burschen da? Oder wegen der andern? Die Lola war ihm Wurst, der junge Dachs erst recht, und die andern entrüsteten sich ja doch nicht seinetwegen, sondern nur, weil der Name fiel, der zum öffentlichen Ärgernis geworden war und die ganze Stadt schon ein paar Monate in Aufregung hielt. Aber wenn das Frauenzimmer auch ein eigenes Palais zugewiesen erhielt, wenn es mit einem Schmuck in die Theaterloge kam, daß die Steine beinahe so hell funkelten wie das beleuchtete Kreuz am Karfreitag in der Michelskirche, wenn sie allmählich den König und den Hof kompromittierte, das ging ihn persönlich nichts an. Er hatte zu malen, wie ihm befohlen wurde, und wäre heute noch bereit gewesen, die Messalina oder die Aspasia in Öl zu setzen, wenn man die längst entschlafenen Damen auf Allerhöchste Ordre in sein Atelier gebracht hätte. War er doch auch eigens nach Weimar gefahren, um den Goethe zu malen!

Darum mochten die andern sich entrüsten, soviel sie Lust hatten. Er hatte bis jetzt ihrem Wunsche entsprochen, das erotische Wesen niemals an den Abenden zu erwähnen, er hatte auch in Gesellschaften, wo ihn die Leute oft genug mit neugierigen Fragen nach der tollen Erscheinung bestürmten, immer ausweichend geantwortet. Was die Lola sprach, was sie dachte, was sie anzog und auszog, war für ihn Amtsgeheimnis, das niemanden was anging. Höchstens noch den König. Den aber auch nur dann, wenn der Hofmaler nicht dabei war. Ein Modell wie alle anderen; der Güldenstern Franzl hatte eigentlich ganz recht. Freilich war die Person tausendmal klüger als die Münchner Weiber zusammen, vor allem als die Prinzessinnen und die Damen vom Hofe. Sich aber näher mit ihr einzulassen, verbot ihm sowohl die knapp bemessene Zeit, die ihm jedesmal zu der Sitzung gewährt wurde, als vor allem sein Alter. Er war über so was hinaus und wünschte seine Ruhe zu haben, seine königlich bayerische Ruhe, wie er immer sagte. Wollte der junge Mensch da, der so großartig über die Kunst loslegte, sich an das Frauenzimmer heranmachen, dann mochte er nur hinausgehen in das Palais der Barerstraße, wo flotte Gesellen, so sie Künstler, Studenten oder Offiziere waren, herzlichste Aufnahme fanden. Er, der Hofmaler, ging um neun Uhr solide zu Bett, um am andern Morgen wieder frisch bei der Arbeit zu sein.

Nahm er nun die Beleidigung so gelassen auf, die andern tobten nach einer Pause der größten Verblüffung um so stärker. »Da hat man's mit den jungen Leuten!« rief der Erzgießer. »Hab ich nicht immer davor gewarnt, sie zuzuziehen?« fragte der Residenzbäck. Lachend deutete der violette Ritter auf den roten. »Da, der ist schuld daran.« – »Was, ich?« schrie der Fischer. »Jawohl, weil du selber so jung bist, hat deine Aufnahme die andern Laffen nach sich gezogen.« Jetzt wurde der Heiligenmaler vor Wut noch röter als seine breite Schärpe. »Dann kannst du geradesogut meine Mutter anklagen, weil die mich zur Welt gebracht hat.« – »Es hätte ihr leicht was Gescheiteres einfallen können!« meinte der violette Ritter wieder. Mit gezücktem Schwerte wollte der Fischer auf ihn losfahren, aber nun schwang der Gankoffen in weitem Bogen den Flamberg über die Häupter der Gereizten. Er hatte sich nach der ersten Entrüstung wiedergefunden und beherrschte mit einem weiten Blicke die Tafelrunde. »Ihr Ritter, haltet Frieden!« rief er. »Ihr müßt es, wollt ihr nicht dulden, daß in diesen heiligen Hallen von frevlem Munde jener unheilvolle Satanszauber an die Wand gemalt wird, der jeden wahren Patrioten mit maßloser Trauer erfüllen muß.«

Wuchtig, wie es durch den Saal dröhnte, hatte dies Wort die Streitenden auf die Stühle gezwungen. Nur der Hofmedikus rannte den Saal auf und nieder, indem er mit den Händen gestikulierte. »Unerhört! Unerhört!« Da stellte sich ihm der Güldenstern Franzl in den Weg. »In aller Ergebenheit eine Anfrage!« – »Will nichts hören! Außerdem liegt dort oben, was Sie vergessen zu haben scheinen, ein Kranker, den Sie in seiner Ruhe stören.« – »Oho, Herr Professor! Der Mann, von dem Sie reden, ist selber der größte Verehrer von der Lola.« Der Firneusel prallte zurück. »Das unterstehen Sie sich zu behaupten?« – »Weil er mir's gesagt hat!« Jetzt kam der Gankoffen mit dem Gaigl dazu. »Beweisen Sie!« – »Überflüssig!« lachte der Ritter in Rosa, »auch mir hat er's eingestanden.« – »Gelt!« rief der Güldenstern Franzl. »Drum meine ich, hat man erst ganz laut gesungen, dann wird es unserm hochverehrten Meister auch nicht schaden an seiner Gesundheit, wenn man es offen ausspricht, daß die Lola ein wunderschönes Weib ist, ein Geschöpf, eine Göttin, ein ...« Was er noch alles zum Lobe der Spanierin herausbringen wollte, wußte er selbst nicht, denn er rang förmlich nach Worten. Ja, er suchte mit visionärem Blicke in der Luft herum, als müßte ihm noch was ganz Besonderes einfallen.

Da kam ihm einer ganz unvermutet zu Hilfe, auf den er nicht gerechnet hatte. Der Luegecker trat aus dem Hintergrund auf ihn zu und faßte ihn bei der Schulter. Er kannte den Güldenstern Franzl gar gut, denn der junge Maler verbrachte so manch liebe Nacht in der Schießstatt, wenn der Schöpfer der Bavaria schon lange nach Haus gegangen war. Auch aß der talentvolle Mensch gern und oft dort zu Mittag. Dies freilich zur sehr geringen Freude der Frau Therese, weil er ungern bezahlte und der Luegecker keinen Einspruch erhob. Machte sich nun diese Nachsicht im wirtschaftlichen Leben der Schießstatt manchmal unangenehm bemerklich, in dieser

Stunde wurde sie für den gütigen Pächter zum Vorteil, denn er durfte um so energischer gegen den sonderbaren Schwärmer auftreten. »Du, Franzl, weißt du was?« begann er väterlich. »Die Lola ist gewiß ein mordssauberes Weibsbild. Hab' sie neulich selbst kutschieren sehn und muß sagen: Deckel ab vor so was ganz Extrigem. Was aber das politische Hinterteil dieser Dame betrifft, so verstehst du davon gar nichts, auch aus dem einfachen Grund, weil du noch keine Steuern zahlst, wie sich's gehört für einen, der in den Landtag wählen will. Fatier du also erst mal richtig alle zwölf Monate, mit andern Worten: verdiene dir erst was, damit du fatieren kannst, dann wollen wir abwarten, ob dir die Sennora Lola mit ihrer schönen Fratze noch gar soviel Eindruck macht, du gottverdammter Schlankel du!«

Mit dieser Ansprache hatte er ihn immer stärker in die Ecke gedrängt und ihm die Faust unter die Nase gehalten. Gern hätte er die schöne Allokution noch ein bißchen fortgesetzt, aber ein neuer Donnerruf des Gankoffen unterbrach ihn. Der Oberritter meinte nämlich, hier hätte keiner dreinzureden, dem nicht das Wort erteilt sei; der Wirt, der das Bier einschenke, am allerletzten. Das traf den Luegecker in seiner ganzen Würde. Er schrie gereizt zum Tische hinüber, er habe es gut gemeint, wenn er aber solchen Dank erhalte, dann möge das nächste Mal ein anderer das Faßl herbeischaffen, er bedanke sich dafür. Überhaupt habe er das nur getan aus besonderer Gefälligkeit gegen seinen Gönner und Freund; die übrige Ritterschaft könne ihm mit selbstverständlicher Ausnahme des Herrn Hofmarschalls, den er hochschätze, mit ausdrücklicher Weglassung des Herrn Hofmedikus, der ein ausgezeichneter Arzt sei, mit völliger Ausschließung des Herrn Hofmalers, der doch vortrefflich male, was immer der Hallodri, der Güldenstern Franzl auch behaupte, sowie mit besonderer Berücksichtigung des violetten Ritters, der ein gern gesehener Gast der Schießstatt sei, ja vielleicht sogar auch noch mit Separierung des Herrn Fischer, der gar so andächtige Bilder draußen in der Au male, der Reihe nach den Buckel rauf und runterrutschen.

Da nach solch umständlicher Erklärung ein Mißverständnis vollkommen ausgeschlossen war, wer gemeint sein konnte und wer nicht, fingen die Ritter, die allen Streit, alle Sorge um den Kranken auf einen Augenblick vergaßen, mit Ausnahme des Gankoffen und des Residenzbäck, hellauf zu lachen an. Selbst der grüne Ritter verzog ein bißchen sein Gesicht. Der Firneusel schaute, die Hände in den Hosentaschen, drein, als wollte er fragen, was man da machen könne, und der Hofmaler meinte, der Pächter der Schießstatt hätte sich so gut aus der Affäre gezogen, daß man ihn fast als Mitglied der Tafelrunde aufnehmen könnte. Da kamen aber der Gankoffen und der Gaigl mit flammender Entrüstung herangesprengt.

Der Maler beobachtete allerdings im größten Zornausbruch noch ein gewisses Maß, weil er fürchtete, der Luegecker könnte vielleicht, nachdem er so schön im Zuge war, noch von den Grundstücken anfangen. Um so stärker legte der Residenzbäck los. So einen halben Münchner als Ritter, so einen neugebackenen, das gäbe es nicht ohne weiteres, denn diese Würde müßte regelrecht ersessen werden. Und wenn der Luegecker fragte, wie er, der Bäcker, da hineinkomme in diese Gesellschaft, dann würde er zur Antwort geben: »Ich bin zwar kein Künstler, aber ich stehe mit der Kunst in steter Berührung. Ein Kenner bin ich, und wer wissen will, was er kaufen soll, fragt erst bei mir an in der Stadt. Außerdem bin ich kein Bäcker vom gewöhnlichen Schlag, sondern schon einer darüber, der aber immerhin stolz darauf ist, das heilige Brot, diese köstlichste Gabe des lieben Gottes, in die Welt senden zu dürfen.«
Darauf hätte der Luegecker wohl erwidert, daß, wenn es mit der Kunst genauso bestellt wäre wie mit dem Brot, der Gaigl sich nicht sonderlich viel darauf einzubilden brauche. Erst gestern, man könne seine Frau fragen, sei in einem Dreisecherlaib wieder eine mordsgroße Grube gewesen, ein Loch, so groß wie das hier vom Burgverlies. Und was die paar Sprüche bei der Sippung beträfe, so brächte der Wirt von der Schießstatt die zur Not genauso heraus wie der Residenzbäck. An einem schlagfertigen Maul habe es ihm nie gefehlt, und wenn das der Gaigl noch nicht geglaubt habe, dann wisse er's hoffentlich von jetzt an.

Es war aber schon besser, die beiden Kampfhähne sprachen nicht aus, was sie gegeneinander schon lange auf dem Herzen hatten, denn auf einmal, während die jungen und alten Mitglieder herzlich über die grimmigen Blicke lachten, die die beiden Gewerbe einander zuwarfen, ertönte von der Treppe herunter ein matter Gruß. Alle drehten sich nach der Stelle, von der der Laut kam, und fuhren zusammen. Der Bildhauer stand auf der obersten Stufe mit aschfahlem Gesichte, mit unfrisierten Haaren und herabhängendem Schnurrbart, die schwarze Schärpe um das offenstehende Hemd geschlungen. In die Beinkleider war er noch gekommen, das Wams aber hatte er nicht mehr umzulegen vermocht. Nun hielt er sich, das gezückte Schwert im Arm, den Kopf vornüber geneigt, mit zitternden Händen an das Geländer.
»Teuerster, um Gotteswillen!« rief der Gankoffen. Der Firneusel aber sprang wie besessen die Treppe hinauf und suchte ihn zurückzudrängen. Das sei Wahnsinn, den er nicht mitverantworten könne, ja, das sei der sichere Tod. »Was es ist, laß mich los!« wehrte der Kranke ab. Und er drängte unaufhaltsam hinunter in den Saal, wo er rechts auf den Hofmedikus, links auf den Gankoffen gestützt, seinem Platze zustrebte, während alle Ritter nebst den Jungen und dem Luegecker ehrfurchtsvoll auswichen. »Einen Schal! Eine Decke! Die Kissen! Schnell, schnell, 's ist zu kalt für ihn!« rief der Hofmaler. Die Barmherzige Schwester hatte sich so etwas bereits gedacht und kam mit dem Verlangten an die Türe. Da stolperte der Gaigl die Treppe hinauf, um es ihr abzunehmen. Als er sich aber umdrehte, tat er sich hart. Die endlosen Sporen verhinderten den Abstieg; auch erlaubten Kissen, Decken und Mäntel nicht, daß er sich an dem Geländer festhielt. Deshalb mußte er ganz oben noch einmal kehrtmachen, um, die Sporenräder weit in die Luft gestreckt, den Ballast auf die Schragen gelehnt, wieder den Boden zu gewinnen. Das sah der Bildhauer und lachte, so laut er nur konnte. »Blauer Ritter!« rief er, »wenn du wieder Liebesdienst tust, dann schau, daß es nicht gar so beschwerlich ist. Übrigens laßt es sein, ich brauch' das Gelump nicht mehr.«
Er suchte alles von sich zu schleudern, aber dem Firneusel

gelang es, die Kissen zwischen die Lehne des Stuhles und den Rücken zu schieben. Darauf sank der Kranke nach hinten, während er mit gläsernen Augen den ganzen Saal nebst der Tafelrunde musterte. »Und wenn's auch jetzt dahingeht, schön war's doch da herinnen ... ! Hab's nämlich auf einmal mit der Angst bekommen, als ich gar so allein war. Die kahlen Wände, das Licht ... pfui Teufel, es war schon beinahe wie draußen im Leichenhaus!« Die Kumpane suchten abzuwehren. »Laßt's sein,« lächelte er, »weiß selbst am besten, wie's steht, und der weiß es auch.« Er hatte auf den grünen Ritter gewiesen. Der sah nicht mehr so starr drein wie sonst, sondern mit einem fast feuchten Blicke, als wollte er sagen: »Freund, ich kann es nicht ändern.« Das mußte der Bildhauer erraten, denn er nickte ihm zu. »Sollst auch gar nicht anders reden! Stoß an mit mir! Luegecker, gib mir meinen Humpen her, wir lassen die Jugend leben und die Schönheit dazu!«
Die andern stießen mit ihm an. Dabei traten dem violetten Ritter die hellen Tränen in die Augen. Er konnte seinen Schmerz nicht mehr verbergen, als er den alten Freund nur mühsam den zinnernen Humpen heben sah. Auch dem Fischer lief es herunter, was bei ihm sehr leicht geschah, da er gar nah an das Wasser gebaut hatte. Das rührte den Gankoffen so, daß er hellauf schluchzte und das Gesicht in die Ecke drehte. Als das der Luegecker gewahrte, riß es ihn auch um, teils aus Jammer darüber, so starke Männer weinen zu sehen, teils aus Kummer über das Elend seines Gönners. Auch die jungen Leute standen bewegt. Der Güldenstern Franzl hatte seine ganze Frechheit verlernt und sah, die beiden Hände auf die Haupttafel gestützt, lautlos den Schwerkranken an. Das merkte der Bildhauer und streckte ihm die abgezehrte Hand hin. Freilich ging es nur langsam vor sich, so etwa, als setze eine Winde den Körper in Bewegung.

Deutlich sah man, wie der Kranke nach der jähen Aufraffung von Minute zu Minute zusammensank. Selbst der Mund öffnete sich schwer, als er jetzt begann: »Hast nicht gelogen, Franzl, wenn du sagst, ich hätt' die Lola immer sehr schön gefunden. Finde sie noch so. Und begreife es vollkommen, daß jedes Mannsbild davon verrückt wird. Deshalb darf man auch dem König nicht bös sein, wenn er ...« – »Bester Freund,« unterbrach ihn der Firneusel, »jetzt nichts davon. Du mußt dich schonen.« Der Bildhauer lächelte wieder. »Weiß, weiß, Firneusel. Du siehst in ihr den Belzebub oder sonst was. Aber ich versteh' es, daß so ein Frauenzimmer ein ganzes Staatswesen zusammenhaut, ich versteh' es, daß ...«

Die Sprache verließ ihn einen Augenblick, und er holte tief atmend aus. »Überhaupt, die Frauenzimmer ... die Frauenzimmer ... !« Sein Blick fiel auf die Barmherzige Schwester, die immer noch, den Rosenkranz um die Finger, neben dem Güldenstern Franzl an der Tafel stand. Sie hatte fest die Augen zusammengekniffen, als wollte sie durch die Anspannung aller Muskeln über das hinwegkommen, was ihr Pflegling gesprochen hatte. Beim Namen der Lola hatte sie hastig ein Kreuz geschlagen. Da lachte der Künstler ein letztes Mal noch mit aller Herzlichkeit. »Nein, nein, Schwester, Sie mein' ich ja nicht damit, um Gotteswillen nicht! Und wenn es Sie verletzt, daß ich das Schreckensgespenst an die Wand gemalt habe, dann verzeihen Sie mir. Ich tu's nicht wieder ... ganz gewiß nicht, das dürfen Sie glauben ... überhaupt werd' ich mich bald sehr reserviert verhalten ... sehr still.«

Er seufzte tief auf, dann nahm er vom Rande eines der Messingleuchter die Putzschere, stieß sie ein paarmal in das Holz des Tisches, um sie hinterher abwechselnd auf und zuzuziehen. Die Pause benützte der Firneusel. »Wir bringen dich jetzt wieder ins Bett«, sagte er beruhigend. Der Bildhauer sah ihn mit einem Blicke an, als verstünde er schon nicht mehr, was der Arzt redete. Gleich darauf deutete er wieder auf sein Spielzeug, indem er es mit zitternden Händen um das Licht der Kerze legte. »So geht's? Nicht wahr?« fragte er. »So geht's?« Dann zog er energisch zusammen, daß die Flamme ausging.

»Heiland der Welt,« rief der Güldenstern Franzl, »er schaut auf einmal ganz anders aus.« Alle traten näher, alle suchten Hand anzulegen, ohne zu wissen, wo, während der Sterbende in die Kissen zurücksank. Ein einziger, röchelnder Schrei kam aus seiner Brust.

»Jetzt hat's ihm das Herz abgedruckt«, sagte der Luegecker. Der Firneusel neigte sich über den Künstler, der die Arme

fallen ließ, als wären sie vom Steinschlag zerschmettert worden. »Es ist aus!« sagte der Arzt. Da kniete die Schwester nieder und begann mit lauter Stimme ein Vaterunser zu beten. Leise weinend sprachen die Künstler mit dem Hofmedikus, dem Luegecker und dem Gaigl das Ave-Maria nach. Nur der grüne Ritter tat nicht mit, weder beim Weinen noch beim Beten. Um seine Mundwinkel aber zuckte es, als ob er etwas ganz Bitteres geschluckt hätte. Er stand aufrecht und sah sich die Versammlung an. Einen der Männer nach dem andern.
Alle erhoben sich jetzt wieder, indem sie das Zeichen des Kreuzes machten. Der Hofmaler war der Ruhigste und wischte ein bißchen unter der Brille. Auch die andern fanden sich wieder, nur dem Gankoffen zerriß es fast die Brust. Erst, nachdem ihm der Firneusel die Hand auf die Schulter gelegt hatte, raffte er sich wieder auf zu zusammenhängenden Sätzen. Dann hob er das Schwert über den Toten. »In seinem Sinne werden wir weiterleben! Gott grüß' die Kunst!« Als er dann durch den Saal schritt, gab er jedem der Ritter die Hand, als wollte er ihnen das Gelöbnis abnehmen. Dabei sagte er dem Güldenstern Franzl in der Ecke. »So etwas wischt alles aus; darum nichts mehr von dem, was uns entzweite.«
Als er aber zum Luegecker kam, der laut hinausweinte, flüsterte er. »Sie werden es verstehen, daß ich unter solchen Umständen nichts mehr hören will von platten, gemeinen Geldgeschichten … wenigstens die nächste Zeit nicht.«

Zehntes Kapitel

Gedankenfreiheit

Als der König nach einer unruhigen Nacht sich so langsam in seinem Bette zurechtfand, ging sein erster Blick zu einer Idylle aus dem Theokrit auf der Decke des Gemaches empor. Er rieb die Augen, dann richtete er sich energisch auf und schob den in Falten gelegten Paravent aus grüner Seide, der am Fußende des Bettes aufgestellt war, eigenhändig in den vergoldeten Holzleisten auseinander. Nun sah er durch das Fenster hinaus in einen klaren Februarmorgen. Leicht bereift schimmerten das Dach der königlichen Post und der Giebel des Hoftheaters herein, während der lange Réaumur der Eckscheibe gerade auf dem Gefrierpunkt stand. Es versprach also einer jener Tage zu werden, die, dem Kalender zum Trotz, um zehn Uhr schon Frühlingswärme bringen und gegen Abend nach München so etwas vom Tone des Südens tragen, wie es von San Miniatos oder Fiesoles Höhe, vom Veroneser Giardino Giusti oder von Venedigs Campanile über die Alpen weht. Das freute den König, das stimmte ihn zuversichtlich, so daß er am liebsten ohne Zaudern an die Arbeit gegangen wäre. Da aber die Stutzuhr auf dem Mahagonitischchen erst gegen einhalb acht wies, und vor acht Uhr das faule Beamtentum nicht in die Residenz zu bringen war, legte er sich noch einmal in die Kissen zurück, indem er die Decke hochzog und wieder zu der Hirtenszene hinaufblickte.

Eigentlich war das nicht seine Gewohnheit; sonst sprang er, ohne Rücksicht darauf, wann der vortragende Rat oder der Kabinettsekretär sich einfinden würden, schnell aus dem Bette, indem er den mit bunten Glasperlen gestickten Glok-

kenzug an der seidenen Quaste in Bewegung setzte. Selbst die Schokolade, die auf dieses Zeichen erschien, nahm er so zwischen Waschtisch und Kleiderschrank, ohne sich lange mit den sechs feinen Biskuits auf der daneben stehenden Silberplatte abzugeben. In letzter Zeit aber ertappte sich Ludwig I. dabei, daß er gern eine Ausnahme machte. Er drehte sich dreimal herum, ehe er den Fuß auf den rotsamtenen Teppich setzte und in die Lederpantoffeln schlüpfte, ja, er stellte im Bette regelrecht zusammen, was er am Abend vorher erlebt hatte oder am heutigen Tage arbeiten wollte.
Manchmal murmelte er sogar mit halbgeschlossenen Augen, während er auf dem Rücken lag, einige Worte. Unzusammenhängend, wie sie waren, hätte nicht einmal der Kammerdiener den Sinn erraten können, wäre er verstohlen ins Zimmer geschlichen. Nur ein ganz Kundiger vermochte nach und nach so etwas wie Verse zu entwirren, neue und alte, wie sie dem König gerade einfielen. Selbst Dialoge von Dramen wurden rezitiert. Dabei beschrieb der Monarch anmutige Bewegungen mit der Hand, als empfänge oder entließe er huldvoll. Ein liebenswürdiges Lächeln pflegte um seine Lippen zu gleiten, wie in den Augenblicken, wenn er mit einem Künstler ganz besonders zufrieden war oder sich überrascht zeigte, daß die Kosten für ein Kunstwerk geringer ausfielen, als er ursprünglich erwartet hatte. In diesen Augenblicken frohester Harmonie warf er dann sogar mit dem Zeige- und Goldfinger leichte Küsse in unbestimmte Richtung. Alles dies, während er den Körper ausstreckte und die lebhaften Augen bald auf die Fabelwesen des griechischen Dichters, bald auf ein Sofa an der linken, bald auf das Bild der Königin auf der rechten Wand eilten. Der anmutige Schritt des Hirtenjünglings, der, die Schalmei blasend, neben einer Jungfrau dahinschritt, fesselte ihn am meisten. Er hatte sich diese Lyrik nebst drei anderen Darstellungen, die die Decke schmückten, eigens für das Schlafgemach herstellen lassen, während draußen im Ankleidezimmer die grotesken Phantasiegebilde des Aristophanes aus den Vögeln, den Wolken, den Fröschen, den Wespen prangten und drüben im Arbeitszimmer sowie im Empfangssalon die ganze

Schwere des Sophokles und Äschylos auf seinen Befehl regierte. Nur war es seltsam, daß ihn diese Darstellungen, verbunden mit der außerordentlichen Höhe der Räume, seit einigen Monaten fast kalt anmuteten. Wer verdammt blieb, sein Leben in Palästen zu verbringen, hatte sich freilich an solche Dimensionen zu gewöhnen. Das sagte sich der König selbst; außerdem brauchte er nicht in den endlosen Korridoren der alten Residenz herumzuirren oder am rauchigen Kaminfeuer wie seine Vorfahren zu frösteln. Er hatte selbst gebaut, er wohnte so, wie er's, Quadratschuh für Quadratschuh, höchst eigenwillig bestimmt hatte. Mochte man dabei aber auch jede Nische und Ecke, jedes Gesims und jede Lünette aufs peinlichste mit dem Baumeister erwogen haben, es blieb ein Wohnen auf dem Servierbrett, in größter Repräsentation und Äußerlichkeit. Das Behagen, womit selbst der kleinste Bürger sein Leben gestalten konnte, blieb aus, auch fehlte das Lauschige, das Verschwiegene.
Statt der schmalen Treppe, deren Teppich den Schritt dämpfte, führte ein Aufbau gehäufter Granitblöcke im gähnenden Vorraum des nach dem Palazzo Pitti errichteten Prachtbaues zur Höhe. Stufen von einem Umfang taten sich da auf, daß Potentaten, die zu Gast kamen, mit dem hohen Ehgemahl und den fürstlichen Wirten in einer Reihe nebeneinander marschieren und zugleich den vorgeschriebenen Abstand wahren konnten. Jedes Geräusch, jedes Lachen fraß diese kirchenartige Halle und gab es doch mit hohlem Echo wieder. Dazu Fenster in den Wohnräumen, so hoch, daß die Flügeltüren gemütlicher Familienhäuser ohne jedes Abbiegen durchgingen und eine Scheibe so viel maß, wie ihrer sechs an den Hütten der Au. So machte sich das wachsende Licht grell und unbarmherzig breit, das letzte entschleiernd, das Verborgenste bloßlegend.
Und diese Helligkeit war dem König das Zuwiderste an seiner neuen Residenz. Erst hatte er aufgeatmet, als er endlich in Räumen sich niederlassen durfte, die nicht Schießscharten als Fenster boten wie die alten Burgen, sondern die Sonne unbehindert in jeden Winkel huschen ließen, er hatte es mit der ihm eigenen Rastlosigkeit jedesmal kaum erwarten können,

daß der Morgen hereindämmerte, und hatte niemals gestattet, Portieren hinter den Scheiben anzubringen. Heute aber blickte er, den Kopf auf den Arm gestützt, mit gerunzelter Stirne in den kleinen Handspiegel, den er vom Nachttischchen nahm. Wies sein Gesicht wirklich so viele Falten auf, sein Haar so viele graue Fäden, seine Zähne so viele schwarze Plomben auf gelbgrauem Untergrund?

Oftmals in früheren Jahren fragten Ihre Majestät, die Königin, ob er nicht auch einmal ihrem Massagekünstler Audienz geben oder den Hoffriseur über sein Haupt kommen lassen wollte. Er hatte es regelmäßig ausgeschlagen, denn er fand jede Minute vergeudet, die man auf solchen Schnickschnack verwendete. Die Hof- oder Staatsbeamten, die so pomadisiert zum Dienste antraten, so absichtlich hergerichtet und zurechtgestrichen, waren ihm widerlich wie die Weiber, die zu stark nach Moschus rochen. Zu Hause liefen sie ja doch alle wie die Schweine herum und richteten sich eben nur für den einen Augenblick her, wo sie buckeln mußten. Hohlen Plunder hatte der König es immer genannt, wenn er in ihre Nähe kam, und sich dabei besonnen, wie lächerlich ihm sogar der Sieger von Marengo erschienen war, als das glattgestrichene Haar des gesalbten Despoten bei der Trauung des Vizekönigs von Italien einen süßlichen Duft ausströmte. Auch den Luxus täglicher frischer Wäsche auf dem Körper, bei der Tafel oder im Bette verwarf er, aller höfischen Etikette zum Trotz, als überflüssig und kostspielig. Er hatte auf seinen Reisen so manchmal in schmutzigen Leintüchern gelegen und trotz Ungeziefer sich wohler gefühlt als in dem Lager, das, am oberen Ende von einer Krone geschmückt, am untern das bayerische Wappen aufwies.

In den letzten Wintermonaten aber fiel es ihm unangenehm auf, daß an der Stelle, wo das Haupt sich im Kissen vergrub, ein stetig zunehmender Fettfleck erschien. Der kam von dem Rosenöl, das er jetzt in die Haare legte, wie die dunkeln Streifen am Vatermörder von der feinen Pariser Creme stammten, mit der er die frisch rasierten Backen und das Kinn bestrich. Selbst die Nägel färbten auf der seidenen Decke ab, da sie mit einer besonderen roten Salbe frottiert wurden, um höheren Glanz zu gewinnen.

Hausladen, der Kammerdiener, leitete diese Behandlungen. Das war nicht der übliche Bediententyp mit der schlanken Figur und dem ausgemergelten Komödiantengesicht, sondern ein runder, rotbackiger Mensch mit Bartkoteletten und ausrasiertem Kinn, der auch durch den blauen Rock mit den langen Schößen und den silbernen Knöpfen noch ein wenig an den ehemaligen Korporal erinnerte. Der geräuschlose Mann kam auch diesmal mit einer tiefen Verbeugung herein, indem er sich unter fragenden Blicken zum Ankleidezimmer drehte. Früher brauchte er das nicht. Da nahm der König, wenn er nicht schon morgens ein besonderes Paradekleid anlegte, jedesmal denselben grauschwarzen Anzug, den er tags vorher getragen hatte, dieselben Stiefel mit den hohen Schäften und den doppelten Sohlen sowie dieselbe Krawatte. Jetzt aber überlegte er lange, bis er entschied. Und dann war es nicht das nächstbeste, einförmige Kostüm, sondern in der Regel eine Zusammenstellung, die er aus einem blauen oder braunroten Rock mit schwarzem Samtkragen, aus geblümter Seidenweste sowie aus gelben, weißen oder karierten Hosen erdachte. Auch die Schuhe wurden sorgfältig gewählt. Gewöhnlich waren es solche, die, in glänzendem Lackleder gehalten, ein kokettes Schleifchen auf dem Rist, den oberen Teil des Fußes freigaben, damit man die bunten Socken gewahren konnte. Die größte Schwierigkeit bot die Bestimmung der Krawatte, denn die mußte dem Spitzenjabot angepaßt werden, das mit einer Brillantnadel daruntergesetzt wurde. Außerdem sollte sie in Farbe und Art mit dem Rocke übereinstimmen oder ihn wenigstens nicht stören.
»Wahl macht Qual!« seufzte der König den Hausladen an.
Der Kammerdiener, der zwischen dem Vorzimmer und dem Schlafgemach seine in weiße Gamaschen gewickelten Beine bewegte, lächelte diskret. Wenn sein Herr ihn ansprach, dann war der Schlaf ein gesegneter gewesen und die gute Laune für die nächste Stunde gesichert. So breitete er denn, nachdem er das Frühstück präsentiert hatte, Stück für Stück vor dem König aus. Er ging dabei mit den Anzügen um wie ein Schüler mit dem Speisetuch bei der ersten Kommunion. Nicht die vollen Hände griffen zu, sondern Daumen und Zeigefin-

ger hoben auf beiden Seiten Rock oder Hose empor, um sie dann auf das Sofa niedergleiten zu lassen wie ein eingezogenes Segel. Dabei machte er ein Gesicht, so geduldig, so ergeben, als ob er nicht dreißig neue Kleider, sondern deren hundert hervorzuholen hätte.

Nur als der Monarch mit plötzlicher Bewegung auf einen rotbraunen Gehrock wies, erlaubte er sich, ganz kurz sein Erstaunen zu bekunden. Aber nicht etwa durch eine Äußerung – mit einer solchen wäre er bei seinem Herrn und Gebieter übel angekommen –, auch nicht durch eine Geste, sondern nur durch einen kurzen Blick. Er richtete nämlich die Augen ein bißchen nach dem Himmel, wie traumverloren, als hätte er so etwas am heutigen Tage nicht für möglich gehalten, und als fände er's doch vollkommen begreiflich, daß nur diese und keine andere Wahl getroffen wurde. Nichts natürlicher, als daß ihn der König nach dem Grunde dieser Verzögerung fragte. Erst jetzt erlaubte sich Hausladen, im schüchternen Tone an die Audienz zu erinnern, die heute doch stattfinden sollte. Dabei murmelte er auch so etwas wie von sonstiger Gewohnheit und Frack. Kaum aber hatte er diesen Satz über die Lippen gebracht, da reute es ihn schon.

Der König veränderte mit einem Schlage sein ganzes Gesicht, er stieß den Atem von sich und meinte schließlich, er möchte zum Empfang der Herren Minister am liebsten in Schwimmhose mit Stegen erscheinen, noch besser nackt mit Feigenblatt vorn und hinten. Ließe er in Rücksicht auf das Land davon ab, dann sehe er jedenfalls nicht den geringsten Grund, die einmal getroffene Wahl des rotbraunen Rockes zu ändern. »Oder findest du das vielleicht nicht passend?« forschte er plötzlich sehr aufgebracht. Der Diener sagte auch jetzt nichts, sondern sah immer noch so erstaunt und ergeben drein wie zuerst. Nur schienen sich in seinen Blick noch konstitutionelle Bedenken wegen der letztgenannten Toilette gemengt zu haben. Das reizte den König immer mehr. »Weiß wohl, du hockst nach beendetem Dienst auch bei Gevatter Schneider und Handschuhmacher am Biertisch, machst Politik und schimpfst auf mich. Aber bilde dir nur ja nicht ein, daß ich dich frage, was das Pack redet. Das hab' ich die fünf-

zehn Jahre nicht getan, seit du die Ehre hast, im königlichen Dienste zu stehen, das tue ich heute noch viel weniger, denn es ist mir gleichgültig, verächtlich, nebensächlich, wie aller Klatsch, der jetzt durch die Stadt geht. Oh pfui, pfui, pfui!«
Sehr von oben herab hatte er geredet, und doch klang es durch den schwer verhaltenen Zorn geradeso, als ob es ihm durchaus nicht gleichgültig wäre, was augenblicklich über ihn geredet wurde. Er dehnte nämlich die Sätze so breit, als erwartete er irgendeinen Widerspruch. Der kam aber nicht. Der Kammerdiener wußte genau Bescheid, daß im ersten Affekte jedes Wort vom Übel sein konnte; deshalb hütete er sich, auch nur einen Muckser zu tun. Er wußte ferner, die schönen Zeiten des Max Joseph, von denen manchmal noch alte Bediente in der Portierstube schwärmten, waren endgültig dahin. Dieser unvergeßliche Herr lebte nämlich nach dem Grundsatze des Napoleon, daß kein Monarch standhielte vor den Augen seines Kammerdieners, da der Schurke doch die letzten Geheimnisse kenne. So begrüßte er jeden Morgen den Eintretenden mit der Frage, was es Neues gebe in der Stadt. Dann erkundigte er sich nach den Verhältnissen der Hofdamen und der Theaterweiber, nach den frischen Skandalgeschichten der Residenz und konnte dem Kammerdiener einen Kronentaler vor Freude an den Kopf werfen, wenn er beim Lever gleich etwas recht Drastisches geboten bekam. Schlüpfte er dann in Socken und Unterhosen, lachte er immer noch, ja, er schlug sich manchmal auf den dicken Bauch vor lauter Freude. Mit solchen Botschaften mußte man dem jetzigen König auf fünf Schritte vom Leibe bleiben, da er sie als schwere Degradierung seiner hohen Persönlichkeit empfunden hätte.
Trotzdem fand auch der Hausladen als gewandter Diplomat schließlich die Methode, die den König zum Sprechen brachte. Er schwieg, aber er schwieg nicht in der Sklavenmanier eines geprügelten Leibeigenen, sondern sehr geheimnisvoll mit fest gespannten Mundwinkeln und hochgezogenen Augenbrauen. So wie nur einer schweigen kann, der noch unendlich viel zu sagen hat. Dadurch erreichte er, daß der König allmählich zu fragen begann. Nun ließ er ihn zappeln, er stellte sich einfäl-

tig, bis der Allerhöchste Herr sehr ungeduldig wurde. Dann aber gab er ihm des öfteren etwas zu kosten, was der Max Joseph nicht einmal ertragen hätte, indem er mit unverändertem Gesichte beifügte, daß Seine Majestät ja befohlen hätten. So sehr das den König auseinanderbrachte, er fing immer wieder an, bis der Lakai endlich herausbrachte, daß der hohe Herr mit seiner Politik das innerste Herz des Volkes berührte. Nun konnte der König auf einmal lachen wie sein hochseliger Herr Vater, so zufrieden, so herzlich. Und er wollte diesen wunderschönen Februartag rot im Kalender anstreichen, daß er es auch an ihm fertigbrachte.

»Also, man mokiert sich über Herrn von Abel und seine Kollegen? Man schimpft, man läßt despektierliche Bemerkungen fallen über diese merkwürdigen Erscheinungen. Hm, hm, das ist ja sehr interessant, das amüsiert mich!« Vor einem halben Jahre hätte er im Angesichte der Möglichkeit, daß man seine ersten Diener verlache, die schöne Nymphenburger Porzellantasse auf den Boden geschleudert, die die Schokolade barg. Er hätte von Unverschämtheit und Schweinebande gesprochen, ja von der Beleidigung seiner eigenen Person. Heute führte er an der feinvergoldeten Handhebe das zierliche Gefäß mit Behagen an die Lippen. Auch die Biskuits ließ er sich, nachdem die Toilette beendet war, ausgezeichnet schmecken. Er nahm sie langsam, eins nach dem andern, weil er dabei eigentlich noch etwas erfahren wollte. Nur scheute er sich, danach zu fragen. Der Punkt erschien kitzlig, weil er noch mehr Stadtgespräch war als das Gebahren der Herren Minister. Auch fürchtete der König, der Hausladen könnte wieder gerade so ehrlich, so soldatisch antworten wie zuerst, und das wäre in diesem Falle nicht angenehm gewesen. Ungeziemende Bemerkungen oder gar die Wahrheit vertrugen die Majestät nur durch das Gespenst des Prangerl. Der aber war seit jenem Tage vom Allerhöchsten Ohre verbannt, wo er vor dem Ausstellungsgebäude die Warnung gegen die schöne Dame losgelassen hatte. Manchmal des Nachts, wenn der König nicht schlief, kam der bucklige Bursche allerdings dahergehumpelt. Er wollte seine bissigen Bemerkungen machen, er wollte warnen; es war vergebens. Einmal schlug der Monarch sogar heftig in die Richtung, wo er den Schatten zu sehen glaubte. Er zertrümmerte dabei aber lediglich eine Wasserkaraffe auf dem Nachttischchen und blutete heftig an der Hand. Das hetzte ihn erst recht auf gegen den verwünschten Halbfranzosen aus Kirchheimbolanden, der den hohen Flug seiner Ideen mit geiferndem Spott zu hemmen suchte, und so verschloß er ihm auch heute mit starrem Eigensinn die Türe.

»A quatre épingles!« sagte er vor sich hin, indem er sich mit zufriedenen Blicken im Wandspiegel musterte. Dann schritt er, geleitet von einem Türöffner, gefolgt vom Kammerdiener, in festgeschlossenem Rocke, in gelber Hose, eine Kamelie im Knopfloch, den Stern des Hubertusordens auf der Brust, durch das Ankleidezimmer zu seinem Schreibtisch, zu jenem Bilde in goldenem Rahmen, das der Güldenstern Franzl so süßlich fand. Ihm galt des Königs erster Blick. »Soll warten, der Rat«, schnauzte er. »Wenn aber die Minister kommen, dann sollen sie's erst recht.« Damit ließ er sich nieder, lehnte beide Arme auf die blausamtene Schreibmappe mit der eingeprägten Silberkrone, nickte über die Säulen des Tintenzeuges den neugierigen Gazellenaugen zu, die er selbst so genannt hatte, und ließ die angenehm bewegten Sinne noch einmal hinauswandern in das Villino an der Barerstraße, wo er den gestrigen Abend verbracht hatte.

Kostbare Nippes in Porzellan und in Bronze, Sèvresvasen mit mächtigen Blumensträußen, zierliche Kandelaber mit hängenden Kristallstücken und mildem Kerzenlicht, dazu vergoldete Puppen über grellweißen Kacheln der Cheminées: dies alles auf engstem Rahmen über schwere Teppiche zusammengeschoben, gab so etwa den Grundton des Hauses in allen Zimmern ab. Und inmitten dieses bis zum letzten Schlupfwinkel reich und weich gefütterten Nestes auf einem Récamiersofa in weiter, weißer Gewandung, eine Teerose im Haare, das Wesen, das seit einigen Monden das ganze Reich samt dem König veränderte: die Göttin, die Holde, die Tochter Andalusiens, die Lola oder, wie der Monarch sie persönlich anredete, die Lolita.

Drüben, wo es zum verschneiten Gärtchen des Hauses wies, wartete, durch wohlverschlossene Türen getrennt, eine Schar festlich gekleideter Herren auf den Ruf zur Tafel. Offiziere, Staatsbeamte, Gelehrte und Künstler waren unter ihnen. Der sehr jugendliche Enkel des Herrn von Pellegrini, jenes Mannes, der den alten Gankoffen mal so trefflich beraten hatte, spielte, einen Samtsitz zwischen den Beinen, auf einer mit seidenen Bändern behangenen Mandoline einen Walzer von Lanner, indem er dabei unter übermütigem Lachen die Vorübergehenden mit dem Kopfe anstieß. »Herr Kammerjunker, Sie könnten auch etwas anderes tun!« meinte ein Ministerialrat. »Warum?« fragte der Musikant, ohne auch nur eine Miene zu verziehen. »Je nun, wir stehen am Vorabend von Ereignissen, deren Tragweite sich gar nicht absehen läßt.« Der Herr von Pellegrini nickte gleichgültig und ließ sich auch jetzt nicht im geringsten aufhalten, die Finger durch die Saiten gleiten zu lassen. »Was geschieht,« lachte er, »weiß ich durch unsere Gönnerin seit drei Wochen! Das ganze Ministerium fliegt auf, und das ist die höchste Zeit, denn ein geistig so bedeutendes Land wie Bayern verträgt es nicht, länger in solchem Sumpfe zu waten.« – »Sehr richtig!« rief ein junger Leutnant, »solch impotente Trotteln gibt's nicht ein zweites Mal wieder.« Der Kammerjunker wiegte sein Instrument im Arm wie ein Kindchen, das man zum Schlafen bringen möchte. »Ihrer Meinung!« nickte er. »Diese Herren sollen, wie man in Hofkreisen erzählt, die Frechheit haben, der vom König zur Gräfin ernannten hohen Frau das Indigenat zu verweigern.«

Jetzt drängte sich ein älterer Herr mit breitem Ordensband dazu, ein Universitätsprofessor. »Meine Herren!« begann er mit der feierlichen Stimme eines Kanzelredners. »Wenn ich auch einerseits das Staatsrecht interpretiere und die Autorität einer festgefügten Regierung hochachte, so muß ich doch andererseits als freier Mensch gegen das Gebahren eines Ministeriums protestieren, das sich nicht scheute, die Menschenrechte samt Gesetzen mutwillig mit Füßen zu treten und die Göttin der Freiheit aufs infamste zu knebeln. Drum sage ich, wenn ich das noch erlebe, daß dieser unerhörte Bann gebrochen wird, daß die Wölfe im Schafspelz vertrieben werden und große Zeiten eine Wiedergeburt feiern, dann will ich ...

dann tue ich … ja, ich weiß es, offen gestanden, selbst nicht, was ich dann anfange.« – »Überlegen Sie sich's noch!« rief Herr von Pellegrini. »Jedenfalls brauchen Sie keine Bedenken wegen Ihrer Auflehnung gegen das Ministerium zu haben, mein lieber Herr Professor. Denn wie ich Sie apodiktisch versichern kann, haben sich dieselben Herren, die jetzt unsere hohe Gönnerin verdammen, zuerst in aller Form an sie hinzuschmeißen versucht.« – »Stimmt!« rief der Leutnant. »Seine Majestät haben dreimal recht mit der welthistorischen Behauptung, daß, wenn Lola Loyola wäre, sie niemals vom Ultramontanismus verfolgt würde.«

»Ein famoser Witz!« tönte es aus der Ecke. Dort saß ein Mann mit einer Studienmappe, in die er munter drauflos zeichnete. »Kaulbach!« riefen die anderen, »was machen Sie denn da?« »Karikaturen von euch«, antwortete er trocken. Und er ließ sich durch die jetzt losbrechenden Zurufe ebensowenig in seiner Arbeit aufhalten wie der Herr von Pellegrini im Spiel. Nur eine Sekunde setzten beide aus, der Maler, um den Bleistift zu spitzen, der Kammerjunker, um eine neue Melodie zu beginnen, die »Valse de Garde«.

Diese Töne drangen zu dem einsamen Paare hinüber, wie schwelgend in schöner Vergangenheit, in herrlicher Gegenwart und in leuchtender Zukunft. »Wissen Sie, Majestät, wo ich das zum erstenmal gehört habe?« lächelte die Señora. »Auf meiner Hochzeitsreise, auf der Fahrt durch die Biskaya. Da spielte sie mir ein junger Musikant täglich vor. Ach, es war eine himmlische, große Zeit, die der ersten, sinnberauschenden Liebe. Und mein Gatte war ein schöner Mann, ein sehr schöner Mann. Groß von Gestalt, trefflich von Wuchs. Was mich am meisten anzog und wovon ich mich am schwersten wieder trennte, waren seine Augen. Die glichen fast denen von Euerer Majestät. Doch! Doch! Widersprechen Sie nicht; es war ganz derselbe Ausdruck, nur, was ja selbstverständlich ist, nicht so vertieft.«

»Schmeichelkatze!« sagte der König jetzt zu dem Bilde. Im Hause der Angebeteten hatte er nichts erwidert, sondern nur hastig nach den merkwürdig kurzen Fingern der wohlgepflegten Hand gegriffen. Es war ja undenkbar, unmöglich, daß diese Frau ihn schön finden konnte, und doch schnellte ihn der Gedanke, daß er ihr nicht gleichgültig war, von seinem Stuhle empor. Er wußte, er sah es, daß er sich in seiner Residenz befand, während es ihn mit jeder Faser hinwegzog von dem langweiligen Tagespensum in die rosige Luft der Zerstreuung und Schönheit. Ja, wer hinaufgehen könnte wie die Helden des Aristophanes, wie Euelpides und Peisthetairos in die Lüfte, wer ein Türke werden oder den Mut des Grafen von Gleichen bekunden könnte, der zwei Frauen nahm, um mit beiden am Tisch und im Bett vortrefflich zu leben! Aber der König brauchte nur einen Blick aus seinem Fenster auf die Pfahlbauern zu werfen, die da unten über das Eierpflaster um das Denkmal seines Vaters in der Diagonale dahinzogen, um sich im selben Atem zu sagen, daß sie angesichts solcher Ideen Zeter und Mordio schreien würden.

Und erst die Königin, die Prinzen, die Prinzessinnen! Ludwig I. fühlte es selbst am tiefsten, wie er an seiner Familie, vor allem an seiner über alles geschätzten Gemahlin hing; gedachte er aber der regelmäßigen Zusammenkünfte, die Sonntag nachmittags in der Amalienburg, in Schleißheim oder in der Residenz bei Tee und Zwieback veranstaltet wurden, sah er im Geiste die Mullkleidchen der Prinzessinnen vor sich, hörte er das ennuyante, französische Geplapper, die nichtssagenden Redensarten der Kavaliere, der Adjutanten und der Schranzen, bekam er bei diesen Gelegenheiten gar noch so zuckersüße Geschichten für holdselige Jugend und Unschuld von einem Hofschauspieler vorgelesen, da mußte er, trotz des guten Schlafes der letzten Nacht, mit offenem Munde ausgiebig gähnen. Lola sprach auch Französisch, aber das sprudelte aus ihrem Munde; es kam wie ihr Spanisch trotzig-schön heraus, dabei doch sehr verbindlich, sehr elegant und verlieh dem langsam gesprochenen Deutsch, in das es sich mit eigentümlichem Akzente legte, besonderen Reiz.

»Mein königlicher Freund,« fuhr sie fort, »Augen und Musik sind der bedeutsamste Ausdruck, den die Welt hervorgebracht hat. Nicht weniger wie alles spricht aus ihnen. Reisen Sie mit mir in mein Vaterland, worum ich Sie ja schon so oft gebeten habe, schwelgen Sie in den himmlischen Nächten an den Gestaden des Manzanares, im Riesenzirkus von Sevilla oder gar an der schönsten Stelle Spaniens, im Löwenhofe der Alhambra, zwischen rauschenden Fontänen, dann wird für Sie die ganze Natur ein ungeheueres Auge und eine große Musik werden, vor der wir uns beide mit andächtigen Sinnen betend verneigen.«

Überselig hatte der König zugehört. Sein nach jeder Richtung arbeitender Geist wollte zwar, der alten Gewohnheit gemäß, einen Augenblick die Frage aufsteigen lassen, ob denn der Löwenhof der Alhambra auch des Nachts dem allgemeinen Besuche geöffnet sei. Aber es überwog zunächst die Gewißheit, daß er als Monarch durch seinen bevollmächtigten Minister am Madrider Hofe Zutritt erhalten werde, und vor allem riß der Schwung der Sprache alle Bedenken hinweg. So gab er sich trunken hin, als sie nun, immer höher sich aufrichtend, in seinen eigenen Worten begeistert fortfuhr:

»In dem Süden ist die Liebe,
Da ist Licht und da ist Glut,
Da im stürmischen Getriebe
Strömet der Gefühle Flut.
Wonne muß die Seele trinken,
Tönt zur Zither dein Gesang,
Hin zu deinen Füßen sinken,
Machet deiner Stimme Klang;
Aufs entzückendste erscheinest
Du hier in der Anmut Glanz,
Hohes, Liebes hier vereinest
Reizend du in einem Kranz.«

»Ja, so sprach sie, die Göttin!« seufzte er jetzt vor dem Bilde. »Und ich Unfreiester der Unfreien soll heute Erörterungen über mich ergehen lassen, ob die Eisenbahnen verstaatlicht, ob die Tarifsätze für die zweite Klasse erhöht und Kupees für Frauen und Nichtraucher eingeführt werden sollen. Oh, oh, oh!« Ärgerlich vergrub er sein Haupt in die Arme, als wollte er nichts hören und nichts sehen. Er vergaß dabei, daß er früher sehr eifrig in solchen Akten blätterte, jeden fehlenden Beistrich ersetzte und in hellen Zorn geriet, wenn ihm das Geringste vorenthalten wurde. Diesmal empfand er alles Praktische als drückende Last.

Aber die Wanduhr schlug neunmal an; es mußte also sein. »In Gottesnamen!« ächzte er. Dann schwang er sich auf zu einer gebieterischen Haltung am Schreibtische, die Rückseite an die linke Ecke geschoben, die Arme verschränkt, das Haupt nach oben gerissen. »Nur nicht so umständlich!« nörgelte er den vortragenden Rat an, als der seine Akten auf einem Nebentische ausbreitete. »Weiß schon, weiß alles! Außerdem nur sehr wenig Zeit zur Verfügung!« Der Beamte, der kein anderer war als der Celloschnitzer von der Burgstraße, der Rat Bauriedl, hatte von der neuen Eigentümlichkeit des Königs schon gehört. Er suchte sich also möglichst kurz zu fassen, schon aus dem Grunde, um selbst der ihm ungewohnten Arbeit recht bald überhoben zu werden. Trotzdem dauerte es dem König zu lang. »Mein Lieber,« näselte er, »es ist mir wirklich gleich, ob Herr und Frau Pimpelhuber separat oder vereint nach Augsburg fahren; auch ob sie dafür einen halben Gulden mehr oder weniger zahlen, ist mir höchst nebensächlich.« Da verneigte sich der Rat. »Mit der ersten Frage«, sagte er sehr bestimmt, »werde ich Eure Majestät nicht weiter belästigen. Die zweite hingegen dürfte im Interesse des Staates und seiner Einnahmen ebenso wichtig sein wie die weitere, ob der Bahnhof von der Hackerbrücke in die Stadt an die Stelle gerückt werden soll, wo die Haupt-Schützengesellschaft ihr Standquartier hat.«

Jetzt sah sich der Monarch den Mann genauer an. Das war weder die Sprache, die ihm sonst an dieser Stelle entgegenklang, noch war es derselbe Duft, der vom Kopfe ausging. Eine Pomade mochte bei diesem dünnen Haarwuchs überhaupt als zwecklos erscheinen; was brauchte aber der Frack des Beamten nach Brasil zu riechen, was brauchte auf dem Brustlatz des Hemdes statt einer Busennadel ein brauner Kaffeefleck zu paradieren. Ungeduldig klopfte der Monarch mit den Fingern auf die Platte des Schreibtischs. Es mußte unbedingt dafür Sorge getragen werden, daß die Kerle sich bes-

ser anzogen, wenn sie die Ehre hatten, früh morgens in das allerhöchste Arbeitszimmer gelassen zu werden. Doch das war eine cura posterior, jetzt handelte es sich, die langweilige Frage der Eisenbahn so schnell wie möglich vom Hals zu bekommen.
Ungeduldig schritt der Monarch durch das Zimmer. »Machen Sie meinetwegen höhere Tarife, wie sie da in die Rubriken eingestellt sind!« herrschte er den Rat an. »Schaffen Sie, wenn es nicht anders geht, getrennte Räume für die Geschlechter, damit die Sittlichkeit um Gotteswillen nicht leidet und kein Bürgermädchen für seine Jungfernschaft zu zittern braucht, wenn es sich dem Teufelsfuhrwerk von hier bis nach Aubing anvertraut. Was aber den Bahnhof und seine Verlegung betrifft, so sagen Sie den superklugen Herren vom Finanzministerium, daß ich ihren Plan für den unsinnigsten der Welt halte. Die Stadt wächst doch, sie geht nicht zurück, sondern in die Breite, nachdem ich sie so ausstaffiert habe, daß, wer sie nicht gesehen hat, niemals sich rühmen darf, Deutschland zu kennen. Was ist die logische Folge? Daß sie den Bahnhof hinausschiebt, nicht herein. Drum soll man ihn lassen, wo er ist, oder womöglich noch weiter verlegen.«
Erstaunt sah ihn der Rat an. »Was Seine Majestät sagen, deckt sich fast Buchstabe für Buchstabe mit dem Referat, das ich selbst der königlichen Staatsregierung unterbreitete. Leider ist aber eine höchst einflußreiche Koterie an der Arbeit, die geltend macht, daß kein Mensch mehr das neue Verkehrsmittel benütze, wenn es so weit vor der Stadt bleibt.« Der König schlug ein paarmal mit der flachen Hand auf die Hüfte. »Ei, ei, eine Koterie? Es kommt demnach so, daß jeder Spießbürger seine eigene Haltestelle in der Stadt zu haben wünscht? Warum rücken sie dann die scheußliche Dunst- und Rauchansammlung nicht gleich auf den Schrannenplatz oder noch besser zu mir herein, vor die Residenz?«

Da der Bauriedl merkte, daß er auf diese Weise nicht durchkam, machte er einen Umweg. Er tat, als handle es sich um eine durch Allerhöchsten Willen jetzt endgültig abgelehnte Sache, bei der man nur noch pflichtschuldigst beizufügen habe, welche Grundstückserwerbungen in Betracht gekommen wären. Nicht ohne eine gewisse Spitze nannte er dabei den Namen Gankoffen. »Gankoffen!« wiederholte der König mechanisch. Er war schon wieder ziemlich zerstreut, er ließ die Frauenkirche an sich vorüberziehen, er sah das eigene ›y‹ sowie das des alten Reichsarchivdirektors vor sich, dann aber ließ er den Bauriedl weiterreden, indem er die Nase an eine Fensterscheibe drückte und seine Gedanken weit weg über den gleichgültigen Kram wieder ins Palais zu der Geliebten sandte.

Was hatte sie gestern noch alles gesprochen? Gar manches, was sie schon öfter erzählte; aber noch niemals erschienen die kostbaren Mosaiksteine so glücklich zu einem berükkenden Bilde gesammelt. Sie malte ihr Vaterland in immer glühenderen Farben, sie schilderte die alten Granden, die stolzen Familien und ihre eigene vornehme Abstammung. Da flammten ihre Augen auf einmal in heiligem Zorne. Denn nach all der Schönheit kam sie auf die Pfaffen zu sprechen, auf die unheilvollen Jünger ihres Landsmannes, jenes Ritters Lopez de Recalde, der schwerverwundet nach dem Montserrat pilgerte, dort zum Asketen wurde und endlich zum Heiligen Ignatius aufrückte, weil er den verderblichsten aller Orden ins Leben rief. Eine Geschichte aus ihrer Kindheit wand Lola hinein. Sie erzählte, wie schamlos ihr ein Jesuit in der ersten Beichte begegnete. Freilich züchtigte sie ihn dafür auf der Stelle, aber der reine Glaube war zerstört, er blieb es, so sehr sie ihn oft mit gerungenen Händen des Nachts zurückholen wollte. »Oh, diese Mörder«, sagte sie leise. »Erst jüngst, als ich im Theater saß und Schillers ›Don Carlos‹ genoß, dieses gewaltige Drama der Auflehnung, mußte ich wieder an das arme Land denken.« – Sie machte eine Pause und sah ihm tief in die Augen. – »Aber nicht nur Spanien,« flüsterte sie, »auch Ihr Land, teurer Freund, fiel mir an jenem Abend ein, Ihr Land, das genauso tyrannisiert wird von den schwarzen Horden, während es doch nur eines einzigen Wortes bedürfte ...« Hier unterbrach sie der König. So ganz einfach schien die Lösung doch nicht. Er haßte Abel und Konsorten, wie er sie jetzt zu nennen pflegte, aber er hatte zu lange mit

ihnen regiert, um sie glatt über Bord werfen zu können. Diese Männer repräsentierten eine Macht, sie kommandierten die Kanzeln und Beichtstühle, und diese wieder die ganze Sippschaft der Skandalbrüder, der Gesellen und Dreigroschenmannl-Vereine, die auf jeden Wink in die vordersten Reihen sprangen, um im Namen Gottes die Fenster einzuschmeißen oder die Kreuzerpfeiferln in das Schandmaul zu stecken. Freilich durfte es nicht mehr lange in dieser Weise fortgehen. Die Verdummung des Volkes kannte gar keine Grenzen mehr. So oder so müßte ein Ende gemacht werden, schon deshalb, weil die finstere Bande auch Lola gelegentlich mit Steinen bewarf, dies beste, reinste, herrlichste Wesen.
Als erriete sie seine Gedanken, stürzte sie plötzlich, mit ihren Empfindungen immer noch bei der Szene zwischen Philipp und Posa, vor ihm nieder, indem sie seine Knie umschlang.

»Sire . . . Geben Sie,
Was Sie uns nahmen, wieder! Lassen Sie,
Großmütig, wie der Starke, Menschenglück
Aus Ihrem Füllhorn strömen! Werden Sie
Von Millionen Königen ein König.
Ja, geben Sie Gedankenfreiheit!«

»Sonderbare Schwärmerin!« erwiderte er, nicht minder in der Rolle. Nur daß er dabei nicht überrascht und mit weggewandtem Gesichte dastand wie der spanische König, sondern die schöne Frau eigenhändig zu sich emporhob. Ach, wie war das zum Losplatzen, als er auf einmal dies schmiegsame, junge Geschöpf mit dem heißen Fleisch der Arme und des Nackens, mit dem klopfenden Herzen an seine Brust drückte. Zwanzig oder nur zehn Jahre, wenn er jünger gewesen wäre, dann hätte er zugegriffen. Aber so fiel sein Blick gerade in einen Spiegel über der Cheminée, und da kam er sich, ungeachtet aller Beteuerungen, auf einmal fast lächerlich vor. Sein Gesichtsausdruck hatte so etwas Benommenes, etwas Unbeholfenes, daß er schnell wegsah. Auch entdeckte er dort oben auf seiner Stirne die Balggeschwulst, die sich bei ihm im Laufe der Jahre gebildet hatte, einen ansehnlichen, auffallenden Fleischknopf mit brennroten Tüpfelchen. Der hatte ihn, obwohl er nicht weh tat, von dem Tage an molestiert, da er Lolas Bekanntschaft machte; jetzt empfand er ihn, trotzdem er noch am Morgen mit Puder darüber gefahren war, wie das Abzeichen eines Aussätzigen. Ob Prangerl in diesem Augenblicke schnell durch das Zimmer tanzte, vermochte er nicht mehr genau zu sagen. Jedenfalls riß sich der Monarch noch einmal zusammen, er besann sich seiner selbst und lehnte die Bebende sanft in die Kissen des Sofas zurück, wo er sie mit seinen Blicken verschlang. So blieb er ein tapferer, ein aufrechter Mann, der sich wieder einmal bewährte.

Aber wenn er seiner Familie, dem Vaterland, der Religion sowie der Reinheit der Sitten auch dieses furchtbare Opfer zu bringen bereit war, kein Mensch konnte von ihm verlangen, diesen langweiligen Sermon anzuhören, den der Beamte dort am Schreibtisch unterdessen eintönig wie eine Karfreitagsratsche herunterdrehte. »Bauen Sie Ihren Bahnhof, wohin Sie Lust haben!« schrie er. »Mich aber lassen Sie damit in Ruhe! Schluß für heute. Schluß, Schluß.«

Er war wirklich außer sich, sowohl über den öden Menschen als noch viel mehr über die Selbstbeherrschung der Lola gegenüber. Wer gab ihm denn etwas dafür, daß er so handelte? Das nahmen seine Untertanen, diese Bauern, doch nur, als ob sich das ganz von selbst verstünde, auch die liebe Geistlichkeit betrachtete es als heilige Pflicht. Aber er wollte ihnen schon zeigen, ob sie ihm Vorschriften zu machen hätten. Denn noch war das letzte Wort zwischen ihm und Lola nicht gesprochen.

»Noch bin ich. Habe Dank, Natur!«

deklamierte er, als er jetzt allein war, vor sich hin wie Philipp II.

Ich fühle
In meinen Sehnen Jünglingskraft. Die Welt
Ist noch auf einen Abend mein. Ich will
Ihn nützen, diesen Abend, daß nach mir

Kein Pflanzer mehr in zehen Menschenaltern
Auf dieser Brandstatt ernten . . .«

Er setzte aus, denn er fühlte, jetzt stimmte es nicht mehr. Verse und Tatsachen gingen auseinander. Und doch lächelte er dabei, sehr listig, sehr siegesgewiß. Er konnte sich nämlich zu seiner Beruhigung sagen, daß es am gestrigen Abend bei dieser Askese nicht geblieben war. »Das wäre auch noch besser, mein lieber Firneusel«, so begrüßte er mit gewaltsam herausgestreckter Brust den eintretenden Hofmedikus. »Jawohl, das wäre noch besser, wenn ich die mindeste Rücksicht zu nehmen hätte.« Der Arzt sah bekümmert drein, sein hoher Pflegling machte ihm große Sorgen. Er hatte schon öfter vor einem Nervenkollaps gewarnt, er tat es heute bei der gewohnten Morgenvisite wieder, denn er sah das Unheil mit Riesenschritten hereinbrechen. Der König lachte gereizt. »Ich bin frischer wie je, und Sie kommen mir mit solchen Unkenrufen? Lieber, alter Freund, wir sind sozusagen groß geworden miteinander. Sie kennen mich gut, mein Haus dankt Ihnen manches, aber mit dieser Diagnose unterscheiden Sie sich nicht viel von Herrn von Abel, der sich gewiß sehr weise vorkam, als er die von mir zur Gräfin erhobene Göttin zu einer quieszierten, königlichen Solotänzerin herabzudrücken versuchte. Quiesziert! Ha, ha! Sie und quiesziert! Wenn ihr wüßtet, ihr ... ihr alle, wie ihr da draußen seid!« Er wies mit der Hand verächtlich nach dem Empfangssaale.
Dort hatte sich, geführt vom Hofmarschall, das Gesamtministerium in großer Uniform unter dem Kronleuchter versammelt, während die Kammerherren und Kammerjunker vom Dienste in einer Ecke standen. Die Stimmung war schwül; sie erhielt die entsprechende Illustration durch die Ermordung des Agamemnon, das Totenopfer und die Eumeniden, die schicksalschwer von den Lünetten heruntersahen. Eine Verdikkung der gewitterschwangeren Atmosphäre erfolgte sowohl durch die überheizten, eisernen Röhren, die glühende Luft ausströmten, als durch den zurückkehrenden Bauriedl, der im Hinblick auf die Gereiztheit der Allerhöchsten Person sei-

nen Nachfolgern im Arbeitszimmer allerseits recht viel Vergnügen wünschte.
Alles verhielt sich wie gelähmt, nur der Hofmarschall stieg mit weit ausholenden Schritten über das Parkett, indem er dabei dasselbe unbewegliche Gesicht machte wie an jenem Abend, da er die grüne Schärpe um den Leib trug. Im Gegensatz zu den andern, die in Gruppen verteilt herumstanden, sprach er gar nichts. Nur einmal, als er an dem Kriegsminister vorbeiging, meinte er, indem er ihm die Hand auf die Epauletten legte, höchst trocken, ein Soldat dürfe nicht zittern. Der so plötzlich Apostrophierte wehrte sich mit erstickender Stimme und mit hochrotem Gesichte gegen solche Insinuationen. Er habe das Memorandum, das sich gegen die neue Gräfin richte, genauso resolut unterzeichnet wie seine Herren Kollegen, er trete heute auch persönlich dafür ein. Von dem Hofmarschall sei man es ja gewohnt, daß er alle Welt grundlos verlästere; als Offizier und als Mann von Charakter müsse er sich aber jede bissige Bemerkung ein für allemal verbitten. Das hörte ein älterer Kammerherr mit dicken Hängebacken und mischte sich, indem er nach seiner Glatze griff, in die leis geführte Unterhaltung. Die Herren sollten den Streit lassen, in solcher Zeit müßten die Gutgesinnten zusammenhalten, denn die Situation sei eine affröse. Eine abwechslungsreiche sei sie gewiß, erhielt er vom Hofmarschall zur Antwort. Wenn man diese Bezeichnung dafür wähle, dann könne man fragen, was denn überhaupt werden solle?
Es kam ein anderer herbei, ein Reichsrat, der im Aiblinger Moos ein großes Schloß besaß und dafür bekannt war, daß er jeden Sonntag mit all seinen Rendanten, seinen Verwaltern und Knechten einen Bittgang unternahm. Auf diesen Grafen hatte es der Hofmarschall schon lange, drum flüsterte er ihm ins Ohr, er solle von jetzt an mit seinem ganzen Gesinde samt Rindern und Schafen zur wundertätigen Madonna in die Barerstraße wallfahren, dort habe man besseren Erfolg. Diese Äußerung brachte den frommen Herrn, wie er selbst betonte, so aus der Kontenance, daß er sie als Signum temporis am liebsten direkt an Herrn von Abel weitergegeben hätte. Der aber stand unnahbar für sich, ohne nur einmal

nach den andern zu sehen. Um ein beträchtliches überragte der unbeugsame Fanatiker alle im Empfangszimmer. Seine Augen, die was hatten vom Blick des Monomanen, waren erwartungsvoll auf die Eingangstüre des Arbeitszimmers gerichtet, seine scharf profilierte Nase stieß um so heftiger die Luft aus, als die schmalen Lippen sich immer gewaltsamer aufeinanderkrampften. Während aber die übrigen, mit Ausnahme des Hofmarschalls, den Kopf verloren, behielt er ihn oben, trotzig und hochgereckt wie der König selbst. Entweder mußte das Weib fort oder er. Dies Ultimatum überlegte er noch einmal mit allen Abstufungen und wartete ungeduldig, daß er gerufen würde, um in aller Ehrerbietung für den hochverehrten Monarchen seinen grenzenlosen Haß gegen jene loszulassen, die er für die Zerstörerin des ganzen Landes hielt.

Doch dem König eilte es gar nicht, sein Ministerium zu rufen. Es machte ihm sogar, während er mit dem Hofmedikus plauderte, ein heimliches Vergnügen, die ergrauten Diener des Staates neben den Höflingen, die so was schon besser gewohnt waren, ausgiebig zappeln zu lassen. Was hatte er denn verbrochen, daß sie es wagten, ihm ein Schriftstück zu senden, wie es in der blausamtenen Mappe verborgen lag, so frech, so anmaßend, so dünkelhaft? Wollte er die Staatsprinzipien umwerfen, die Religion abschaffen oder das Illuminatentum des Montgelas beschwören? Nichts von alledem; er wollte in Frieden mit seinem Volke leben, er wollte es mit seiner Familie, er wollte es aber auch nicht minder mit seiner Lola. Alle Rechte dachte er zu respektieren, allen Gläubigen wollte er ihre Ruhe lassen, ließ man ihm nur die seine.

Mit seligen Gedanken war er diesen Morgen erwacht, einen Nachgeschmack auf den Lippen, den er sich noch beim Waschen zu erhalten suchte, indem er vorsichtig nur über Nase, Stirne und Backen fuhr und ausnahmsweise sogar vermied, die Zähne zu bürsten. In diesem Banne glaubte er alles wieder in ebene Geleise lenken zu können, selbst den Konflikt mit den Ministern. In Gedanken hatte er ihnen vom Bette aus sogar schon die Hand entgegengestreckt. Das würde alles nicht so schlimm werden, wie erst geredet wurde. Im letzten Momente könnte sich immer noch die Formel finden, die der Gräfin eine Stellung im Lande und am Hofe einräumte, wie sie schließlich auch einem Stadtrichter oder einem Silberbewahrer genehmigt wurde. Jetzt aber, wo die Minuten unbarmherzig voranschritten, wo auch der Firneusel zu warnen begann, so flehend und eindringlich, wie er sich's noch niemals herausnahm, senkte sich plötzlich das eine Wort in die Seele, mit dem er gestern geschieden war. Das aber war eine furchtbare Waffe, ein zweischneidiges Schwert; es erlaubte keine Toleranz gegen die schwarze Vettel, es forderte gebieterisch den Kampf bis zur Vernichtung. Um Sein oder Nichtsein ging es, nachdem Herr von Abel durch den Hofmarschall hereinsagen ließ, er habe mit seinen Kollegen nichts anderes zu holen, als die Antwort Seiner Majestät auf das Memorandum.

Wie sie's ihm abgetrotzt hatte, das Wort? Der König sah erst empor zum edlen Haupt der Antigone auf der Decke, dann herab zu dem nicht minder schönen Bilde der Lola. Griechenland und Spanien im Bunde vereint, durch die Tochter Sevillas! Sie hatte leise zu weinen begonnen, als er sie sanft in die Kissen zurücklehnte. Dann trat eine peinliche Pause ein, eine von jenen, wo man mit der Rede ebensowenig vom Fleck kommt wie mit dem Fuß, wenn man sich gründlich verlaufen hat. Lola selbst löste den Bann, indem sich ihre Tränen plötzlich zum hysterischen Schluchzen steigerten. Das kam heraus, so stark, so gebirgsbachartig, daß der König in höchster Bestürzung schon nach dem Doktor schicken wollte. Nicht nach dem Firneusel, der weder für hunderttausend Gulden noch für den Freiherrntitel in das verrufene Haus gegangen wäre, der Leibarzt der Lola sollte kommen, der ein Jude war und sich zu diesem Dienst gedrängt hatte. Aber als er das aussprach, hielt sie ihn zurück. Es sei keine Krankheit, sondern der Jammer darüber, daß sie, die die ganze Welt zu ihren Füßen sah, von dem verschmäht werde, den sie wie keinen geliebt habe. Was bedeute ihr Jugend und sinnloses Getändel; der Mann sei ihr alles, der große Mäzen, der Grieche, der Römer, der Teutsche. Der aber wende sein Angesicht von ihr und erhöre sie nicht. »Lolita!« rief Ludwig entsetzt. Und er war so klug, diesmal nicht in den Spiegel zu schauen, als er sich zu ihr niederbeugte. Aber ehe er weiterfahren, ehe er beteuern konnte, daß er nur sie liebe und keine andere, da war es schon auf seinen Lippen, das große Wort, das sich auch jetzt im Arbeitszimmer keuchend aus seiner Brust rang, als er sich diesen Augenblick in die Erinnerung zurückrief: »Gedankenfreiheit.«

Wie ein Löwe in seinem Käfig schritt der Monarch auf und nieder. Dann aber schüttelte er plötzlich die Schultern des Hofmedikus, wie das königliche Raubtier die Stäbe seines Käfigs. »Firneusel, kommen Sie mir nicht mehr mit lendenlahmen Erwiderungen, reden Sie mir nichts mehr vom Abel! Ich will keine Jesuiten mehr in meiner Nähe, ich habe mich durchgerungen in furchtbaren Kämpfen, drum kein Wort mehr! Nicht die Verdummung, die staatsmännische Überlegung, der teutsche Mann in mir hat gesiegt. Jacta est alea! Ich verbanne die Römlinge, ich führe mein Volk von der tiefsten Tiefe zur erhabensten Höhe.« Da warf sich der Arzt auf die Knie, er beschwor, ja er fing zu weinen an wie die Gräfin vor dem Récamiersofa. Aber ihn zog der König nicht an seine Brust, er legte ihn weder sanft in die Kissen, noch streichelte er seine behaarte Hand, die nicht wie Lolas Finger ein Meer von Brillanten, sondern nur ein einfacher Ehering schmückte.

»Das ist meine Antwort für die Herren da draußen!« So schrie er, zitternd vor Zorn und selig zugleich in der ungeheueren Erinnerung. Damit nahm er das Memorandum aus der Mappe und klingelte mit der silbernen Glocke des Schreibtisches ein paarmal scharf nacheinander. Vor dem Hofmarschall aber zerriß er das Papier in Fetzen. »Die bringen Sie Herrn von Abel!« sagte er. »Ich will ihn nicht mehr sehen, weder ihn noch seine Mitarbeiter. Alle sind in höchsten Ungnaden entlassen, denn jetzt wird einmal anders regiert.« Und er stürmte, ohne nach rechts oder links zu blicken, ohne zu grüßen, in den Empfangssaal hinein, mitten durch die auseinanderprallenden Gruppen, um sofort zur Treppe zu steuern. Die Bedienten jagten ihm nach mit Hut und Mantel, sie

wollten ihm in den bereitstehenden Wagen helfen. Doch er sprang allein hinein, ohne sich umzusehen.
»Gedankenfreiheit!« rief er. »Gedankenfreiheit! Ach, wie wohl, wie leicht ist mir jetzt zumut.« Dem Kutscher war das Palais der Gräfin als Ziel angegeben worden, dem Prangerl aber, der sich auf dem Teppich des Wagens ganz schüchtern zeigen wollte, versetzte der König einen Tritt, als wäre er der schwarze Pudel, den er zum Teufel jagen müsse.

Elftes Kapitel

Zum Neunzigsten

Begeht einer in der Stadt, die den Schauplatz dieser Geschichte bildet, Geburtstag oder Namensfest, so gratuliert man ihm nicht am Ehrentage selbst, sondern so achtzehn Stunden vorher. Man findet sich im Laufe des Nachmittags allmählich ein, bringt ein Sträußchen mit, sagt sein Sprüchlein auf, ißt von dem Kuchen, falls es einen solchen gibt, und empfiehlt sich dann so schnell wie möglich wieder. Auf solche Weise stört man am wenigsten, man wahrt die gute Form, worauf es in der Stadt, die so wenig Form wie möglich hat, am meisten ankommt. Der Beglückwünschte hat obendrein noch den Vorteil, sein Fest zweimal begehen zu können, am Vorabend wie am Ehrentage. Er kann am ersten sich der empfangenen Freundlichkeiten oder Geschenke freuen und am zweiten bereits ausgiebig auf jene losziehen, die vergaßen, solche zu bringen oder von auswärts zu senden. Denn mit den schriftlichen Glückwünschen geht es genauso wie mit den persönlichen. Sie müssen am Tag vorher eintreffen, sollen sie Gültigkeit haben. Landen sie am frühen Morgen, dann sieht man das nicht gern, kommen sie erst des Mittags oder gar mit der dritten Post, dann ist es, als ob man sie unterlassen hätte. So was zählt nicht mehr, es fliegt in den Papierkorb, denn der Absender weiß nicht, was sich schickt. Das muß man aber immer wissen, sonst ist man in der guten bürgerlichen Gesellschaft unmöglich.

Erzählte zum Beispiel da jüngst die Frau des Akademieprofessors Gankoffen des Nachmittags bei einer solchen Gratulationskur, während sie eine Mandeltorte zwischen den Zähnen hatte, von einem Herrn aus Norddeutschland, der in München auf einige Tage zu Besuch war, weil er mit den Behörden irgendeine Sache – sie wußte nicht mehr was – zu erledigen hatte. Der Mensch sei mit ihrem Manne im Atelier zusammengekommen, habe Bilder betrachtet und nach allerlei gefragt. Nur um eine Gesprächspause auszufüllen, ja, eigentlich um ihn zu mahnen, daß es schon halb ein Uhr sei, habe ihn Jörg so ganz nebenbei gefragt, ob der Fremde, der, wie man sich denken könne, eine angesehene Stellung zu Hause einnähme, des Mittags bei ihm essen wolle. Was tat der Geladene? Man stelle sich vor, daß er gebildeten Kreisen angehört, um es für möglich zu halten: er nahm, was doch bloß Form war, für Ernst, er sagte zu und fiel der Frau Gankoffen fünf Minuten vor ein Uhr ins Haus. Na, sie habe ihm und dem Gatten ein Gesicht hingemacht, daß ihnen schon der Appetit ein bißchen vergangen wäre, aber schließlich, was wollte sie machen? Ihr Mann flüsterte ihr außerdem zu, diese Persönlichkeit sei keineswegs ohne Einfluß, man müsse sie daher kaschulieren. Das tat sie denn auch, soweit das bei geriebener Teigsuppe, Rindfleisch und gelben Rüben möglich war. Heute aber frage sie, ob so ein Mensch eigentlich wisse, was sich schicke. So wenig wie der, der sich beikommen ließe, am Geburts- oder Namenstag erst um zwölf Uhr anzutreten, um mit halb verhungertem Gesicht den Bratenduft einzusaugen, der ihm schon bei der Eingangstüre von der Küche her in die Nase ziehe. Recht interessiert dreinschauen, beliebte das Frau Gankoffen zu nennen, die natürlich selbst eine Münchnerin war und sich nicht wenig auf ihre Abstammung wie darauf zugute tat, daß sie sehr gut wußte, was sich schickte.

In acht Tagen freilich, setzte sie dazu, sei die Sache etwas anderes. Das seltene Fest des neunzigsten Geburtstages ihres Schwiegervaters bilde eine Ausnahme. Dem allverehrten Manne gratulierten höchste behördliche Korporationen von Stadt und Staat, große Persönlichkeiten und Gott weiß, wer noch. Die kämen am Tage selbst und, wie man sich wohl denken könnte, ohne Nebenabsicht auf Essen und Trinken. Auch die Familie mache bei dieser Gelegenheit einen Schritt vom Wege, sie trete nicht am Vorabend an, sondern mit den anderen. Teils, um alles beobachten zu können, teils weil sie alle, wie sie da seien, samt Schwägern und Enkeln zur großen Tafel blieben. Übrigens, so erhebend dieses Fest an sich sei, so schöne Erinnerungen es wachriefe, ein Namenstag bleibe halt doch das viel Innigere, das Religiösere. Da wisse man, warum man feiere, denn man ehre zugleich den hohen Schutzpatron, während ein Geburtstag ... »Er ist, wenn er nicht auf eine hohe Ziffer, von sechzig an gerechnet, hinausgeht, nichts Warmes und nichts Kaltes oder, wie mein Mann immer so ausgezeichnet sagt, nicht geflickt, nicht genäht.« Zu dieser Bemerkung nickten die übrigen Damen der Kaffeeschlacht eifrig Beifall; die Frau Gankoffen aber nahm sehr befriedigt vor dem Abendessen ihren Stickrahmen mit dem aufgespannten Stramin vor, weil sie noch an den Rosen zu arbeiten hatte, die den Grundton zum Geburtstagskissen bilden sollten.

Das tat sie allerdings nicht im Kreise ihrer Bekannten, sondern eine Stunde später zu Hause, an einem der vier Fenster, die vom Wohnzimmer aus auf die Theatinerstraße hinabblickten. Sie mußte dabei eine Öllampe anzünden, denn es war schon so dunkel, daß man die zwei Stockwerke hinunter wohl die dahinwandernden Gestalten auf dem Bürgersteig gewahren, aber keine mehr unterscheiden konnte. Trotzdem wollte Frau Gankoffen auch in dieser dämmerigen Winterstunde den liebgewordenen Platz am Nähtischchen nicht missen. Er erlaubte gute Kontrolle über die Straße und über das Zimmer zugleich. Wurde die kleine Türe ihr gegenüber aufgemacht, dann sah man in ein winziges Nebengemach mit einem Fenster, dessen Rahmen hart an die Wände stieß, einen Raum, der nur den einen Zweck zu haben schien, das große Wohn- und Repräsentationszimmer nicht gar zu üppig werden zu lassen.

Ging aber die Flügeltüre im Hintergrunde auf, dann zog der Blick über den düsteren Vorplatz die lange Galerie hinab, die zwischen braunen Holzsäulen in weiter Flucht zum Rückgebäude, zu den Schlafräumen führte. Da war nicht gut zu gehen, wenn es regnete oder der Wind pfiff. Mußte man bei Nacht oder im Winter mit flackernder Kerze darüberhuschen, fiel es doppelt unangenehm auf, besonders wenn im Wohnzimmer vorher rechte Schauergeschichten erzählt wurden. Der Professor Gankoffen hatte den Hausherrn schon öfter auf eine Glasverschalung zwischen den malerischen Säulen angeredet, aber der meinte, fünfzig Schuh Tiefe und zwölf Schuh Höhe mit so teuerem Material auszufüllen, überließe er neidlos seinem Nachfolger. So blieb man denn, weil die Wohnung günstig lag und von der Akademie in der Neuhauserstraße, wo der Maler sein kostenfreies Atelier hatte, kaum acht Minuten entfernt war. Auch hätte man in der Altstadt schwerlich eine Unterkunft gefunden, die moderner eingerichtet gewesen wäre. Man wohnte damals durchweg so mit diesen beiden Zimmern nach vorn hinaus, mit der offenen Galerie, wie mit den rückwärts gelegenen Schlafräumen, und es gehörte nach der Ansicht des Hausbesitzers schon die verwöhnte Art der Gankoffens dazu, um an so bewährten Institutionen herumzukriteln.

»Wir sind eben nicht die Nächstbesten!« gab ihm Frau Gankoffen zurück. Dabei stellte sie sich neben dem großen Ansehen, das die ganze Familie genoß, mit zufriedener Gebärde vor, daß sie über kurz oder lang das schöne Haus in der Schwabinger Landstraße beziehen würden. Freilich, dessen Fenster sahen nicht hinab auf das interessante Leben der Stadt. Weit entfernt lag das Elysium vom Mittelpunkte Münchens, und es war schon eine Seltenheit, wenn einmal ein Wagen die Pappelallee hinunterrasselte. Aber die prachtvollen Räume, die sich himmelweit abhoben von dem Winkelwerk in der Theatinerstraße, würden über die Einsamkeit schon hinweghelfen. Noch mehr vielleicht würde der Antritt des Majorats trösten. Das mußte ihnen zufallen, da ihr Gatte mit seinen zweiundfünfzig Jahren zwar nicht das erstgeborene der Kinder, wohl aber der älteste der drei Söhne war. Sein Vater hatte sich Zeit gelassen und erst fünf Mädchen in wohlbemessenen Abständen von je drei Jahren in die Welt gesetzt. Als dann endlich der Jörg erschien, überkam ihn, wie er selbst mit feuchten Augen erzählte, ein neuer Lenz. Er lebte auf in der frohen Gewißheit, daß der stolze Stamm nicht auszusterben brauchte, sondern ein frisches Reis trug.

Drum ließ er, sichtlich gehoben, noch zwei weitere Söhne folgen, um den Namen ein für allemal der Nachwelt zu überliefern. Das tat er so bewußt, wie alles im Leben, gleichviel, ob er die Spieldose der großen Krippe aufzog, ob er bei einem Gelehrtenkongreß eine feinpunktierte Ansprache hielt oder bei einem Klosterbesuch in alten Schmökern stöberte. Und genau so, mit derselben unumstößlichen Sicherheit, trug er es auch in die Chronik ein.

Es machte sich in diesem Werke, das der Öffentlichkeit immer mehr erschlossen wurde, mit den letzten Jahren ein Zug ins Visionäre, ins Prophetische geltend, der auch solche mit fortriß, die etwa bis jetzt an der Gestaltungskraft des weitberühmten Mannes zweifelten. Da der Stilist aber das Persönliche jedesmal auf das Land übertrug, auf Zukunft und Größe, wirkte es doppelt ergreifend, was er als greiser Seher verkündete. Zwar die Vermählung zwischen Bayern und Griechenland, die er mit denselben lockenden Tönen begrüßte wie seine eigene Wiedergeburt, wie ein zärtliches Schmachten zweier Verliebter, wollte keine köstlichen Früchte tragen. Es ging im Schneckengange voran, es fehlte an Geld, und die entsandte Regierung wurstelte in den hellenischen Gefilden mit einem Bureaukratismus, als hätte sie ein Landrichteramt in Rosenheim oder Aichach zu verwalten. Auch die Mißstimmung gegen Abel, mit dem den Reichsarchivdirektor die innigste Freundschaft verband, dämpfte gar oft das lodernde Feuer des heiligen Glaubens an die Sache des Landes. Aber immer wieder hielt der emsige Sammler die eine, die unverrückbare Linie fest, die das gewaltige Ziel der immer stärkeren Erhebung in greifbare Nähe rückte. Davon war er auch nicht abzubringen, als ihn im hohen Alter – es war so etwa vor zehn Jahren – ein Ereignis traf, das er, in der rein persönlichen Art, wie es gegen ihn und gegen die Familienchronik gerichtet war, als eine Infamie bezeichnen mußte.

In der Stadt tauchte nämlich urplötzlich ein Mensch auf, der, um es kurz zu sagen, nicht mehr und nicht weniger zu sein behauptete als der einzig echte, direkte Nachkomme des Mannes, der die Frauenkirche erbaut hatte. Und zwar schrie er das keineswegs zwischen vier Wänden, am Biertisch oder im Kaffeehaus herum, sondern vor aller Öffentlichkeit in einem täglich erscheinenden Blatte, dem Isarboten. So unscheinbar diese Zeitung sein mochte, so wenig Leser sie gegenüber dem vielberühmten *Landboten*, dem Leiborgan der Münchner, zählte: dieser Brandartikel warf die Auflage der einen Nummer in wenigen Tagen um das Zwanzigfache empor.

Das Niederträchtige war dabei, daß das Geschreibsel höllisch geschickt abgefaßt war. Herr Melchior Gankoffer, wie der Mann sich unterschrieb, klagte nämlich mit keinem Worte über Vernachlässigung oder Zurückweisung, auch beschuldigte er den Reichsarchivdirektor nicht im entferntesten einer gewaltsamen Usurpierung des geheiligten Namens, wohl aber verstand er, als der Journalist, der er von Hause aus war, in täuschender Weise den Stil der Familienchronik zu kopieren und sich selbst die Ahnen der Reihe nach aufzubürden, die ihm nötig schienen, um solche Behauptung entsprechend zu unterstützen. Es fehlte also ebensowenig an Rittern und Landsknechten, die die Verbindung bis zum Jahre 1480, wie im Originale, freundwilligst herstellten. Selbst das ›r‹ am Schlusse des Namens wußte der neue Sprößling ganz in der Art zu erklären, wie die Chronik über die verschiedenen Familien Licht verbreitete oder wie ihr Schöpfer den Joseph Luegecker auf den Ahn in der Martinskirche wies. Auch kam am Schlusse beileibe keine Drohung, sondern nur die ergebene Bitte, mit aller Genauigkeit zu prüfen, ob er, dessen Eltern in Paris gelebt hatten, berechtigt wäre, solche Ansprüche zu erheben. Verkünde das Volk ein ehrliches Ja, die allvermögenden, oberen Herren aber aus nur allzu durchsichtigen Gründen ein kategorisches Nein, dann gehe er mit der neugewonnenen Einsicht, daß Deutschland nicht mehr zu helfen sei, zurück in die Stadt des Lichtes, in der er selber geboren war und in der die hohe Menschlichkeit, die große Sache der Gerechtigkeit, der Gleichheit und Brüderlichkeit, wie die Jahre 1789 und 1830 bewiesen, von jeher ihre Triumphe feierten. In diesem einzigen Horte der unveräußerlichen Rechte wisse man zwar nichts von der Münchener Liebfrauenkirche (wie sollte man auch?!), aber man achte jedermann hoch, der unterdrückt werde, weil er sich mit Fug und Recht den leiblichen Nachkommen ihres Erbauers nenne.

Wie dieser Artikel bei dem ungeheueren Ansehen der Gankoffens in der Stadt einschlug, kann man sich beiläufig vorstellen. Die Münchener Presse, die im lumpigsten Gewande einherstolzierte, lebte damals fast ausschließlich vom Skandal, von handgreiflichen Anspielungen auf stadtbekannte Personen, sie wühlte, da sie über Politik nur den zahmsten Milchbrei bringen durfte, im ödesten Klatsch, in läppischen Lokalnachrichten und in einem Schmutze herum, der der Sensationssucht aufs beste entgegenkam. So ein Anwurf war aber bis jetzt noch nicht unternommen worden, wenigstens nicht auf eine solche Familie. Deshalb brach auch ein allgemeiner Sturm der Entrüstung los, sowohl in den Leserkreisen wie in jenen Zeitungen, denen das Glück einer so hohen, vorübergehenden Tagesauflage versagt blieb. Man verlangte strengste Maßregeln gegen den Pamphletisten, man erklärte durch die Beschimpfung des Gankoffen die ganze Stadt für besudelt. Einige freilich, die in der Öffentlichkeit am lautesten tobten, rieben sich zu Hause schmunzelnd die Hände, indem sie meinten, es schade der überspannten Sippschaft gar nichts, daß sie endlich eine ausgewischt bekam. Überhaupt sei das ewige Protzentum auf die Dauer schier unerträglich.

Der Rat Bauriedl aber, den sein Freund, der Geigenmacher Sanktjohannser, auf der Straße mit allen Zeichen der Empörung auf diese Schandtat anredete, sagte in seiner gelassenen Weise, dieser so plötzlich ans Land gezogene Journalist nenne sich vielleicht mit keinem geringeren Rechte einen Nachkommen des längst verstorbenen Baumeisters, als es der Herr Reichsarchivdirektor tue oder irgendein Salzstößler in der Au, der, ein ›f‹, ein ›n‹ oder ein ›r‹ mehr oder weniger, ganz ähnlich heiße. »Sie sind aber schon ein ganz Ausgefallener!« meinte der Sanktjohannser. »Ich bin eben gewohnt, die Dinge so zu sehen, wie sie sind.« – »Aber so sind sie doch nicht!« tobte der Sanktjohannser.

Und die übrigen tobten noch lauter. Am stärksten die nächste Verwandtschaft, die fünf Männer der Töchter und der Professor. Einer der Erstgenannten, ein Polizeirat Schinabeck, erbat von seinem Chef sogar die Verhaftung des ohnehin schon übel beleumundeten Subjekts. Das ging nicht, da eine direkte Beleidigung nicht ausgesprochen war. Man führte nun gegen das Blatt selbst Argumente zu Felde. Man zog die betreffende Nummer ein, indem man laut Ministerialreskript sagte, daß der nicht mißzuverstehende Hinweis auf die französischen Revolutionen imstande sei, die Gemüter in Alarm zu versetzen, weshalb aus Gründen der öffentlichen Sicherheit eine Inhibierung verfügt werden müsse. Nun wurden die Platten, nachdem sie in zahllosen Exemplaren abgezogen und von der ganzen Stadt gelesen waren, mit aller Umständlichkeit vernichtet. Der schwer gekränkten Familie genügte das aber noch nicht. Deshalb ließ sie durch den ältesten Schwiegersohn, der Regierungsdirektor war, beim Ministerium des Innern die Ausweisung des Halunken beantragen. Aber auch das ging wieder nicht so einfach, denn der Vater des Gankoffers hatte zwei Jahre vor seiner Auswanderung nach Frankreich das Indigenat erworben. Man konnte somit dem Sohne nichts in den Weg legen, als er mit guter Witterung der drohenden Gefahr gleichfalls darum eingab.

»Gar nichts machen, laufen lassen und nicht beachten, das ist das Beste!« meinte der Firneusel, der langjährige Hausarzt des Reichsarchivdirektors. Nur drangen seine Worte nicht durch. Der schwer verletzte Greis litt am meisten darunter. »Daß man mir das zugefügt hat!« stöhnte er. »Mir, der ich für diese Stadt das letzte tat, der ich wie keiner ihre Bedeutung ausschöpfte, der ich für sie litt, ihr alles opferte, – ach, es ist ja nicht auszudenken!«

Und die Seinen sangen diesen Refrain im Chore nach. Sie rannten in der Stadt herum, sie faßten alle Bekannten erst bei den Knöpfen, dann bei den Schultern, dann beim Halse. Auch blickten sie tränenden Auges zum Himmel, ob der keine Blitze sende. Das ging so ein paar Jahre fort, denn man vergaß nicht leicht in der Familie. Die Stadt erlebte inzwischen andere Sensationen, die Gankoffens aber zehrten noch von der alten. Selbst heute blickte die Frau des Akademieprofessors plötzlich von ihrem Nähtischchen nach jemand aus, an den sie sich in der längst erledigten Affäre halten könnte. Sie glaubte nämlich, trotz des Zwielichts unten auf dem Trottoir, ganz deutlich jenen Pressebanditen zu entdecken, der sich nach wie vor als dunkler Ehrenmann ganz ungestört in der Stadt bewegen durfte. »Isabella! Mareile! Schnell, schnell!« So rief sie laut nach ihren Töchtern, wie um sich zu vergewissern, daß sie sich nicht irrte. Das Zimmer der beiden befand sich zwar jenseits der Galerie, aber die Mutter hatte deutlich gehört, daß im Hausflur Schloß und Treppentüre zu knarren begannen. Doch waren es weder die Mädchen noch die Magd, die sie in der Nähstunde auf die Minute abzuholen hatte, sondern der Professor erschien in dem Nebenzimmer, gefolgt von einer einfach gekleideten Bürgersfrau. Der bot er sonderbarerweise einen Stuhl an, indem er zugleich die grünbeschirmte Studierlampe auf dem Sekretär bedächtig anzündete.

»Guten Abend!« sagte Frau Gankoffen jetzt sehr laut. Er trat einen Augenblick näher und meinte, er habe da herin geschäftlich zu reden. »Über was denn?« forschte die Frau. »Herrgott nochmal, es genügt dir wohl, wenn ich dir erkläre: das ist Frau Luegecker. Sie erwartete mich am Hauseingang, und da ich so was wohl nicht auf der Straße abmachen kann ...« Er setzte aus, als erwarte er an dieser Stelle das bis jetzt schmerzlich vermißte Erwachen des weiblichen Intellekts. Darin sollte er sich auch nicht geirrt haben. Die höchst formlose Vorstellung stimmte die Frau Akademieprofessor viel freundlicher. Sie vergaß den Journalisten und bat die Wirtin der Haupt-Schützengesellschaft, ungeniert Platz zu behalten. Als gleich darauf ihre Töchter, zwei hochgewachsene, bleichsüchtige Frauenzimmer von achtzehn und zwanzig Jahren, ins Wohnzimmer traten, um die Hüte abzunehmen, schloß sie hinter sich die Türe. »Die jungen Leute geht es nichts an.« Dann bat sie Frau Luegecker, frei zu reden. Was ihren Mann angehe, interessiere sie gleichmäßig. Der Jörg biß sich zwar auf die Lippen, aber seine Ehehälfte war eine so statiöse Erscheinung mit so ausgesprochenen Körperformen, daß es, wenn sie sich mal niedergelassen hatte, schwerfiel, sie zu entfernen. So machte er denn auch nichts weiter als eine Bewegung

gegen den ungewohnten Besuch.
Deren hätte es kaum bedurft, denn Frau Luegecker legte ohne jede Beängstigung los, wie jemand, dem Zeit und Worte kostbar schienen. Ihre klaren, grauen Augen gingen dabei unter dem einfachen Scheitel und dem schwarzen Kapotthut mit sicherem Zielpunkt abwechselnd auf die beiden Gatten, auch die Hände, die in gestrickten Handschuhen steckten, redeten bald unter, bald über der schwarzen Tuchmantille eine höchst eindringliche Sprache.
»Also, wie ich's dem Herrn Professor schon auf der Treppe zu verstehen gab: mit meinem Mann ist es nichts! Ein guter Kerl, das weiß ich selbst, aber ein Geschäftsmann, daß es unsern Herrgott erbarmen kann. Zum Schweißaustreiben ist's mit dem Menschen, zum Erleben ist es nicht. Die langen Jahre läuft er jetzt von Haus zu Haus, von Instanz zu Instanz. Geht die Geschichte voran? Ums Hinwerden nicht! Jawohl, Frau Professor, müssen's schon nicht für ungut nehmen, ums Hinwerden nicht! Heut' schwatzt er so, morgen schwatzt er anders, und kein Mensch weiß nicht, was dabei herauskommen soll. Nun bin ich allerdings der Meinung, daß die maßgebenden Stellen, auf die's da ankommt – ich will gar nichts Böses sagen und etwa gar anzüglich reden –, aber ich meine die Herrschaften, die den Entscheid zu treffen haben wegen der Wiesen, daß die nämlich genau so hinum-, herumzappeln und zu keinem Entschluß kommen. Einerseits, weil sie trotz ihrer Gescheitheit immer noch nicht wissen, ob der Bahnhof wirklich da hinkommt, wo die Schießstatt steht, andererseits, weil sie sich einbilden, damit womöglich noch einen größeren Profit herauszuhauen. Einen noch größeren Profit, hab' ich gesagt, Herr Professor. Es ist so und nicht anders, mögen Sie noch soviel mit der Hand herumfuchteln! Wäre das nicht, dann müßte alles längst im reinen sein und jeder sein gebührend Teil im trockenen haben. Ein solcher Zustand ist aber auf die Dauer etwas ganz Abscheuliches. Drum hab' ich mich heut einmal selbst auf die Socken gemacht und meinen Alten hübsch daheim gelassen. Der Herr Reichsarchivdirektor sind selbst viel zu bejahrt, man wird schwerlich mehr was Gescheites aus ihm herausbringen; so bin ich da herge-

gangen. Jetzt aber, bitt' schön: ja oder nein. Trifft das erstere zu, dann können wir ein solides Geschäft machen und morgen verbriefen, trifft das letztere auf, dann hat's eben nicht sein sollen, dann macht man Punkt darunter und Streusand darüber.«

Sie atmete aus, sie rückte die Mantille wieder zurecht und sah erwartungsvoll auf die Frau Professor. Denn daß die mehr zu sagen hätte wie ihr Mann, meinte Therese Luegekker in der ersten Minute der Bekanntschaft zu erkennen. Da täuschte sie sich auch nicht; Frau Gankoffen schwang das Szepter im Hause, nur kam ihre Autorität diesmal weniger in Betracht, da sie von Geschäften so gut wie gar nichts verstand. Jedenfalls wußte sie bei dieser Konferenz nichts anderes anzufangen, als die Arme übereinanderzulegen und dabei recht nachdenklich den Kopf zur Türe zu neigen, als gebe sie sich ganz eigenen Gedanken hin. Das gefiel der Schießstattwirtin, und sie wollte gerade über die Höhe des Preises einen entscheidenden Vorschlag machen, als die Dame ganz unvermutet vom Stuhle sprang. Das war der eine Ruck, der andere galt der Türe, die sie gegen das Wohnzimmer energisch aufstieß. Daß sie dabei mit festem Schlag die vorgestreckten Köpfe ihrer beiden Töchter traf, schien sie eher zu befriedigen wie zu wundern. »Hab ich euch endlich wieder mal! Na, wartet, ich will euch horchen lehren! Dort am Nähtisch ist euer Platz. Hier habt ihr nichts zu suchen.« Und sie eskortierte unter fortwährenden Vorwürfen die beiden Jungfern persönlich dahin, ehe sie zu den andern zurückkehrte.

Inzwischen wandte sich Frau Luegecker an den Professor. Der hatte bis jetzt kein Wort geredet. »Ein schwerer Fall«, meinte er. Sie schüttelte gelassen den Kopf. »Ich sehe nicht ein, was da so schwer sein soll! Sagen Sie einfach, wieviel Sie wollen; wir kaufen's dann auf unser Risiko, gleichviel, ob der Bahnhof hinkommt oder nicht.« Mit schwermütigem Lächeln nickte Jörg Gankoffen. »Liebe, gute Frau Luegecker, Sie nehmen das alles in Ihrer biederen, einfachen Art, und das ist ja gut so. Unsereins aber muß sich so vieles vergegenwärtigen.« »Was denn?« fragte die Wirtin. Der Professor schlug auf den

Schenkel. »Denken Sie doch an die zahllosen Familien, die da mitzureden haben, denken Sie an die unsicheren Zeiten, an die böse, politische Lage. Ja, das ist's. Die Politik gibt den Ausschlag, sie verzögert die Entscheidung. Ich bitte Sie, was ist in diesem einen schrecklichen Jahre alles geschehen, seit man Herrn von Abel auf so unerhörte Weise entlassen hat! Welches Schmarotzertum, welches Geschmeiß hat sich breitgemacht im Lande und führt das Regiment! Das sind nicht mehr unsere alten, gesunden Verhältnisse, das ist eine wahnsinnige Zeit, wo niemand von heute auf morgen disponieren kann. Jeder Mensch, der die Wahrheit redet, wird an den Pranger gestellt. Sie in Ihren Kreisen erfahren das nicht so; seien Sie froh, daß dem so ist. Wir aber, die Gebildeten, können ein Liedchen singen. Wir hängen nicht mehr von der Regierung, sondern nur noch von diesem Weibe ab. Was die Gräfin Landsfeld befiehlt, geschieht; sie setzt das ganze Räderwerk der Staatsmaschine in Bewegung, sie hält es wieder an, wenn es ihr paßt. Und wir, die wir regelrecht auf einem solchen Vulkan tanzen, sollen Geschäfte abschließen? Nein, das geht nicht ... das läßt sich nicht machen ... das ...«
Er sah ungeduldig auf seine Frau, als meinte er, die könnte doch auch mal den Mund auftun. Die aber drehte sich schon wieder nach der Türe. »Was gibt es denn?« rief sie. Diesmal öffneten die Töchter selbst. »Papa! Mama!« riefen sie. »Die Babett sagt, da unten auf der Straße treibe sich die Lola Montez herum! Ja, kommt nur her und schaut selbst: die vielen Menschen, und da, da in der Mitte geht sie.« Jetzt kam auch noch die Magd herbei. »Denken S',« sagte sie, »in einem Laden ist sie gewesen, und ganz unverschämt war sie gegen die Leut'. Die aber haben sie schön verhaut.« Die Frau Professor war selbst ans Fenster geeilt, durch das ein anschwellender Lärm von tobenden Menschen drang. Nun drehte sie sich zu Isabella und Mareile. »Ihr geht sofort in euer Schlafzimmer hinter und zieht den Vorhang zu! Babett, Sie gehen mit und sorgen, daß es geschieht.« – »Aber Mama, laß uns doch ein bißl schauen!« – »Auf keinen Fall! Überhaupt, was wißt ihr von der Lola Montez? Was kümmert euch das? Was

versteht ihr davon? Ihr seid viel zu jung, viel zu dumm und habt euch um anderes zu kümmern. Da ist meine Stickerei, die nehmt ihr mit, dann könnt ihr statt meiner die Rosen verarbeiten, damit das dumme Kissen endlich fertig wird.« Sie stieß das alles in einer Hast hervor, als gebe sie die letzten Anordnungen beim Verlassen eines brennenden Hauses. Dann riß sie die Schutzrollen aus getrocknetem Moos von den Gesimsen und öffnete das Fenster.

Bekümmert wandte sich Jörg Gankoffen zu Frau Luegecker. »Da haben Sie gleich einen Beweis! Nicht mal in der Familie ist man sicher vor Umtrieben. Nicht mal die Kinder kann man vor Scheußlichkeiten bewahren. Und da soll man dann von Terrainspekulation reden!« Frau Luegecker sah immer erstaunter zu ihm empor. Im stillen war sie sogar drauf und dran, ihrem Alten Abbitte zu leisten, weil sie merkte, daß mit dieser hirnlosen Gesellschaft wirklich kein vernünftiges Wort geredet werden konnte. Einen Stich aber mußte sie diesem Waschlappen da, der den Titel Professor führte, doch mit recht laut gedehnten Worten versetzen. »Eigentlich versteh' ich nicht, was die Lola Montez mit den Wiesen von der Schießstatt zu tun hat.« Das reizte den Gankoffen wieder, da er in diesen Worten einen unberechtigten Zweifel an seiner Autorität erblickte. »Allerdings, wenn Sie das nicht einsehen, dann …« Jetzt rief ihn seine Frau, die noch immer am Fenster stand. »Du Jörg, das mußt du sehen! Sie hatten, scheint's, die Person, die elende, wirklich schon beim Kragen gefaßt. Jetzt aber, 's ist zu schade, kommt die dumme Gendarmerie schon wieder daher, um sie loszumachen. Ach Gott, diese Leimsieder! Daß sie immer am falschen Ort auftauchen! Braucht man sie, ist gewiß keiner da, braucht man sie nicht, wie hier, dann rücken sie gleich vierundzwanzig Mann hoch an. Sag doch das dem Schinabeck mal, wenn du ihn siehst! Sonst sag' ich's ihm selbst beim Geburtstag vom Papa.«

Der Professor schien weder Lust zu haben, seinen Schwager zu interpellieren, noch ein Schauspiel zu bewundern, das in München seit langem schon zum alltäglichen geworden war. »Sie sehen, es geht wirklich nicht!« bedeutete er Frau Luegecker. Und er glaubte dabei, wieder den Mann vor sich zu haben, den er auf diese Weise schon sechs- bis siebenmal hingehalten hatte. Von diesem Irrtum sollte er aber endgültig befreit werden. Frau Luegecker nahm ruhig ihren Korb, den sie neben den Stuhl gesetzt hatte und steuerte zur Türe des Zimmers, indem sie dabei ihre Zunge wie einen Bleistift spitzte. »Es ist gut. Und ich mach', daß ich weiterkomme. Ihr aber könnt Euch andere Leute suchen, die so dumm sind, Euch noch länger den Hanswursten zu machen. Ich hab's jedenfalls dick und leid' es auch nicht mehr, daß der Luegekker je wieder einen Fuß zu Euch setzt. Verstanden?«

Mit diesem letzten Worte war sie zur Türe draußen und gleich darauf über Vorplatz und Treppe verschwunden, ehe man nur den Versuch machen konnte, sie einzuholen. Im Zimmer herrschte eine peinliche Pause. Frau Gankoffen wandte sich, da es draußen ruhiger wurde, von den genußreichen Darbietungen der Straße so langsam zu ihrem Manne. »Scheint ja hübsch unverschämt zu sein, die Bürgersfrau da.« Der Professor hatte zuerst wie festgenagelt gestanden, jetzt fuhr er gehörig los: »Ach was, wenn du dich schon gleich wieder dreinmischen mußtest, kaum daß ich mit der Frau ins Zimmer trat, dann hättest du wenigstens ein vernünftiges Wort sagen können, statt so dumm und so unfähig dazusitzen oder dich um den Janhagel zu kümmern!« Die Frau wollte empört tun, aber er hatte jetzt Mut gewonnen und schrie sie noch heftiger an. »Albernes Zeug da, mit der dummen Warterei und der Zimperlichkeit. Papa kann noch hundert Jahre alt werden, wir aber brauchen das Geld.« Dabei überlegte er, daß man in der Stadt bei diesen Krämern und Kreuzerfuchsern außer den Luegeckers weit und breit niemand fand, der so viel Unternehmungsgeist besaß. Freilich, wenn man die Gewißheit gehabt hätte, daß der Bahnhof nur dort zu stehen kam, dann hätten die Kerle schon in das Portemonnaie gegriffen. Aber wann fiel der Entscheid? Wann? Wann? Wann? Der Professor hatte sowohl seinen Bruder Heinrich, den Finanzrat, schon die Dutzend Male darauf angestoßen, als auch seinen Schwager, den Regierungsdirektor. Sogar das Familienoberhaupt selbst war dafür eingetreten. Allerdings nicht mehr mit der alten Spannkraft und Frische, die es sonst beseelte. Der Reichsarchivdirektor ließ nach. Seit dem Tage, da man das Pamphlet gegen ihn in die Welt setzte, freute ihn nichts mehr, und wenn er auch noch regelmäßig aufrechten Hauptes durch den Englischen Garten schritt oder auf seine Kanzlei wanderte, so war das nur die nach außen gewahrte Haltung. In seiner Villa lag er tagelang herum, vor allem verließ ihn sein berühmtes Gedächtnis.

Statt seiner verkündete der älteste Sohn den Angehörigen wie den Behörden mit um so größerem Nachdruck, was der eigentliche Wille des Vaters sei. »Sein Herzenswunsch, daß die Grundstücke verkauft werden.« Und er fügte bei, daß es sein eigener wäre, dem alten Herrn noch diese Freude zu bereiten. Trotzdem wollte nichts vorangehen. Es mußte da eine passive Resistenz obwalten, der man nicht auf die Spur kam. Vor vierzehn Tagen, als die zwei Brüder mit dem Schwager gemeinsam beim Minister in eigener Person anklopften, hieß es sogar, die Sache sei so gut wie aussichtslos. Ein allerhöchstes Signat liege vor, das den neuen Bahnhof für die Stelle vorschlage, auf der der alte stehe. Ja, wenn noch Herr von Abel am Ruder gewesen wäre. Der benahm sich zwar in solchen Fällen auch recht renitent und war für Privatwünsche nicht leicht zu haben. Immerhin hörte er noch auf erbeingesessene Familien, während seine Nachfolger, die Trabanten der Lola, diese Streber, schon deshalb jeder besseren Einsicht die Türe zuschlugen, weil man ihrer Gönnerin mit berechtigtem Abscheu die seine verschloß.

»Sehr fatal, wirklich sehr fatal!« seufzte die Frau, als sie dies alles über sich ergehen lassen mußte. Er lachte gereizt. »Auf die Art siehst du wenigstens ein, daß es mit der Zeit verflucht schwer fällt, immer wieder dieselben Sprüche machen zu müssen, wo man doch lieber heute wie morgen losschlüge.« Die Gattin erwiderte nichts mehr, denn es erschien in blauem Schurze die Magd, um das Abendessen auf den weißgedeckten Tisch zu setzen. Hinter ihr zeigten sich auch wieder mit neugierigen Gesichtern die Töchter. Jetzt kam das Tischgebet an die Reihe. Das sagte der Gankoffen sonst immer mit sehr viel Empfindung auf. Diesmal murmelte er es allerdings mit mehr

Gedanken an die Grundstücke als an den lieben Gott. Recht hastig und ausdruckslos, daß die andern kaum nachkamen. Dann setzte er sich, indem er die Serviette um den Hals band. Aber trotzdem es sein Lieblingsessen gab, Kalbkotelette mit Kartoffelsalat, wollte es ihm nicht schmecken. Auch dem Biere, das bald nachher von der nahgelegenen Wirtschaft zum »Lachenden« in einem zinnernen Maßkrug gebracht wurde, sprach er nur wenig zu. Dafür hielt er sich um so ausgiebiger an die Mädchen und deren Erziehung. »Ihr eßt, daß es eine Schande ist! Hätte ich im Hause meines Vaters derartig die Gabel geführt, ich hätte eine auf die Finger bekommen, und das mit Recht!«

Isabella und Mareile sagten nichts, da ihnen nur zu reden gestattet wurde, wenn man sie etwas fragte. Sie fieselten daher geduldig an den Knochen herum und taten verstohlen einen Schluck aus den Quartlgläschen. Das vermochte aber den Vater noch nicht zu beruhigen. »Es fehlt bei euch überhaupt an allen Ecken und Enden!« begann er wieder. »Was hab' ich da vorhin aus eurem Munde für einen Namen hören müssen! Und noch dazu in Gegenwart einer fremden Frau. Die mag einen netten Begriff von euch bekommen haben. Vermutlich erzählt sie jetzt in der ganzen Stadt herum, welch ein sauberer Ton bei den Gankoffens herrscht. Ich aber bedanke mich gehorsamst dafür, mich von euch so blamieren zu lassen.«

Da das Mareile die Lippen verzog und ein paar dicke Tränen über die Wangen marschieren ließ, mischte sich jetzt die Frau hinein. »Ich hab's ihnen verwiesen; damit kann's aber auch genug sein, mein' ich!« – »Genug ist es erst, wenn ich's für gut befinde! Du aber könntest den Fratzen bessere Lebensart beibringen!« – »Ah, da hört sich doch alles auf!« schnaufte die Frau. Und sie war nahe daran, einen regelrechten Skandal zu entfesseln, als auf einmal draußen auf dem Flur mehrmals nacheinander die Hausglocke gezogen wurde.

Alle im Zimmer sahen sich an. Um diese Stunde pflegte niemand mehr zu den Gankoffens zu kommen, es sei denn, daß etwas ganz Außergewöhnliches passierte, ein Todesfall, eine Erkrankung oder sonst eine Affäre, die das menschliche Dasein aus allen Grundfesten hob. Ganz kurz fuhr

es dem Professor durch den Kopf, es könnte etwa gar Frau Luegecker sein. Dabei wurde ihm sogar ganz warm, ganz froh zumute, weil er auf diese Weise noch eine Verständigung erhoffte. Aber er verwarf das gleich wieder. Die hatte unzweideutig ihre Meinung zu verstehen gegeben; außerdem wäre es ihr schwerlich in den Sinn gekommen, in dieser Weise am Glockenstrange zu reißen. Das war ja wilder Alarm, wie wenn der Posten drüben an der Residenzwache die Mannschaft herausholte, um Ablösung zu verkünden oder einen Bierkrawall niederzuschlagen. So wartete er, die Serviette in der Hand, bis die Magd die Galerie hinaufhetzte, um den Riegel zurückzustoßen. Auch bewegte er sich noch nicht von der Stelle, als er draußen auf dem Flur mehrere Stimmen hörte, die erregt nach ihm fragten. Es war ein so wirres Durcheinander, daß er zuerst nichts entziffern konnte. Doch endlich riß es ihn empor. Er hatte jetzt deutlich einen der späten Besucher erkannt, seinen Bruder, den Finanzrat. »Der Heinrich!« sagte er halblaut zu seiner Frau. Die hatte auch ängstlich hinausgehorcht und ergänzte seine Beobachtungen. »Jawohl! Die zwei andern aber sind der Gaigl und der Fischer.«
Der Gatte nickte und horchte wieder. Jetzt waren die Ankommenden schon bei dem Kleiderständer, sie brauchten nur noch ein paar Schritte, um ins Zimmer zu stürmen. Und doch überlegte der Gankoffen in dieser Sekunde noch deutlich, was sie zu ihm führe. Der Residenzbäck wohnte schließlich Wand an Wand mit ihm, so daß sie sich von den rückwärtigen Zimmern aus durch Klopfzeichen verständigen konnten; was aber wollte der Fischer, was vor allem sein Bruder von ihm? War vielleicht doch etwas erreicht drinnen im Ministerium? Wenn aber ja, was kamen die beiden mit ihm?
Ein Glück, daß er sich nicht mehr lange mit solchen Zweifeln zu foltern brauchte, denn der Fischer und der Gaigl schrien ihm jetzt der Reihe nach das große, das aufrüttelnde Ereignis an den Kopf, von dem bereits die ganze Stadt widerhallte, während nur er, der gemütlich verdaue, nichts zu wissen schiene. Staunen, ja umfallen möge er: die Universität sei geschlossen worden! Nicht mehr länger hätten die

anständigen Studenten es mitansehen können, daß ihnen die Gräfin Landsfeld ihre elenden Protégés, ihre Schleppenträger, die Alemannen, als erstes Korps vor die Nase setzte. Nicht mehr länger hätten sie's ertragen, daß ihre alten, ehrbaren Lehrer, die gegen das Schandweib protestierten, aufs schärfste gemaßregelt wurden. Die Antwort auf die Demonstration sei dieser Erlaß des liberalen Ministeriums, der alles Dagewesene übersteige. Aber so schimpflich er genannt werden müsse, er bedeute doch das größte Glück für das Land. Denn jetzt sei das Eis gebrochen, der Geduldfaden gerissen, ein flammender Protest mache sich geltend. Es ziehe durch die ganze Ludwigstraße herauf, ja, es käme bereits näher zur Theatinerkirche her. Ob man's noch nicht höre? Dann mache man gleich lieber das Fenster auf. Da, Bürger, Studenten, alles marschiere Arm in Arm und alles schreie »Pereas Hure! Pereas Hu …«

»Jesus, meine Kinder!« schrie Frau Gankoffen, indem sie die Töchter zur Türe hinausspedierte. »Ja, Herr Gaigl, was fällt Ihnen denn ein? Vor einem Erwachsenen sollte man sich schämen, wenn man so ein scheußliches Wort in den Mund nimmt, jetzt erst vor jungen Mädchen! Nein, nein, ich fasse so etwas nicht.« Der Residenzbäck schien unter dem Druck des welthistorischen Ereignisses wenig Empfindung dafür zu haben, wie schwer er aller guten Sitte ins Gesicht geschlagen hatte. Er zuckte wohl kurz die Achseln, aber er redete weiter, und auch dem sonst so stummen Fischer Toni hing vor Aufregung fast die Zunge heraus. »Wir … wir … wir …? Die da drunten … Machen Sie die da drunten haftbar dafür!« Damit wiesen sie durch das aufgestoßene Fenster zur Straße. »Da, hören Sie selbst! Ganz im Takt rufen sie's: Eins, zwei, drei! Die Schandi aber können nichts machen dagegen.«

Frau Gankoffen trat an das Fenster und schlug die Hände zusammen, als sie diesen gewundenen Knäuel zahlloser, brüllender Menschen gewahrte. Ihr Mann aber stolzierte in die Mitte des Zimmers dicht neben den Eßtisch und schwang die Arme. »Ihr habt recht, Freunde, das Maß ist voll! Wahrhaftig, ich bin dem König ein treuer Diener gewesen, und mein ganzes Haus, von meinem greisen Vater an bis herab zum letzten Enkel, ist es noch heute. Wenn man's aber erleben soll, daß uns von frevler Hand das letzte genommen, daß die Wissenschaft an die Wand gedrückt wird, die Kultur vernichtet, dann sag' ich mit Maria Stuart: Fahr hin, lammherzige Gelassenheit! Zum Himmel fliehe, leidende Geduld! Komm, Heinrich, komm, Gaigl, komm, Fischer! Wir wollen nicht zurückbleiben, nein, wir schließen uns diesem Zuge an, wir erheben die Hand zum flammenden Proteste!« – »Bin dabei!« schrie der Gaigl. Nicht minder freudig stimmte der Fischer zu. »Wartet hier,« keuchte der Professor, »ich hole nur meinen Degenstock. Bei solchen Gelegenheiten weiß man nicht, was passiert. Aber auch wenn Blut fließt, es ist ganz gleich: einmal muß diese Schwäre mit brennendem Feuer getilgt werden!« Und trotz des Widerspruches der Frau wollte er die Galerie hinuntereilen.

Da aber stürzte ihm sein Bruder auf dem Flur nach. Der hatte bisher kaum ein Wort gesprochen, sondern während des allgemeinen Tumultes wie ratlos vor sich hingeschaut. Jetzt zog er den Professor beim Rockzipfel mit unwiderstehlicher Bewegung in eine Ecke. Eine nette Situation, in die sie da gerieten, meinte er. Und der Jörg sei so unsinnig, sie durch törichtes Gebahren zu einer ganz verworrenen zu gestalten. Was ihm denn einfiele, sich jetzt auf die Straße zu begeben, um mitzubrüllen oder Pflastersteine zum Fenstereinschmeißen auszugraben! Ein verständiger Mensch bleibe zu Hause und mische sich nicht in solche Affären, besonders nicht, wenn er selbst stark engagiert sei.

Stark engagiert? Wieso? Der ältere Bruder wollte sich diese Redeweise ganz energisch verbitten, um so mehr, als er so einen Einwand am wenigsten erwartet hatte. Aber der Finanzrat schlug ihn mit einem Satze nieder. Diese ewige Schieberei und Bettelei wegen der Grundstücke habe ihn, trotzdem ihm der Gang als Beamten sauer genug geworden sei, endlich veranlaßt, durch den Kammerjunker von Pellegrini eine Audienz beim allmächtigen Minister von Berks, dem Günstling der Gräfin Landsfeld, nachzusuchen. Der habe ihm nun vor drei Stunden die feste Zusicherung erteilt, daß der Berg doch noch zum Propheten komme, mit andern Worten: der Bahn-

hof zur Schießstätte. Freilich habe der elegante Abenteurer dabei sehr von oben herab gespöttelt. Er sei glücklich, ja er freue sich, der altrenommierten, hochangesehenen Familie ein Paroli bieten zu können, da die Gankoffens sich bis heute nicht gerade freundlich gegen die Gräfin benommen hätten.
Als der Finanzrat das mit verbissenem Grimm herausgestoßen hatte, lehnte sich der Professor, wie von einer Ohnmacht umnebelt, an die Wand. Er hatte in diesem Leben so ziemlich alles für möglich gehalten; daß es aber einmal die Lola Montez in eigener Person sein werde, die die Lokomotive samt Tender zur Stadt schieben werde, wäre ihm nimmer in den Sinn gekommen. Ein grenzenloser Wirrwarr auf und nieder stürmender Gedanken zog durch seinen Kopf. »Heinrich!« begann er endlich, und seine Stimme hatte beinahe etwas Flehendes, Hilfloses. »Heinrich, wenn das wahr ist, was du da sagst, wenn das wirklich zustande kommt ... Du weißt, es ist ja nicht meinetwegen! Nur wenn der alte Mann zum Neunzigsten noch die Freude erleben soll ... wenn er ...« Es stieg ihm so heiß auf, daß zwei dicke Tränen aus seinen Augen kamen. Leider schien der Bruder für diese Erregung nicht das richtige Verständnis zu haben. »Dummes Zeug! Du hast den ganzen Handel eingebrockt; so spiel mir jetzt wenigstens keine Komödie vor.« Der Professor sah ihn an, als ob er einen Schlag bekommen hätte, und reckte sich zu drohender Haltung empor. »Unser Vater mahnt uns Tag und Nacht, zusammenzuhalten und immer wieder zusammenzuhalten! In seinem Sinne, zu eurem Besten hab' ich gehandelt, und das ist nun der Dank dafür.« Der Finanzrat winkte ab. »Vom Dank wollen wir lieber nicht reden. Ich hab' mich jedenfalls genug geärgert mit den verdammten Grundstücken und will froh sein, wenn ich nichts mehr davon höre.« – »Weiß, weiß, Dir ist die Familie nie was gewesen. Immer bist du abseits gegangen.«
Jetzt wurde der Finanzrat zu guter Letzt sehr ungeduldig. »Lieber Jörg, sieh zu, daß du mit dem Papa und den Schwägern nicht die Rollen der berühmten Lohgerber übernimmst, denen im letzten Momente bekanntlich die Felle wegschwimmen! Die Revolution ist unterwegs; siegt sie, dann kracht das

System des Herrn von Berks samt seinem Portefeuille und der Gräfin zusammen. Fällt es zu Staub, noch ehe die versprochene Unterschrift gegeben ist, dann hast du mit dem Wirt der Schützengesellschaft, der euch in die saubere Spekulation hineinziehen möchte, das Nachsehen und kannst deine blauen Wiesen von neuem wieder auf deiner Staffelei herunterpinseln.« Damit riß er, ohne Adieu zu sagen, die Haustüre auf, um sie gleich nachher wieder mit voller Wucht hinter sich ins Schloß fallen zu lassen.

Der Professor aber wankte, den Degenstock in der Rechten, in das Wohnzimmer zurück, wie einst sein schwerverwundeter Ahn in das stille Gebirgsdorf am Fuße der Tiroler Alpen. Ein gestürztes Prinzip, eine zertrümmerte Weltanschauung, ein Kampf zwischen Kindesliebe und Vaterland, so kam er daher, ein besiegter Imperator, winkte er mit der Linken, man möge das Fenster schließen, damit man die häßlichen Rufe von der Straße nicht mehr zu hören brauche. »Seid mir nicht bös, wenn ich euch nicht begleite«, sagte er zum Gaigl und zum Fischer. »Ich kann nicht … kann wirklich nicht …« Und als die beiden erstaunt dreinsahen, murmelte er, auf einen Stuhl gesunken, immer vor sich hin: »Weiß, weiß, liebe Freunde, 's ist ein Wortbruch, ein Unrecht. Aber ich muß dem alten Manne zum Neunzigsten die Überraschung bringen. Es freut ihn halt so … es freut ihn halt gar so …«

Zwölftes Kapitel

Fasching und Völkerlenz

»Pereas Hure, Pereas Hure!« so klang es drei Tage in stetem Krescendo ungehindert durch die ganze Stadt. Die Menge pflegt es sofort zu merken, wenn die Handhabe des Gesetzes auch nur ein bißchen lockerer gehalten wird oder wenn gar eine Unsicherheit, ein schlechtes Gewissen dahinter steckt, und schreit dann dreimal so laut. Solch vaterländische Betätigung strengt die Kehlen an; somit ist nichts erklärlicher, als daß man sie neu zu schmieren sucht. Wasser mochte für diesen Zweck kaum als das geeignete Mittel erscheinen, da es obendrein Anno 48 in gewöhnlichem Zustande fast lebensgefährlich war. Es mußte somit in gesottenem herhalten, es mußte als Bier genossen werden. Und da, bei der Auswahl des Stoffes zeigte sich so recht die politische Reife des Volkes, das auch in dieser Stunde nicht zu überlegen vergaß, wo er wohl am besten wäre. Der Gaiglbräu trug den Sieg davon, den höchst ergiebigen, unbestrittenen Sieg, um den er nicht wenig beneidet wurde.
Es befand sich alles auf den Beinen, was nur marschieren konnte in München, an der Spitze die Studenten und ihre Protektoren. Graubärtige Männer sah man da mit Knüppeln einherschreiten, andere wieder trugen Schläger, selbst farbige Parapluies wurden als Waffe geschwungen. Ganz verstohlen mischte sich an manchen Plätzen mit gebührender Vorsicht auch ein Geistlicher hinein. Verhielt dieser Diener Gottes sich äußerlich ruhig, so brüllte die von ihm geleitete Gefolgschaft dafür um so lauter. Die bestand aus den Gesellenvereinen vom heiligen Aloisius und Vinzentius, aus den vom König so gefürchteten Dreigroschenmannln, ja

sogar aus büßenden Bruderschaften, die sonst nur bei der Fronleichnamsprozession oder bei Hinrichtungen aufmarschierten. Und weil jener Reichsrat, dem der bissige Hofmarschall in der Antichambre des Königs die Wallfahrt zur Lola empfahl, eine Speisung der Armen in Aussicht gestellt hatte, falls die Ausräucherung des Satansweibes glücken sollte, kamen Pfründner und Spitaler in Rollwägelchen, auf Stöcken und Krücken herbei.

Kein Wunder, daß bei solcher Ausgrabung des letzten Aufgebotes auch andere Wirtschaften wie der Gaigl guten Zuspruchs sich rühmen durften. Aber in der Neuhauserstraße gegenüber der Michelskirche verdichteten sich die Revolutionäre im Vorder- und Hintergrunde der Wirtschaft, auf dem mit Klapptischen versehenen Flur, im Hofe, auf den Treppen sowie vor dem Anwesen zum wimmelnden Ameisenhaufen. Selbst die Wohnung des Brauers im ersten Stocke blieb nicht verschont. Gegen die Straße hinaus, im großen Zimmer, klapperten die Krüge, auf dem Sofa, in den bequemen Lehnstühlen saßen eifernde Bürger. Frau Gaigl, die auf kurze Zeit von der Küche heraufkam, behielt nur noch das schmale Zimmerchen nebenan für sich und die Kinder. Dort lag sie vor einem Kruzifix auf den Knien und betete. Für wen sie das tat, wußte sie selbst nicht recht; es war mehr das Aufsagen und Ablesen bestimmter Abschnitte aus dem Gebetbuche als ein zum Himmel gerichteter Stoßseufzer. Möglich, daß sie dazwischen mal ohne greifbaren Text flehte, die Muttergottes möge ihren Mann beschützen. Doch das war nur ein flüchtiges Abschweifen. Im allgemeinen schlug man, wenn eine solche Bitte ausgesprochen wurde, die vorgeschriebenen Spezialgebete nach. »Wenn jemand eine Reise tut«, »Wenn jemand schwer krank oder von üblem Siechtum befallen ist«, »Wenn jemand in Gefahr schwebt«.

Diese dritte Nummer schien auf den Sebastian zuzutreffen. Wie sein Urahn Anno 1705, hielt er sich inmitten der aufgeregten Massen und schenkte persönlich das Bier aus. Nur tat er das mit dem Unterschied, daß er keine seidene Fahne zur Hand nahm. Eine solche hätte er gar nicht besessen, da er nie als Mitglied der Haupt-Schützengesellschaft oder sonst einer Feuerstutzenvereinigung eingeschrieben war. Auch pflegte er sich an keiner Stelle vorzudrängen, sondern was er tat, trefflich zu überlegen. Hatte er aber zugegriffen, dann ging er erst recht Schritt für Schritt, wie er's von seinem Vater gelernt hatte. Er blickte mit seinen blauen Augen verschlafen in die Welt und wies einen Bauch auf, der ihn schon längst nicht mehr zu den Zehenspitzen herabsehen ließ. Und der weiteren Rundung von Beinen, Brustkasten und Armen entsprach sein ganzes Wesen. Er ließ sich Zeit, er kannte keine Hast, sondern nur Gemütlichkeit und Gutmütigkeit. Nun mußte er, dem jede Aufregung fremd und zuwider war, sich mühen, den Anforderungen dieses wilden Tages gerecht zu werden. Von allen Seiten geschoben und gestoßen, sandte er von Zeit zu Zeit einen verzweifelten Blick zum Bilde seines Schutzheiligen empor. Das war ein lebensgroßer Akt, den ihm ein Kunstmaler von der Akademie drüben als Abschlagszahlung für Bier und Essen an die Wand gesetzt hatte. »Heiliger Sebastian!« murmelte der schweißbedeckte Besitzer. Gleich darauf fragte er sich, wem es schlechter ginge, dem an den Baum gefesselten Märtyrer dort oben, dem die Pfeile der Römer von allen Seiten in den Körper flogen, oder ihm, dem die halbverrückte Menschheit Krüge und Teller in den Bauch drückte. Jedenfalls war es ein Tag, wie er noch keinen erlebt hatte, seit er das Anwesen übernahm.

Sein Vater am Stammtisch in der oberen Abteilung der Wirtsstube meinte das gleiche. So etwas sei nicht mehr dagewesen seit dem Einzug des Max Joseph, nur hätte es da nicht halb soviel Menschen gegeben. »Ja, ja, der Max Joseph! Der gute Vater Max!« In solch nachdenklichem Tone sprach einer, der bei ihm saß, ein ganz verkrüppeltes Männlein mit eingefallenen Backen und zahnlosem Munde. »Herr Solotänzer!« titulierten ihn die Gäste, die's ohne Attribut nicht taten, auch wenn sie Herr Laternanzünder oder Herr Totengräber sagen mußten. Der ehemalige Kollege der Lola Montez nickte. »So was wär' unter diesem soliden Monarchen unmöglich gewesen.«

Der Stammtisch, an dem auch der Residenzbäck saß, disputierte über den alten Gaigl und den königlichen Solotänzer weg und fragte sich erhitzt, was aus der Lola werde, was der König tue. Alle erklärten, indem sie sich mit trotzigem Lachen gegenseitig naß spuckten, sie seien sehr neugierig darauf. Aber was könnte man noch prophezeien, nachdem jede Stunde was Neues brachte! Erst gestern Abend hatte man einen Faustschlag ins Gesicht empfangen, eine Provokation, der man eine noch stärkere entgegensetzen mußte. Alle, wie sie da herin saßen, wie sie auf der Straße herumwanderten, stimmten darin überein. Eine Deputation angesehener Bürger war zum König gesandt worden, darunter der Kaufmann Rosipal, der Zimmermeister Reiffenstuel und der Bierbrauer Singlspieler. Vom letzteren versprach man sich besonders viel, da er obendrein die Stellung eines Landtagsabgeordneten einnahm. Trotz der ehrfurchtsvollen Vorstellungen kamen aber die submissesten Protestler wie begossene Pudel zurück. Sie sahen den König nur einen Moment und hörten in dieser kurzen Zeit nichts anderes als Worte des Allerhöchsten Unwillens über so viel Impertinenz. »Die Gräfin fortschicken? Niemals! Niemals!«
Der alte Gaigl verzog die Lippen so spöttisch, als es bei der Fettmenge seines Gesichtes noch anging. Wo der Singlspieler mitgehe, sei von vornherein alles geliefert, das hätte er den Bürgern gleich sagen können. Er wollte irgendein Stückl von dem verhaßten Konkurrenten zum besten geben, doch man ließ ihn mit seiner Erzählung nicht weit kommen. Sowohl die Tischgenossen unterbrachen ihn, als auch ein Lärm, der wie auf ein gegebenes Zeichen immer lauter durch die Wirtschaft zog. Niemand wußte zuerst, was da los war oder weshalb so geschrien wurde. Man erhob sich daher von den Plätzen, wobei die Gäste auf der oberen Estrade, soweit das noch möglich war, gegen die Stufen drängten, zum Platz der einfachen Leute. Von dort klang es nämlich gerade so, als ob einer hinausgeworfen werden sollte; ein Gebrauch, ein Geräusch, wie man sie in der Stadt ziemlich gewöhnt war. Aber es mischten sich bald andere Rufe hinein, als man sie

sonst bei dieser Gelegenheit hörte, Rufe, die nach und nach in ein wildes Bravogeheul sowie in Händeklatschen mündeten. Dies alles brandete um einen Stuhl herum wie hohe See um den Leuchtturm. Dort stand in abgetragenem Rock ein Mensch mit verbissenem Gesichtsausdruck und einigen Pockennarben in den gelben Wangen. Der fuhr mit beiden Fäusten in seine Zuhörer hinein, dann kratzte er sich mit einem Finger in dem rotbraunen Vollbart und reckte gleich darauf die beiden Arme zur schwarzgeräucherten Holzdekke.

Was er sprach, machte sich erst nach und nach Bahn; vermochte man aber endlich der brüchigen Stimme zu folgen, dann erkannte man auch den geborenen Demagogen, den Kenner der Volksseele, der weit in der Welt herumgekommen war. Gewiß, er sprach vom König, von der unsinnigen Verschwendungssucht, von den zwecklosen Bauten und von der Lola. Auch zeichnete er mit grimmigem Spott das Hellenentum der Bajuvaren und verdammte die männermordende Expedition, die die Besten des Landes dieser Narretei opferte. Dann kam er auf das Allgemeine zu sprechen. Man merkte wieder, wenn man aufmerksam hinhorchte, der Mann hatte das schon unzählige Male aufgesagt, und doch klang es wie von tiefer Überzeugung getragen, von heiligem Feuer durchglüht. Er sprach von der Schmach des Jahrhunderts, vom Fußtritt des Tyrannen, von Vergeltung und Wiedergeburt, dann aber schwärmte er in vollsten Tönen von Aufklärung und Völkerlenz. Rede und Pressefreiheit, Geschworenengerichte und wirkliche Konstitution, das verlangte er. Als aber Pathos und Stimme sich zu den Schlußregistern steigerten, kam das leuchtende Vorbild der Erde, kam Paris an die Reihe. Und damit erkannte ihn auch der letzte in der Wirtsstube, der etwa durch Zufall den Nachbarn vergeblich auf den Namen des Redners angeredet hätte. »Der Gankoffer! Ja, der hat's los. Der steckt's den Geschwollenen da oben, daß ihnen die Augen heraushängen. Was man auch sagen mag, 's ist der rechte Mann in dieser Zeit. Sie sollen's nur hören, die Herren Regierenden. Auch wenn's der König erfährt, schadet es gar nichts, im Gegenteil.«

Jeder der Versammlung war freilich geradeso gescheit wie zuerst, als der Journalist unter tosendem Jubel schloß. Denn ein Ziel, das die aufgeregten Köpfe unter einen Hut brachte, fehlte noch immer. Wer aber fragte inmitten dieser grenzenlosen Begeisterung danach! Am wenigsten der Geigenmacher, der Sanktjohannser, der sich selbst nicht mehr kannte, sondern unmittelbar nachher wie blind auf den freigelassenen Stuhl sprang. Er fiel dabei nach der Seite, schlug aber zum Glück nicht auf den Boden, da ihn die Schutzmauer der Revolutionäre rechtzeitig auffing.

»Ich halt' jetzt auch eine Red'!« schrie er, als er wieder sein Gleichgewicht hatte. Der Bauriedl, mit dem er gekommen war, raunte ihm zwar von unten noch zu, daß es besser wäre, er unterließe so eine Dummheit. Aber der kleine Mann tat völlig besessen. Er hatte Hand angelegt, als sie den Gankoffer nach beendeter Rede durch die Wirtsstube trugen, jetzt rang er da oben nach Worten. Zusammenhängende Sätze brachte er ebensowenig heraus wie beim Quartettabend, immerhin erzielte er schmetternde Wirkung, als er nach seiner herausfordernden Frage an das versammelte Volk, wer wohl das Weibsbild ins Land gebracht habe, in eigener Person die höhnische Antwort erteilte. »Die Preußen sind's gewesen! Die Preußen!« Und er sprach dabei das ›eu‹ wie ›ei‹, als käme das von den Preiselbeeren her. Nachdem das Gelächter verrauscht war, ging es ein bißchen holpriger mit dem Redefluß. Der Sanktjohannser hatte sich bereits verausgabt, er stand hilflos da und wußte nur noch das eine hervorzustammeln, daß gerade seine Frau aufs schwerste durch den Universitätsschluß geschädigt sei, da sie Zimmer an Studenten vermiete. Das erregte neue Zustimmung in der Versammlung, denn zu Füßen des Tribunen standen verschiedene, deren Weiber gleichfalls Schlafstellen für zwei Gulden im Monat, das Licht nicht mitgerechnet, abgaben. Nachdem aber dieses Thema erschöpft war, befand sich der Sanktjohannser wirklich am Ende mit seinem Latein. Er konnte daher nichts anderes mehr, als sich fortwährend auf den Gankoffer berufen, der so recht habe, wenn er sage, daß alles Große nur in Pari zu finden sei. In Wirklichkeit meinte er damit schon Paris, er wollte es aber französisch aussprechen und ließ daher das ›s‹ weg. Diese Finesse fand bei den Münchnern nicht durchweg gebührende Würdigung, auch meinten einige, von Paris habe man nun reichlich genug gehört. Sie sprachen dabei das ›s‹ aus. Andere riefen: »Schluß!«

Der Sanktjohannser bestand auf seinem Schein. »Pari! Pari!« schrie er noch einmal mit erhobenem Zeigefinger. Aber da schob ihn bereits der Redakteur Stöpel vom Landboten von der improvisierten Rostra herunter, um selbst hinaufzusteigen. Dieser Redner erschien in der denkwürdigen Stunde so ziemlich als der unglücklichste. Er suchte, wie er beschwichtigend meinte, beiden Parteien gerecht zu werden, er trug auf zwei Achseln. Das mußte von dem festgesteiften Nacken der Bürgerschaft rettungslos herunterprallen. »Schmeißt's 'n 'naus!« tönte plötzlich eine schrille Stimme. Stöpel machte eine abwehrende Bewegung, er meinte, auch die Pressefreiheit werde kommen, wenn man mit Geduld und Einsicht appelliere. Auf dieser Welt gebe sich nichts auf dem Wege der brutalen Gewalt. Deshalb empfehle er bei aller starken Betonung der unveräußerlichen Rechte, doch geduldig der Einsicht der leitenden Stellen zu vertrauen und zu warten, bis die Frau Gräfin unter dem charaktervollen Druck der öffentlichen Meinung es für gut befände, zu gehen.

Jetzt schrie nicht mehr einer dagegen, sondern das ganze Lokal widerhallte von Pfiffen und Fußgetrampel. An Stöpels Kopf flog ein Maßkrug vorbei, um an der Wand zu zerschellen. Auch zwei Stücke Kühbacher Käse sausten durch die Luft. »Herrgott Sakrament!« tönte es aus der Ecke, wo die Scherben herunterfielen. Doch achtete niemand darauf, ob dort ein Bürger ein Loch in den Schädel bekam oder ein anderer den Käs mit dem Mund auffing. Die Versammlung befand sich im Zustand vollkommener Direktionslosigkeit. Alles tobte durcheinander, jeder suchte sich geltend zu machen.

Nur ganz vorn an einem der Fenster, die zur Straße wiesen, ging es auf zwei Plätzen etwas stiller zu. Dort saß der Unterhändler Faist neben dem Luegecker und redete, die

Hand vor dem Munde, auf ihn ein. »Also, noch am selben Abend hat Ihre Gattin Nachricht vom Professor bekommen? Das ist gut, das ist schön.« Der Luegecker achtete wenig auf das Getuschel. Er hatte sich den Bauch gehalten, als der Stöpel beinahe den Maßkrug an den Kopf bekam, er verfolgte mit steigendem Interesse den Lauf der Dinge. »Was meinen Sie, was jetzt drankommt?« fragte er. Der Faist lächelte gerissen. »Darf ich mal prophezeien? Noch zwei Tage, und Sie haben verbrieft.« – »Aber das Risiko!« brummte der Luegecker, immer bereit, neue politische Sensationen entgegenzunehmen. Der Faist zuckte die Achseln. »Auf den Tisch legen wir freilich einen gehörigen Brocken, Sie und ich. Aber was macht das? Die Gankoffens haben mal Blut geleckt, sie sind so dumm, die Wiesen wegzugeben, weil sie nicht den Mut haben, ein paar Jahre zu warten, bis der Bahnhof wirklich an der Stelle steht. Was aber diese Heroen betrifft, die da herumsitzen, so haben sie erst recht keine Courage, auch wenn sie jetzt mit dem Maul die halbe Welt samt der angesehenen Wittelsbacher Familie in die Luft sprengen.«

Dabei wies er auf einen neuen Redner, der aus dem Gewimmel auftauchte. Ein hagerer, bartloser Mensch war es, und man konnte an seiner gelben Haut sehen, daß eine südliche Sonne Stirne und Wangen wie zu Pergament gedörrt hatte. Der Luegecker beugte sich nach vorn, so weit wie möglich. »Hol' mich der Teufel in eigener Person, das is' ja der Kajetan!«

Der ehemalige Jagdgehilfe stellte sich, den Maßkrug in der Linken, als einen der Besten des Landes vor, von denen der Herr Gankoffer so richtig gesagt habe, daß man sie gewaltsamerweise da hinunterschleppte. Er nickte dabei mit aufrichtiger Genugtuung ein paarmal mit dem Kopfe, als er merkte, wie diese Einführung auf die Versammlung wirkte. Dann tat er einen tiefen Zug aus dem Kruge und hielt ihn wagerecht hinaus. Wenn die hochansehnlichen Mitbürger vielleicht glaubten, so etwas gebe es in dem vermaledeiten Lande, von dem er erst vor drei Monaten zurückkam, dann wären sie schön auf dem Holzweg. Ja, man habe großartige Versprechungen gemacht, bis die Soldaten so dumm waren, da hinzugehen; unten aber pfiff man ein anderes Liedl. Von der Seefahrt wolle er weiter nicht reden, obwohl das allein schon eine böse Geschichte gewesen sei, bei der ihm gleich ganze Tage speiübel wurde. Aber jahrelang Mais, Reis und Feigen zu essen, das sollten andere probieren. Und erst das bißl Strategie. Bei diesem Worte stieß der Kajetan ein meckerndes Lachen aus, als dünke er sich klüger wie der gesamte bayerische Generalstab. Der Krieg mit den Türken, den Wanzen! Und dann die elenden Höhlen, in denen man schlafen mußte! Er habe es besonders übel getroffen, denn er sei bei einem Jägerbataillon in Arkadien eingestellt worden, das fortwährend Streifpatrouillen ins Innere zu unternehmen hatte. Dieses Kontingent – nun möge die hochansehnliche Versammlung nicht auf den Bauch fallen oder gar auf den Rücken – habe das bayerische Oberkommando regelrecht vergessen, als nach Athen zurückgepfiffen wurde. »Jawohl, verschwitzt und vergessen!« So seien sie denn liegengeblieben, bis sie den gargescheiten Herren von der Armeeleitung endlich wieder in den Kopf kamen. Halb verhungert und abgezehrt brachte man sie wieder. Nun sei's aber auch genug des Unsinns! Er erhebe seine Stimme und sage, wie die Lola Montez zum Teufel gehen müsse, so müßten alle überspannten Ideen hinausfliegen, sonst ... sonst ... Die Konsequenz seiner furchtbaren Anklage vermochte der Kajetan nicht mehr in klaren Worten, sondern nur noch dadurch zu ziehen, daß er am Abschluß seiner Rede unter allgemeinem Gelächter einen neuen Zug aus dem Maßkrug tat.

»Und da behauptet man, es gebe bei uns keine Redefreiheit!« sagte der Rat Bauriedl und schaute sich genauer in dem Kreise um. Kurios genug nahm sich der aus. Es war um die Mittagsstunde. Da verzog sich sonst alles vom Frühschoppen nach Hause, und es blieben nur die paar Leute zurück, die der Gaiglbräu um dreiviertel ein Uhr in eigener Person als guter Familienvater mit dem Hinweis höchst unsanft zur Türe wies, daß sich zu langes Hockenbleiben nicht zieme. So ein gewöhnlicher Tag, verglichen mit diesem weltbewegenden, verhielt sich wie ein elender Klepper, der den Schinderkar-

ren zieht, zum strotzenden Brauhengst vor einem Wagen mit dreißig Fässern. Es ging auf und nieder in der Wirtsstube, es drängte ununterbrochen hinaus und herein, denn die Politiker vergaßen nicht, den leeren Maßkrug rechtzeitig füllen zu lassen oder eine Wurst zu holen.
Vom erhöhten Standpunkt aus sah man in der qualvollen Enge oft gar kein Gesicht mehr, sondern nur noch die Hüte, die die Leute aufbehielten. Dafür mag in erster Linie wohl ausschlaggebend gewesen sein, daß man, da die Rückwände alle besetzt waren, nirgends mehr ablegen konnte. Auch behielt der Müller wohl auf, weil der Huber aufhatte, und der wieder, weil der Meier den Deckel nicht lüftete. Der hohe Zylinderschlot mit der ganz schmalen Krempe, das Abzeichen des besseren Bürgers, trat dabei besonders hervor. Aber man sah auch breite Kalabreser, schwersamtene Akademikermützen, bunte Studentenstürmer mit lackledernen Schirmen. Selbst einige Militärhelme tauchten auf, und zwar thronte die historische Raupe nicht in der gewöhnlichen Form auf dem Kopfe, wie die Mannschaften sie trugen, sondern in der eleganten des gekrümmten Katerrückens, wie sie nur den Offizieren erlaubt war. Dazwischen zeigten sich, als Belebung des ganzen Bildes, auch verschiedene Kopfbedeckungen von Faschingsbrüdern. Da eine mit Schellen bedeckte Narrenkappe, da die weiße Spitzmütze eines Bajazzo, da eine gepuderte Perücke. Was darunter war, schrie am tollsten, es schlug mit Pritschen herum oder streute Mehl unter die Politiker.
»Maschkara!« sagte der Bauriedl zu seinem Nebenmann. »Die ganze Geschichte mit all den Reden ist nichts als eine Faschingsgaudi. Hat der König nur ein bißchen Mut, dann läßt er sich nicht ins Bockshorn jagen, dann gibt er nicht nach.« – »Trotzdem, er muß es!« erwiderte der Angeredete. Der Rat schüttelte unwillig den Kopf. »Sehe nicht ein, warum. Außerdem hat Madame Lola den Liberalen so viele Vorteile gebracht, daß sie gar keinen vernünftigen Grund haben, sie hinauszufeuern.«
Der Nachbar, es war der Eisenhändler Haubenschmied, der schon damals beim Schützenfest radikale Tendenzen im

geheimen bekundete, wartete nicht mehr den Schluß des Einwands ab, sondern erhob sich hastig zu höchst eindrucksvoller Rede. Auch er befürchtete auf einmal die jämmerliche Versandung der ganzen Bewegung, als der Sanktjohannser, der Stöpel und nun gar noch der ehemalige Soldat ihren Senf zum besten gaben. So schlug er denn um so heftiger auf den Tisch. Besonnenheit, Entschlossenheit und schnelles Handeln täten not, nicht sinnloses Reden. Aufs schnödeste sei die erste Deputation von Allerhöchster Stelle zurückgewiesen worden, nun müsse man ohne Säumen eine zweite entsenden, die mit höherem Nachdruck die berechtigten Forderungen der Bürgerschaft zu vertreten verstünde. Männer brauche man, die den Mut hätten, das Maul aufzumachen, ohne Rücksicht auf Zukunft und leere Knopflöcher. Damit dies heute noch zustande käme, böte er sich selbst als unerschrockenen Redner an, den der Hof- und Gerichtsadvokat Steinbeis sowie der Gaiglbräu, also zwei angesehene, erste Bürger, begleiten sollten.

Wieder regte sich als erster der Rat. »Liberale und Ultramontane zu charakterlosem Brei gekocht!« Aber dieses Wort ging verloren in dem losbrechenden Begeisterungssturm. Jeder entblößte das Haupt, jeder schwang den Hut gegen den Redner sowie gegen die zwei, die er vorschlug.

Der Steinbeis erhob sich ohne weiteres, indem er erklärte, er nehme an. Wesentlich schwerer ging die Sache bei dem Sebastian. Als er sich unvermutet vor eine solche Aufgabe gestellt sah, erschrak er zu Tode. Zunächst griff er mechanisch nach seiner Frau, die er immer suchte, wenn er über etwas im Zweifel war. »Wo ist sie denn!« schrie er sehr ungehalten. »Beim Politisieren gibt's keine Weiber!« wisperte der Solotänzer. Und doch war so was Ähnliches in der Nähe, eine alte Spülerin am Schenktisch. Die meinte, die Frau sei droben beim Beten. Das reizte den Gaigl noch mehr, so daß er die nun Heruntergeholte nicht minder anfuhr. Ja, er sprach dabei ein ganz verwegenes Wort aus. Wenn soviel Geschäft gehe, sollten die Weibsleute vor dem Herd knien und nicht vor dem Herrgott. Alles zu seiner Zeit! Für die Andacht seien die freien Stunden und der Sonntag da. Auch

vermochte es ihn nicht zu beruhigen, daß die Frau, nachdem sie von dem schrecklichen Vorhaben hörte, die Kinder unter lautem Geflenn an die Schürze des Vaters heftete. »Ich muß halt ... ich muß ...«, stöhnte er. »Du mußt!« schrie der ganze Tisch. Die zuerst dargebrachte Ovation aber ging so nach und nach in ein wildes Geheul über. »Was, der will nicht? Der Gaigl fallt um? Pfui Teufel!« Einer, der die größte Entrüstung äußerte, war der Luegecker. »So ein Depp!« schrie er laut gegen die Estrade hinauf.
Dort stand der Gaigl unentschlossen am Stammtisch und langte verlegen an seinem Hemdkragen herum. Neben ihm sein Vetter, vor ihm sein Vater. Der Nepomuk neigte sich vornüber und sah mit einem Blicke drein, der eine spöttische Frage zu bergen schien, während der Alte plötzlich in die Höhe wuchs. In seiner Erinnerung tauchte jener Tag auf, da er mit dem Vater dieses protzigen Neffen isarabwärts zur Stadt zog. Dort zog er bekanntlich den kürzeren, und wenn man später auch allgemein verziehen hatte, so blieb doch ein Rest von Groll noch immer zurück. Den aber konnte er in dieser Stunde mit gewaltigen Schlägen zurückgeben. Zitternd vor Alter und Aufregung ergriff er diese Gelegenheit. Seine Augen waren sonst ganz erstorben, diesmal aber wuchsen die zwei grauen Flecken in der roten Masse zu kräftigem Leuchten heraus. Auch die kupferne Nase funkelte wie ein brennendes Zeichen von Revolution und von Blutdurst. »Wastl,« sagte er feierlich, »denk' an deinen Ururgroßvater, denk' an den Posthalter von Baierbrunn, von dem wir herstammen. Der ist – die vom rechten Isarufer mögen sagen, was sie wollen, und der Nepomuk mag das Maul verziehen – in der Mordweihnacht auch nicht zu Haus geblieben, sondern hat Weib und Kind hinter sich gelassen, hat die Fahne genommen und mitten hineingefeuert in die Panduren. Gradso mußt du es jetzt machen, wenn du seiner wert sein willst. Akkurat so, sag' ich, im Namen des Vaters, des Sohnes und des heiligen Geistes, Amen.«
Er hatte es heraus, was er sein Lebelang tief verschlossen im Herzen trug. Eigentlich hätte er nach dieser Leistung, wie

man es in Romanen lesen oder in historischen Dramen auf der Bühne sehen kann, entseelt zurücksinken müssen, mit dem erhebenden Bewußtsein, seine Aufgabe erfüllt zu haben. Doch der alte Gaigl befand sich in der nüchternen Wirklichkeit seiner eigenen Gaststube, er hörte die gröhlenden Stimmen, die trotzigen Fragen des Volkes, und so starb er denn nicht, sondern langte erschöpft nach seinem Kruge, von dem königlichen Hofsolotänzer aufs herzlichste beglückwünscht. Auch andere Mitglieder des Stammtisches streckten ihm die Hand hin.

An den übrigen Plätzen hatte man von dem feierlichen Erguß so wenig gemerkt wie unten, wo die Stufen ausliefen. Man schrie deshalb ungestört weiter, ja der Gankoffer, der wieder den Stuhl bestiegen hatte, ließ sich sogar hinreißen, unter heftigen Ausfällen gegen die allgemeine Versumpfung, den Gaigl eine Memme zu nennen. Hier habe man das Bild des denkfaulen Münchners. Diesen Typ wollte er eben noch weiter ausmalen, als er plötzlich mitten in der Rede stockte und gänzlich den Faden verlor. Das mußte unangenehm auffallen bei dem Manne, der wie kein anderer das Wort beherrschte. Doch sollte der Grund bald an den Tag kommen.

An der Türe gegenüber der improvisierten Rednertribüne erschien nämlich, die meisten der Anwesenden fast um Haupteslänge überragend, der Professor Gankoffen. Er hielt den Hut in der Linken, da ihm der Schweiß in dicken Tropfen von der Stirne rann, und pustete vor Aufregung. Die letzten drei Tage, seit sein Bruder mit der schier unglaublichen Botschaft zu ihm kam, war er herumgeschlichen oder hatte vor seiner Leinwand im Atelier gesessen wie die verdammte Seele, die nicht weiß, ob sie Erlösung findet aus den ewigen Qualen. Auf den Straßen, in den Wirtschaften tobte das Volk nach dem Ende des Weiberregimentes, er aber, der so gern mitgeschrien hätte, mußte den Himmel bitten, nur noch so lange die Schweinerei im Lande zu dulden, bis man die Gewißheit bekam, daß der Herr von Berks sein Signum zur Verlegung des Bahnhofs gegeben hatte. Glückte es oder nicht? Das warf sich ihm mit folternden Fragen ins Gehirn. Nicht minder in

die Därme, die sich beim Gankoffen jederzeit in Blähungen rollten, wenn eine Wolke am Himmel seines Daseins aufstieg, oder gar, wenn er sich schämte.
Und er schämte sich wirklich der ganzen Geschichte. Jawohl, er schämte sich, so gerne er die Grundstücke los sein wollte. Da schimpfte man jahrelang auf das elende Frauenzimmer, und nun sollte durch sie ... Nein, nein, das ging nicht, das vertrug sich nicht mit den guten Sitten! Deshalb setzte sich der Professor in stiller Nachtstunde an den Sekretär seines Nebenzimmerchens und schrieb dem Berks kurz entschlossen ab. Das mit dem Bahnhof sei eine Marotte gewesen, die er entrüstet aus seinem Busen reiße, nachdem er hören mußte, wer in diesem Falle die Gnaden zu vergeben habe. Wenn sein Bruder intervenierte, so sei das in dienstlicher Angelegenheit geschehen, die Familie als solche stünde zu hoch, um zu betteln, am letzten an solcher Türe.
Als er dieses Schreiben ohne die Versicherung der üblichen Hochachtung und Ergebenheit abschloß, war ihm leichter zumute. Er hatte seinen Stolz wieder, er brauchte sich von niemandem über die Achseln anschauen zu lassen. Leider konnte er das Schreiben am selben Abend nicht mehr zur Post schikken, da die Magd schon zu Bette war. Am andern Tage, als er, gehoben von seiner Handlungsweise, mit stolzen Blicken durch die Straßen schritt, vergaß er darauf. Am dritten Tage aber, just als er den Brief in den Kasten werfen wollte, kam die Nachricht, daß Herr von Berks bereits unterschrieben hatte.
Mit diesem Verhängnis mußte man sich wohl oder übel abfinden, denn gegen die Unterschrift eines Ministers war nichts zu machen. Das bedeutete einen amtlichen Vollzug, den wohl ein Kammerbeschluß revozieren konnte, nicht aber ein Privatmann, wie der Gankoffen. Außerdem schlug sich das große Ereignis dazu. Seine Frau trat ins Zimmer und meldete, daß es die letzte Amtshandlung war, die Herr von Berks vollzog. An einem Freitag hatte er unterschrieben, vierundzwanzig Stunden später, also jetzt vor fünfunddreißig Minuten, wurde er, wie Jörg Gankoffen in die Versammlung hineinrief, samt der spanischen Dame,

der edlen Gräfin Landsfeld, für immer vom König des Landes verwiesen.
Seine besseren Bekannten sahen es dem Maler wohl an, welch schwere Kämpfe die letzten Tage unter dieser Stirne getobt hatten. Und doch lag eine stille Genugtuung in den feuchten Augen, weil er die unerhörte Botschaft nicht nur den kampfbereiten Bürgern, sondern besonders dem an den Kopf werfen konnte, der sich erdreistet hatte, geheiligte Familientraditionen anzugreifen. »Laß gut sein, Gaiglbräu!« winkte er. »Alles überflüssig, das ganze Gewäsch! In zwei Stunden muß die Gräfin abreisen! Ja, glaubt es nur, der König hat nachgegeben!«
»Schade!« brummte der Bauriedl, und er meinte den Sieg der Ultramontanen. »Schade!« schrien so manche andere. Und sie meinten den in Trümmer gehenden Skandal. Zum Glück befanden sie sich in der Minderzahl. In allen übrigen löste sich die zur Siedehitze gesteigerte Spannung in eine zügellose, überschwengliche Freude, in Händedrücken und Umarmungen. Das Frauenzimmer vertrieben! Man begriff es kaum, man schrie es sich ins Gesicht, man lachte und tollte.
Nur zwei heulten: der Gaigl vor Freude, daß er nicht den Spuren des Urahnen zu folgen brauchte, der Gankoffen, weil sich seine Gefühle immer heftiger überschlugen. Lola, Grundstücke, der nicht abgeschickte Brief, Abfuhr des Pseudovetters, das alles krampfte sich in ihm zu jenem konvulsivischen Schluchzen zusammen, das seine Familie bei festlichen und traurigen Veranlassungen jedesmal aufbrachte. Er dachte sich nichts Besonderes dabei, er weinte; nicht weil er den anderen etwas vorspiegeln wollte, sondern weil er wirklich mußte. Während es ihm nun so die Tränen aus den Augen und den Kopf auf die Brust drückte, tastete er durch die Menschen allmählich zum Luegecker hinüber. Aber so lebhaft er ihm schon von weitem zuwinkte, er kam nicht mehr durch. Der allgemeine Taumel, der die Menschen ergriffen hatte, steigerte sich ganz plötzlich zu einer großartigen Huldigung. Alles schwenkte wieder die Hüte, alles hielt ihm die Maßkrüge hin. Der Gankoffen

fühlte, daß es eine der großen, historischen Stunden war, die seine Familie der Stadt bei jeder Gelegenheit schenkte. Er grüßte mit beiden Händen wieder, er nahm den frischgefüllten Krug eines einfachen Bürgers und trank ihn, da er höllischen Durst hatte, bis auf die Nagelprobe aus. Das erregte noch größeren Jubel, nur der Sanktjohannser, dem der Krug gehörte, meinte, der schundige Professor hätte sich selbst einen holen können.
»Da kennst du das schofle Luder nur halb!« lachte einer neben ihm. Es war ein Maschkara, der junge Maler war es, der Güldenstern Franzl, der als rot-blau-gelb und grün gestreifter Hanswurst alle Kostümierten zu einem fidelen Reigen aufrief. »Bin dabei!« lachte der Musiker, der Glock, und holte die Ziehharmonika hervor. Auch er hatte sich besonders gekleidet, halb als Lump, halb als Handwerksbursch, und fühlte sich äußerst wohl dabei. Die anderen Masken aber hüpften, soweit es in der Enge ging, laut juchzend um den Gankoffen herum. Ja, der Rädelsführer, der Güldenstern Franzl, ließ sich sogar hinreißen, ihm einen Kuß aufzubrennen. Den nahm der Gefeierte lächelnd entgegen und wurde nur dann etwas böse, als er merkte, daß ihm der freche Bursche bei der Erweisung solch holder Zärtlichkeit eine Ladung Stiefelwichse auf die Wangen gestrichen hatte. »Laßt mich los!« Er rief es vergebens. Studenten, Burschen, Akademiker tanzten mit, bis sich endlich das biergetränkte Bacchanal unter der Leitung des Journalisten und Demagogen zu einem imposanten Zuge vor dem Hause ordnete.
Unter jubelnden Schreien kletterte der Journalist, der Gankoffer, auf ein großes Bierfaß, um das letzte Wort zu sagen. »Wenn die Frau Gräfin schon geht, dann wollen wir uns von ihr wenigstens in aller Herzlichkeit verabschieden!« Diesen Worten folgte ein fanatischer Jubel. »Zum Palais! Zum Palais!« schrie alles durcheinander. Am meisten strengte der Kajetan die Lungen an. »Überhaupt's, allen Öbern wollen wir's stecken!«
Einige suchten zu warnen, aber die Revolutionäre hatten die Oberhand. Auch der Sanktjohannser mischte sich wieder hinein. »Herr Nachbar, ich bin ein ruhiger Bürger!« ver-

sicherte er fortwährend nach rechts und links. »Heut' aber heißt's: jetzt oder nie!« Das riß auch den Luegecker mit. »Zum Palais! Zum Palais!« schrie er, als ob er bezahlt würde, den Bau abzutragen. Dann schloß er sich dem Zuge an, vom Faist und vom Gankoffen gefolgt.

»Immer langsam!« meinte der Jude. »Man braucht bei solchen Gelegenheiten gerade nicht in der vordersten Reihe zu marschieren.« Der Professor, der noch dabei war, sich die schwarze Wichse mit dem Messer abzukratzen, neigte sich zum Luegecker hinüber und flüsterte: »Wir können das letzte Wort über die Grundstücke reden. Nur muß ich mich erst noch ein bißchen sammeln.«

»Haben Sie's gehört?« stieß der Faist den Luegecker an. Der Wirt der Haupt-Schützengesellschaft sah geradeaus und meinte, jetzt handle es sich doch um größere Dinge, vor allem um die Lola. »Was wollen Sie von der Lola?« fragte der Faist. »Sie haben doch die Grundstücke!« Der Luegecker blieb auf diesem Punkt auch jetzt so gleichgültig wie zuerst. Das ärgerte den Faist. »Ihre Frau Gemahlin wird sicherlich anders denken wie Sie.« Der Luegecker nickte. »Das kann schon sein. Drum wissen Sie was? Gehen Sie gleich zu ihr, sagen Sie's ihr, ich geh' zu der Lola.« Damit gab er ihm einen Stoß in der Richtung gegen die Schießstatt.

Sie waren gerade am Karlsplatz angekommen. Jetzt bog der Zug nach rechts ab, am Botanischen Garten vorbei, in die Barerstraße. Andere Gruppen stießen aus Kneipen und Gassen dazu. Diese wälzten sich in die gleiche Richtung und verlängerten den mächtig anschwellenden Strom der entfesselten Volksbewegung. Als man am Karolinenplatz mühsam Fuß faßte, mußte der Luegecker bereits nach rechts und links Püffe austeilen, um durch die Menschen vor das zierliche Palais der Lola mit der Barockfassade und dem vergoldeten Balkongitter zu gelangen. Der Gankoffen war ihm fortwährend auf den Fersen, als hätte er Angst, daß ihm der Wirt samt dem Geschäft entkommen könnte. Doch vergaß er nicht, der besonnene Politiker zu bleiben, und hielt sich die Ohren zu vor dem nun losbrechenden Geheul der Menge. »Was will man eigentlich noch? Man hat doch alles erreicht. Drum soll man auch nicht zu weit gehen. Jedenfalls nichts gegen den König! Das bitt' ich mir aus!«

Er konnte natürlich bitten, soviel er wollte, denn jetzt steigerten sich die Töne der losgelassenen Menschheit zum Kriegsgeheul der Indianer und zum Grunzen der Schweine. Ein richtiges Haberfeldtreiben begann. Einige Leute, die als Dachauer Bauern maskiert herumliefen, Zipfelmützen und rotgestrichene Nasen trugen, gaben die ermunternden Zeichen dazu. »Empörend! Empörend!« rief der Gankoffen. Der Luegecker faßte ihn beim Arme. Sein ganzes Wesen war Aufregung und heiße Begierde, allen Regierenden den Krieg zu erklären. »Herr Professor, Sie wissen nicht, was ich drum gäb', wenn ich jetzt da 'neinschau'n könnt', hinter die Vorhänge da, wenn ich alles miterleben und auch ein bißl mittun dürft'.«

Der so heiß ersehnte Blick in das Palais wäre ihm sicher eine Enttäuschung gewesen. Dort ging alles drüber und drunter. Zofen und Diener flogen von einer Türe zur andern, Studenten, Offiziere und Beamte schlotterten herum oder sahen sich ratlos an. Auf einem der Koffer aber, die man in Eile herausgerissen hatte, stand ein großer Käfig aus Messing. Darin schlug ein grauer Papagei mit rotem Schweif und weißen Bäckchen wütend die Flügel gegen die Stäbe. Das war der »Kollerador«, der Lola Lieblingstier, das sie auch in dieser Stunde nicht missen wollte. Der kluge Geselle wurde schon dann nervös, wenn seine Herrin den Hut aufsetzte oder der König dem Ausgang zustrebte. Jetzt, wo er witterte, daß für eine große Reise gepackt wurde, schrie er ununterbrochen »Adjö! Adjö! Adjö!« Dieser freundliche Abschiedsgruß wirkte sonst immer sehr belustigend, weil es klang, als käme er von einem Bauchredner. Man nahm mit Vorliebe ein paarmal die Klinke der Türe in die Hand oder setzte die Kopfbedeckung wieder ab, um den Vogel aufs neue zum Sprechen zu bringen. Eine besondere Fertigkeit besaß darin der Herr von Pellegrini, der dem Kollerador außerdem hübsche Gesänge beibrachte oder ihm stundenlang vorpfiff.

Aber heute achtete weder der Kammerjunker auf ihn noch die Gräfin. Der eine saß in dem roten, pompejanischen Salon und lugte durch den Vorhang auf die Straße hinaus, die schöne Spanierin aber stand vor dem König in demselben kleinen Salon, wo sie ihm Gedankenfreiheit abgerungen hatte. Sie war weiß wie ihr Handschuh, ihre Nüstern belegten sich und die Sohle des kleinen Fußes grub sich nervös in den samtenen Teppich ein. Aber sie hielt sich aufrecht und suchte ihre Augen mit strafendem Ausdruck in die zur Seite gehenden des königlichen Freundes zu bohren. »Es muß also sein, Majestät? Ich frage Sie: es ist Ihr letztes Wort?«

Der Monarch war nicht minder erregt wie sie selbst. Ihn hatten die Tage, wo die Münchener es wagten, den Begriff des Allerheiligsten anzutasten, aus allen Geleisen gebracht. Das Unmögliche schien möglich geworden zu sein, es stemmte sich als unüberwindbare Trutzburg gegen den erhabenen Willen des Monarchen. In diesem Gefühl der grenzenlosen Ohnmacht, das er bis jetzt nicht kannte, in dieser maßlosen Wut und Erbitterung warf er alle Protestler in einen Topf, ob sie vom Kaliber des Firneusel waren oder von dem jener Burschen, die da draußen das Kesseltreiben leiteten. Dem König genügte es schon, wenn einer gar nichts sagte wie der Hofmarschall, der in letzter Zeit die Lippen immer fester zusammenkniff. Der galt als ruchloser Feind, als undankbarer Geselle wie die anderen.

So stand Ludwig verlassen vor dem wunderschönen Weibe, ja, er schämte sich beinahe, daß er so einsam war. »Will ich nicht, daß der Pöbel heute noch das bißchen Krone in Stücke haut, das er mir noch huldvoll läßt, dann muß es sein.« Er hatte die Worte herausgewürgt und mit dem Fuß ein brennendes Holzscheit tiefer in den Kamin gestoßen. Sie faßte ihn mit beiden Händen und drehte ihn, daß er ihr ins Gesicht sehen mußte. »Nun gut, ich werde geopfert?« – »Nein!« tobte er. »Ehe es dazu kommt, werfe ich dem Pack da draußen alles vor die Füße, ich ziehe fort mit Lolita, ich gründe ein neues Königreich, irgendwo auf der Welt, wenn's sein muß auf einem Berge!« Sie rümpfte die Nase. »Für solche Idyllen habe ich keinen Sinn. Besser wohl, Eure Majestät lassen auf die betrunkene Canaille mit Granaten schießen. Ah, wenn sie das in den Rachen bekommt, dann wird sie schon zahm.«

Der König malte sich dieses Bild in eigener Person mit grimmigem Behagen aus. Ja, wenn man hineinfeuern dürfte in den brüllenden Haufen, ein Geschoß nach dem andern! Das wäre so ein Hochgenuß gewesen. Aber man war ja ein willenloses Werkzeug, eine Puppe, sonst nichts. Macht, Justiz, Hoheit und Königtum, alles hohler Plunder, nichtssagende Begriffe, Worte, die auf dem Papier standen, aber nichts bedeuteten. Oh, wie hatte er genug, wie haßte er alle diese aufgeputzten Lügen. Kompromisseln mußte man, einen Ausweg ersinnen, ja sogar zu Konzessionen mußte man sich bequemen. Darum nahm er ihre Hand. »Teures Kind, seien Sie vernünftig. Es handelt sich um ein paar Monate, vielleicht nur ein paar Wochen, dann ist alles wieder gut, und wir können wieder leben wie bisher. Jetzt aber reisen Sie, es ist die höchste Zeit.«

Sie lachte verächtlich. »Wenn das Gesindel Ihnen imponiert, dann kondoliere ich. Mir macht es Vergnügen.« Er ballte die Fäuste gegen das Zimmer, das zur Straße führte. Dabei mußte er mit bitterem Neid an einen Mann denken, den er sein lebelang mit Verachtung angesehen hatte: Napoleon! Wenn der an seiner Stelle gewesen wäre und einen achtzehnten Brumaire über die Pfahlbauern und Haberfeldtreiber beschworen hätte! Aber der Kaiser der Franzosen war tot und der König der Bayern kein Feldherr; so mußten die Ereignisse ihren Gang gehen. Zwei Studenten, der Kammerdiener, der Kutscher, der Brettlhupfer stürzten herein, und mit ihnen wehte ein frischer Luftzug das viehische Geheul der entfesselten Barbaren durch die weit geöffnete Türe. Die Ankommenden fragten nicht lange, sondern rissen das Engelswesen ohne viele Umstände und ohne Respekt vor der anwesenden Majestät zur wartenden Equipage im fest verschlossenen Hofe.

»Eine Teufelssituation!« keuchte der Kutscher. »Aber ich hau' auf die Rappen ein und fahr' diese Haderlumpen alle über den Haufen, daß sie ihre Rippen einzeln numerieren können.«

»Louis! Louis!« schrie Lola, die noch die Arme aus dem Menschenknäuel emporhielt. Dem König drohte das Herz zu brechen. »Adieu! Adieu!« rief er mit bewegter Stimme. »Adjö! Adjö!« kreischte der Papagei, den man in der Eile vergessen hatte. Da schlug der gereizte Herr und Gebieter mit der flachen Hand gegen den Käfig, daß der erschreckte Vogel von einer Ecke zur andern flatterte. Dann horchte er gespannt hinaus. Er hörte, wie der Wagen sich in Bewegung setzte, er hörte den rasenden Schrei der Menge, das Gebrüll der zu Boden Geworfenen, die Drohungen, die Verwünschungen der übrigen und schließlich die Rufe der grimmig Enttäuschten. »Geglückt!« rief der König. Und er dachte dem wackeren Kutscher einen Orden zu.

Doch die Freude sollte nicht lange dauern. Das betrogene Volk suchte sich Ersatz zu schaffen, es wünschte entsprechenden Ausgleich. Darum hielt es sich, als das Mobile verschwunden war, an die Immobilien. Es begann die Pflastersteine auszugraben. Zuerst flogen die Fenster ein, dann kamen die Türen an die Reihe und am Schlusse ging es noch an die Möbel. Dem König war alles gleichgültig. Er wartete im Salon, auf dem Sofa neben dem kreischenden Papagei, bis die ersten auch in dieses Heiligtum den Fuß setzten. Auch dann erhob er sich nicht. Am liebsten wäre es ihm gewesen, wenn ihn selbst ein Stein getroffen hätte. Doch die Angreifer prallten zurück, als sie ihn sahen. Sie nahmen den Hut ab, sie gaben es weiter an die Nachfolgenden sowie an jene, die auf der Straße heulten. »Der König! Der König!«

Da ließ das Klirren der Scheiben auf einmal nach, selbst einige Glaslüster, die man schon mit den Fäusten von der Decke zu zerren suchte, durften an der alten Stelle bleiben. Der Kajetan, der in der vordersten Reihe gefochten hatte, hob die Hand militärisch an den Deckel, als grüße er einen General, der Sanktjohannser neben ihm kratzte sich in den Haaren, der Luegecker aber, der am Ziele seiner Wünsche war, stand mit offenem Munde da und brachte trotz der besten Absicht kein Wort heraus. Da, durch das auf und nieder gehende Gedränge schob sich eine gewaltige Erscheinung, vor der alles zur Seite wich. »Ich schütze den König!

Und niemand soll es wagen, ihn zu berühren!« Es war der Gankoffen, der jetzt ins Zimmer stürmte, um das Knie vor der Majestät zu beugen. Wie man weiß, hatte er schon viele historische Augenblicke mit seiner Familie erlebt, aber dieser war doch der gewaltigste. Deshalb schüttelte es ihn auch wie im tödlichen Fieber. »Heil unserm König, Heil!« begann er zu singen. Erst tat er's ohne Begleitung, dann setzten die anderen ein. »Heil unserm König, Heil!« sang der Luegecker. Auch der Sanktjohannser hielt nicht zurück. Und am lautesten gröhlte der Kajetan. Auch andere fielen ein, bis sich der Kantus hinaus auf die Straße übertrug, wo er zum vielstimmigen, wuchtigen Chore wuchs. Eine breite Furt bildete sich, man machte ehrfurchtsvoll Platz, als jetzt der Monarch erschien. Nur der Demagoge, der Gankoffer, suchte eine despektierliche Bemerkung loszulassen. Aber der bekam von den Nächststehenden sofort eine aufs Maul geschlagen, als ob er das Allerheiligste verschimpfiert hätte. Die Menge grüßte immer tiefer, und der allein echte Nachkomme des Erbauers der Frauenkirche schritt neben dem König einher wie ein Majordomus. »Majestät, das ist Ihr geliebtes Volk!« sagte er. »Schreiten Sie ruhig und ohne Sorge hindurch. Ich bürge dafür, es betet Sie an.«

Ludwig I. schien diese Ansicht nicht zu teilen. Er ging mit wütendem Gesichte durch dieses Volk, das ihn so lieben sollte, er spuckte fortwährend so ein bißchen nach rechts und nach links, er dachte bei sich, alles hinzuwerfen, je früher, um so besser, Krone, Szepter, Thron und die ganze, schöne Verfassung oben drauf. Alle bunten Farben, die ihn einst in der Auer Kirche und so oft im Leben umgaukelt hatten, waren erstorben, keine Märchengestalten, keine Burgen im Mondschein tauchten mehr auf vor ihm, selbst die Hellenen waren für immer versenkt. Nur die Haltung der Cäsaren bewahrte er noch, jene herrische, große Geste, als ritte er, ein gewaltiges Monument, über Venedigs oder Paduas Plätze. »Pack! Pack!« murmelte er dabei. »Am liebsten möchte ich euch allen den Stock über die Schädel hauen!«

Die Münchner verstanden ihn nicht, weil sie so laut sangen.

Und sie sangen so laut, weil sie ihn nicht verstanden. Als er aber durch war, begleiteten sie ihn in endlosem Zuge bis zur Residenz. Allen voran gingen der Luegecker, der Sanktjohannser und der Kajetan. Der Luegecker reckte den Kopf fast so stolz empor wie der König und schrie in einem fort: »Vivat!«, der Sanktjohannser tat im stillen Buße für alles, was er pecciert hatte, der Kajetan aber trug die Beute des Tages, den großen Käfig mit dem Papagei. Das Tier war ihm aufgefallen, als er das Zimmer verlassen wollte, drum nahm er es mit. Er hatte schon viele »Viecher« auf Almen und Bergeshöhen, in Sümpfen, in Wäldern und auch sonst im Leben getroffen, aber noch keines, was ununterbrochen Adjö! Adjö! und wieder Adjö! sagte.

Weitere Bände in der

ISBN 978-3-86615-627-2
272 Seiten

ISBN 978-3-86615-628-9
752 Seiten

ISBN 978-3-86615-631-9
464 Seiten

ISBN 978-3-86615-636-4
144 Seiten

Süddeutsche Zeitung Bibliothek

ISBN 978-3-86615-644-9
192 Seiten

ISBN 978-3-86615-629-6
160 Seiten

ISBN 978-3-86615-633-3
240 Seiten

ISBN 978-3-86615-634-0
176 Seiten

Weitere Bände in der

ISBN 978-3-86615-635-7
272 Seiten

ISBN 978-3-86615-630-2
160 Seiten

ISBN 978-3-86615-639-5
208 Seiten

ISBN 978-3-86615-641-8
ca. 196 Seiten

Süddeutsche Zeitung Bibliothek

ISBN 978-3-86615-637-1
96 Seiten

ISBN 978-3-86615-638-8
176 Seiten

ISBN 978-3-86615-642-5
288 Seiten

ISBN 978-3-86615-643-2
128 Seiten

Weitere Bände in der
Süddeutsche Zeitung **Bibliothek**

ISBN 978-3-86615-632-6

ISBN 978-3-86615-645-6

ISBN 978-3-86615-646-3

Exklusiv für Besteller der
gesamten Edition.